marebuch

Staranwalt Andrew Morrison folgt einer Einladung auf die Motoryacht «Black Rose» und verliebt sich schon bei der ersten Begegnung in die Frau des Eigners St. James. Doch als er sie wiedersieht, ist sie gerade des Mordes angeklagt worden. Morrison übernimmt die Verteidigung und erreicht das fast Unmögliche: ihren Freispruch. Doch im Moment der größten Triumphes erfährt er die Wahrheit. Und schwört Rache. Ein gnadenloser Teufelstanz beginnt …

«Bei Buffa entsteht eine ungemeine Spannung aus der juristischen Raffinesse, mit der der Plot gezwirbelt ist.» DIE ZEIT

D. W. Buffa wurde in San Francisco geboren. Er hat zehn Jahre als Strafverteidiger gearbeitet und weiß daher aus eigener Erfahrung, wovon er in seinen Krimis erzählt. D.W. Buffa lebt in Napa Valley, Kalifornien. Im Fischer Taschenbuchverlag: ‹Evangeline› (Bd. 17454)

Unsere Adresse im Internet: *www.fischerverlage.de*
und *www.marebuch.de*

D. W. Buffa

BLACK ROSE

Thriller

Aus dem Amerikanischen
von Hans-Joachim Maass

Fischer Taschenbuch Verlag
marebuchverlag

Veröffentlicht im Fischer Taschenbuch Verlag,
einem Unternehmen der S. Fischer Verlag GmbH,
Frankfurt am Main, April 2009

Typographie Farnschläder & Mahlstedt, Hamburg
Druck und Bindung CPI – Clausen & Bosse, Leck
Printed in Germany
ISBN 978-3-596-17610-6

BLACK ROSE

1 Es begann mit einer Einladung. Andrew Morrison erhielt häufig Einladungen von Leuten, denen er noch nie begegnet war und die ihn kennen lernen wollten. Die meisten dieser Einladungen blieben unbeantwortet; einige wenige, die von Leuten kamen, die ihm nicht ganz unbekannt waren, beantwortete er mit der höflichen und jederzeit zutreffenden Ausrede, er stecke mitten in einem Prozess und könne sich nicht freimachen. Diesmal war es eine Einladung, ein langes Wochenende auf der *Black Rose* zu verbringen, von der es hieß, sie sei die teuerste Yacht, die je gebaut worden war. Ihr Eigner galt als einer der reichsten Männer der Welt, der zurückgezogen lebende Nelson St. James, von dem gemunkelt wurde, er übe die Art von Macht aus, die selbst einige Regierungen fürchten müssten. Für Morrison hatte diese Einladung etwas von Abenteuer an sich, eine Chance, die sich ihm vielleicht so schnell nicht wieder bieten würde. Er ertappte sich dabei, dass er nur zu gern zusagen wollte. Die gespannte Erwartung, die er empfand, überraschte ihn, doch dann fiel ihm ein, dass er ja die Stadt seit Monaten nicht mehr verlassen hatte.

«Ich freue mich, dass Sie kommen konnten», sagte Nelson St. James, als er Morrison am späten Nachmittag an Bord der *Black Rose* begrüßte. Sie waren bereits am Morgen aus San Francisco ausgelaufen, aber St. James hatte den Tag in seiner Kabine verbracht und, wie er beiläufig erklärte, sich «geschäftlichen Angelegenheiten» gewidmet.

Für einen Mann, dem ein außergewöhnlich scharfer Verstand nachgesagt wurde, sprach er sehr langsam und distanziert; seine

Stimme klang erschöpft und, wie seltsam das auch erscheinen mag, fast amüsiert über diesen Zustand, als gehörte sie jemand anderem, einem flüchtigen Bekannten, dessen plötzliches Wiederauftauchen ein ratloses Lächeln über seine Lippen huschen ließ.

«Sie haben die anderen … schon kennen gelernt?» St. James wandte sich mit einer halben Drehung der Schultern lustlos zu einem Dutzend Menschen hin, die sich auf dem Achterdeck versammelt hatten. Morrison hatte an der Reling gelehnt und beobachtet, wie die Brandung gegen die Felswand schlug, die kaum eine Meile entfernt steil zum Strand hin abfiel. Er richtete sich auf und bejahte die Frage mit einem Kopfnicken.

«Eine Idee meiner Frau», erklärte St. James und reichte Morrison einen Drink. «Wir kennen sie alle seit Jahren. Die größten Langweiler, die man sich vorstellen kann … Ich freue mich, dass Sie gekommen sind», sagte er mit leiser Zurückhaltung, als er langsam an seinem Glas nippte und an Morrison vorbei auf die Küste starrte. «Wenigstens sind Sie neu an Bord.» Er trank noch einen Schluck, diesmal hastig. «Hohlköpfe, allesamt», murmelte er vor sich hin. «Sie sind der Anwalt, richtig? Sie arbeiten mit Kriminellen, nehme ich an. Manche davon müssen interessant sein. Zumindest haben diese Leute etwas getan, was nicht jeder vorzuweisen hat. Ist es das, was Sie an Ihrem Job reizt? Schon gut, schon gut. Vielleicht stimmt es ja auch gar nicht, vielleicht sind Verbrecher genauso langweilig oder noch langweiliger als alle anderen.»

St. James blickte nach achtern, dorthin, wo seine anderen Gäste sich miteinander unterhielten. Plötzlich lachte er auf. «Vielleicht besteht der einzige Unterschied darin, dass die Reichen einfach nur Verbrecher sind, die man nicht erwischt hat.» Ein eigenartiges, fast böses Funkeln trat in seine Augen. «Von mir denken das eine Menge Leute, müssen Sie wissen.» Das Funkeln wurde stärker.

«Doch sie irren sich», fügte er hinzu, «ich habe in meinem ganzen Leben noch nie etwas Langweiliges getan.»

St. James leerte sein Glas, um sich wieder nach unten in seine Kabine zu begeben, während Morrison über das Deck auf die andere Seite der Yacht schlenderte. Dort blieb er stehen und beobachtete, wie die Sonne ihre Farbe veränderte: von einem strahlenden Orange zu einem rötlichen Gold. Kurz über der Wasseroberfläche schien sie innezuhalten und zu zögern, als wollte sie nur dieses eine Mal die Sicherheit der Menschen durcheinander bringen, sich in eine neue Richtung bewegen und im Westen vom Himmel verschwinden. Doch schließlich, als handelte es sich nun allein um ihre Entscheidung, schien sie sich langsam entlang der Horizontlinie zu verflüssigen und die See in einem leuchtenden Strom geschmolzenen Goldes zu ertränken.

«‹Er war nie weniger einsam, als wenn er allein war.› Hat das nicht mal jemand gesagt?»

Als Morrison sich umdrehte, sah er sich einer atemberaubenden Schönheit gegenüber, einer der attraktivsten Frauen, die er je gesehen hatte. Danielle St. James war jünger als ihr Mann, nicht einmal halb so alt wie er. Für Männer wie Nelson St. James war dies im Prinzip nicht ungewöhnlich, denn ihr Charme beruhte vor allem auf ihrer Energie, ihrer Tatkraft und dem Ehrgeiz, die sie alles hatten erreichen lassen. Der Unterschied zwischen dieser und den anderen hinreißenden Frauen, die Geld geheiratet hatten, war eine wache Intelligenz, die es mit jeder aufnehmen konnte, der Morrison je begegnet war. Er wusste es in dem Moment, in dem er in ihre ruhigen, lachenden Augen blickte.

Morrison wusste nicht, was er sagen sollte, und so lächelte er, wartete und sagte nichts.

«Sie wollten sich nicht den anderen anschließen … Sie sind doch nicht etwa … schüchtern?»

«Nein, ich war da … Ich habe auch was getrunken», wehrte er leicht verlegen ab. «Aber dann …» Er musste sich zwingen, die Frau nicht anzustarren. «Dann ging die Sonne unter … Ich war noch nie hier draußen, ich wollte alles sehen – wie das Licht die Farben ändert, wie die Sonne …» Er lachte leise auf, hielt seinen Drink mit beiden Händen in Hüfthöhe und musterte eingehend die Planken zwischen seinen Schuhen. Schließlich zuckte er die Schultern, als wollte er sich geschlagen geben, und blickte ihr erneut ins Gesicht. «Na ja, und weil ich nach ein paar Minuten nicht mehr wusste, was ich sagen sollte.»

«Was, Sie, der berühmte Anwalt?! Nun, vielleicht ist es ja wirklich ein Unterschied, ob man sich vor Gericht befindet oder einfach nur plaudert … Ich habe gesehen, dass Nelson mit Ihnen gesprochen hat. Er behauptet zwar immer, mit keinem dieser Leute hier je ein anständiges Gespräch geführt zu haben, aber – o Gott, ich kann mir vorstellen, was er Ihnen gesagt hat! So schlimm sind sie nun auch wieder nicht … Er gibt ihnen die ganze Schuld, während Sie … Ja, Sie denken immerhin, es wäre Ihre Schuld! Sind Sie je auf den Gedanken gekommen, dass sie alle Angst haben könnten, sie könnten nichts zu sagen haben?» Sie nahm seinen Arm und führte ihn auf die kleine Gruppe zu. «Keine Angst», versicherte sie und presste die Finger fester um seinen Arm, «ich werde auf Sie aufpassen.»

Morrison konnte den Blick nicht von ihr abwenden. Beim Dinner an jenem Abend, im flackernden Schein der Kerzen, bei Wein und ausgelassenem Gelächter, wirkte Danielle St. James nicht einfach nur schön, sondern erstaunlich. Mehr als die hohen Wangenknochen und der weiche, spöttische Mund, mehr als die Augen, die immer größer zu werden schienen, je länger sie einen anblickte, mehr als das rotbraune Haar, in dem der letzte Glanz des Dämmerlichts funkelte, waren es die kleinen Gesten, das feine Lächeln, das all ihren Worten Wärme verlieh, die überrascht hochgezogene Augenbraue oder ihr sichtliches Vergnügen über eine an sie gerichtete Bemerkung, was ihre ganze Faszination ausmachte.

Sie saß am Kopfende des Tischs und unterhielt sich mit einem der Männer, die St. James für sterbenslangweilig hielt. Morrison beobachtete, wie sie ihren Gesprächspartner dazu brachte, aus sich herauszugehen, und ihm den Eindruck vermittelte, eine hochinteressante Persönlichkeit zu sein. Morrison war so in ihren Anblick vertieft, dass er die Frage überhörte, die alle anderen Gespräche abrupt beendete und sämtliche Blicke auf ihn lenkte.

«Wenn ich mich also entschließen sollte, jemanden zu ermorden», wiederholte Nelson St. James mit einem dröhnenden Lachen, «dann sind wohl Sie derjenige, den ich anheuern sollte …»

Morrison war peinlich berührt. Bestimmt war St. James nicht entgangen, wie sehr er Danielle angestarrt hatte. St. James lehnte sich in seinem Stuhl zurück. Das boshafte Lächeln auf seinem Gesicht wurde breiter, als Morrison um eine Antwort verlegen schien.

«Das ist es doch, was Sie tun, oder? Mörder, Vergewaltiger und Diebe verteidigen und …»

«Kommt drauf an, wen Sie ermorden wollen», sagte Morrison, der sich wieder in der Gewalt hatte. «Ich habe mir geschworen, nie jemanden zu verteidigen, der einen Freund von mir umgebracht hat.» Er drehte sich zu St. James um. Mit einem Lächeln, das es mit dem seines Gastgebers aufnehmen konnte, fügte er hinzu: «Etwa einen engen Freund.»

St. James grinste zustimmend. «Nun ja, Geschäft ist Geschäft. Sie verlieren selten einen Prozess – so gut wie nie, wie ich höre. Haben Sie jemals Skrupel deswegen gehabt? Nein, das ist eine dumme Frage, etwa so, als würde ich unseren Darwin da drüben fragen» – er nickte einem Mann mit kleinen habgierigen Augen und schütterem Haar auf der anderen Seite des Tisches zu –, «ob es ihn störte, wenn irgendeine seiner finanziellen Transaktionen ein paar tausend Leute den Job kostet.»

Darwin lachte und machte eine protestierende Handbewegung, aber nicht, weil er beleidigt war, sondern um in St. James nicht das Gefühl moralischer Überlegenheit aufkommen zu lassen. «Die Millionen von Anlegern mal ganz außer Acht gelassen, die …», begann er. St. James brachte ihn mit einem eisigen Blick zum Schweigen.

«Wie ich immer sage», fuhr St. James an Morrison gewandt fort: «Diese Art dummer Fragen stellen nur Leute, für die nichts auf dem Spiel steht. – Was ich wissen möchte: Wie machen Sie das? Was machen *Sie* besser als die anderen? Warum gewinnen *Sie* die Prozesse, von denen es heißt, jeder andere würde sie verlieren?»

«Seht ihn euch an!», rief Danielle aus. Sie blickte von einem Gesicht zum anderen. Keiner der Gäste schien zu begreifen, worauf sie hinauswollte. Dabei lag es auf der Hand. Sie musste lachen. «Wie soll jemand mit einem solchen Gesicht lügen können? Wenn dieser Mann aufsteht, um zu den Geschworenen zu sprechen – ich muss dazu sagen, ich war noch nie bei Gericht und habe keine Ahnung, wie es bei einem Prozess zugeht», bemerkte sie mit einem schnellen Seitenblick zu Morrison, «also, wenn dieser Mann behauptet, sein Mandant sei unschuldig, meint ihr nicht auch, dass sie ihm dann gerne glauben *wollen?* Dass sie seinen Worten Glauben schenken, selbst wenn sie irgendwelche Zweifel haben sollten, und nicht auf das hören, was irgendein Anwalt der Gegenseite ihnen erzählt?» Sie sah quer über den Tisch zu ihrem Mann, um dann schnell zu Morrison zu blicken. «Ich mag Ihr Gesicht», sagte sie mit einem Lächeln, das schüchtern und herausfordernd zugleich wirkte. Ihr Blick wanderte wieder zu ihrem Mann zurück. «*Ich* würde mit Sicherheit alles glauben, was er mir erzählt.»

«Dazu muss man wissen, dass Danielle selten jemandem etwas glaubt, was es auch sei», erklärte St. James. Er hielt sein leeres Weinglas in die Höhe und musterte es nachdenklich, um es dann wieder hinzustellen, damit der Kellner ihm nachschenken konnte. «Aber hinter Ihrem ehrlichen Gesicht, Mr. Morrison … Es ist eine Maske, nicht wahr? Hinter der sich verbirgt, was jeder erfolgreiche Anwalt haben muss: rücksichtsloser Ehrgeiz und der Wille, alles zu tun, um zu gewinnnen …»

«Nelson!», rief Danielle sichtlich verärgert aus.

Mit der ausgestreckten Hand gab St. James dem Kellner zu verstehen, dass er genug eingegossen hatte. Es entstand ein unheilvolles Schweigen, als er über den Tisch hinweg seine Frau ansah; es war ein Blick, der eine Warnung zu enthalten schien, eine Erinnerung an etwas, das schwer auf ihnen beiden lastete. Der Ausdruck in seinen Augen änderte sich, wurde förmlich, distanziert und kalt. Das wehmütige Lächeln eines Menschen, der verraten wurde und alles verloren hat, umspielte seinen Mund. «Wir sollten fähig sein, ab und zu die Wahrheit zu sagen, meinst du nicht auch?», sagte er schließlich.

In Danielles Augen blitzte es zornig auf.

«Tatsache ist», sagte Morrison und ließ seine Serviette auf den Tisch fallen, «dass es eigentlich gar kein Geheimnis gibt. Die einzige Möglichkeit zu gewinnen ist, den Fall bis ins kleinste Detail zu kennen, damit man selbst keine Fehler macht, und sich jeden Fehler der Gegenseite zunutze zu machen. Prozesse werden manchmal durch absolute Kleinigkeiten entschieden – etwa die Art, wie ein Zeuge seine Mimik verändert, wenn er plötzlich ins Stocken kommt, als hätte er einen Teil der Lüge vergessen, die er erzählen wollte …»

«Wenn also jemand mit einem Mord durchkommen will» – St. James gab dem Kellner ein Zeichen, den Gästen Champagner einzuschenken –, «muss er somit nichts weiter tun, als Sie als Anwalt zu engagieren und ein so gutes Gedächtnis zu haben, dass seine Lügengeschichte glaubhaft ist. Scheint mir keine große Kunst zu sein.»

«Aber wenn jemand wirklich mit einem Mord davonkommen will – wenn er vorher darüber nachgedacht und ihn sorgfältig geplant hat –, warum sollte er dann an diese beiden Möglichkeiten denken: sich der Dienste Mr. Morrisons zu versichern oder auf eine glaubwürdige Geschichte zu achten?», fragte Danielle mit einem feindseligen Lächeln. St. James warf ihr einen verwirrten, ungeduldigen Blick zu, als er die Champagnerflöte an die Lippen führte.

«Besteht die beste Methode, mit einem Mord davonzukommen, nicht darin, sich nicht erwischen zu lassen? Bedeutet es nicht, dass man versagt hat, wenn man sich der Dienste Mr. Morrisons und seines ehrlichen Gesichts versichern muss?»

Bevor St. James sein Glas abstellen und etwas erwidern konnte, wandte sie sich mit einem Lächeln Morrison zu, das plötzlich spielerisch und voller Leben war. «Sagen Sie uns, von Morden einmal abgesehen, arbeiten Sie auch als Scheidungsanwalt?»

Niemand lachte lauter als Nelson St. James, doch Morrison kam es vor, als wäre sein Lachen hohl und gezwungen.

Morrison trank an jenem Abend zu viel, und als er am nächsten Morgen aufwachte, hatte er Kopfschmerzen. Die gegenüberliegende Küste lag im gleißenden Licht der Mittagssonne wie von dichtem Nebel verborgen, obwohl sie nicht mehr als eine Meile entfernt war. Das Deck unter Morrisons Füßen vibrierte unter dem dumpfen Rhythmus der Schiffsmaschine. Mit der einen Hand hielt er sich an der Reling fest, in der anderen hielt er eine Bloody Mary.

«Sie ist wirklich schön, nicht wahr?»

Nelson St. James stand direkt hinter ihm. Morrison nickte vage, um zu bestätigen, was St. James gesagt hatte, und warf einen anerkennenden Blick auf die eleganten Linien von St. James' wertvollstem Besitz. Dieser lachte laut auf.

«Nicht das Schiff, Mr. Morrison. Meine Frau! Sie konnten gestern Abend den Blick nicht von ihr wenden. Nein, das muss Ihnen nicht peinlich sein! Danielle ist eine der schönsten Frauen dieser Welt. Darum habe ich sie ja auch geheiratet. Wozu sollte man etwas besitzen, wenn man es nicht vorzeigen kann? Ja, ich weiß – so was soll man nicht sagen.»

St. James stand breitbeinig vor der Reling, die er mit beiden Händen umfasste. Er deutete mit dem Kopf zu den Hügeln hin, die sich entlang der Küste hoben und senkten, sowie auf ein Gewirr roter Ziegeldächer eines herrschaftlichen Anwesens. «Das Schloss von Hearst», erklärte er zu Morrison gewandt. «Glauben Sie, Hearst hat das gebaut, weil er nicht wollte, dass jemand zu sehen bekommt, was er alles besitzt, dass niemand wissen sollte, was er an Reichtümern aus allen Ecken und Enden dieser Welt zusammengetragen hat, um die Leere seines Lebens auszufüllen? Es ist das einzige Schloss der Welt, das nach seinem Erbauer benannt worden ist. Und Amerika ist das einzige Land, in dem so etwas möglich war, denn hier beten wir nicht Königshäuser an, sondern Geld.»

St. James richtete sich auf und streckte die Arme. Als er Morrisons Getränk sah, verzog er das Gesicht und schüttelte den Kopf.

«Sie haben weniger getrunken als alle anderen, und trotzdem scheinen Sie der Einzige zu sein, der die Wirkung spürt. Die anderen – sie tun nichts weiter als trinken; aber wer kann es ihnen schon verdenken? Wenn Sie auch so langweilig wären, würden Sie dann nicht auch vergessen wollen, wer Sie sind?»

«Warum haben Sie sie dann ...?», entfuhr es Morrison.

«… überhaupt eingeladen? Warum lassen wir diese Art Wochenendgäste überhaupt an Bord?» Schlaue Bosheit funkelte in St. James' Augen. «Weil die Welt diese Leute für interessant hält – und weil Danielle einverstanden war. In Wahrheit langweilen sie mich alle, Morrison, so gut wie jeder von ihnen. Das Einzige, was mich an anderen Menschen interessiert, ist, wozu sie fähig sind.»

Und wie Sie sie benutzen können, dachte Morrison bei sich. Welchen anderen Maßstab konnte ein Mann haben, der seine Frau allein aus dem Grund geheiratet hatte, um sie vorzuzeigen?

«Das ist es, was mich an Ihnen so fasziniert, Morrison: die Art und Weise, wie wir beide die Regeln so benutzen, wie es nie beabsichtigt war …» Seine Hand schoss in die Höhe, um die unvermeidlichen Einwände abzuwehren. «Ich weiß, ich weiß: ‹Unschuldsvermutung›, ‹mit an Sicherheit grenzender Wahrscheinlichkeit› – damit können Sie einem anderen kommen. Sie und ich …» Er schüttelte triumphierend den Kopf. «Regeln sind für andere Leute da, Morrison, und wir beide wissen das. Wir haben nur eine Regel – gewinnen.»

Wind kam auf, der in Böen über das Deck fegte. Steile kabbelige Wellen begannen gegen den Schiffsrumpf zu schlagen. Das Eis in Morrisons Glas klirrte in seiner noch unsicheren Hand.

Ein rätselhaftes, schmallippiges Lächeln umspielte den Mund von St. James, als er ihm prüfend in die Augen sah. «Ich traue niemandem, der nicht bereit ist, die Regeln zu brechen.» Sein Lächeln wurde breiter, und er lachte laut auf. «Ich sagte Ihnen doch gestern schon, dass Verbrecher mich faszinieren.»

Der Wind wurde stärker, und das Schiff tauchte tiefer in die See. Die Wirkung auf St. James war nicht zu übersehen: Er wurde lebendiger, intensiver.

«Nichts ist so wie hier draußen! Besonders dieser Teil der Küste, die sich kaum verändert hat, die nicht bebaut wurde – Big Sur und

San Simeon. Man kann fast fühlen, wie es damals ganz zu Anfang gewesen sein muss, als die Spanier und die Engländer kamen und all das hier nur darauf wartete, in Besitz genommen zu werden – von jedem, der den Mumm dazu hatte.»

Erstaunt sah Morrison zu, wie sich St. James' Ausdruck veränderte: ein Mensch, der um seinen rechtmäßigen Besitz betrogen worden war.

«Ein ganzes Land, das darauf wartete, aufgebaut zu werden – und was haben wir jetzt?» Er wandte sich wieder an Morrison. «Geld machen ... Zahlen addieren ... Das ist die Welt, in der wir heute leben – sogar den Verbrechern fehlt jeder Ehrgeiz! Haben Sie mal jemanden verteidigt, der wegen Unterschlagung angeklagt war? Und selbst wenn er Millionen beiseite geschafft hätte, das würde keine Rolle spielen, nicht wahr? Verglichen mit einem Bankraub wäre es immer noch langweilig!»

St. James wandte sich mit einem sarkastischen Lachen zum Gehen. «Vielleicht ist es das, was ich tun sollte», rief er in den böigen Wind, die rechte Hand hoch in die Luft gereckt. «Die Totenkopfflagge hissen und die sieben Meere befahren!» Plötzlich blieb er stehen und wirbelte herum. Ein breites, unwiderstehliches Grinsen zog sich über sein ganzes Gesicht: «Sie würden mich mit einem Ortungssatelliten aufspüren und selbst dem jeden Spaß nehmen!»

Er verstummte. Mit gesenktem Blick schien er in sich hineinzuhorchen. «Kennen Sie das Gedicht – ich habe seit Jahren nicht mehr daran gedacht, ich kenne es noch aus der Schule –, ich glaube, ich kann es noch auswendig:

‹Unser Gaffelschoner schießt schnittig durch die Wellen
Am Heck hörst du den Stoff der Totenkopfflagge bellen ...›»

St. James lächelte versonnen. Nach einer Weile angestrengten Nachdenkens fielen ihm die nächsten Zeilen ein, und nun wurde sein Lächeln, das jetzt auf Morrison gerichtet war, breit und stark.

«‹... *Leichen im Speigatt, in den Wanten nur Krüppel*
An den Wänden der Feinde Blut und Hirngestückel.›

Trinken Sie noch eine Bloody Mary! Ich habe noch ein paar langweilige Dinge zu erledigen – alles andere als Piratenabenteuer –; wird wahrscheinlich den ganzen Nachmittag in Anspruch nehmen.»

Morrison machte es sich auf einem Deckstuhl bequem. Er schlug den Kragen seiner gelbbraunen Windjacke hoch, schob die Hände in die Taschen und beobachtete lustlos, wie sich das Kielwasser in einer langen weißen Schaumspur in die Ferne erstreckte – ein kurzlebiger Hinweis darauf, wo sie gewesen waren. Er dachte an St. James und seine Worte, an die Leute an Bord, die nur mit sich und ihren hohlen Träumen beschäftigt waren, und an St. James' Frau oder vielmehr daran, wie er über sie gesprochen hatte. Es war nicht der Stolz auf seinen Besitz, sondern seine Gleichgültigkeit dem gegenüber – die gespielte Verachtung für das, worum ihn andere beneideten, die Tatsache, dass er sie nur als einen weiteren Beleg für seine Leistung ansah, als etwas, dessen Wert allein in ihrer Schönheit lag. War das der Grund für den merkwürdigen Unterton gestern Abend? Dass St. James und seine Frau beide wussten, dass nur Geld und nichts als Geld sie zusammengebracht hatte, dass sie es wussten und dass es beide störte.

Morrison sagte sich, dass es ihn nichts anging, was andere Leute taten. Man hatte ihn zu einer Kreuzfahrt vor der Küste Kaliforniens eingeladen; er war der Einladung gefolgt, weil er der Stadt entkommen wollte, einen Törn auf dem Pazifik machen und einmal wenigstens die Gelegenheit haben wollte, auf die Küste zurückzublicken, ein wenig Distanz zu seinem Alltag zu finden. St. James mochte Verbrecher interessant finden, aber er, Morrison, wusste ganz genau, dass die meisten von ihnen kaum lesen und schreiben konnten und nur höchst selten ihre Verbrechen vorher planten.

Der Wind legte sich, die See wurde ruhig, und das einzige Geräusch, das jetzt noch zu hören war, während die lange weiße Yacht durchs Wasser glitt, war das leise Murmeln aus dem Maschinenraum. Morrison beschloss, das Gespräch mit den beiden Paaren zu suchen, die an Deck gekommen waren, um sich zu sonnen.

«Sie verkaufen die Wohnung in New York», sagte Pamela Clark und verteilte die Sonnencreme auf ihren glatten, geschmeidigen Beinen. Auch wenn sie einen sportlichen Eindruck machte, schien sie zu jener Art Frau zu zählen, der ihr Aussehen auf dem Tennis- oder Golfplatz wichtiger war als die Qualität ihres Spiels.

«Und das Haus in Miami Beach», fügte die andere Frau mit bissigem Unterton hinzu. Wie sie an der Reling stand, sah Barbara Oliver aus wie eine Schaufensterpuppe: mit ihrem glänzenden schulterlangen Pagenschnitt, dem leuchtend roten Lippenstift und den unverschämt weißen Zähnen. Der in den Augenwinkeln viel zu dick aufgetragene Lidschatten hatte zu bröseln begonnen – so viel Mühe für ein Make-up, das dann doch nicht hält, dachte Morrison. Sie wandte sich zu Pamela Clark und schien gerade etwas Bissiges sagen zu wollen, als sie Morrison bemerkte. «Kennen Sie Nelson schon lange?», fragte sie mit einem aufgesetzten Lächeln.

Morrison hatte mit den Jahren die Fähigkeit entwickelt, einen Zeugen mit einem Blick zu erfassen und schon an der kleinsten Veränderung seines Gesichtsausdrucks zu erkennen, mit wem er es zu tun hatte. «Wir haben uns gerade erst kennen gelernt», erwiderte er und lächelte erst die zweite Frau an und dann die Männer, mit denen sie zusammen waren. Jeder hielt einen Drink in der Hand. Morrison fiel wieder ein, was St. James gesagt hatte.

«Möchten Sie gerne …?», fühlte Townsend Oliver vor.

Morrison schüttelte den Kopf und hielt den Blick weiter auf Olivers Frau gerichtet. «Das Haus in Miami Beach und …?»

«Und?»

«Sie waren gerade dabei, etwas zu erzählen, und ich fürchte, ich habe Sie unterbrochen.»

«Nein», entgegnete sie mit einem hastigen Lächeln. «Das haben Sie wirklich nicht, ich …»

«Du wolltest gerade sagen, dass sie fast ihren gesamten Besitz verkaufen», korrigierte sie Pamela, die immer noch mit ihren Beinen beschäftigt war. «Du wolltest sagen, dass alle diese Gerüchte, die im Umlauf sind, wahr sind, und dass …»

«Ich wollte überhaupt nichts sagen», fiel ihr Barbara mit eisigem Blick ins Wort. «Ich weiß überhaupt nichts von irgendwelchen Gerüchten.»

Es folgte ein peinliches Schweigen. Sie kannten einander, doch sie kannten ihn nicht. Es wäre ein Leichtes für Morrison gewesen, sich nun mit einer Ausrede zu verabschieden und sie allein ihren Streit ausfechten zu lassen, was sie sagen und was sie lieber für sich behalten sollten. Stattdessen zog er einen leeren Deckstuhl heran und setzte sich zu den beiden Paaren.

«Warum sollte jemand eine Wohnung in New York oder in Miami Beach oder überhaupt sonst wo haben wollen, wenn er hier leben kann?», bemerkte er mit einer ausholenden Armbewegung. «Es gibt nicht viele Häuser von dieser Größe, und außerdem kann man es überall mit hinnehmen. Und die Yacht verkaufen sie ja wohl nicht», behauptete er mit der perfekten Selbstsicherheit eines Anwalts, der einem Zeugen bei Gericht eine Lüge auftischt, um seine Allwissenheit zu demonstrieren. Eine Taktik, die er sich im

Lauf seiner Karriere angeeignet hatte: Nichts war besser geeignet, die Wahrheit aus einem Menschen herauszukitzeln.

«Überallhin», sagte Townsend sinnend. Seine Frau warf ihm einen missbilligenden Blick zu, den Townsend ignorierte. «Besonders außerhalb der heimischen Hoheitsgewässer, wo die amerikanischen Gesetze nicht gültig sind ...»

Morrison lächelte, als hätte er von Anfang an Bescheid gewusst – und in gewisser Weise war das auch so. Es hatte schon immer Gerüchte über Nelson St. James gegeben und die Schwierigkeiten, in denen er sich befand; Gerüchte über Ermittlungen, die gerade begonnen hatten, und solche, die nie zu Ende geführt worden waren; Gerüchte über neue und alte Zeugen; Gerüchte über Dinge, die sämtlich mit Sicherheit beweisen würden, dass Nelson St. James hinter allem steckte, was nicht in Ordnung war, was wiederum allein durch die Tatsache bewiesen wurde, dass man ihn noch nie wegen irgendetwas belangt hatte. Nelson St. James war einfach zu reich und zu mächtig.

«Was hat Nelson schon zu befürchten?», fragte Wendell Clark mit krächzender Stimme. Er war älter als Townsend, hatte müde Augen, ein Doppelkinn und einen brutalen Zug um den Mund. «Er könnte sogar den Präsidenten zu Fall bringen, wenn er nur die Hälfte von dem erzählte, was er über die Machenschaften dieser Vollidioten aus der Regierung weiß – wie sie die erste Wahl manipuliert haben, wie viel Geld sie zum Fenster rausgeworfen haben ...»

«Vorsichtig, Wendell ... Wir sollten nicht über ...!»

«Oh, hör auf mit dem Mist, Townsend! Das ist mir so was von egal! Was kümmert es mich, wenn Morrison hier ...» Wendell Clark warf Morrison einen entschuldigenden Blick zu. «Townsend ist der Meinung, wir sollten nicht über Dinge reden, die früher oder später sowieso jeder erfährt.»

Clark nahm einen langen Schluck von seinem Gin Tonic und hob das Glas dann in Richtung eines der weißbefrackten Stewards, damit dieser ihm einen weiteren Drink brachte. Ein schlaues Lächeln umspielte seine Lippen.

«Nun, es gibt da ein paar namhafte Unternehmen, die in Konkurs gegangen sind, börsennotierte Unternehmen, in die viele Menschen ihr Geld gesteckt und es verloren haben, während – wie soll ich sagen? – für eine kleine Gruppe von privilegierten Anlegern Sonderarrangements getroffen wurden, wodurch sie mit Millionenprofiten aus der ganzen Sache rausgekommen sind. Mindestens ein ehemaliger Präsident hatte die Ehre, sich zu diesen Begünstigten zu zählen. Da müssen nur ein paar Namen bekannt werden, und die Leute fangen an, die Verbindungen zu erkennen, zwischen Politik und Geld, wie der eine den anderen benutzt hat …» Er nahm den Gin Tonic entgegen, den der Steward ihm reichte, und trank einen schnellen Schluck. «Sie werden noch Jahre darüber reden …» – bei diesen Worten deutete er vage mit dem Kinn in Richtung Kabine, in der Nelson St. James gerade einen weiteren langen Nachmittag verbrachte – «… und sich fragen, wie er es angestellt hat, wie er den Mann zu Fall gebracht hat …»

«Du hast zu viel getrunken!» In Townsend Olivers Stimme schwang plötzlich Angst mit. «Was ist, wenn Nelson dich hört und …?»

«Zur Hölle mit Nelson, zum Teufel mit ihnen allen!», gab Clark zurück. «Ich habe nichts dagegen, dass Leute Geld verdienen», sagte er jetzt wieder an Morrison gewandt. «Teufel, ich habe selbst eine Menge Geld gemacht. Ich habe nicht mal was dagegen, wenn Leute die Regeln zurechtbiegen – hin und wieder habe ich das auch gemacht, wenn es nötig war –, aber es gibt gewisse Grenzen, wie weit man gehen kann, und der Einzige, der diese Grenzen nicht kennt, der Einzige, der bereit ist, alles zu tun, was …»

Pamela Clark war aufgesprungen. Sie packte ihren Mann am Arm. «Warum bringen Sie mir nicht noch einen Drink?», rief sie dem Steward hinterher, was die letzten Worte ihres Mannes übertönte. «Er kommt», flüsterte sie eindringlich, bevor Clark opponieren konnte.

«Bitte alle mal herkommen!», rief St. James, als er an Deck kam. «Danielle möchte uns alle auf dem Achterdeck haben. Sie will ein Foto machen.»

2 Am Abend ging die *Black Rose* vor den Channel Islands vor Anker. Als die Lichter von Santa Barbara auf dem mondbeschienenen Meer tanzten, floss der Alkohol in Strömen, und alle Gäste verhielten sich, als wären sie die besten Freunde. Besonders Wendell Clark schien sich die größte Mühe zu geben, die Konversation in eine Richtung zu lenken, wie sie Nelson St. James gerade am besten passte.

«Gestern Abend unterhielten wir uns darüber, wie man ...», begann St. James, als sein Blick zum anderen Tischende wanderte, an dem Morrison saß.

«... wie man ungestraft mit einem Mord davonkommt», warf Clark ein. Auf den Ellbogen gestützt, beugte er sich vor, begierig zu erfahren, was als Nächstes kam.

St. James sah ihn an, als wäre der Mann ein hoffnungsloser Fall, und starrte dann auf die Tischplatte wie jemand, der überlegt, ob er selbst einen Mord begehen soll. Schließlich holte er tief Luft und hob den Blick.

«Ja, genau: Mord. Aber nicht, was Danielle meinte – wie man es anstellen muss, um nicht erwischt zu werden –, sondern wie ein Anwalt wie Morrison Geschworene dazu bringt, zu glauben, die Polizei habe den falschen Mann festgenommen.»

Morrison bemerkte amüsiert, wie sich Clark in Anwesenheit von St. James verhielt, wenn er glaubte, vorsichtig sein zu müssen, und wie er sich verhielt, wenn er allein war und das Gefühl hatte, offen seine Meinung sagen zu können.

Clark bemerkte den Ausdruck in Morrisons Augen. «Ist das

nicht schlimmer als ein Mord», fragte er, «wenn jemand einem Mörder dabei hilft, ungeschoren davonzukommen? Ist ein Anwalt nicht der viel größere Verbrecher, wenn er Geschworene mit miesen Tricks dazu bringt, irgendeinen Scheißkerl von Mörder freizusprechen?»

Morrison hob eine Augenbraue. «‹Scheißkerl von Mörder›, ‹miese Tricks›: Solche Worte würden Sie also gebrauchen, wenn Sie oder sonst jemand – etwa Mr. St. James», fügte er mit einem undurchsichtigen Seitenblick hinzu – «eines Mordes beschuldigt würden, den Sie nicht begangen haben? Ich wundere mich immer wieder, wie viele Leute, die immer der Meinung waren, jeder Verdächtige sei automatisch auch ein Schuldiger, plötzlich zu dem Schluss kommen, dass Polizisten Idioten sind und das ganze System korrupt, wenn sie selbst eines Verbrechens beschuldigt werden.»

Clark wurde rot. Doch bevor er eine Entgegnung hervorsprudeln konnte, beugte Danielle sich vor: «Was mich interessieren würde, ist nicht, wie Sie einen dieser ‹Scheißkerle von Mördern› verteidigen würden, sondern wie Sie selbst einen Mord begehen würden, wenn Sie straflos davonkommen wollten. Ja, erzählen Sie uns das!», rief sie aus, wobei ihre Augen leuchteten. «Jeder hier scheint von Morden fasziniert zu sein, aber Sie sind der Einzige, der sich auskennt. Sie haben mit all diesen Leuten gearbeitet … all diese Prozesse geführt … Sie müssen darüber nachgedacht haben! Also, was würden Sie tun, wenn Sie jemanden umbringen, aber nicht erwischt werden wollten? Erzählen Sie uns das, Andrew Morrison, erzählen Sie uns, wie man den perfekten Mord begeht!»

«Den perfekten Mord?» Morrison zuckte die Achseln. «Ich habe durchaus einige Fälle erlebt, in denen der Täter nicht gefasst wurde. Im Gegensatz zu dem, was manche zu glauben scheinen, habe ich tatsächlich Mandanten gehabt, denen man einen Mord zur Last legte, den ein anderer begangen hat.»

Eine feierliche Stille senkte sich auf den Tisch, die eher Ausdruck eines Gefühls von Anstand war als echtes Gefühl. «Nun, selbst wenn man diese Fälle berücksichtigt», sagte Clark mit einem harten, zynischen Unterton in der Stimme, «so sind doch die meisten Leute, die wegen Mordes vor Gericht gestellt werden, und die meisten, die Sie freibekommen, in Wirklichkeit …»

«Der perfekte Mord …», sagte Morrison, bevor Clark zu Ende sprechen konnte. Er sah Danielle direkt an. «Zu einem perfekten Mord gehören drei Dinge: eine Waffe, die unauffindbar bleibt; ein Alibi, das unwiderlegbar ist; und – das Wichtigste von allem – ein anderer, dem man die Schuld in die Schuhe schieben kann.»

«Ein anderer, dem man die Schuld in die Schuhe schieben kann?», fragte St. James.

Fast erleichtert wandte Morrison sich zu ihm um. Das war ein Gesicht, vor dem er nicht zurückschrecken musste, ein Gesicht, das ihn nicht vergessen ließ, was er zu sagen versuchte.

«Niemand stellt sich gern vor, dass jemand ungestraft mit einem Mord davonkommen könnte. Ein Anwalt muss den Geschworenen daher das Gefühl geben, dass der wirkliche Mörder, wer immer das sein mag, irgendwo da draußen frei herumläuft und ungestraft davonkommen wird, wenn sie nicht dafür stimmen, den Angeklagten freizusprechen.»

«Aber wir sprechen von dem *perfekten* Mord, also einem Mord, bei dem der Killer gar nicht erst gefasst wird», erinnerte ihn St. James.

«Es läuft auf das Gleiche hinaus: Man muss jemand anderem die Schuld in die Schuhe schieben können. Die einzige Möglichkeit, straffrei einen Mord zu begehen, besteht darin, die Polizei davon zu überzeugen, dass sie den richtigen Mann hat. Polizeibeamte suchen so gut wie nie nach einem zweiten Verdächtigen, sobald sie den ersten haben. Da gibt es natürlich ein Problem …»

Niemand war bereit, eine Vermutung zu wagen. Wenn man mit einem Mord davonkommen konnte, wenn das so einfach war, wie Morrison behauptet hatte, welches Problem, falls es überhaupt eins gab, konnte sich dann an Bedeutung damit messen?

«Statt nur *einen* Mord zu begehen», sagte Morrison schließlich, «würde man *zwei* begehen.»

Danielle erfasste die Schwere der Schuld, die derjenige auf sich laden würde, der einen perfekten Mord beginge, als Erste. «Weil man letztlich auch die Person töten würde, auf die man den Verdacht lenkt», sagte sie mit einem strahlenden Lächeln. «Die Polizei nimmt den vermeintlichen Mörder fest, er wird wegen Mordes angeklagt, und obwohl er vollkommen unschuldig ist, sprechen alle Beweise gegen ihn, und jeder glaubt, er sei einer dieser ‹Scheißkerle von Mördern›, wie Wendell es so elegant ausgedrückt hat. Die Geschworenen sprechen ihn schuldig, und er verbringt sein Leben entweder im Gefängnis oder wird für sein Verbrechen hingerichtet. Aber warum ist das ein Problem?»

Sie sagte das in einem so lässigen Tonfall, mit einem solchen Ausdruck von Gleichgültigkeit, dass Morrison sich fragte, ob sie es wirklich ernst meinte. Danielle schien seinen Gedanken erraten zu haben. Ihr Lächeln wurde plötzlich rätselhaft, mysteriös und doch irgendwie verständnisvoll, als würden sie einander schon sehr lange Zeit kennen.

«Wenn der eigentliche Schuldige, also derjenige, der hinter allem steckt, sich deswegen Sorgen macht», erklärte sie mit einer seltsam erregenden Stimme, «muss er nur eins tun: dafür sorgen, dass der Angeklagte einen Anwalt hat, der ihn vor dem Gefängnis oder der Hinrichtung retten kann – jemanden wie Sie, Andrew Morrison.»

Die Gäste an Bord der *Black Rose* tranken bis tief in die Nacht. Belangloses Gerede und schamloses Gelächter, wissendes Blinzeln und hintergründige Seitenblicke, und hin und wieder ein vereinzeltes sinnloses Wort, und selbst das wurde so gelallt, dass man es nicht verstehen konnte. All das wurde zur Ursache wilder, hysterischer Lachanfälle, denen plötzlich eine totale Erschöpfung folgte, denn fast alle waren zu betrunken und zu benebelt, um noch klar zu denken; und dann noch ein Wort und noch ein Ausruf und eine neue Ausrede, um noch mehr zu trinken. Die Einzigen, die nüchtern blieben, waren Morrison und Danielle. Je lauter die Stimmen der anderen wurden, je übertriebener ihre Gesten, umso schweigsamer wurden die beiden. Kurz nach Mitternacht entschuldigte sich St. James, gelangweilt und angeekelt von seinen Gästen, und sagte, er müsse ins Bett.

«Bringen Sie mich hier raus», flüsterte Danielle ein paar Minuten später und berührte Morrison an der Schulter. Den anderen verkündete sie, sie brauche frische Luft.

Morrison hielt den Blick auf Pamela Clark gerichtet, die ein paar Stunden zuvor noch so besorgt gewesen war, die abfälligen Bemerkungen ihres Mannes über St. James könnten mitgehört werden. Sie saß Morrison direkt gegenüber und versuchte, ihm über den Lärm hinweg etwas zu sagen – etwas, woran sie sich nicht mehr ganz erinnern konnte, als sie schließlich seine Aufmerksamkeit hatte. Morrison lächelte und nickte, und als alle anderen zu lachen begannen, stimmte er in das Gelächter ein, um erst dann langsam vom Tisch aufzustehen. Er streckte die Arme aus und spazierte allein aus dem Salon.

An Deck konnte er Danielle nicht gleich entdecken, war aber froh, draußen in der kühlen Nachtluft zu sein und dem geistlosen Geplapper, dem schweren Alkoholdunst und dem süßlichen Geruch aufgedonnerter Frauen entkommen zu sein. Er starrte über das mondbeschienene Wasser hinweg auf die flackernden Küstenlichter von Santa Barbara, beeindruckt von der Tatsache, dass jede noch so kleine Veränderung der Perspektive eine neue Illusion erzeugte, das Gefühl, dass etwas, das nicht einmal da war, irgendwie doch so nahe zu rücken schien, dass man glaubte, es berühren zu können. Mit einem Anflug von Reue musste er plötzlich über sich selber lachen, weil er nicht eine Sekunde darüber nachgedacht hatte, dass Danielle ja eine verheiratete Frau war. Er war verdammt schnell ihrem Wunsch nachgekommen. Fast war er froh, dass sie es sich offenbar anders überlegt und nicht auf ihn gewartet hatte.

In dem Moment berührte eine Hand seinen Arm. «Worüber lachen Sie?», fragte Danielle. Ihre Stimme klang wehmütig, atemlos. «Wie einfach es ist, mit mir allein zu sein?»

Und dann, bevor es ihm überhaupt bewusst wurde, lag sie schon in seinen Armen.

«Das sollten wir nicht …», sagte sie, nachdem er sie geküsst hatte. «Es ist zu gefährlich.» Doch ihre Augen, in denen sich das Mondlicht spiegelte, waren voller Sehnsucht und Verlangen, und Morrison konnte an nichts anderes denken als an sie und daran, wie gut sie sich anfühlte. Er küsste sie erneut.

«Danielle!» Nelson St. James stolperte an Deck. Er hatte sie noch nicht gesehen. Er blickte immer noch in die andere Richtung.

«Mein Gott, wenn er uns sieht …», flüsterte Danielle erschrocken. Morrison wollte gerade etwas sagen, ihr versichern, dass alles in Ordnung sei, dass St. James sie nicht gesehen habe, als sie sich umdrehte und in der Dunkelheit verschwand.

«Oh, Sie sind's, Morrison», sagte St. James, als er auf ihn zuging. Er hatte seinen Mantel ausgezogen und seine Krawatte gelockert. In der Hand hielt er einen Drink. «Ich musste da raus», erklärte er schroff. «Ich kann Leute nicht ausstehen, die keinen Alkohol vertragen. Außerdem hatte ich noch was zu erledigen. Haben Sie Danielle gesehen? Ich dachte, ich hätte gehört, wie sie an Deck gegangen ist.»

Morrison konnte den Lippenstift auf seinem Mund schmecken. Ihr Duft war überall an ihm.

«Ich bin gerade erst gekommen.» Er meinte einen Anflug von Ungläubigkeit in dem Lächeln zu erkennen, das sich auf St. James' Gesicht breit machte.

St. James seufzte, machte eine grobe Bemerkung über die Treulosigkeit von Frauen und bot ihm eine Zigarre an. «Ich vergaß, Sie rauchen ja gar nicht. Ich auch nicht … nicht sehr oft – und wenn, dann nur die hier.» Er grinste zynisch. «Kubanische. Kann man hier nicht bekommen. Nur aus anderen Quellen», fügte er vage hinzu. «Von Leuten, die ich kenne … Mit denen ich Geschäfte mache – hauptsächlich in Südamerika», fuhr er ungefragt fort.

«Sie sagen, Sie hätten sie nicht gesehen …» Er riss ein Streichholz an. Für einen kurzen Moment erleuchtete die Flamme sein Gesicht. Morrison glaubte, ein Lachen in seinen Augen erkannt zu haben. «Hätte schwören können, dass ich sie gehört habe …» Er zündete die Zigarre an und schnippte das Streichholz mit einer geübten Bewegung des Handgelenks aus. Er richtete sich auf, und während er an der Zigarre paffte, blickte er auf die ferne Küste. «Muss mich geirrt haben – obwohl: Hier draußen hört man alles. Selbst das leiseste Geräusch …» Langsam ließ er seinen Blick zu Morrison zurückwandern: einen boshaften, wissenden Blick. «Sie ist wahrscheinlich unten … zusammen mit einem meiner Gäste. Wahrscheinlich sind sie inzwischen im Bett gelandet.»

Morrison spürte eine eigentümliche Gemütsbewegung, eine merkwürdige Form der Eifersucht, aber nicht wegen dem, was sie jetzt mit jemand anderem tat – er wusste, dass sie überhaupt nichts tat –, sondern wegen des quälenden Wissens, dass sie es schon zuvor getan hatte. Dass es, wie der Ausdruck in St. James' Augen nahe zu legen schien, vielleicht zu einer Gewohnheit geworden war.

«Ich habe nicht den Eindruck, dass sie …»

«Sie haben nicht den Eindruck …!», erwiderte St. James lachend. «Für was für eine Art Frau halten Sie sie? Für eine treue Ehefrau, die zu Hause brav auf ihren Gatten wartet, eine Frau, die nie an andere Männer denkt?»

St. James nahm einen tiefen Zug aus seiner Zigarre. Das Glitzern in seinen Augen war vielleicht keine Grausamkeit, aber zumindest etwas, das dem sehr nahe kam.

«Danielle treu? Das hat sie versprochen, aber ich frage mich: Habe ich ihr das jemals geglaubt?» Er lehnte mit beiden Ellbogen auf der Reling und schnippte die Asche seiner Zigarre ins Meer. Mit einem Ausdruck höchsten Interesses wandte er den Kopf und blickte Morrison in die Augen. «Würden Sie's? Wenn Sie mit einer Frau verheiratet wären, die so aussieht, einer so viel jüngeren Frau, einer Frau, die Sie kein zweites Mal angesehen hätte, wenn da nicht etwas gewesen wäre, was sie dazu gezwungen hat? Was glauben Sie wohl, warum sie mich geheiratet hat? Weil ich so charmant, weil ich so ein Weltmann bin? Oder hat es vielleicht mit der Tatsache zu tun, dass jeder zu glauben scheint, mir gehörte halb New York und daneben noch ein paar weitere Dinge?»

St. James trat von der Reling zurück. Mit einer weit ausholenden Armbewegung warf er seine Zigarre ins Meer.

«Es lag nicht nur am Geld. Nein, es hing damit zusammen, was Geld bedeutet: ständige Jagd nach Neuem, Aufregung, das Bedürfnis, Besitz zu erwerben. Sie kann einfach nicht genug bekommen – auch was Männer betrifft. Ob mir das gefällt, dass sie den Gedanken nicht erträgt, es könnte etwas oder jemanden geben, den sie nicht haben kann? Ob ich je etwas dagegen unternehmen werde?» Er lächelte und zuckte die Schultern. «Würden Sie es tun – wenn es Ihre Frau wäre und Sie sie nicht verlieren wollten?»

St. James machte Anstalten zu gehen, blieb dann aber stehen und blickte zurück. «Sie hat dieses Talent, wissen Sie? Untreue hin oder her: Sie schafft es immer wieder, dass man denkt, sie gehört einem trotzdem noch irgendwie.» Ein Lächeln, das unter seinem oberflächlichen Zynismus fast mitfühlend wirkte, zuckte um seine Mundwinkel. «Sie müssen das empfunden haben in diesen wenigen Momenten, in denen sie mit Ihnen hier draußen war.»

Damit drehte er sich um und ging, ohne sich noch einmal umzusehen. Zum ersten Mal seit langer Zeit empfand Morrison so etwas wie Scham.

Die Nacht wurde kühler. Morrison schlug den Kragen hoch und zog sich den Mantel enger um den Hals. Plötzlich überkam ihn die Erinnerung an sie, und sein schlechtes Gewissen verschwand. Ihr Geruch, wie sie sich angefühlt hatte, als sie ihm die Arme um den Hals schlang – das würde wohl das Einzige bleiben, was er je von ihr besitzen würde, aber allein die Erinnerung, das lebhafte Gefühl, als wäre es noch immer so …

Morrison hob abrupt den Kopf, er zwang sich zu vergessen – oder versuchte es zumindest –, was, wie er wusste, er nicht haben konnte. Er beschloss, sich ein wenig Bewegung zu verschaffen, um einen klaren Kopf zu bekommen. Der Himmel über der Yacht war voller Sterne, lauter leuchtende, funkelnde Zuschauer eines kurzen Dramas – oder war es eine Komödie gewesen, eine Farce? –, das sich soeben abgespielt hatte: der gehörnte Ehemann, die treulose Gattin, die jedoch, wenn sie nur die geringste Chance bekäme, dem Mann, den sie gerade erst kennen gelernt hatte, für immer treu sein würde; einem Mann, mit dem sie vielleicht durchgebrannt wäre, um sich nicht einmal umzusehen, hätte die Szene nur ein wenig länger gedauert. Morrison spürte fast so etwas wie ein Triumphgefühl, aber nicht, weil er die eben ausgemalte Szene für realistisch hielt, sondern weil er es wieder einmal geschafft hatte, sich zumindest für einen kurzen Moment seinen Träumen hinzugeben.

Nach einem zweiten Rundgang über das Deck winkte er den Sternen zu wie ein Schauspieler, der von der Bühne abgeht, und begab sich nach unten. Die Gäste hatten den Salon mittlerweile alle verlassen; überall auf dem Tisch standen leere Gläser herum, manche waren umgekippt und ausgelaufen. Auf den goldgeränderten Tellern befanden sich Reste des Desserts, die zu formlosen Cremehaufen zusammengeschmolzen waren. Der abgestandene Geruch nach Schweiß und Alkohol rief Morrison in Erinnerung, wie viel Mühe die Menschen darauf verschwendeten, es sich gut gehen zu lassen. Mit gesenktem Kopf und leicht deprimiert steckte er die Hände in die Taschen, um seinen Rundgang fortzusetzen.

Die Stille war vollkommen. Doch dann hörte er hinter der gepolsterten Tür der Eignersuite ein gedämpftes Geräusch. Wie angewurzelt blieb er stehen, die Ohren gespitzt. Ein Ehestreit: St. James, der seine Frau anbrüllte, die ihm in gleicher Lautstärke antwortete. Morrison konnte ihre Worte nur undeutlich verstehen. Doch das Wort «Hure» drang zu ihm, dicht gefolgt von einem scharfen, lauten «Scheißkerl», in einer Stimme, die ihre ganze atemlose Erregung verloren hatte. Morrison hörte, wie sich auf der anderen Seite schnelle Schritte näherten. Die Tür flog auf.

«Das ist mir völlig egal, ob ich jemals …!», rief Danielle über die Schulter zurück. Als sie Morrison nur wenige Meter entfernt im Gang stehen sah, brach ihre Stimme ab. Wie weggeblasen verschwand der Zorn aus ihren Augen und wurde durch etwas ersetzt, das ihm fast wie Angst vorkam. Sie schüttelte schnell den Kopf: Diese Geste bedeutete ihm, nicht näher zu kommen und kein Wort zu sagen. Sie wirbelte wieder herum, um weiter ihren Mann anzuschreien, aber jetzt nicht mehr so eindringlich und herausfordernd. «Denkst du vielleicht, ich will mit jedem Mann ins Bett, mit dem ich mich einmal unterhalten habe?» Ihr Tonfall klang verletzt, als sie die Tür hinter sich zuzog und es Morrison überließ, zu vermuten, wie viel St. James – falls überhaupt – gesehen hatte.

Als der Anwalt schließlich im Bett lag, wirbelten so viele Gedanken und Gefühle in seinem Kopf herum – Eifersucht und Scham; das Verlangen, etwas zu tun, und das Wissen um seine Ohnmacht; Angst und die Erkenntnis, dass er eine Situation geschaffen hatte, die für alle Beteiligten ernsthafte Konsequenzen haben konnte –, dass er erst nach langer Zeit endlich einschlief. Doch dann war sein Schlaf so tief, dass er das leise Knarren seiner Kabinentür erst hörte, als sie von innen wieder geschlossen wurde.

«Wer ist da?» Der Schreck war ihm in die Glieder gefahren. Der Schatten, der sich auf ihn zubewegte, handelte schnell und effektiv.

«Psst, nicht so laut!», flüsterte Danielle, die sich neben ihn auf die Bettkante gesetzt und ihm den Finger auf den Mund gelegt hatte. «Er schläft zwar jetzt, aber wenn er wütend ist …» Sie trug nicht mehr als ein seidenes Nachthemd, das ihr bis knapp zu den Knien reichte. «Es tut mir leid, dass du unseren Streit mit anhören musstest, wirklich, es tut mir …»

Morrison zog sie zu sich herunter und küsste sie sanft auf den Mund. «Nein, bitte … das können wir nicht machen … nicht hier, nicht so», begann sie zu protestieren. Morrison ignorierte ihren Einwand und küsste sie nun hart und leidenschaftlich, ihren schlanken Körper mit beiden Armen umfassend. «Nein – nicht hier, nicht jetzt!» Ihre Stimme klang weich, als sie sich zur Seite drehte und aus dem Bett sprang. «Das ist zu gefährlich! Er würde uns beide töten, wenn er uns in flagranti erwischte.» Morrison griff erneut nach ihr, doch sie trat zur Seite, und er wusste, dass sie es diesmal ernst meinte.

«Ich hätte nicht kommen dürfen», murmelte sie, als sie sich vornüberbeugte und ihm das Haar aus der Stirn strich. Sie ließ die weichen Strähnen durch ihre Finger gleiten und lächelte über den Ausdruck hoffnungsvoller Enttäuschung, den sie in seinen Augen gewahrte. «Du bist unwiderstehlich; aber das weißt du, nicht wahr?» Es lag etwas Trauriges und Wehmütiges in ihrem Blick, als sie hinzufügte: «Ich musste dich wiedersehen – einmal noch, allein –, um es dir zu sagen.»

«Um mir was zu sagen?», fragte Morrison, der sich auf den Ellbogen gestützt hatte, plötzlich alarmiert.

«Dass ich dich nicht wiedersehen kann, so gern ich es auch wollte.»

Sie lächelte. Dann stand sie auf und verließ ohne ein weiteres Wort den Raum.

3

In der vagen Hoffnung, Danielle vielleicht allein anzutreffen, begab sich Morrison früh am nächsten Morgen an Deck, als er in einigen Meilen Entfernung eine Barkasse bemerkte, die Kurs auf die Küste nahm. Neben St. James saß Danielle, die sich just in dem Moment nach hinten umdrehte, als versuchte sie, einen letzten Blick auf jemanden zu erhaschen, der zurückgeblieben war.

«Mr. und Mrs. St. James mussten bedauerlicherweise nach New York zurückfliegen.» Morrison fuhr herum: Direkt neben ihm stand der Kapitän, um dessen Lippen ein seltsames Lächeln spielte. «Geschäftlich», fügte er mit einem bedeutungsvollen Blick hinzu.

Hier stimmt was nicht, dachte Morrison, so benimmt sich kein Kapitän einer Luxusyacht. Das Verhalten dieses Mannes war zu förmlich, zu bemüht, als würde er nur eine Rolle spielen. Er wirkte wie geradewegs aus einer Werbeanzeige für Segelkleidung herausspaziert, wie ein Yachteigner, jemand, der es sich leisten kann, ein solches Schiff zu besitzen – und nicht wie ein Angestellter, der darauf arbeitet. Der weiße Zweireiher schimmerte seidig wie ein Dinnerjacket, und die maßgeschneiderten Flanellhosen endeten genau im richtigen Winkel über den schwarzen italienischen Schuhen. Sein graues Haar war perfekt geschnitten und sein schwarzer Schnurrbart so akkurat gestutzt, dass Morrison sich fragte, ob sich vielleicht ein Friseur an Bord befand. Der Kapitän sprach Englisch, doch das war ganz offenbar nicht seine Muttersprache.

«Mustafa Nastasis», verkündete er und streckte die Hand aus. «Wir sind uns noch nicht vorgestellt worden. Die anderen Gäste kenne ich bereits, aber für Sie ist es das erste Mal, nicht wahr?»

Morrison nickte. «Sie sind Grieche, oder?»

«Väterlicherseits. Meine Mutter stammt aus Istanbul. Normalerweise hassen die Griechen und die Türken einander, aber das scheint die beiden nicht weiter gestört zu haben: Ich habe noch acht Geschwister.»

«Wie lange arbeiten Sie schon für Mr. St. James?»

Nastasis zögerte. Sein Blick schien sich nach innen zu kehren, als wäre die von Morrison gestellte Frage nicht so einfach zu beantworten, wie man hätte annehmen dürfen. «Wir kennen uns schon lange», erwiderte er schließlich. Seine Augen folgten der Motorbarkasse, die jetzt kaum noch zu sehen war. Nur die lange Spur weißen Kielwassers hob sich deutlich vom Blau des Meeres ab. «Sehr lange.»

Morrison hörte ihn kaum. Auch er sah in Richtung Küste. Er musste an Danielles Blick denken, als sie sich vorhin umgedreht und mit den Augen den sonnendurchfluteten Dunst abgesucht hatte. Ob sie wohl nach ihm Ausschau gehalten hatte?

«Werden sie zurückkommen?», fragte er den Kapitän.

Nastasis lächelte. «Auf die *Black Rose?* Ja, immer.» Er hielt inne, als wollte er mit seinem Herrschaftswissen prahlen. «Aber wann oder wo …?» Er zuckte die Schultern.

Morrison nickte zum Zeichen, dass er verstanden hatte, und wandte sich zum Gehen.

«Aber wenn es etwas gibt, das wir tun können, damit Sie Ihre verbleibende Zeit auf der *Black Rose* bestmöglich genießen, lassen Sie es uns bitte wissen!», rief Nastasis ihm nach.

Am Abend beim Dinner, als die *Black Rose* bereits wieder Kurs nach San Francisco genommen hatte und die Frage aufkam, ob es irgendeine andere Yacht gebe, die sich mit ihr messen könne, erkundigte sich Morrison nach dem Kapitän. Doch der Name Mustafa Nastasis ließ alle Gespräche verstummen.

Wendell Clark unterbrach schließlich das peinliche Schweigen. «Da gibt es wirklich nicht viel zu wissen», erklärte er und zwang sich zu einem Lächeln. «Ich glaube, er gehört zum Inventar.» Zur allgemeinen Erleichterung wechselte er schnell das Thema, indem er auf die Planung für die nächsten gemeinsamen Wochenenden zu sprechen kam.

Dass ausgerechnet Clark, der noch am Vortag keinerlei Hemmungen gezeigt hatte, hinter Nelson St. James' Rücken offen irgendwelche Vermutungen über ihn zu äußern, sich bei Nastasis so bedeckt hielt, kam Morrison äußerst seltsam vor. Es gab nicht viele Dinge, die einen Menschen so auf der Hut sein ließen. Bei all den Gerüchten über St. James' Verbindungen zu illegalen Geschäftemachern – einige davon zuletzt von Wendell Clark persönlich wiederholt – hatte der Anwalt nicht einen Augenblick in Erwägung gezogen, dass auch Gewalt eine Rolle spielen konnte. Womit sich die Frage stellte: Was für Geschäfte betrieb Nelson St. James wirklich?

Doch Morrison beschäftigte sich nicht lange mit dieser Frage. Als er am nächsten Morgen, einem dunstig-feuchten Montag, wieder an seinem Schreibtisch saß und versuchte, sich auf einen neuen Prozess vorzubereiten, war die einzige Erinnerung an das vergangene Wochenende, die seine Gedanken nicht losließ, die an Danielle. Zum ersten Mal in seiner Karriere als Strafverteidiger fühlte er sich gelangweilt von seiner Arbeit. Ihm kam es vor, als würde er zum x-ten Mal das Gleiche machen, als er eine einleitende Erklärung formulierte, die er mittlerweile schon im Schlaf hätte herunterbeten können. Er starrte aus dem Fenster auf die von dichten Nebelschwaden umhüllte Golden Gate Bridge und dachte an jenen letzten Blick, diesen letzten sehnsuchtsvollen Gruß, den er freilich nicht wirklich gesehen hatte. Schließlich musste er über seine Eitelkeit lachen und schalt sich einen Dummkopf.

Wahrscheinlich war er für Danielle St. James nur ein kurzer Flirt gewesen und nicht mehr; abgesehen davon war sie eine verheiratete Frau und schon allein deshalb tabu für ihn, und zwar für alle Zeiten. Und doch … Schon der bloße Gedanke an sie und daran, wie sie ausgesehen, wie sie sich angefühlt hatte … Es war besser, nicht an das zu denken, was er nicht haben konnte. Er machte sich wieder an die Arbeit.

Doch es dauerte nicht lange, und seine Gedanken verselbständigten sich erneut. Danielle war die schönste Frau, die er je gesehen hatte, aber sie war dennoch nicht der Typ Frau, der einen Mann zum Besessenen machte und alles andere vergessen ließ. Morrison war nie in seinem Leben wirklich verliebt gewesen – dazu war er immer viel zu sehr mit seiner Arbeit beschäftigt gewesen –, doch jetzt wusste er, dass er es hätte sein können, wenn die Umstände es erlaubt hätten. Darin lag ein gewisser Trost, so etwas wie Sicherheit.

Je näher der Prozesstermin heranrückte, umso härter arbeitete er und umso weniger dachte er an andere Dinge. Danielle St. James hatte er völlig aus seinem Kopf verbannt. Als am Abend vor der Verhandlung ein unangemeldeter Besucher sein Büro betrat, war der Anwalt so in seine Akten versunken, dass er mit dem Namen des Fremden nicht gleich etwas anfangen konnte.

«Es geht um Nelson St. James», wiederholte dieser und setzte sich unaufgefordert auf den Stuhl vor Morrisons Schreibtisch.

Er trug einen dunkelblauen Anzug mit Krawatte und bewegte sich mit dem Selbstbewusstsein eines Mannes, der es sich zwar nicht zur Gewohnheit gemacht hatte, aber ein gewisses Recht dazu empfand, in anderer Leute Privatsphäre einzudringen. Das feine Netz von Fältchen um seine zusammengekniffenen Augen verstärkte den Eindruck von unerbittlicher Entschlossenheit, sich zu holen, worauf er aus war.

«Wer sind Sie? Wie sind Sie hier reingekommen?»

«Jack Taylor», erwiderte der Fremde und griff in seine Innentasche, um eine Visitenkarte herauszuziehen. «Justizministerium.»

Morrison lehnte sich in seinem Stuhl zurück. Ein Grinsen, das alles und nichts besagen konnte, machte sich auf seinem Gesicht breit, als er die Karte studierte. «Nelson St. James … Was ist mit ihm?»

«Sie haben ein paar Tage mit ihm zusammen verbracht.»

Die Visitenkarte in den Händen, warf Morrison den Kopf in den Nacken und lachte schallend. «Sie spazieren einfach so in mein Büro herein, nachdem alle anderen gegangen sind; Sie machen sich nicht mal die Mühe, mir Ihren Namen zu nennen, bevor Sie sich unaufgefordert setzen – und das alles, während ich mitten in einem komplizierten Prozess stecke! Weshalb sollte ich ausgerechnet mit Ihnen über Nelson St. James oder überhaupt über etwas sprechen wollen?»

Mit einer ungeduldigen Geste wischte Taylor seinen Einwand beiseite. Er schien nicht bereit, sich von seinen Absichten abbringen zu lassen. «Sie haben in Berkeley studiert, richtig?»

«Jura – warum?»

«Ich war auch dort – ein paar Jahre vor Ihnen», fügte er mit einem entwaffnenden Lächeln hinzu. «Hübsches Büro übrigens», bemerkte er in bewusster Untertreibung, als er sich in dem weitläufigen, luxuriös ausgestatteten Raum mit den dunklen Möbeln und den dicken Orientteppichen umsah. Sein Blick wandte sich wieder Morrison zu. «Sie haben einen gewissen Ruf – einen sehr guten, wie ich vielleicht hinzufügen darf. Sie sind keiner dieser Strafverteidiger, die alles tun, um ihren Prozess zu gewinnen – vielleicht ja, weil Sie so gut sind, dass Sie das nicht nötig haben. Wie auch immer: Sie sind ein ehrlicher Kerl und waren zumindest bis jetzt wohl auch nicht korrumpierbar. Deshalb war ich ein wenig überrascht, als ich feststellen musste, dass Sie drei Tage auf seiner Yacht verbracht haben, der *Black Rose.*»

«Ich kenne die Gerüchte über St. James, aber …»

«Das sind nicht nur Gerüchte, Mr. Morrison. Da war ein Mann an Bord, Wendell Clark – erinnern Sie sich an ihn?»

«Ja, natürlich erinnere ich mich an ihn. Er …»

«Er ist tot.»

Mehr als die Tatsache als solche traf Morrison die Art, wie Taylor die Nachricht überbrachte, seine fast klinische Distanziertheit. Taylors Worte klangen ganz so, als wäre der Tod von Wendell Clark ein eindeutig vorhersehbares Ereignis gewesen, bei dem nicht die Frage interessierte, *ob* es passieren würde, sondern *wann.*

«Ermordet, sowohl er als auch seine Frau, gestern am späten Abend in ihrem Haus in Washington.» Noch immer schwang in Taylors Stimme kein Hauch von Bedauern mit.

«Washington? Ich wusste nicht, dass sie dort wohnten. Ich wusste wirklich nicht …»

«Dass Clark einer der mächtigsten Männer des Landes war? Haben Sie je was von der Hawthorne-Gruppe gehört?»

Morrison schüttelte den Kopf. «Nein, ich …» Plötzlich dämmerte ihm vage, dass er den Namen doch schon einmal irgendwo gelesen haben musste. «Ja, ich glaube schon. Hochrangige Beamte. Ehemalige Minister, ein ehemaliger Präsident – Finanzinvestitionen, ausländische Regierungen …»

«Neben anderen Dingen», sagte Taylor. «Clark war der Mann an der Spitze. Die anderen, die berühmten Leute, deren Namen jeder kennt, benutzen ihre Kontakte und helfen, die Deals abzuschließen; aber Clark war für das Tagesgeschäft zuständig. Er wusste, was jeder Einzelne tat.»

Morrison war sich nicht sicher, was diese letzte Äußerung bedeutete. «Was jeder tat?»

«Sagen wir einfach, dass Mr. Clark Dinge wusste, die für einige der Beteiligten hätten schädlich sein können. Er wusste mit Sicherheit Dinge über Nelson St. James, die …»

Morrison fiel wieder ein, was Clark an jenem Nachmittag über den Eigner gesagt hatte und wie beunruhigt seine Frau gewesen war, dass St. James vielleicht davon hören könnte. «Sie glauben, St. James …?»

Taylor warf ihm einen zynischen Blick zu. «Zur Tatzeit befand er sich einige tausend Meilen entfernt an Bord der *Black Rose* irgendwo im Südpazifik. St. James hat Clark und seine Frau nicht getötet; das hat jemand anders für ihn erledigt.»

«Aber warum? Clark wusste meinetwegen etwas über St. James, aber haben Sie nicht gerade gesagt, dass er intime Kenntnisse über alle Leute besaß, die mit der Hawthorne-Gruppe zu tun hatten? Warum also sollte er …?»

«St. James hatte nichts mit der Hawthorne-Gruppe zu tun – die Hawthorne-Gruppe hatte etwas mit ihm zu tun.»

Taylor stand von seinem Stuhl auf, trat ans Fenster und starrte auf den bedeckten Himmel. «Diese Leute hatten überall ihre Finger drin, doch ein paar Dinge gab es, bei denen ihnen die Hände gebunden waren. Zum Beispiel einen Öl-Deal, eine Pipeline, die Milliarden von Dollar wert gewesen wäre, hätten sie sie durch einige Länder im Nahen Osten laufen lassen können. Sie haben mit Bestechungsgeldern nur so um sich geworfen, doch die Regierung eines dieser Länder wollte nicht, dass sich irgendwelche Westfirmen bei ihnen breit machten.»

Er drehte sich zu Morrison um. Sein Mund war zu einem harten Lächeln verzogen. «Diese Leute sind in der Lage, sich selbst von allem Möglichen zu überzeugen. Irgendwann stand für sie fest, dass die Regierung eines dieser Länder – und zwar die, die ihr Bestechungsgeld nicht annehmen wollte – korrupt und antidemokratisch sei und von daher ausgetauscht werden müsse. Offiziell hieß es, sie wollten im Nahen Osten die Demokratie einführen, in Wahrheit haben sie natürlich Politik im Sinne der US-Regierung gemacht. Dafür waren sie immer noch zu haben. Erst versuchten sie es über öffentliche Kampagnen, im Kongress, in der Presse, wo immer nur von nötigen Reformen im Nahen Osten die Rede war. Und dann begannen sie ihren privaten kleinen Krieg.» Taylor blickte wieder aus dem Fenster in Richtung Golden Gate Bridge, die in der Ferne wie ein schwarzer Schatten aufragte. «Oder sie brachten vielmehr St. James dazu, für sie einen anzufangen.»

Morrison nahm einen Bleistift in die Hand und tippte mit der Radiergummispitze auf die Schreibtischplatte. Ihm fiel wieder ein, was Clark über St. James und die Leute gesagt hatte, die vernichtet werden würden, wenn bestimmte Dinge ans Tageslicht kämen. Wenn Taylor die Wahrheit gesagt hatte, dann war St. James so etwas wie ein international agierender Terrorist, der bereit war, für Geld beim Sturz von Regierungen mitzuwirken. Wusste Danielle davon? Und war das vielleicht der Grund für ihre Todesangst vor ihm und dem, was er tun könnte?

«Also, was können Sie mir alles über Ihren netten kleinen Wochenendausflug auf der *Black Rose* erzählen?» Taylor trat zurück an den Schreibtisch und setzte sich wieder. «Irgendetwas, das Sie gesehen oder gehört haben, etwas, was zwischen Clark und St. James vorgefallen ist, was Ihnen vielleicht das Gefühl gegeben hat, dass da nicht alles in Ordnung war …»

Morrison legte den Bleistift auf die Tischplatte. Vor seinem geistigen Auge sah er immer noch Danielle. Er war sich fast sicher, dass sie von den Machenschaften ihres Mannes nichts gewusst haben konnte.

«Ich erinnere mich vor allem daran, wie viel an Bord getrunken wurde.» Plötzlich drehte Morrison den Kopf leicht zur Seite, als wollte er Taylor aus einer neuen Perspektive betrachten. Genau dieselbe Taktik wandte er an, wenn er nach einem Zeugen zu sprechen begann. «Woher wissen Sie eigentlich, dass ich dort war? Haben Sie die *Black Rose* überwachen lassen?», fügte er hinzu, bevor Taylor reagieren konnte. «Haben Sie sie mit einem GPS-Satelliten verfolgt?» Er lächelte. «Dann hatte St. James am Ende ja doch Recht.»

«Am Ende ja doch Recht?», fragte Taylor verwirrt. «Inwiefern hatte er Recht?»

«Damit, dass aus ihm kein Pirat mehr werden könnte, selbst wenn er es wollte. Er meinte, ein Satellit würde ihn überall aufspüren und ihm an allem den Spaß nehmen.»

Taylor hob eine Augenbraue. «Ihm fehlt also der Spaß daran, ja? Soweit ich mich erinnern kann, mussten Piraten meist gegen Leute kämpfen, die sie anschließend töteten. Das bringt ein weit größeres Risiko mit sich, als Nelson St. James je hat auf sich nehmen wollen!»

Taylors Mimik sprach Bände, als er aufstand, um zu gehen. Morrison war klar, dass er ihn für naiv hielt, weil er sich seiner Ansicht nach irgendwelchen Illusionen über Nelson St. James hingab. Kurz bevor er die Tür erreicht hatte, hielt er inne und drehte sich um.

«Wissen Sie eigentlich, warum man Sie eingeladen hat, auf der *Black Rose* mitzufahren? Sind Sie St. James je zuvor schon einmal begegnet?»

«Nein, ich habe ihn erst an dem Tag kennen gelernt, als ich an Bord ging. Ich war der Meinung, dass es sich um eine dieser üblichen gesellschaftlichen Einladungen handelte, dass er einfach Lust hatte, mich kennen zu lernen. Er hat nie etwas gesagt, das mich etwas anderes hätte vermuten lassen.»

Taylor warf Morrison einen spöttischen Blick zu. «Er lud ganz zufällig einen berühmten Strafverteidiger zu einem privaten Besuch ein, einem dreitägigen Törn vor der Küste Kaliforniens, während gleichzeitig eine Anklagejury des Bundes darüber beriet, ob sie wegen mindestens zehn verschiedener sehr ernster Beschuldigungen Klage erheben sollte!»

«Davon habe ich nichts gewusst.»

Taylor nickte schnell und entschieden. «Nun, lieber Morrison, Sie wissen immer noch nichts davon. Das, was Sie soeben erfahren haben, ist nämlich absolut vertraulich. Und jetzt werde ich Ihnen etwas erzählen, was noch vertraulicher ist: Clark und seine Frau wurden letzte Nacht ermordet. Es sollte wie ein Einbruch aussehen, bei dem etwas aus dem Ruder lief, aber wir wissen, dass dem nicht so ist. Clark sollte heute Morgen vor der Anklagejury erscheinen.»

Ein besorgter Ausdruck trat auf Taylors Gesicht, als er fortfuhr. «Und da ist noch etwas: Wir haben ein Telefongespräch abgehört; wir haben nicht viel verstanden, aber ein Teil von dem, was wir mitbekommen haben, hat mit Ihnen zu tun.» Sein Blick hatte nun etwas Lauerndes. «Er hat mit Ihnen nicht zufällig darüber gesprochen, dass Sie vielleicht sein Anwalt werden sollten .... nichts in der Richtung?»

Morrison wollte ihm gerade sagen, das gehe ihn nichts an, doch dann überlegte er es sich anders. Der Ausdruck in Taylors Augen hatte ihn neugierig gemacht.

«Wenn er nicht mit Ihnen darüber gesprochen hat, ob Sie sein Anwalt werden könnten, wäre ich an Ihrer Stelle vorsichtig.»

«Warum?» Morrison war jetzt ebenfalls aufgestanden. «Was hat er genau gesagt?»

«‹Verpflichte Morrison.› Das ist alles, was wir haben: ‹Verpflichte Morrison.› Was bedeutet das Ihrer Meinung nach?»

Morrison hatte keine Ahnung, was Nelson St. James bei diesem teilweise abgehörten Telefonat gemeint haben konnte, und in Wahrheit war ihm das auch gleichgültig. Er hatte einen anstrengenden Prozess vor sich, der am nächsten Tag beginnen sollte, und nichts zählte für ihn im Augenblick mehr als dieses Verfahren. Dennoch musste er unwillkürlich an Danielle und seine Reaktion im Gespräch mit Taylor denken, an die merkwürdige Weise, wie er versucht hatte, ihr zu helfen. Warum hatte er dem anderen nicht einfach erzählt, was er wusste, und die Worte Wendell Clarks wiederholt? Er fühlte sich auf merkwürdige Weise in die Angelegenheit verwickelt und zu einer Art Unehrlichkeit verdammt, die er nicht recht verstand, und das alles nur wegen einer Frau, die er kaum kannte. Was, wenn sie nicht so unschuldig war, wie er so bereitwillig, ja, so eilfertig hatte annehmen wollen? St. James schien sich keine großen Illusionen darüber zu machen, mit was für einer Art Frau er verheiratet war – warum wollte er, Morrison, unbedingt so viel besser von ihr denken? Weil es ihm wie der Verrat an einer Frau vorgekommen wäre, die ihm das Wissen um etwas Intimes aus ihrem Leben anvertraut hatte?

Aus welchem Grund auch immer war Danielle St. James jetzt sein Geheimnis; das einzige, das er hatte.

4

Andrew Morrison hatte keine Freunde, keine engen Freunde, niemanden, bei dem er sich versucht fühlen konnte, etwas von dem mitzuteilen, was ihn bewegte. Mit der Ausnahme eines gelegentlichen Wochenendes, wie er es gerade auf der *Black Rose* verbracht hatte, verließ er die Stadt nur selten und tat so gut wie nie etwas anderes als arbeiten. Von Anfang an, seit er erstmalig als Strafverteidiger aufgetreten war, hatte ihn nur der eine Gedanke beseelt, alles in seiner Macht Stehende zu tun, um zu lernen, was er wissen musste. So hatte er auch den Gerichtsstenographen kennen gelernt, jenen Mann, der mehr über ihn wusste als irgendjemand sonst.

Wann immer Philip Conrad an das erste Mal dachte, als Andrew Morrison ihn um die Abschrift eines Prozessprotokolls gebeten hatte, musste er in sich hineinlächeln. Morrison hatte damals gerade einen Prozess gewonnen, bei dem ihm niemand eine Chance eingeräumt hatte. In einem der vernichtendsten Kreuzverhöre, die Conrad je erlebt hatte, hatte Morrison den Hauptzeugen der Anklage so mühelos auseinander genommen, dass es am Ende fast so aussah, als hätte der Zeuge nur darauf gewartet, den Geschworenen endlich erzählen zu können, dass er dem Staatsanwalt einen einzigen Bären aufgebunden hatte. Conrad konnte sich noch gut an seine Verwunderung erinnern, als er erfahren hatte, dies sei erst der dritte oder vierte Prozess des jungen Verteidigers Andrew Morrison gewesen.

«Wie viel wird das kosten?», fragte Morrison, als er sein Scheckheft hervorzog. «Ich weiß, Sie rechnen nach Seiten ab, aber wenn

Sie mir etwa die Höhe des Betrags nennen, könnte ich Ihnen jetzt etwas zahlen und den Rest, wenn Sie fertig sind.»

Conrad blickte von seinem Schreibtisch hoch. Es war kein Wunder, dass Geschworene Morrison mochten. Sein Gesicht war offen, ehrlich, intelligent und zeigte nichts von der üblichen Verschlagenheit seiner Zunft. Morrison war ein Mensch, dem man trauen konnte, das sah man sofort. Der Anwalt hielt sein Scheckbuch in der Hand, bereit, den Betrag einzutragen, den Conrad ihm nennen würde. Doch dieser schüttelte den Kopf.

«Man legt nur Berufung ein, wenn man verliert, Mr. Morrison; nur dann muss man die Abschrift noch einmal durchsehen: wenn man irgendeinen juristischen Fehler finden muss, irgendeinen Formfehler», erklärte er. Er sprach langsam und methodisch und ein wenig schwerfällig, als wollte er die Bedeutung und den relativen Wert jedes einzelnen Wortes abwägen. «Und die Staatsanwaltschaft kann nicht in Berufung gehen, weil ...»

«Weil die Anklage in einem Strafverfahren gegen einen Freispruch nicht Berufung einlegen kann – ja, ich weiß, Mr. Conrad», sagte Morrison. Seine Stimme klang nicht etwa ungeduldig, sondern eher verlegen, als bedauerte er, dem älteren Mann die Mühe gemacht zu haben, ihm zu erzählen, was er schon wusste.

Mit einem leicht verwirrten Gesichtsausdruck lehnte sich Conrad in seinem Stuhl zurück. In seinem kleinen Kabuff von Büro hatte er das dunkelbraune Sportjackett, das er fast jeden Tag trug, an einem Metallhaken an der Tür aufgehängt und stattdessen eine graue Strickjacke über sein weißes Oberhemd mit der bunten Krawatte gezogen. Die Jacke hatte ein Loch am rechten Ellbogen, was weniger ein Kennzeichen von Verlotterung als von der bescheidenen Vornehmheit war, in der Philip Conrad lebte.

«Sie haben den Prozess gewonnen; die Staatsanwaltschaft kann nicht in Berufung gehen ... Also warum ...?»

«Ich weiß, dass ich gewonnen habe», entgegnete Morrison mit einem Gesichtsausdruck, der später berühmt werden sollte, einem Ausdruck verblüfften Erstaunens, dass er etwas getan haben konnte, das sich so zum Guten gewendet hatte. «Ich weiß, dass ich gewonnen habe», wiederholte er mit einem Kopfschütteln. «Ich habe mir gedacht, ich sollte lieber herausfinden, warum.»

Conrad musste lachen, doch dann ging ihm auf, dass Morrison es ernst gemeint zu haben schien. Den jungen Anwalt interessierten freilich weder die etwaigen Fehler des Richters noch irgendwelche Formfehler, und selbst was die Verfahrenstaktik der Anklage betraf, war ihm nicht an einem genaueren Studium gelegen. Nein, Morrison interessierte sich nur für eigene Fehler, für Dinge, die er hätte besser machen können, für Möglichkeiten, sein Auftreten vor Gericht noch zu perfektionieren.

Die Arme vor der Brust verschränkt, ließ Conrad seinen Blick für einen Moment auf Morrison verweilen – nur um sicher zu sein. Dann blickte er zur Seite, um mit einem schwachen Lächeln auf den Lippen in stiller Billigung die Augenbrauen zu heben und langsam zu nicken. Morrison war anders als die anderen, und Conrad wusste das.

«In etwa einer Woche werde ich alles für Sie bereithaben.» Morrison wollte fragen, in welcher Höhe er den Scheck ausstellen sollte. Conrad schüttelte den Kopf. «Sie können zahlen, wenn Sie wiederkommen.»

Als Philip Conrad Morrison zum ersten Mal begegnete, war er seit fast zwanzig Jahren Gerichtsstenograph und beinahe genauso lange verwitwet. Jeder, der im Gerichtsgebäude mit ihm zu tun hatte, mochte ihn. Er war bescheiden, fast zurückhaltend, hatte ein angenehmes, rundes Gesicht und sanfte Augen, die selbst dann irgendwie traurig blickten, wenn er lächelte. Doch er gab sich heiter – vielleicht um andere nicht mit Dingen zu belasten, die nur ihn betrafen. Abgesehen von dem Gerichtsklatsch, der in der kleinen Gruppe von Gerichtsbediensteten und Stenographen die Runde machte, mit denen er um die Mittagszeit manchmal in der Cafeteria ein Sandwich aß, war er eher schweigsam.

Jeder im Gerichtsgebäude kannte Philip Conrad so, wie man einen Menschen, mit dem man einen Teil seines Arbeitstags verbringt, eben kennt; und doch hätte niemand auf die Frage, wo er lebte oder was er am Wochenende tat, eine Antwort gewusst, außer dass er irgendwo in der Stadt lebte – was natürlich San Francisco bedeutete – und dass er wahrscheinlich einen Großteil seines Wochenendes damit zubrachte, das Prozessprotokoll zu tippen, das irgendein Anwalt für ein Berufungsverfahren brauchte. Wen immer man gefragt hätte, ob Philip Conrad verheiratet sei, hätte sich mit einiger Verlegenheit gefragt, weshalb er stets einfach angenommen hatte, dass er allein lebte.

Er sprach nie über seine Frau oder über das, was passiert war. Es kam ihm nie in den Sinn, dies zu tun. Dazu waren ihm diese Dinge zu intim und zu schmerzlich. Er hatte das Mädchen aus dem Viertel geheiratet, in dem er aufgewachsen war, das Mädchen, das er seit seiner Kindheit gekannt hatte. Sie heirateten in der Woche nach seiner Rückkehr aus Vietnam, ein zweimal verwundeter Kriegsveteran, und bezogen das kleine Haus draußen im Grünen, in dem er immer noch wohnte. An jedem Tag, den er mit ihr zusammen war, rettete sie seine Seele, und als sie eineinhalb Jahre später starb, als sie auf dem Rückweg vom Einkaufen überfahren wurde, starb auch der beste Teil von ihm. Er ließ ihr Bild auf der Schlafzimmerkommode stehen und lebte Jahr für Jahr gewissermaßen zum Schein. Wie jemand, der auf fatalistische Weise eine Tragödie als eine vorübergehende Unannehmlichkeit betrachtet, kam es ihm nicht einmal in den Sinn, sich weiterzuentwickeln. Nur eine Sache hielt ihn aufrecht: der Glaube an die Bedeutung dessen, was er tat, etwas Nützliches für die Allgemeinheit, und der absolute Wille, seinen Job gut zu machen. Und so lauschte Philip Conrad seit zwanzig Jahren mit dem anonymen Gesicht eines Stenographen den Dramen, die sich in den Gerichtssälen abspielten, sorgfältig jedes Wort notierend, damit ihm nichts entging.

Es war vielleicht dieses Gefühl von Stolz auf seine Arbeit, das Wissen, dass weniger wichtig ist, *was* man tut, als *wie* man es tut, das ihn ein solches Interesse an Andrew Morrison entwickeln ließ. Morrison erinnerte ihn an jene Generation von Anwälten – großen Anwälten –, die er kennen gelernt hatte, bevor das Fernsehen und die Massenmedien das Evangelium des Augenblickserfolgs zu predigen begonnen hatten. Die Anwälte, die nach ihnen auf der Bildfläche erschienen waren, lebten nur noch von der Überzeugung, dass ein glattes Lächeln und ein halbes Dutzend geschliffener Phrasen ausreichten, um in einem Prozess zu bestehen.

Die großen Anwälte, die Legenden, von denen Conrad einige am Ende ihrer Laufbahn noch gesehen hatte, hatten mehr Gesetzestexte in ihrem Gedächtnis gespeichert, als diese neue Gattung in der Lage war, im Computer zu finden. Sie hatten hart daran gearbeitet und nie aufgehört, sich fortzubilden. Wenn es sein musste, arbeiteten sie die ganze Nacht durch – ohne ein Wort der Klage. Sie brauchten keine so genannten Experten, um zu erfahren, welche Geschworenen sie nehmen und welche sie als befangen ablehnen sollten; sie verschwendeten ihre Zeit nicht damit, bei einem vorab durchgespielten Prozess sämtliche Kunstgriffe auszuprobieren. Sie konnten einen Zeugen stundenlang ins Kreuzverhör nehmen, ohne einen einzigen Blick auf ihre Notizen zu werfen. Es war Jahre her, seit Conrad zuletzt einen Anwalt erlebt hatte, der dazu fähig oder auch nur bereit war, es zu versuchen. Aber Morrison konnte es, und dabei fing dieser doch gerade erst an und war nicht schon am Ende seiner Karriere angelangt.

Fasziniert, lauschte Conrad noch aufmerksamer, als er das nächste Mal in einem von Morrisons Prozessen der Stenograph war. Er interessierte sich nicht länger nur für die Worte, die er festhalten musste, sondern dafür, wie diese Worte eingesetzt wurden: Er achtete auf die leichte Veränderung des Tonfalls, die unterschiedliche Färbung, mit der Morrison seinen Äußerungen einen Sinn gab. Während seine Finger über die Tasten der Stenomaschine eilten, beobachtete Conrad unter seinen Schlupflidern die eleganten Bewegungen, die subtilen Gesten, mit denen Morrison den Geschworenen klar machte, was sie wirklich von dem halten sollten, was ein Zeuge soeben unter Eid ausgesagt hatte.

Morrison bewegte sich im Gerichtssaal wie ein Fisch im Wasser. Da war nichts von der selbstgefälligen Eitelkeit, die Conrad bei so vielen Anwälten beobachtet hatte, die in ihren Maßanzügen und italienischen Schuhen herumstolzierten – Anwälten, die die Geschworenen von oben herab behandelten, wenn sie ihnen den Sachverhalt begreiflich machen wollten, oder die noch nie auf eine Auslegung des Gesetzes gekommen waren, die nicht schon längst zum Klischee geworden war. Morrison sprach nicht in vorgestanzten Sätzen wie andere Anwälte.

Auch dieser Prozess endete mit einem Freispruch, einem weiteren Sieg für die Verteidigung; und am nächsten Morgen stand Morrison wieder in Conrads kleinem Büro und bat mit dem gleichen freundlichen Lächeln um das Protokoll, damit er nachvollziehen konnte, was er alles falsch gemacht hatte.

«Nicht viel, nehme ich an», sagte Conrad mit einem feinen Lächeln.

Morrison schien fast verlegen, als hätte sein Gegenüber ihm ein unverdientes Kompliment gemacht. Er starrte zu Boden. «Das Eröffnungsplädoyer war nicht … Und dann war da diese Frage, die ich beim Kreuzverhör gestellt habe. Die hätte …» In der Gewissheit, dass Conrad sich erinnern und ihm zustimmen würde, sah er ihn an. Doch Conrad erwiderte nur seinen Blick und sagte, das Protokoll werde in einer Woche fertig sein.

Erst nachdem Conrad in mindestens sechs von Morrisons Prozessen Stenograph gewesen war, brachte er ihn zum ersten Mal mit einem der legendären Anwälte der Vergangenheit in Verbindung. Morrison war gekommen, um das Protokoll nach einem weiteren Freispruch in einem weiteren Prozess zu erbitten, von dem niemand geglaubt hatte, dass er ihn gewinnen könnte. Er hatte ein Modell des Hauses benutzt, in dem der Mord stattgefunden hatte, ein maßstabsgetreues Modell, um zu zeigen, dass die Aussage des Hauptzeugen der Anklage unmöglich wahr sein konnte.

«Melvin Belli hat immer maßstabsgetreue Modelle benutzt», bemerkte Conrad. Er drehte den Kopf leicht zur Seite und beobachtete Morrisons Reaktion. «Ich glaube, er war der Erste.»

Morrisons Augen leuchteten auf. Er setzte sich auf den Stuhl an der Seite von Conrads einfachem Holzschreibtisch. «Sie haben Belli bei der Arbeit gesehen? Waren Sie Stenograph in einem seiner Prozesse?», fragte er zunehmend begeistert. «War er so gut, wie die Leute sagen? Er war bestimmt besser, darauf könnte ich wetten!»

«Es war einer seiner letzten Prozesse – er war schon recht alt –, aber immer noch sehr eindrucksvoll. Er hatte mehr juristisches Wissen vergessen, als die meisten Anwälte je lernen.»

Morrison nickte eifrig. «Sind die Geschichten tatsächlich wahr? Dass er nach jedem gewonnenen Prozess auf dem Dach seines Bürogebäudes drüben an der Sutter Street eine Kanone abfeuerte?»

Conrad verschränkte die Hände im Nacken. «Das wurde mir erzählt, aber selbst gehört habe ich es nie.»

Morrison lachte. Seine Augen glitzerten vor Aufregung. «Und was ist mit der Geschichte, dass er einmal eine Siegesparty gab, bei der eine Frau splitternackt Harfe spielte?»

«Das weiß ich wirklich nicht – ich war nicht eingeladen. Aber es kann schon sein, dass die Geschichte stimmt. Bei Belli war alles möglich.»

Nach dieser kurzen Unterhaltung wurden die beiden Männer auf seltsame Art Freunde. Morrison wollte alles wissen, was Conrad ihm über die großen Strafverteidiger erzählen konnte, die er gekannt hatte. Keine Einzelheit war zu klein oder zu unbedeutend. Was immer Conrad ihm erzählte, er wollte nur noch mehr wissen: wie diese Anwälte die Geschworenen ansprachen, wie sie mit einem Zeugen im Zeugenstand umgingen und – mehr als alles andere – was sie taten, wenn etwas Unvorhergesehenes geschah. Von wem auch immer Conrad gerade sprach, Morrison wollte immer wissen, wie dieser Anwalt mit Überraschungen umgegangen ist.

«Das macht mir zu schaffen», sagte Morrison an einem späten Nachmittag, als sie in einer fast leeren Cafeteria bei einer Tasse Kaffee zusammensaßen.

«Was stört Sie?», wollte Conrad wissen, als er einen Löffel Zucker in seine Tasse einrührte.

«Dass immer etwas passiert, was man nicht erwartet.» Conrad sah nicht hoch. «Wie viel Zeit man auch auf die Vorbereitung verwendet, wie gründlich man auch gewesen sein mag, immer passiert etwas, das alles verändert. Und dann geht einem auf, dass man es eigentlich von Anfang an hätte wissen müssen.»

Conrad legte den Löffel auf den Tisch. Mit beiden Händen hielt er die Tasse und nippte langsam. Der Kaffee schmeckte nach nichts. Aber falls Conrad es überhaupt bemerkt haben sollte, schien es ihm nichts auszumachen.

«Sie sprechen davon, was bei einem Prozess passiert – genauso gut könnten Sie darüber sprechen, was im Leben geschieht.»

«Ich bin nicht sicher, ob ich das je hinkriege», fuhr Morrison fort. Er war wie fixiert auf diesen Gedanken. «Da ist immer etwas, was ich zu übersehen scheine.»

Conrad nahm einen zweiten Schluck und stellte die Tasse ab. Er begann seine Finger zu einer Faust zu ballen und sie dann wieder auszustrecken. «Ich mache meinen Job schon recht lange», sagte er freundlich, «und ich habe nie jemanden gesehen, der besser war.»

Morrison warf ihm einen zweifelnden Blick zu, als wüsste er nicht, ob er ihm glauben sollte oder ob es einen Unterschied machte, wenn er es tat. Conrad verstand sofort. «Da haben Sie Recht, nehme ich an: Dass man besser ist als die anderen, bedeutet nicht, dass man gut genug ist, aber trotzdem ...»

Morrison grinste. «Besser? Sagten Sie ‹besser›? Ich bin nicht halb so gut wie Melvin Belli oder irgendeiner der anderen großen Anwälte, von denen Sie manchmal erzählen.»

Conrad blickte auf seine Hände hinunter, auf die tiefen Falten um seine Knöchel.

«Sie unterschätzen sich», sagte er kurz. «Es ist kein Zufall, dass Sie all diese Prozesse gewinnen. Sie haben noch nie verloren: Bei einem Strafverteidiger ist das fast beispiellos. Sie müssen etwas richtig machen.»

«Bisher hat es noch immer etwas gegeben, was ich falsch gemacht habe, worauf ich nicht vorbereitet war.»

Conrad blickte ihm prüfend in die Augen. «Falls Sie nach Perfektion streben: Sie werden sie nicht finden, fürchte ich. Sie können die Ereignisse nicht unter Kontrolle haben, Sie können nicht die Handlungsweisen anderer Menschen vorhersehen.»

«Ist etwas falsch daran, dass man versucht, besser zu werden?»

«Nur wenn Sie dadurch vergessen, weshalb Sie überhaupt besser werden wollten.»

«Warum ich überhaupt ...?»

«Besser in dem, was Sie tun ... Oder können Sie es nicht ertragen zu verlieren? Besser, weil Sie so gut sein wollen wie nur möglich? Oder besser, weil Gewinnen das Einzige ist, wovor alle Achtung haben?»

Conrad war sich nicht sicher, ob er diese Frage überhaupt hätte stellen sollen. Aber auch Morrison wurde wie fast alle Strafverteidiger – zumindest alle, die er gekannt hatte – von einem seltsamen Zwang getrieben, der an Besessenheit grenzte. Andere Anwälte gingen aus und feierten, wenn sie einen Prozess gewonnen hatten; Morrison quälte sich wegen der Fehler, die er vielleicht gemacht hatte. Alles, was nicht perfekt war, war in Morrisons Augen gleichbedeutend mit Versagen, was nur die Wirkung hatte, ihn noch mehr anzutreiben.

Im Lauf der nächsten Jahre gewann Morrison weiterhin Prozess auf Prozess. Er nahm Fälle an, die sonst niemand anrühren wollte, Fälle, in denen die Verteidigung keinerlei Chance zu haben schien; und jedes Mal überzeugte er die Geschworenen, den Angeklagten am Ende für nicht schuldig zu erklären, und das auf eine Art und Weise, die niemand vorhergesehen hatte, oft durch etwas, das Morrison selbst überraschte. Er war unschlagbar, und er war der Einzige, der es nicht wusste.

Conrad wartete nicht länger, bis er gebeten wurde. Jedes Mal, wenn er der Stenograph war – und wegen seiner langen Dienstjahre konnte er es so einrichten, dass er in den meisten Prozessen Morrisons in San Francisco Protokollführer war –, schrieb er die Protokolle des Tages noch am Abend. Am Morgen nach der Urteilsverkündung, an dem Morgen, an dem Morrison einen weiteren Prozess gewonnen hatte, hielt Conrad das Protokoll bereit. Es wurde zu einer eingespielten Routine, einer Gewohnheit, zu etwas wie einem privaten Scherz.

«Ich möchte Sie gern um das Prozessprotokoll bitten», sagte Morrison etwa.

«Dauert normalerweise mindestens eine Woche», entgegnete Conrad und überreichte ihm ein Protokoll, das tausend Seiten oder mehr umfassen konnte.

Morrison studierte es, ging es im Kopf immer wieder durch, las es drei-, vier-, manchmal sogar fünfmal durch und machte am Rand in dem für ihn so typischen Gekritzel voller Tintenkleckse zahlreiche Notizen.

Conrad wunderte sich über die eigenartige Dichotomie: einerseits der brillante Anwalt, der so voller Selbstbewusstsein war, dass ihm der Gerichtssaal zu gehören schien, und andererseits der ernsthafte Student seiner eigenen Unzulänglichkeiten, der nie ganz verstehen konnte, weshalb er nicht verloren hatte. Hatte das mit Morrisons Vergangenheit zu tun, lag es vielleicht an der Art seiner Erziehung? War er in dem Glauben aufgewachsen, dass nichts, was er tat, je gut genug sein würde? Versuchte der Mann Morrison etwas wiedergutzumachen, was der Junge Morrison nicht hatte einlösen können?

«Wollten Sie schon immer Anwalt werden?», fragte Conrad eines Tages, als sie in der Cafeteria zusammensaßen. Die Geschworenen hatten sich seit dem frühen Nachmittag zur Beratung zurückgezogen, und der Richter ging davon aus, dass sie noch am selben Abend ein Urteil haben würden.

Morrison pustete in seine Tasse mit dem heißen schwarzen Kaffee. «Sagen wir mal so: Ich wollte kein Arzt werden.»

Conrad glaubte zu wissen, was er meinte. «War Ihr Vater Arzt? Ist das Grund, weshalb Sie nicht …?»

«Mein Vater? Keine Ahnung, was er war.» Er lächelte entschuldigend, dass er den anderen mit seiner Antwort in Verlegenheit gebracht hatte. «Ich habe meinen Vater nicht gekannt. Kann mich jedenfalls an nichts erinnern. Er verließ die Familie, als ich zwei war. Er war ein Spieler und Trinker. Ich vermute, dass er meine

Mutter ziemlich schlecht behandelt hat; es brach ihr aber trotzdem das Herz, als er ging. Ich glaube nicht, dass sie je darüber hinweggekommen ist.»

«Das passiert manchmal», bemerkte Conrad.

Morrison war mit seinen Gedanken noch immer beim Prozess, bei dem, was er alles hätte besser machen können.

«Ich wollte kein Arzt werden, weil ich nicht mochte, was die tun. Als ich klein war, glaubte man, Herzgeräusche bei mir festgestellt zu haben, woraufhin mir alle paar Wochen Blut abgenommen wurde. Gott, wie ich diese Nadeln hasste!»

Morrisons Augen funkelten bei der Erinnerung an das ängstliche Kind, das er gewesen war. «Als dann meine Mutter starb … Wir waren arm, hatten nichts. Meine Mutter nahm jede Arbeit an, die sie bekommen konnte, meistens hatte sie zwei Jobs gleichzeitig. Sie starb an Herzversagen – mit vierunddreißig! Sie starb, weil man sie im Krankenhaus nicht aufnahm, sie starb, weil kein Arzt zu ihr kommen wollte, als sie zum ersten Mal Schmerzen in der Brust verspürte und man noch etwas für sie hätte tun können. Sie starb, weil sie keine Krankenversicherung hatte, weil sie arm war, weil sie alles, was sie verdiente, für die Medikamente ausgab, die ich brauchte.» Er sah Conrad direkt an. «Aus diesem Grund habe ich Jura studiert: Ich wollte Anwalt werden, um jedes Krankenhaus und jeden Arzt verklagen zu können, der einen Patienten abweist und sterben lässt.»

Morrison konnte beim Tod seiner Mutter kaum älter als zwölf gewesen sein und war höchstwahrscheinlich von Verwandten großgezogen worden – ein Fremder in einem Zuhause, das nicht seines war. Noch dazu wurde seine junge Seele Tag für Tag von den Herzproblemen heimgesucht, die er angeblich hatte – jener Krankheit, die seine Mutter getötet hatte. Genau in dem Alter, in dem man anfängt, sich Gedanken über seine Zukunft zu machen, war Morrison mit dem Wissen belastet worden, dass seine Zeit ablief. Das erklärte, weshalb Morrison sich selbst so unter Druck setzte.

«Aber das haben Sie nicht getan», betonte Conrad, «Sie sind kein Anwalt für Zivilrecht, Sie verklagen keine Ärzte oder Krankenhäuser, sondern sind Strafverteidiger geworden …»

Ein Hauch von Wehmut war in Morrisons dunkle, tiefliegende Augen getreten. Er strich sich übers Kinn. «Diese Verfahren ziehen sich jahrelang hin, und das meiste an dieser Arbeit ist reine Routine. Ich hätte mich zu Tode gelangweilt. Ich wollte mein Leben nicht damit verbringen, Aussagen aufzunehmen. Ich wollte meine ganze Zeit vor Gericht verbringen.»

Conrad nickte. «Um vor Geschworenen einen Fall zu vertreten», fügte er hinzu. Für ihn ergab das alles einen Sinn: Die Geschworenen, zwölf Fremde, die ein Urteil darüber abgaben, was er tat, waren für Morrison die einzige Quelle der Bestätigung geworden, die er finden konnte.

Einen Tag nach Jack Taylors Besuch in Morrisons Büro, bei dem dieser ihn über Nelson St. James und die Ereignisse an Bord der *Black Rose* befragt hatte, konnte Conrad den Anwalt während eines Prozesses erneut beobachten. Die Verhandlung hatte eben erst begonnen, da wusste Conrad schon, dass er das Beste geboten bekam, was er je gesehen hatte. Er verfolgte fasziniert, wie Morrison sich einen Zeugen der Anklage nach dem anderen vornahm und alles, was der Zeuge äußerte, für die Verteidigung günstig erscheinen ließ. Die Geschworenen fraßen ihm schließlich aus der Hand, und selbst als Conrad glaubte, Morrison müsse vor Erschöpfung gleich umfallen, machte er weiter, um ihnen zu zeigen, dass alles, was er ihnen über die Unschuld des Angeklagten erzählt hatte, der Wahrheit entsprach, wie immer die Beweise auch aussahen.

Am Ende des vierten Prozesstages, nachdem fast jeder das Gerichtsgebäude bereits verlassen hatte, traf Conrad Morrison in der Cafeteria an, wo er über einer Tasse schwarzem Kaffee hockte.

«Mein Abendessen, bevor ich wieder ins Büro gehe und mich an die Arbeit mache», sagte Morrison mit einem erschöpften Lächeln.

Conrad hatte das Gefühl, dass sich Morrison während eines Prozesses ausschließlich von Kaffee ernährte. Am liebsten hätte er ihm erzählt, wie brillant er seinen Auftritt gefunden hatte, doch als Stenograph fühlte er sich genauso zur Unparteilichkeit verpflichtet wie ein Richter. «Interessanter Prozess» war alles, was er sagte.

Ein bitteres Lächeln hob sich scharf von Morrisons Lippen ab. «Ein schrecklicher Prozess», erwiderte er. Verstohlen sah der Anwalt sich um, um sich zu vergewissern, dass der Hausmeister, der gerade in einer Ecke der Cafeteria den Fußboden wischte, seine Worte nicht hören konnte. «Die meisten Leute, die ich verteidige, sind tatsächlich schuldig; aber der hier ist es nicht. Wenn ich nur einen Fehler mache, wird er lebenslänglich für etwas einsitzen, was er nicht getan hat. An Tagen wie diesem denke ich dann doch immer wieder, ich hätte meine Zeit lieber damit verbringen sollen, Ärzte zu verklagen, wie ich ursprünglich vorgehabt hatte.»

Morrison war inzwischen nicht nur berühmt, sondern bei Gericht zur Legende geworden. Mit dem ausdruckslosen Gesicht eines Stenographen lauschte Conrad den Worten Morrisons, der der festen Ansicht war, diesmal keine Chance gehabt zu haben.

«Der einzige Zeuge, den ich habe, ist der Angeklagte, und der ist ein solches Nervenbündel, dass er wahrscheinlich in dem Moment zusammenbrechen wird, in dem er aussagen soll.»

Morrison kratzte sich an der Wange, während er seinen Blick unruhig durch den Raum schweifen ließ. Andere Männer mochten auf und ab gehen und ihre Frustration hinausschreien, Morrison saß vollkommen still da und folgte dem Kampf, der in seinem Kopf tobte, mit einer fast explosiven Intensität.

«Haben Sie bei all den Prozessen, die Sie in Ihrem Leben verfolgt haben, je einen erlebt, bei dem ein Strafverteidiger gegen sämtliche Regeln verstoßen und etwas getan hat, was er nicht hätte tun sollen, weil er wusste, dass dies die einzige Möglichkeit sein würde, seinen unschuldigen Mandanten zu retten?»

Conrad blickte Morrison fest in die Augen. «Sie meinen betrügen, aber nur ein wenig? Dass man um einer guten Sache willen zum Lügner und Betrüger wird?» Er hielt inne. «Kann schon sein, dass das mal vorgekommen ist ... Oder? Nein, ich bin sicher, dass es nicht so war. Zumindest hat bei den Prozessen mit mir als Stenographen nie jemand etwas bemerkt oder gewusst. Natürlich mit Ausnahme des betreffenden Anwalts – der wird für den Rest seines Lebens wissen, dass er versagt hat, als es zum ersten Mal wirklich darauf angekommen ist zu zeigen, was für eine Art Mann, was für eine Art Anwalt er ist. Noch schlimmer ist allerdings das, was er nie erfahren wird.»

«Nie erfahren wird?», fragte Morrison, der in dem strengen, zugleich aber sanften Blick des älteren Mannes Trost fand.

«Dass er nie erfahren wird, ob er seine Ehre vielleicht völlig umsonst beschmutzt hat; dass er nie erfahren wird, ob er nicht auch gewonnen hätte, wenn er sich an die Regeln gehalten hätte.»

Morrison musste ihm Recht geben, ein kleiner Zweifel blieb jedoch bestehen. «Ich frage mich, was mehr belastet: die verlorene Ehre oder das Wissen, dass man einen Unschuldigen vor dem Gefängnis hätte bewahren können, indem man einen Zeugen aufgerufen hätte, von dem man wusste, dass er lügen würde.»

«In dem Prozess werden Sie aber dieser Versuchung nicht ausgesetzt sein, oder?»

Morrison lachte. «Weil der Angeklagte mein einziger Zeuge

ist? Daran können Sie sehen, wie aussichtslos dieser Fall ist: Ich könnte nicht einmal dann durch Betrug gewinnen, wenn ich es versuchte.»

Morrison trank seinen Kaffee aus, begab sich zurück in sein Büro und arbeitete die ganze Nacht hindurch.

Entgegen seinen Befürchtungen endete der Prozess so, wie Conrad es vorhergesehen hatte: mit einem Freispruch für den Angeklagten. Am Morgen nach der Urteilsverkündung wartete Morrison bereits auf das Protokoll, damit er sehen konnte, was er falsch gemacht hatte.

5

Während der langen Wochen, in denen Morrison aus seinem Leben alles ausgeblendet hatte, was nicht mit dem Prozess zusammenhing, den Conrad für seinen besten hielt, hatte Nelson St. James seinen Kollisionskurs mit dem Gesetz fortgesetzt. Der Mord an Wendell Clark und seiner Frau hatte die Regierung nicht etwa dazu gebracht, ihre Bemühungen, St. James hinter Gitter zu bringen, einzustellen, sondern sie noch gesteigert. Drei Tage nach dem Ende von Morrisons Prozess las der Anwalt eine Schlagzeile in der Morgenzeitung, die ihn wieder an Jack Taylor denken ließ und an das, was dieser ihm erzählt hatte. Nelson St. James war schließlich von einer Anklagejury des Bundes angeklagt worden. Der Klageschrift zufolge war das von St. James kontrollierte Finanzimperium nichts anderes als eine kriminelle Vereinigung, die sowohl Einzelpersonen als auch ganze Regierungen korrumpiert hatte. Sollte er auch nur wegen einiger dieser Anklagepunkte verurteilt werden, würde St. James alles verlieren, was er besaß, und den Rest seines Lebens im Gefängnis verbringen. Natürlich hatte St. James alle Vorwürfe geleugnet. In einer offiziellen Erklärung versprach er, wenn er die Chance bekäme, seine Geschichte vor einem ordentlichen Gericht zu erzählen, werde jeder einsehen, dass es nur *eine* Verschwörung gebe, nämlich diejenige, deren unschuldiges Opfer er selbst sei. Wenige Tage später war Nelson St. James verschwunden.

Er wurde zum berühmtesten flüchtigen Rechtsbrecher der Welt und die *Black Rose* zu einem Piratenschiff, das an zwei Orten gleichzeitig sein konnte. Am selben Tag, an dem ihn jemand in einer Bar in Singapur gesehen haben wollte, wurde er angeblich auch in einer Hotellobby in Sydney entdeckt, Tausende von Meilen entfernt. In einer Woche befand er sich in Paris, in einer anderen in Rom; er hatte den halben Atlantik überquert und ankerte irgendwo in der Nähe des Nildeltas. Schließlich vergingen Monate, in denen kein Wort mehr über ihn fiel. Gerade als seine Verfolger aufgegeben hatten und im Brustton der Überzeugung erklärten, er sei nach Südamerika entkommen oder an irgendeinem anderen Ort untergetaucht, wo eine Suche sinnlos und eine Auslieferung unmöglich sei, fuhr die *Black Rose* unter der Golden Gate Bridge hindurch und ging in der Bucht von San Francisco vor Anker.

Doch St. James war nicht an Bord. Er sei ermordet worden, hieß es, erschossen. Sein Leichnam sei draußen auf See geblieben. Aber nicht die Schlagzeile fesselte Morrisons Aufmerksamkeit, sondern das darunter abgebildete Foto. Es war eine Aufnahme von Danielle St. James. Man hatte sie des Mordes angeklagt.

«Schöne Frau», sagte Conrad, der Morrison seine ausgelesene Zeitung reichte. Er hatte gerade seinen Morgenkaffee beendet, als er den Anwalt hereinkommen sah. Er hatte auf ihn gewartet, da ihn seine Reaktion auf die Nachricht interessierte. Morrison schien nicht überrascht.

«Das kenne ich, das Bild», sagte er, als er zum zweiten Mal an diesem Tag auf das Foto von Danielle blickte. «Und … ja, sie ist eine schöne Frau.»

«Sie kannten die beiden, nicht wahr?»

Morrison konnte sich nicht erinnern, wie viel er Conrad über sein Wochenende auf der *Black Rose* erzählt hatte, bis auf die Tatsache, dass er mitgefahren war. «Sie flogen nach New York zurück, als wir in Santa Barbara ankamen. Ich habe zwar ihre Bekanntschaft gemacht, aber könnte nicht behaupten, sie wirklich zu kennen.

Allerdings wurde mir einiges über sie erzählt», gab Morrison zu. «St. James war kein sehr liebenswerter Mann.»

«Das sind reiche Leute selten», bemerkte Conrad.

«Sie hätten Staatsanwalt werden sollen», grinste Morrison. «Sie stellen eine Frage, bekommen eine Antwort und warten immer noch auf mehr.»

«Ist da noch mehr?» Aber diesmal wartete Conrad die Antwort nicht ab; er hatte eine eigene Erklärung: «Bei einer so schönen Frau gibt es immer noch etwas mehr.»

«Sie scheinen einiges über Frauen zu wissen …»

«Ich weiß überhaupt nichts über Frauen», erwiderte Conrad langsam. «Ich bin mir nicht sicher, ob sich überhaupt jemand mit ihnen auskennt.»

Er erhob sich von seinem Stuhl und nickte zu dem Foto in der Zeitung. «Werden Sie es tun?»

«Was tun?»

«Sie verteidigen!»

«Man hat mich nicht darum gebeten.»

«Sie kennen sie. Sie kennt Sie. Wem sonst sollte sie das Mandat übertragen?» Conrad zögerte, unsicher, ob er seinen Gedanken wirklich aussprechen durfte.

«Sie meinen, ich sollte es nicht tun – aber warum?», wollte Morrison wissen.

«Ich bin mir nicht sicher. Es könnte ein Prozess sein, den Sie nicht gewinnen werden. Sie dürfte bei den Geschworenen einen schweren Stand haben.»

«Warum?»

«Eine Frau, die so aussieht, die mit so viel Geld verheiratet war – sie würden ihr nicht trauen. Sie etwa?»

Das war eine Frage, die Morrison beim besten Willen nicht beantworten konnte. Er hatte ihr in jener Nacht vertraut, blind und instinktiv, aber immerhin hatten sie sich da gerade erst kennen gelernt. Sie hatte sich seither nicht mehr bei ihm gemeldet, auch nicht nach ihrer Festnahme. Wahrscheinlich hatte sie sich irgendeinen hochkarätigen Anwalt aus New York gesucht. Als er zum Gerichtssaal hinaufging, zu einer Anhörung wegen eines Antrags in seinem nächsten Fall, war er fast erleichtert, sich nicht mit der Frage auseinander setzen zu müssen, ob Danielle St. James einen Mord begangen hatte, und falls ja, wie er damit umgehen sollte.

Als er am späten Vormittag vom Gericht zurückkam, wartete sie bereits im Wartezimmer auf ihn.

«Ich scheine in Schwierigkeiten zu stecken», erklärte sie mit ihrer sanften, atemlosen Stimme. Sie stand von ihrem Stuhl auf und neigte den Kopf leicht zur Seite, während sich auf ihren Lippen ein nostalgisches und bedauerndes Lächeln abzeichnete, eine bloße Andeutung dessen, was zwischen ihnen hätte passieren können, wenn die Situation damals eine andere gewesen wäre. «Ich habe gehofft, du könntest mir helfen.»

Sie war noch schöner, als er sie in Erinnerung hatte. Er führte sie in sein Arbeitszimmer, wo sie sich in den Besucherstuhl gleiten ließ und langsam ihre Handschuhe auszog. Sie ertappte ihn dabei, wie er sie anstarrte.

«Wenn ich ein paar Tage nach diesem Wochenende hergekommen wäre, an dem wir uns kennen gelernt haben, was hättest du dann getan?», fragte sie. «Hättest du mich zum Lunch eingeladen?»

Ein trauriger, beinahe wehmütiger Zug lag um ihren Mund, doch in ihren Augen glitzerte ein Lachen. Je länger sie ihn ansah, umso entspannter schien sie zu sein. Morrison lächelte. Fast herausfordernd warf sie den Kopf in den Nacken. «Und wohin wären wir deiner Meinung nach wohl gegangen? Vielleicht in eins dieser Lokale in der Nähe des Ferry Building mit Aussicht auf die Bucht? Oder in ein Restaurant in einem kleinen Hotel, in dem wir vielleicht gar nichts zu essen bestellt, sondern lieber gleich ein Zimmer genommen hätten?»

Morrison wusste nicht, was er sagen oder auch nur denken sollte. Sein Instinkt sagte ihm, dass er sie bitten sollte zu gehen, dass sie sich einen anderen Anwalt suchen sollte, gerade wegen der Dinge, die sie vielleicht zusammen getan hätten. Doch er war zu fasziniert von ihr oder von dem, was sie als Nächstes tun könnte, um diese Worte über die Lippen zu bringen.

Sie zuckte die Schultern. «Dies ist wie in einem Film von 1949, nicht wahr?», lachte sie mit einem reuevollen Unterton. «Die Witwe, die angeklagt wird, ihren reichen und viel älteren Ehemann ermordet zu haben; die Witwe in dem schwarzen Kleid, das nach allem anderen, nur nicht nach Trauer aussieht, spaziert in die Kanzlei des einzigen Anwalts, der vielleicht ihren Kopf retten kann, und versucht auf der Stelle, ihn zu verführen.» Ein vages, unsicheres Lächeln zog wie ein Schatten über ihren vollen, aufreizenden Mund. «Aber das haben wir schon getan, oder? Einander verführt, meine ich.»

Sie stand auf, trat ans Fenster und folgte mit den Blicken der engen Straße zur Bay Bridge und zu den Berkeley Hills auf der anderen Seite.

«Ich habe San Francisco schon immer gemocht. Ich bin nicht allzu weit weg von hier aufgewachsen. Früher bin ich oft hergekommen, wenn ich es in New York nicht mehr ausgehalten habe. Nur für ein paar Tage, dann musste ich wieder zurück. New York ist so, weißt du …» Sie starrte immer noch aus dem Fenster auf die Bucht, die in dem sommerlichen Licht silbrig leuchtete. «Nach einiger Zeit glaubt man verrückt zu werden, wenn man nicht rauskommt, weg von all den Leuten, all dem Lärm; und dann – selbst wenn es nur zu einem langen Wochenende in den Hamptons reicht – muss man wieder zurück, weil man Angst hat, etwas zu verpassen, wenn man zu lange weg ist. Oder dass kein Mensch einen vermissen wird, wenn man sich nicht oft genug zeigt. Als ich dann Nelson heiratete und wir dauernd unterwegs waren … Es war meine Idee, hier die Yacht zu unterhalten, zumindest einen Teil der Zeit.»

Je mehr sie sprach, desto mehr wollte Morrison von ihr wissen. Selbst wenn er die Antworten kannte, wollte er ihre Meinung zu bestimmten Dingen hören, die Art von Erklärung, die vielleicht für sie einen Sinn ergab, wenn auch nicht unbedingt für jeden anderen.

«Warum hast du ihn geheiratet?», fragte er endlich. Ihm war klar, dass ihre Entscheidung damals mit Geld zu tun hatte, aber wie Conrad glaubte auch er, dass es noch einen weiteren Grund geben musste.

Sie kehrte zu dem Stuhl vor Morrisons Schreibtisch zurück. Lang und tief holte sie Luft, doch sie sah ihn nur an und sagte kein Wort. Auch er schwieg und hielt ihrem Blick stand.

«Wirst du mir helfen?», fragte sie schließlich.

«Das sollte ich lieber nicht tun.»

«Warum nicht?»

«Du weißt, warum.»

«Ich brauche dich; niemand sonst kann mir helfen.»

«Es gibt andere Anwälte, es gibt …»

«Nein, gibt es nicht! Niemanden, dem ich so vertrauen kann wie dir. Du weißt, was an diesem Wochenende passiert ist; du weißt, was ich gefühlt habe – was ich immer noch fühle. Ich bin in Schwierigkeiten, in großen Schwierigkeiten, und wenn du mir nicht hilfst, kann es niemand.»

Es gab nichts, was Morrison tun konnte. Er musste ja sagen. Alles andere wäre ein Verrat gewesen, und wenn es etwas gab, worauf Morrison stolz war, dann auf die Tatsache, dass er nie das Vertrauen eines anderen Menschen missbraucht oder ihn verraten hatte.

«Wenn ich dir helfen soll», sagte er nach einer langen Pause, «muss ich alles wissen. Geheimnisse darf es dann nicht geben. Du darfst nichts zurückhalten.»

Sie lächelte. Ihre Augen waren voller Dankbarkeit – und noch etwas mehr. Sie versprach, ihm in allem die Wahrheit zu sagen, ihm nichts vorzuenthalten und alles zu tun, was er wollte.

«Du wolltest wissen, warum ich Nelson geheiratet habe. Ich werde es dir sagen. Ich werde dir alles sagen, obwohl ich mich frage, was du von mir halten wirst. Doch eins sollst du als Erstes wissen: Nelson St. James zu heiraten war der größte Fehler, den ich in meinem Leben begangen habe. Ich wünschte, ich wäre ihm nie begegnet, ich wünschte, ich hätte ...» Sie biss sich auf die Lippen und blickte zur Seite, um nicht die Selbstbeherrschung zu verlieren.

«Lass dir Zeit», sagte Morrison. «Wir haben es nicht eilig. Beginn am Anfang. Erzähl mir, wie du ihn kennen gelernt hast.»

Danielle sah sich im Zimmer um. Ihre Augen funkelten vor Zorn bei der Erinnerung an einen anderen Ort und eine andere Zeit. «Es geschah in einem Büro, das so ähnlich war wie dieses hier. Größer natürlich, aber genauso erlesen möbliert: teuer, aber nur für denjenigen sichtbar, der den Wert der Dinge kennt. Was immer Nelson wusste oder nicht wusste: Den kannte er.»

Sie reckte das Kinn in die Höhe und blickte Morrison an, um sich zu vergewissern, dass er die volle Bedeutung ihrer Worte erfasste. «Er wollte mich sehen! Nelson St. James, der mysteriöse und zurückgezogen lebende Nelson St. James, wollte mich sehen. Also ließ er mich kommen.» Ihre Augen blitzten, ihr Kinn reckte sich noch ein bisschen höher. «Ich wurde nicht eingeladen, sondern bestellt. Er besaß alles, halb New York, wahrscheinlich noch weit mehr. Nelson St. James wollte mich sehen, ein junges, ehrgeiziges Model – warum sollte ich nicht hingehen?»

Sie beugte sich vor. Eine eigenartige Erregung überkam sie, als sie Morrison von ihrer ersten Begegnung mit Nelson St. James zu erzählen begann.

«Er sagte, er bewundere meine Arbeit und wolle mit mir über meine Zukunft sprechen. Er erzählte eine Menge darüber, wie meine Karriere am besten gemanagt und wie ich richtig berühmt werden könnte. Als er geendet hatte, sagte ich ihm auf den Kopf zu, dass er mich ja wohl kaum habe kommen lassen, um mir ein paar Ratschläge zu erteilen, und dass er mir doch einfach nur hätte sagen sollen, was er eigentlich von mir wollte.»

Sie sah Morrison an und ließ ihn selbst zu Ende denken, worüber sie taktvoll geschwiegen hatte. Schließlich konnte sie der Versuchung nicht mehr widerstehen, Morrisons Phantasie noch ein wenig anzuheizen.

«Ich sagte ihm, dass er es mir einfach hätte sagen sollen, anstatt mit seiner abgestandenen, tausendfach ausprobierten Verführungsmasche zu kommen, und bevor er etwas erwidern konnte, gab ich ihm, was er wollte. Er durfte mich nehmen, Andrew Morrison, gleich dort, auf seinem Schreibtisch, im Stuhl, auf dem Sofa, auf dem Fußboden. Ich habe Sachen getan, die du dir gar nicht vorstellen kannst, Dinge, die ihm bis dahin völlig unbekannt waren. Und als es dann vorbei war, als er anfing, mich zu fragen, ob ich am Wochenende schon was vorhätte, sah ich ihn nur an und lachte. Ich sprach kein Wort, sondern lachte nur, und dann ging ich. Da begann er natürlich, hinter mir herzutelefonieren ...»

Es war verblüffend, wie mühelos ihr dieser Satz über die Lippen kam, ohne den leisesten Anflug von Arroganz. Jeder wollte sie.

Das war schon immer so gewesen, soweit sie sich zurückerinnern konnte. Dass jeder sie haben wollte und dass sie deswegen alles bekommen konnte, was sie verlangte.

«Ich ging aber nicht ans Telefon, und ich rief ihn auch nicht zurück. Ich ließ ihn eine Woche lang warten, dann rief ich ihn an und bat ihn, sich nicht wieder zu melden. Er fing an, mir Briefe zu schreiben und Blumen zu schicken – und sich für das zu entschuldigen, was passiert war! Als wäre es seine Idee gewesen, als wäre es irgendwie ohne mein Einverständnis passiert!»

Obwohl er mit Frauen geschlafen hatte, war Morrison im Herzen unschuldig. Ihm wollte einfach nicht in den Kopf, dass eine Frau, die möglicherweise seine Liebe erweckt hatte, tatsächlich einen gewaltigen Fehler begangen haben konnte. Er versuchte, Erklärungen für ihr Verhalten zu finden.

«Du hast darüber nachgedacht, schließlich ging dir auf, dass das, was du getan hattest, ein Fehler gewesen ist.»

Sie warf ihm einen mitleidigen Blick zu, als wünschte sie um seinetwillen, nicht all die Dinge getan zu haben, die sie hinter sich hatte, als wäre sie am liebsten immer noch das unschuldige Mädchen von früher, das sie hätte bleiben können, wenn sie ihn zuerst kennen gelernt hätte. «Ich tat genau das, was ich geplant hatte, und er tat genau das, was ich erwartet hatte … Nelson St. James besaß alle Güter, alles Geld dieser Welt, aber mich konnte er nicht haben. Er hätte vielleicht von mir abgelassen, wenn ich gleich zu Anfang nein gesagt hätte, aber ich ließ es zu, dass er mich nahm – zumindest meinen Körper –, und dann wollte ich nicht mehr. Er glaubte, ich hätte ihn an jenem Tag in seinem Büro gewollt und dann nicht mehr.»

Prüfend blickte sie Morrison in die Augen, als sie ihm sagte, sie habe ihm Dinge anvertraut, die sie noch nie jemandem erzählt hätte. «Für einen Mann ist das schlimmer, nicht wahr? Wenn er eine Frau einmal besitzt, die ihn danach nicht mehr will, als wenn er sie überhaupt nicht gehabt hätte … Man fühlt sich dann so – wie soll ich sagen? –, so unzulänglich, unerwünscht, nehme ich an. So ähnlich wahrscheinlich, wie man sich als Frau fühlen muss, wenn man benutzt und dann wegen einer neuen Frau, einer aufregenderen, über Bord gekippt wird … Für Nelson war das eine völlig neue Erfahrung. Sie gefiel ihm nicht.»

Danielle senkte den Blick. Sie hatte ihre langen Beine übereinander geschlagen und hielt die Hände im Schoß.

«Was geschah dann?», fragte Morrison fasziniert.

«Die Briefe, die Blumen – all das hörte schließlich auf. Ich wartete noch eine Woche. Dann rief ich ihn an und sagte ihm, ich hätte viel zu tun gehabt. Wir wussten beide, dass es eine Lüge war. Das war der Grund, weshalb ich es sagte.»

Sie hielt inne, um zu sehen, ob Morrison verstand, ob er das kunstvolle Manöver zu schätzen wusste, das Ausmaß von Berechnung, das zu ihrem Vorgehen gehört hatte. Was auch immer Morrison über ihr Handeln gedacht haben mochte, sein Geist war mindestens genauso schnell, wenn nicht schneller als ihrer. Er hatte Jahre damit zugebracht, die manchmal heimtückischen Methoden nachzuvollziehen, mit denen einfallsreiche und skrupellose Menschen an ihr Ziel zu kommen suchten. Er hob die Augenbrauen und legte die Fingerspitzen aneinander.

«Also nur wenn er wusste, dass du wusstest, dass er um deine Lüge wusste, dann konnte er wissen, dass du interessiert warst, allerdings nur zu deinen Bedingungen. Richtig?»

«Und dreimal darfst du raten, was diese Bedingungen waren … Schockiert dich die Vorstellung, dass ich auf den gleichen Bedingungen bestand, die jede echte Jungfrau stellen würde – nachdem ich ihm einen kurzen Nachmittag lang als die Hure begegnet war, die er sich nicht mal in seinen kühnsten Phantasien hätte ausmalen können? Wenn du mich willst – wenn du mich je wieder willst –, heirate mich! So einfach war das. Schwierig war nur, ihm begreiflich zu machen, dass er nicht viel mehr als einen Gutenachtkuss von mir bekommen würde, solange ich nicht seine Frau war, Mrs. Nelson St. James.»

Danielle musste über ihre Frechheit lachen. Doch ihr Blick bedeutete Morrison, dass es keine große Leistung gewesen sei.

«Nelson tat das Einzige, was ein Mensch tun kann, wenn er etwas haben will, das er nicht bekommt: Er verliebte sich in mich. Die Heirat wurde zu seiner Idee. Der Gedanke an unsere Ehe machte ihn glücklicher, als er es je gewesen war. An dem Abend seines Antrags wirkte er zwanzig Jahre jünger, als er war. Er strahlte. Er ging mit mir in sein Lieblingsrestaurant in Manhattan, wo er mir einen Brillantring schenkte, der größer und leuchtender war als alles, was ich je gesehen hatte. Der ganze Abend war perfekt. Und ich sagte nein.»

«Du hast nein gesagt?», fragte Morrison ungläubig. Danielle war von ihrem Stuhl aufgestanden und um den Schreibtisch herumgegangen. Mit der Hüfte lehnte sie gegen die Tischplatte. «Warum?»

«Ich wollte nicht heiraten.»

«Aber du sagtest doch gerade …?»

«Dass er mich erst dann wieder haben könne, wenn wir verheiratet wären … Er machte den gleichen Fehler wie du: Er nahm an, dass ich ihn heiraten *wollte*.»

Morrison wurde von Minute zu Minute verwirrter. «Du wolltest ihn nicht heiraten?»

Sie hörte ihn nicht, oder falls doch, ignorierte sie ihn. «Ich sagte ihm, ich wäre noch nicht dem Mann begegnet, den ich heiraten wolle, aber wenn es so weit sei, würde ich es sofort wissen.» Sie sah Morrison vielsagend an.

«Das war grausam», schloss sie endlich. «Es war grausam, ihm das zu sagen, aber notwendig – zumindest glaubte ich das, bevor er mir zeigte, wie sehr ich ihn unterschätzt hatte.»

Sie wirbelte auf dem Absatz herum und trat erneut ans Fenster. Als sie sich wieder umdrehte, waren ihre Augen voller Glut.

«Ich dachte, er wäre am Boden zerstört … Schockiert dich das, Andrew Morrison – dass ich das absichtlich tat? Das sollte es! Ich war so entschlossen zu bekommen, was ich wollte, dass es mir egal war, was ich tat. Kennst du dieses Gefühl? Hast du jemals etwas so gewollt, dass dir die Regeln egal geworden sind? Ich empfand richtig Ekel vor dem, was ich tat, und ihn hasste ich aus den gleichen Gründen.»

«Du wolltest ihn heiraten», erinnerte Morrison sie mit einer Schroffheit, die ihn selbst überraschte. «Du wolltest Mrs. Nelson St. James sein!»

«Ja, genau! Mrs. Nelson St. James … Ich wollte nicht Nelson – ich wollte das, was er hatte. Er hatte mehr als jeder andere, und ich dachte, weniger als das wäre nie genug.»

Sie starrte auf ihre Hände und zwang sich, auch noch den Rest zu erzählen.

«Es gehörte zu meinem Spiel, ihn dazu zu bringen, mich mehr zu wollen, als er in seinem Leben je etwas gewollt hatte. An jenem Abend schlug ich seinen Antrag aus, weil ich wusste, dass er mich wieder fragen würde. Aber ich hatte nicht mit seiner Selbstachtung gerechnet. Ich sagte nein und dass, wenn ich je heiraten würde, es ein Mann sein müsste, in den ich mich auf den ersten Blick verliebt hätte. Und weißt du, wie er reagierte? Er lächelte und drückte seine Hoffnung aus, dass ich dann genauso verliebt sein würde wie er jetzt in mich. Er brachte mich nach Hause, küsste mich auf die Stirn, wünschte mir alles Gute und ging. In der Zeitung las ich, er sei zu einem längeren Urlaub nach Europa aufgebrochen.

Das war die Hochzeitsreise, die er für uns geplant hatte. Er fuhr allein. Ich bekam nicht einmal eine Ansichtskarte. Drei Monate später kam er zurück und war mit einer Frau von adliger Herkunft verlobt.»

«Und wie fühltest du dich, als du glaubtest, er würde eine andere Frau heiraten?»

Sie schüttelte den Kopf über die zynische Gewissheit, mit der sie damals gelebt hatte. «Ich wusste, dass er sie nicht heiraten würde. Er war erst eine Woche wieder zurück, als er mich zum Essen einlud und mich erneut fragte.»

Morrison musterte sie. Er fragte sich, ob sie wirklich so berechnend gewesen war, wie sie behauptete, und ob Nelson St. James nicht auch selbst ein paar Berechnungen angestellt hatte.

«Er sprach über dich, als wärst du eins seiner Besitztümer, etwas, was ihm gehört. An jenem Wochenende auf der Yacht sagte er mir, dass es keinen Sinn habe, mit einer schönen Frau verheiratet zu sein, wenn man nicht mit ihr angeben könne.»

«Er heiratete mich, weil er mich wollte.» Herausfordernd reckte sie ihr Kinn vor. «Aber Nelson wollte nie etwas, es sei denn, es war etwas, was alle anderen wollten und nicht haben konnten. Er ist ein Scheißkerl, und das wusste ich, doch es war mir egal. Ich schloss meinen Pakt mit dem Teufel und hielt meinen Teil davon ein. Ich gab Nelson drei Versprechen und habe jedes einzelne davon gehalten.»

Morrison erkannte am Ausdruck ihrer Augen, dass das, was sie im Begriff war zu sagen, alles verändern würde, dass er nie wieder auf die gleiche Weise von ihr würde denken können, sobald er es gehört hatte.

«Welche drei Versprechen hast du ihm gegeben?»

«Ich versprach, ihn nicht zu betrügen und sein Kind zur Welt zu bringen.»

«Das sind zwei Versprechen. Und das dritte? Was war das?», drängte Morrison.

Danielle straffte die Schultern. Offen blickte sie ihm ins Gesicht. «Ich versprach, ihn zu töten. Und auch dieses Versprechen habe ich gehalten.»

6

Nach dem, was Danielle ihm erzählt hatte, nach ihrem Geständnis, wusste Morrison, dass er alles nur Erdenkliche über sie in Erfahrung bringen musste. Nur so würde er eine Chance haben, die Geschworenen davon zu überzeugen, sie nicht des Mordes schuldig zu sprechen. Er verbrachte Monate damit, Menschen zu befragen, die sie zu verschiedenen Zeiten in ihrem Leben gekannt hatten, ehemalige Klassenkameradinnen, ehemalige Verehrer, die sie als junge Frau begehrt, aber nicht bekommen hatten. Die in endlosen Variationen erzählte Geschichte lief fast immer auf das Gleiche hinaus: auf Danielles offensichtliche Gleichgültigkeit gegenüber den Gefühlen anderer. Danielles Verhalten gegenüber Nelson St. James vor ihrer Heirat war das Muster ihres Lebens gewesen: Jede Beziehung wurde ausschließlich von ihren Spielregeln bestimmt, und wer immer ihr etwas zu bedeuten schien, hatte sich ihrer Führung untergeordnet.

Es gab Zeiten, in denen Morrison ihr Verhalten für eine Schutzmaßnahme hielt, eine Möglichkeit, eine Distanz aufrechtzuerhalten zwischen sich und den Menschen, mit denen sie sich nicht näher befassen wollte, dann wieder dachte er, diese Art von Maske sei alles, was sie kannte. Doch selbst wenn Morrison zu einem Urteil über Danielle St. James kam, konnte er doch nie daran festhalten. Dazu war er viel zu sehr in sie verliebt.

Dies war ihm jedoch nicht bewusst. Er machte sich weiterhin vor, dass er sie nur so behandelte, wie er jede andere des Mordes angeklagte Mandantin behandeln würde. Gefühle für sie konnte er sich nicht leisten, und ganz gewiss konnte er sich nicht erlauben, nach diesen Gefühlen zu handeln. Alle Welt sah ihm zu und stellte Fragen, begierig, nicht nur die Wahrheit über Danielle St. James zu erfahren, sondern auch von ihrem Wissen über ihren Mann und dessen kriminelle Machenschaften. Der Mord an Wendell Clark und seiner Frau am Vorabend seines Auftritts als Kronzeuge vor der Anklagejury hatte Gerüchte entstehen lassen: eines düsterer als das andere. Dann, nur Wochen vor Beginn des Prozesses gegen Danielle, gab es einen weiteren Mord. Townsend Oliver, der am selben Wochenende wie Morrison auf der *Black Rose* zu Gast gewesen war, war in seinem Appartement am Central Park West im zehnten Stock aus einem Fenster gestürzt worden.

Danielle schwor, nichts über die Geschäfte ihres Mannes gewusst zu haben, und ganz gewiss nichts über die kriminellen Aktivitäten, deren man ihn beschuldigte. Was in jener Nacht an Bord der *Black Rose* geschehen war, als sie in einem Anfall von Wut ihren Mann getötet hatte, hatte nichts mit seinen anderen Straftaten zu tun gehabt; Grund sei ausschließlich das gewesen, was er ihr angetan hatte. Sie hatte ihren Mann getötet, ihn erschossen, gleich nachdem er mit ihr geschlafen hatte. Sie hatte noch mit niemandem darüber gesprochen, bis sie es Morrison erzählte, und auch ihm gegenüber hatte sie zunächst nur Andeutungen gemacht. Danielle hatte ein Talent zur Verwirrung, die Gabe, Dinge anders erscheinen zu lassen, als sie waren.

Am Abend vor Prozessbeginn wusste Morrison noch immer nicht, wie er sie verteidigen würde. Er wusste nur eins: dass er sie auf keinen Fall aussagen lassen konnte, was auch geschah. Wenn sie den Geschworenen das erzählte, was sie ihm gesagt hatte, würde er nichts tun können, um sie zu retten. Er hatte nur eine Chance: die Staatsanwaltschaft zu provozieren, bei jeder noch so kleinen Ungereimtheit einzuhaken und darauf zu warten, dass die Gegenseite einen Fehler machte. Morrison lag in seinem Wohnzimmer auf dem Sofa, starrte an die Decke und ging in Gedanken fieberhaft noch einmal die Anklage auf Mängel durch, die er womöglich bisher übersehen hatte. Es war kurz nach elf, als der Doorman klingelte: Mrs. St. James sei da.

«Ich dachte, es gäbe vielleicht ein paar Dinge, die du noch mit mir besprechen willst.» Sie bemerkte den zweifelnden Ausdruck in seinen Augen. «Was den Prozess betrifft», fügte sie schnell hinzu, als sie an ihm vorbei ins Wohnzimmer trat und sich in einen Sessel fallen ließ. «Oder hast du vielleicht geglaubt, ich sei hierher gekommen, weil ich mich am Abend vor dem Prozess einsam und verängstigt fühle? Dachtest du, ich wollte in deinen Armen Trost finden? Dass wir gemeinsam ins Bett stolpern und uns bis zum frühen Morgen lieben würden?»

Sie streckte die Beine aus und versank noch tiefer im Sessel. Ihr Seidenkleid war ihr bis weit über die Knie hochgerutscht. Ihre offensichtliche Selbstzufriedenheit, die dreiste Gewissheit ihrer Wirkung auf ihn begannen ihn wütend zu machen.

«Du stehst wegen Mordes vor Gericht! Mir ist noch nicht klar, wie ich dich retten soll, und du kommst mit dieser Scheißegal-Einstellung hierher, diesem merkwürdigen Glauben, du kämst mit allem durch, Wahrheit hin oder her, weil du bisher noch immer in der Lage warst, dich aus allem rauszulügen. Aber glaub mir: Diesmal wirst du dich nicht mit Lügen herauswinden können!»

Sie richtete sich kerzengerade auf. In ihren blaugrünen Augen zeigte sich eisige Geringschätzung. Ihre Lippen öffneten sich mit langsamer Präzision, bereit zu einer endgültigen, vernichtenden Antwort. Aber Morrison war noch nicht fertig.

«Immer wenn ich dich bitte, mir zu erzählen, was an jenem Abend passiert ist, fehlt etwas. Du hast keine zwei Mal dieselbe Geschichte erzählt. Hältst du mich für so dämlich, dass ich das nicht merke?»

«Du …!», schrie sie, als sie aus ihrem Sessel aufsprang und in Richtung Tür lief. Morrison packte sie am Handgelenk. «Zumindest wusste Nelson, was er wollte und wie er es bekommt!», warf sie ihm ins Gesicht. Kämpfend versuchte sie, sich aus seiner Umklammerung frei zu machen, doch Morrison ließ nicht los. Sie zerrte und zog immer härter, zu stolz, ihn anzusehen und mit den Augen anzuflehen.

«Du hast gewusst, was ich darüber denken würde, nicht wahr?», brüllte Morrison. Seine Augen blickten wie irre. «Das war der Grund, warum du es mir gesagt hast, stimmt's? Was du damals bei eurer ersten Begegnung mit ihm getrieben hast – um mich neugierig zu machen, um mich scharf zu machen, damit ich dich auf die gleiche Weise will, wie er dich hatte!»

«Ist es das, was dich anmacht?», fuhr sie ihn an. «Nicht das, was du siehst, wenn du mich anschaust, sondern das, was du siehst, wenn ich dir von den Dingen erzähle, die ich getan habe?»

Ihr Atem brannte heiß auf seiner Haut. Er küsste sie hart auf den Mund. Sie entwand sich ihm mit einem wilden, herausfordernden Blick und erwiderte dann seinen Kuss. Seine Hand ließ ihr Handgelenk los und legte sich um ihre Taille; sie schlang ihm die Arme um den Hals, während ihr hochgewachsener, geschmeidiger Körper sich heftig gegen ihn presste. Blind stolperten sie durch das Wohnzimmer, dann durch die Schlafzimmertür, bis sie einander die Kleider von den Körpern gezerrt hatten.

In ihrer glatten Nacktheit sah sie noch jünger aus, als sie war, eine junge Frau, fast noch ein Mädchen, mit einer unschuldig weißen, schimmernden Haut, eine Jungfrau in ihrer Hochzeitsnacht, bis er in ihren Augen ihr Verlangen, ihr Brennen sah, die atemlose Erregung, die alles vergisst – bis auf das, was sie wollte und was, wie sie wusste, Morrison noch mehr als sie wollte. Und dann lagen sie im Bett, und Danielle war überall um ihn herum, und er war tief in ihr, getrieben von einem Drang, an den Anfang zurückzukehren, zurück zu dem dunklen schwarzen Urmoment, der sich immerzu wiederholt, dem Beginn des Lebens und dem Ende davon, dem Kreis, der sich schließt und dann explodiert.

Die letzte Welle der Erregung war noch nicht ganz verebbt, als Morrison den Kopf hob, um ihr in die Augen zu sehen. Im Schein des Mondes, der sein Licht durch das Fenster in den Raum strömen ließ, erblickte er ihr schönes, strahlendes Gesicht. Doch sie schaute an ihm vorbei, in Gedanken ganz woanders. Schlagartig kam Morrison wieder zu sich. Ernüchterung trat ein, und ihm wurde klar, dass sie ihn nur benutzt hatte. Leise fluchend wälzte er sich zur Seite.

Danielles Miene zeigte Verwirrung. «Ich dachte, du wolltest mich.»

«Du wolltest mich aber nicht!»

«Wir haben uns geliebt!»

«Wir hatten Sex! Nein, ich hatte Sex. Du warst woanders.» Morrison stand auf und begann, seine Kleider anzuziehen. «Das hier war ein Fehler», verkündete er kalt.

Sie umfasste sein Handgelenk. «Tu's nicht!»

Er entzog ihr den Arm, um sein Hemd zuzuknöpfen. «Warum bist du gekommen? Wolltest du sicherstellen, dass ich morgen bei Gericht auch alles dafür tue, den Prozess zu gewinnen, indem du vorher mit mir schläfst? Ich habe bisher alle meine Prozesse gewonnen – ohne jemals mit einem Mandanten ins Bett zu gehen!»

«Ich weiß, wie hart du in diesen letzten Monaten gearbeitet hast. Ich wollte dir etwas geben, *bevor* der Prozess beginnt, *bevor* du vor die Geschworenen trittst, *bevor* es ein Urteil gibt, damit du später gewusst hättest, dass es nicht aus Dankbarkeit für deinen Einsatz war. Ich wollte dir das geben, von dem ich glaubte, du wolltest es. Ich dachte, du wolltest *mich*.»

Seit er ihre Stimme zum ersten Mal gehört hatte, diese Stimme, die man mehr fühlte als hörte, hatte Morrison ihr nicht widerstehen können. Sie war wie ein warmer Sommerwind, wie er am Abend eines vollkommenen Tages ins Zimmer weht und die Erinnerung an andere gute Tage weckt – oder mehr noch: an all die guten Tage, die man verpasst hat. Deshalb begehrte Morrison sie, das war der Grund, weshalb jeder Mann sie begehrte: Sie war jene eine, die vorübergeht, die schöne Unbekannte, die man in einer Menge sieht, das Mädchen, das man nie kennen lernt, die Frau, die alles hätte richtig machen können, die einen glücklich gemacht hätte. Mit ihr zusammen hätte die ruhelose Suche nach dem ewigen Neuen und Anderen, das man nie genau definieren kann, ein Ende gehabt. Sex mit ihr hätte den Beginn einer Liebe einläuten können, den Beginn von etwas, nach dem sich jeder Mann sehnt.

«Du warst nie in ihn verliebt, oder?»

«In Nelson? Nein.»

«Du warst nie in jemanden verliebt, stimmt's?»

«Ja.»

Morrison knöpfte sein Hemd zu und schlüpfte in seine Hose. Barfuß und mit zerzausten Haaren tappte er in die Küche, riss die Kühlschranktür auf und suchte nach etwas zu trinken. Es war nach Mitternacht, und er hatte am nächsten Morgen einen anstrengenden Prozess vor sich. Wütend über sich selbst, wütend über die Welt, brummte er ein paar Schimpfworte vor sich hin, knallte die Kühlschranktür wieder zu und machte sich stattdessen eine Tasse Kaffee. Er würde sowieso nicht schlafen können, also konnte er genauso gut arbeiten.

Er hatte ihr gesagt, sie solle sich anziehen und gehen, doch als sie in die Küche kam, hatte sie nichts weiter an als eines seiner getragenen Hemden. Sie hatte sich nicht einmal die Mühe gemacht, es zuzuknöpfen. Morrison schüttelte den Kopf. Kaum zu glauben, wie mühelos es ihr immer wieder gelang, ihn alles vergessen zu machen – mit Ausnahme des einzigen, brennenden Gedankens an sie.

«Ich will dich nicht», sagte er, als sie sich neben ihm auf einen Stuhl setzte. Sie schlug die langen Beine übereinander. Er nahm einen Schluck Kaffee. Das heiße Getränk verbrannte ihm die Zunge, die gerechte Strafe für das, was er getan hatte.

«Ich will dich nicht», wiederholte er. Er musste lachen, weil er genau wusste, wie albern und vergeblich seine Lüge war. «Und das ist die Wahrheit, fast jedenfalls.»

«Ich war nicht in Nelson verliebt. Nelson war das egal. Ich bin nie in jemanden verliebt gewesen, und er wusste, dass ich es auch nie sein würde. Aber du willst, dass ich in dich verliebt bin, nicht wahr? Du bist zwar nicht in mich verliebt, aber du könntest es sein – aber nur, wenn ich in dich verliebt bin?» Ein wissendes Lächeln huschte über ihre weichen Lippen. «Ich kann mir vorstellen, dass sich viele Frauen in dich verliebt haben. Aber du … warst du nie in eine von ihnen verliebt?»

Morrison wollte gerade antworten, als sie ihm den Finger auf den Mund legte. «Hast du all die vielen Frauen, mit denen du geschlafen haben musst, immer genauso sehr gewollt wie sie dich? Hast du nie mit einer Frau geschlafen, von der du wusstest, dass sie in dich verliebt war, für die du aber nicht das Gleiche empfandst?»

Sie ließ ihn noch immer nicht antworten. Offenbar hatte sie das dringende Bedürfnis, sich zu verteidigen. Doch Morrison konnte sich des Gefühls nicht erwehren, dass sie verdiente, was sie fühlte. Ein paar kurze Sätze hatten ihr genügt, sein Leben als gescheiterter Liebhaber zusammenzufassen. Sie beugte sich näher zu ihm heran. Sanft fuhr sie ihm mit dem Handrücken über die Wange.

«Hast du nie eine Frau geliebt und dabei für einen ganz kurzen Moment an etwas anderes gedacht?»

«Du meinst: an *eine* andere!» Seine Stimme klang kalt und entschlossen.

«Ich habe vorhin nicht an jemand anderen gedacht! Oder vielleicht habe ich es doch, aber nicht weil ich mir wünschte, mit einem anderen Mann zusammen zu sein. Im Gegenteil! Nein, heute Abend war das erste Mal …»

Danielles Augen trübten sich. Sie wirkte beunruhigt, nervös. Morrison verfluchte seine Dummheit.

«Du meinst, das erste Mal seit jener Nacht?»

«Ja», erwiderte sie. «Das erste Mal seit der Nacht, in der er starb.»

Sie hob den Blick und sah ihn direkt an. Da war keine Reue, kein Bedauern und erst recht kein Schuldgefühl.

«Plötzlich war alles wieder da», begann Danielle zu erklären. «Plötzlich sah ich es wieder vor mir: wie er sich in mir anfühlte, wie sein ganzer Körper sich in dem Moment versteifte, in dem er kam. Ich konnte den Ausdruck in seinen Augen sehen, diesen Ausdruck, den er jedes Mal hatte, wenn er mit mir schlief.»

Ihr Blick hatte etwas Wildes an sich. Morrison war sich nicht sicher, was es war – die Aufregung? Furcht? Wut? Oder alles zusammen, die lang unterdrückte Reaktion auf das, was sie getan hatte?

«Das war immer so, jedes Mal – er sah auf mich hinunter, und … und seine Miene bedeutete mir, dass ich allein ihm gehörte, dass kein anderer mich jemals würde haben können.»

Verbitterung, Zorn, wenn nicht gar blanker Hass blitzten in ihren Augen auf. Fast hatte Morrison den Eindruck, als würde sie dieses Gefühl auskosten, ja, genießen.

«Vorhin, nachdem wir miteinander geschlafen haben, hast du dich plötzlich von mir abgewendet, weil du dachtest, ich würde dich nicht so sehr wollen wie du mich. Denn du, du willst mehr von mir als Sex. Nelson wollte nicht einmal das. Er wollte nicht ‹Liebe machen›! Er hatte keine Ahnung, was das ist. Er wollte das, was wir an jenem Tag in seinem Büro getan hatten: ficken! Das war alles, was er kannte. Hinter all seinem Geld und seinem Charme, hinter seiner eleganten Garderobe und den gepflegten Manieren verbarg sich ein absoluter Materialist, dem allein das wichtig war, was er besaß. In mich verliebt? Er hat es dir selbst gesagt, an jenem Wochenende auf der *Black Rose:* Das Einzige, was ihm etwas bedeutete, war das Wissen, dass alle anderen das haben wollten, was er besaß.»

Sie war aufgesprungen. Die Tränen standen ihr in den Augen, und sie zitterte am ganzen Körper.

«Glaub mir, ich will dich mehr, als ich ihn jemals gewollt habe! Vielleicht kann ich mich nicht in dich verlieben – vielleicht bin ich dazu gar nicht fähig –, aber ist das wirklich so wichtig, wenn du mich auch willst?»

Das Hemd glitt von ihren Schultern auf ihre Arme und schließlich auf den Fußboden, als sie sich Morrison an die Brust warf.

Ihm war alles egal, er konnte an nichts weiter denken als an sie, nicht an den Prozess, nicht daran, ob er es später bereuen würde – er wusste nur, wie sehr er sie begehrte, wie sehr er sie besitzen wollte.

Und während ihre ineinander verschlungenen Körper sich im Rhythmus der Leidenschaft bewegten – einer Leidenschaft, die Morrison nicht mehr zu zügeln vermochte, selbst wenn er es gewollt hätte –, hielt sie sich, das Kinn über seiner Schulter, die Wange an seinem Ohr, so eng an ihn gepresst, dass er ihr Gesicht, den Ausdruck in ihren Augen nicht sehen konnte.

7

Aus der ganzen Welt waren Journalisten gekommen, um über den Prozess zu berichten. Die meisten waren fasziniert von der Vorstellung einer Heirat von Reichtum und Schönheit, die mit Mord geendet hatte. Sex und Gewalt sind immer geeignet, die Auflagen zu erhöhen, aber nie werden so viele Zeitungen verkauft, wie wenn Macht und Berühmtheit beteiligt sind. Außerdem wusste jeder, dass Andrew Morrison ein bemerkenswerter Strafverteidiger war, beinahe unschlagbar; doch das bedeutete nur, dass außer der Angeklagten noch jemand die harte, wenn auch notwendige Lektion zu lernen hatte, dass niemand sich über das Gesetz erheben kann. Am Morgen des Verfahrensbeginns war Philip Conrad, der still an seiner Maschine saß, der Einzige im ganzen Gerichtssaal, der nicht hoffte, dass Morrison den Prozess verlor.

Für die Boulevardpresse handelte es sich um nichts weiter als die Habgier einer Frau. Dass Danielle schuldig gesprochen werden musste, stand für sie außer Frage. «Sie wollte sein Geld für sich alleine haben. Deshalb hat sie ihn ermordet. So einfach ist das.»

Staatsanwalt Robert Franklin – glattes rundes Gesicht, schwarze undurchdringliche Augen und ebenso dunkle Haare – nahm eine kämpferische Pose ein. Energisch federte er auf den Fußballen auf und ab und stieß einen Finger in die Luft, um die Bedeutung seiner Worte zu betonen: «Dies war kein Verbrechen aus Leidenschaft – ein Akt der Gewalt, wenn ein Streit außer Kontrolle gerät. Dies war kaltblütiger Mord aus Gewinnsucht! Nelson St. James war einer der reichsten Männer Amerikas, dessen Witwe mit seinem Tod all seinen Besitz erbt.» Mit einem zornigen Blick zeigte Franklin auf die Angeklagte. «Sie hat ihn kaltblütig ermordet und dann versucht, jemand anderem die Schuld in die Schuhe zu schieben!»

Wie viele andere Staatsanwälte seines Alters hatte Franklin einen Großteil seines Wissens über Taktiken und Auftritt vor Gericht aus Spielfilmen und Fernsehserien. Zwei Minuten nach Beginn seines Eröffnungsplädoyers verstummte er plötzlich: Seine besten Repliken waren aufgebraucht. Das Schweigen im Gerichtssaal wurde unbehaglich. Conrad blickte von seiner Maschine auf. Franklin starrte Danielle St. James ausdruckslos an. Es war schwer auszumachen, ob ihre Schönheit ihn plötzlich aus dem Konzept gebracht hatte oder ob er glaubte, er müsse jetzt für einen Werbespot unterbrechen.

Wie ein Regisseur, der seinem Schauspieler ständig die Stichwörter geben muss, erinnerte ihn Morrison mit einem sarkastischen Unterton in der Stimme: «‹Und dann versucht, jemand anderem die Schuld in die Schuhe zu schieben …›»

Franklin blinzelte. Er sah Morrison an, zunächst verblüfft, da er nicht ganz sicher war, was Morrison gesagt hatte, und dann mit offener Feindseligkeit, als ihm aufging, dass sein Gegenspieler ihn unterbrochen und den Gerichtssaal zum Lachen gebracht hatte. Bereit, seine Attacke auf die Angeklagte mit doppelter Kraft zu erneuern, wandte Franklin sich wieder an die Geschworenen. Er hatte vergessen, was er sagen wollte.

«Sie hat ihn getötet», murmelte er, um Zeit zu gewinnen. «Sie hat ihn getötet, und wir werden es beweisen.» Mit gesenktem Kopf begann er auf und ab zu gehen. Schließlich blieb er stehen und sah hoch. «Ich meine … also, ähm … also, die Anklage wird Beweise vorlegen, aus denen hervorgeht, dass …»

Er konnte sich nicht erinnern, was danach kam. Sein kurzer,

gedrungener Hals quoll über den Hemdkragen, Schweißperlen traten ihm auf die Stirn. Je mehr er sich nachzudenken bemühte, umso zorniger und verlegener wurde er.

Franklin hatte schon in anderen Fällen die Anklage vertreten. Einige davon waren schwere Verbrechen gewesen, aber dies hier war der größte Fall seiner Laufbahn. Er war wie ein Schauspieler, der seinen ersten großen Auftritt vor sich hat, eine Rolle in einem Broadway-Stück, ein Schauspieler, der voller Selbstvertrauen beginnt und dann nach drei Repliken alles vergessen hat. Andere mochten ihn bedauern, Morrison versuchte, sich seine Fehler zunutze zu machen. Er lehnte sich über den Tisch, als wollte er nur helfen.

«An dieser Stelle sagt der Staatsanwalt meistens ein paar Worte über die Schwierigkeit, etwas mit an Sicherheit grenzender Wahrscheinlichkeit zu beweisen. Vielleicht hilft das Ihrer Erinnerung auf die Sprünge ...»

«Euer Ehren!», rief Franklin an die Richterbank gewandt. «Dies ist mein Eröffnungsplädoyer. Die Verteidigung hat nicht das Recht, mich zu unterbrechen!»

Alice Brunelli war eine der jüngsten Strafrichterinnen der Stadt, aber eine der besten. Sie tippte mit dem Bleistift auf die Tischplatte und bedachte Franklin mit einem misstrauischen Blick.

«Sie haben zweifellos schon mal den Spruch gehört: ‹Die Natur verabscheut ein Vakuum›, nicht wahr? Es ist Ihr Eröffnungsplädoyer – wenn Sie es denn halten können. Ich bin mir zwar nicht sicher, ob Mr. Morrison Ihnen tatsächlich helfen wollte, aber Sie werden dennoch zugeben müssen, dass sein Vorschlag dem nahe kommt, was Sie tatsächlich vorhatten.» Brunelli nahm ihre dicke Hornbrille ab, hauchte die Brillengläser an und wischte sie dann mit dem Saum ihrer schwarzen Richterrobe sauber. «Sie haben das Wort, Mr. Franklin», sagte sie, als sie die Brille wieder aufsetzte und sich einem Dokument zuwandte, das vor ihr lag. «Falls Sie es können», fügte sie hinzu, den Blick auf das Blatt Papier vor ihr gesenkt.

Mochte Franklin auch unter Lampenfieber leiden, so war er doch kein Dummkopf, der nur die Repliken wiedergeben konnte, die ein anderer sich ausgedacht hatte. Er hatte sie alle selbst verfasst, mit der Hand auf die Seiten seines gelben Notizblocks geschrieben, den er zusammen mit anderen Habseligkeiten auf dem Anwaltstisch hatte liegen lassen. Mit einem neuen Ausdruck von Selbstbewusstsein sah er sie durch, als wollte er erst jetzt beginnen.

Wenn er sich an die Tatsachen hielt, an die exakte Wiedergabe dessen, was die Anklage beweisen wollte, konnte Franklin innerhalb bestimmter Grenzen durchaus überzeugend sein. Die Jury aus acht Männern und vier Frauen, die meisten von ihnen mittleren Alters oder älter, folgten nun mit aufmerksamen Blicken der Schilderung des Tathergangs – so wie er sich zumindest aus der Sicht der Anklage darstellte.

Franklin wippte nicht mehr auf den Fußballen; er ruderte auch nicht mehr mit den Armen in der Luft herum. Er stand wenige Schritte vom Geländer der Geschworenenbank entfernt und hatte die Hände tief in den Taschen vergraben. Seine Stimme klang sachlich und unaufgeregt, wie bei einer normalen Unterhaltung. Nur sein ausdrucksloser Blick ließ seine tiefe Verbitterung über die Ungerechtigkeit der Welt und seinen unterdrückten Ehrgeiz ahnen.

«Die Angeklagte, Danielle St. James, war etwas mehr als sieben Jahre mit dem Opfer, Nelson St. James, verheiratet. Sie wohnten unter anderem in New York und unterhielten in San Francisco eine Yacht – die *Black Rose.* Nelson St. James war ein wohlhabender Mann, gewohnt, sich nur das Beste vom Besten zu leisten.

Zu dem Zeitpunkt, der uns interessiert, befand sich das Ehepaar aus geschäftlichen Gründen in New York. Ich nehme an, meine Damen und Herren Geschworenen, Sie kennen die Gerüchte über Mr. St. James und seine finanziellen Transaktionen, und Sie werden auch von den Schwierigkeiten gehört haben, in denen er sich befand. Die beiden blieben kurze Zeit in New York und flogen dann mit seiner Privatmaschine hierher zurück. Sie hatten sich im Fairmont Hotel die größte Suite reservieren lassen. Seit ihrer Landung auf dem hiesigen Flughafen hatten sie Streit miteinander; auch abends beim Dinner im Hotel hatte man sie streiten hören. Am nächsten Abend – einem Freitag – wurde die Angeklagte so wütend, dass sie das Restaurant verließ, in dem sie gerade aßen, und allein in ein Taxi stieg.

Sie stritten sich das ganze Wochenende – einmal musste das Hotel sogar jemanden in ihre Suite hinaufschicken und sie bitten, weniger Lärm zu machen. Am Sonntagmorgen schließlich verließen sie das Hotel, um abends auf ihrer Yacht aus dem Hafen von San Francisco auszulaufen. Während der nächsten paar Wochen fuhren sie im Südpazifik herum und machten an verschiedenen Orten Station, aber ohne erkennbaren Zielort. Die Streitigkeiten zwischen ihnen wurden schlimmer. Schließlich kam es so weit, dass sie aus der gemeinsamen Kabine auszog und allein schlief. Das war der Moment, in dem sie umkehrten und Kurs auf San Francisco nahmen, um nach New York zurückzukehren. Und um diese Zeit tötete sie ihn. Dies ist kein komplizierter Fall, soweit man von der Berühmtheit der beteiligten Personen absieht. Er ist so eindeutig, wie ein Mordfall nur sein kann. Mag Danielle St. James' Vorgehensweise vielleicht nicht sonderlich einfallsreich erscheinen, so ist ein Mord selten klug geplant. Die beiden hatten einen Streit, einen Kampf – sie waren sich schon seit Tagen gegenseitig an die Gurgel gegangen. Sie hatte eine Waffe und benutzte sie. Sie werden Beweise dafür hören, dass die Kugel, die ihn tötete, aus dem Revolver stammte, den sie immer noch in der Hand hielt, nachdem Nelson St. James erschossen worden war. Sie werden Beweise dafür hören, dass der Revolver ihnen beiden gehörte, Nelson St. James und seiner Frau. Ich sagte, er gehörte ihnen beiden, weil Sie auch Aussagen darüber hören werden, dass Nelson St. James ihn kaufte, weil seine Frau, die Angeklagte, zu ihrem Schutz eine Waffe haben wollte. Es war ihre Waffe, auf der überall ihre Fingerabdrücke zu sehen waren. Außer ihr hätte sonst niemand es tun können. Sie erschoss ihn, und er fiel tot über Bord ins Meer. An Deck befand sich Blut, und an der Reling war Blut – *sein* Blut, wie wir zweifelsfrei wissen.»

Während Franklin sein Plädoyer fortsetzte, machte Morrison sich eine kurze Notiz. Dann wandte er sich an Danielle, legte ihr die Hand auf den Arm und flüsterte ihr etwas ins Ohr. Er lächelte, und sie erwiderte das Lächeln. Wie alles, was Morrison in einem Prozess tat, geschah auch dies aus Berechnung.

«Die Frage ist nicht, *ob* die Angeklagte ihren Ehemann ermordet hat», beharrte Franklin, «sondern *warum*. Was war ihr Motiv? Sie war wütend auf ihren Mann – sie hatten seit Tagen gestritten, zunächst in San Francisco, dann, wie andere Zeugen bestätigen werden, an Bord der Yacht –, doch die Angeklagte wird nicht des Totschlags beschuldigt, sondern des Mordes. Das bedeutet – ich zitiere die Anklageschrift, die Richterin Brunelli Ihnen zu Beginn des Prozesses vorgelesen hat –, dass sie ihn ‹vorsätzlich› getötet hat. Die Tat war also geplant. Sie hatte sich vorgenommen, ihren Mann zu töten! Sie hat ihn vielleicht während eines Streits getötet. Doch sie hat nicht in einem Augenblick unkontrollierbaren Zorns geschossen. Die Beweisführung wird ergeben, dass sie ein Motiv hatte, das nicht auf Wut beruhte. Ihr Motiv war das älteste, das es gibt: Es ging um Geld, um mehr Geld, als Sie und ich uns auch nur vorstellen können … Wir werden nun unseren ersten Zeugen aufrufen, Mr. Rufus Wiley, den persönlichen Anwalt von Nelson St. James. Mr. Wiley wird uns bezeugen, dass die Angeklagte vor ihrer Heirat mit Nelson St. James einen Ehevertrag unterzeichnete, ein nach dessen genauen Anweisungen von Mr. Wiley aufgesetztes Dokument. Danielle St. James wäre demnach das geblieben, was die meisten von uns eine recht wohlhabende Frau nennen würden: mit einem Haus in den Hamptons und einem Unterhalt von einer Million Dollar im Jahr.»

Franklin hob eine Augenbraue. «Doch was ist eine Million Dollar im Jahr im Vergleich zu hundert Millionen, ja, zu Milliarden von Dollar, die sie geerbt hätte, wenn sie bei seinem Tod noch mit ihm verheiratet wäre? Das Problem war: Nelson St. James wollte sich scheiden lassen. Er hatte seinen Anwalt Rufus Wiley bereits angewiesen, die entsprechenden Dokumente aufzusetzen. Er wollte das Scheidungsverfahren einleiten. Das war der Grund, weshalb sie ihren Törn unterbrochen hatten und nach San Francisco zurückgekommen waren, und das war auch der Grund, weshalb er nach New York zurückwollte.»

Franklins kleine Augen leuchteten vom Widerschein der Habgier. «All dieses Geld stand auf dem Spiel! All dieses Geld konnte sie verlieren! Was war eine Million Dollar im Vergleich zu dem, was er insgesamt besaß?», fragte er. «Wahrscheinlich hätte das nicht mal ausgereicht, um für ein Jahr ihre Garderobe zu bezahlen!»

Morrison war aufgesprungen. «Euer Ehren! Erst vergisst er sein Eröffnungsplädoyer, und dann glaubt er, beim Schlussplädoyer angelangt zu sein! Dabei ist jetzt weder die Zeit für das Schlussplädoyer, noch sind die Argumente, die er hier vorbringt, der Sache angemessen. Will er der Angeklagten etwa vorwerfen, dass sie erstklassig gekleidet ist und sehr gut aussieht?»

Morrison war sich bewusst, dass er einen der seltsamsten Einsprüche vorgebracht hatte, die je in diesem Gerichtssaal gehört worden waren, doch ihm war ziemlich egal, was die Richterin dazu sagen würde. Das Einzige, was ihn interessierte, war, Franklin als den wahren Schurken darzustellen, als einen Mann, der eine Frau wegen ihres Aussehens verhöhnte. Es funktionierte: Franklins rundes Gesicht wurde rot vor Zorn, und seine Augen sprühten Gift und Galle.

«Das ist ein Teil der Anklage!», sprudelte er hervor. Speicheltropfen flogen durch die Luft. «Der Unterschied zwischen dem, was sie bekommen, und dem, was sie verloren hätte!», fügte er hinzu und hob den Blick zur Richterbank, um die Bedeutung seines Arguments zu unterstreichen.

Über den Rand ihrer auf die Nase gerutschten Brille erwiderte Alice Brunelli seinen Blick. «Dieser Teil des Verfahrens dient dazu, den Geschworenen einen Umriss – einen kurzen Umriss – dessen vorzulegen, was die Anklage vorzubringen hat. Argumentieren können Sie später, nachdem alle Beweise vorgelegt worden sind. Und jetzt lassen Sie uns fortfahren.»

Mühsam seinen Zorn beherrschend, wandte Franklin sich erneut an die Geschworenen. Er war fest entschlossen, seine Kritiker zu widerlegen. In unverändertem Tonfall setzte er sein Plädoyer fort: «Eine Million Dollar im Jahr – wenn sie *alles* hätte haben können! Kann man sich ein besseres Motiv für einen Mord vorstellen? Kann man sich ein besseres Mordmotiv vorstellen?», wiederholte er. Diesmal war die Frage nicht länger rhetorisch.

«Dann gibt es natürlich noch dieses andere Motiv, das mindestens so alt ist wie das erste. Wenn es nicht Geld ist, muss es Sex sein. Ja, Sex – Geld und Sex. Der Grund, weshalb Nelson St. James sich scheiden lassen wollte, war – wie Rufus Wiley bezeugen wird – eine Affäre seiner Frau mit einem anderen Mann. Das war der Grund, weshalb sie nach San Francisco gekommen waren. Er wollte ihrer Ehe eine letzte Chance geben. Und das war der Grund, weshalb sie ihn tötete: weil ihr klar geworden war, dass es nur diese eine Möglichkeit gab, sowohl ihren Liebhaber als auch das Geld zu behalten.»

Es war das erste Mal, dass Morrison von einer Affäre hörte. Die Anklage hatte noch nicht ihren ersten Zeugen aufgerufen, doch er war schon jetzt überzeugt, verloren zu haben.

Mit einem selbstzufriedenen Ausdruck im Gesicht ließ Franklin sich auf seinen Stuhl am Tisch der Gegenseite fallen. Richterin Brunelli sah auf die Uhr und blickte dann zu Morrison.

«Mr. Morrison, wünschen Sie jetzt schon eine Erklärung abzugeben?»

Normalerweise wäre jeder Strafverteidiger nun aufgestanden und hätte den Geschworenen erklärt, dass sie noch keinen einzigen der Zeugen gehört hätten, deren Aussage die Anklage soeben geschildert habe, doch wenn sie es täten, würden sie entdecken, dass die Beweise die Notwendigkeit eines Freispruchs belegen würden, statt die Schuld der Angeklagten zu beweisen.

Morrison erhob sich, nickte respektvoll zu den Geschworenen hin und wandte sich dann an Richterin Brunelli. «Mit Erlaubnis des Gerichts wird die Verteidigung sich ihr Eröffnungsplädoyer vorbehalten, bis die Anklage ihre Argumente vorgebracht hat.»

«Erlaubnis gewährt», erwiderte sie und machte sich eine Notiz. «Die Anklage möge bitte ihren ersten Zeugen aufrufen.»

Franklin war wie in Trance. Er starrte zu Boden und reagierte nicht.

«Mr. Franklin!», sagte Richterin Brunelli scharf. «Bitte rufen Sie Ihren ersten Zeugen auf!»

«Wie bitte?», fragte er verwirrt. «Meinen ersten Zeugen?»

Er schien überrascht, als er Morrison noch immer am Anwaltstisch sitzen statt vor der Geschworenenbank stehen sah. Er schlug den dicken Aktenordner auf, der vor ihm auf dem Tisch lag, und begann in ihm zu blättern. Er suchte nach der Zeugenliste, die ihn an den Namen erinnern würde, den er als ersten aufrufen wollte.

«Machen Sie sich nichts draus, Mr. Franklin», sagte Alice Brunelli, die sich keinerlei Mühe gab, die erschöpfte Ungeduld in ihrer Stimme zu verbergen. «Fangen wir morgen früh von vorn an!» Sie warf ihm einen vernichtenden Blick zu. «Vielleicht haben Sie ja dann Ihren Zeugen parat!»

Franklin stand kerzengerade da, als sie sich von der Richterbank erhob und den Gerichtssaal verließ. Kaum war die Tür hinter ihr zugeschlagen, atmete er hörbar auf und ließ die Schultern nach vorne sacken. Hastig packte er seine Sachen zusammen. Seine Aktentasche unter dem Arm, schon halb zur Tür hinaus, drehte er den Kopf leicht in Morrisons Richtung.

Der Zorn in seinen Augen war nicht zu übersehen.

8

«Du hast mir nichts davon erzählt!»

«Das ist nicht wahr.»

Morrison schleuderte seine Anzugjacke auf den Stuhl hinter seinem Schreibtisch. Leise fluchend trat er ans Fenster und blickte in die graue Novemberdämmerung. In den Ladenfenstern unten in der Straße gingen die Lichter an. In einer Woche war Thanksgiving. Überall hing bereits Weihnachtsschmuck. Jedes Jahr schienen die Kaufleute früher damit anzufangen, die Stimmung und die Erwartung zu schüren, die Erwartung all des Glücks, das sich mit Geld kaufen lässt.

«Das war das zweite Versprechen, nicht wahr? Oder war es das erste? Ich habe die Reihenfolge vergessen. Schenk ihm ein Kind und …»

«Habe ein Kind», widersprach sie. Offenbar gab es da einen Unterschied, den Morrison zunächst nicht verstand. «Nicht ihm eins schenken. Michael ist mehr mein Kind, als er je seins war.»

«Und bleib treu … Das ist das Versprechen, über das wir sprechen müssen!» Morrison drehte sich gerade so weit um, dass er sie sehen konnte. «Genauer gesagt, wir müssen darüber sprechen, warum du es nie für nötig gehalten hast, mir zu erzählen, dass dein Mann die Scheidung einreichen wollte und dass du all dieses Geld dabei verloren hättest! Seit Monaten bereite ich mich auf den Prozess vor. Immer wieder habe ich dich gefragt, ob es etwas gibt – irgendetwas –, was du mir noch nicht erzählt hast – und ausgerechnet beim Eröffnungsplädoyer der Anklage muss ich mir zum ersten Mal anhören, dass du eine Affäre hattest! Grundgütiger Himmel, hast du noch immer nicht begriffen, dass du wegen Mordes vor Gericht stehst?»

«Es ist nicht wahr», sagte sie und starrte an ihm vorbei ins Leere.

«Langweilt dich das hier etwa? Gibt es vielleicht einen Ort, an dem du lieber wärst?», fragte Morrison, als er seine Jacke aufhob und sich setzte. Seine Miene verriet Abscheu und Widerwillen. «Es muss schwierig sein, das alles hier zu überstehen, wo du doch wieder in New York sein und mit all deinen reichen und berühmten Freunden Partys besuchen könntest. Es muss scheußlich sein, jemanden wie Robert Franklin anhören zu müssen …»

«Franklin ist ein Esel!», rief sie aus. «Wer wird ihm überhaupt noch was abnehmen, nach dem, wie du ihn vorgeführt hast? Er war ja kaum in der Lage, sich an die einfachsten Dinge zu erinnern, die sein Job von ihm verlangt!»

Morrison beugte sich vor. Ein warnender Ausdruck lag in seinen Augen. «Glaube ja nicht, dass er nichts aus dem lernt, was er heute getan hat! Er wird die ganze Nacht durcharbeiten und sich auf morgen vorbereiten. Noch einmal wird er sich nicht auf dem falschen Fuß erwischen lassen. Hast du gesehen, wie er uns angesehen hat, kurz bevor er den Gerichtssaal verließ?»

«Nein, warum sollte ich mir diesen Mann ansehen? Mir hat sein Blick gereicht, mit dem er mich bei der Eröffnung des Verfahrens angesehen hat.»

«Ich nehme an, das ist dir schon öfter passiert.»

«Ich gebe mir Mühe, es zu ignorieren.»

«Die Wirkung, die du auf Männer hast?»

Ungeduld blitzte in ihren Augen auf. Sie verstand den Sinn seiner Frage nicht.

«Was Franklin getan hat – dieses törichte Glotzen, wie bei einem halbwüchsigen Jungen, der noch nie mit einem Mädchen ausgegangen ist –, hätte nicht wirkungsvoller sein können, wenn er es im Voraus geplant hätte.»

Jetzt war sie zum ersten Mal neugierig.

«Glaubst du, irgendjemand in diesem Gerichtssaal wird so etwas wie Sympathie für dich empfinden? Jeder von den Geschworenen weiß, weshalb du Nelson St. James geheiratet hast. Sie haben die Fotos gesehen: Das fabelhaft aussehende Haute-Couture-Model heiratet einen Mann, der doppelt so alt ist wie sie und zufällig einer der reichsten Männer der Welt! Niemand wird dir das gönnen: dein tolles Aussehen und dann auch noch das Geld. Die meisten Menschen erleben es ja kaum, dass irgendjemand sie auch nur zwei Mal ansieht. Wie müssen sie kämpfen, um über die Runden zu kommen! Und plötzlich wird ihnen die Möglichkeit geboten, das alles auszugleichen. Du hast deinen Mann getötet, und zwar wegen des Geldes! Sie wollen glauben, dass du schuldig bist, sie wollen es auf die niedrigste Art und Weise, denn deine Schuld würde sie moralisch über dich erheben. Sie *wollen* dich verurteilen! Hast du das noch immer nicht begriffen?»

Danielle wollte es nicht glauben. «Glaubst du wirklich, dass das so ist? Glaubst du wirklich, dass sie mich so sehr hassen?»

«Kein Mensch hat Mitgefühl mit den Reichen. Warum sollten sie? Die Reichen können sich aus allen Schwierigkeiten herauskaufen. Weißt du nicht, was die meisten Menschen – die Art von Leuten, die als Geschworene Dienst tun – über all die berühmten und schönen Menschen deines Schlages denken? Sie halten sie für verwöhnt und dumm und egoistisch. Zu was für einem Urteil werden diese zwölf Geschworenen wohl kommen, wenn Franklin ihnen auch nur halbwegs glaubhaft macht, dass du es getan hast?»

Nichts schien die perfekte Mannequinfassade bröckeln zu lassen – vielleicht würde kein Ereignis, kein Mensch das jemals zuwege bringen. Brillante Schriftsteller und begabte Künstler leben vielleicht in einer eigenen geistigen Welt, gleichgültig gegenüber dem, was der Rest der Menschheit für wichtig hält, dachte Morrison.

«Wir müssen etwas tun, damit du mehr Ähnlichkeit mit ihnen bekommst. Ich kann dich einfach nicht wie eine Eisprinzessin dasitzen lassen, die glaubt, machen zu können, was sie will.»

Sie warf den Kopf in den Nacken und lachte. «Eisprinzessin? Dieses Wort habe ich schon lange nicht mehr gehört.»

Morrison stand auf und begann im Raum auf und ab zu gehen. Er dachte an andere Fälle und daran, wie viel Mühe es ihn manchmal gekostet hatte, den Angeklagten sympathischer erscheinen zu lassen. Er hatte Danielle immerhin schon dazu gebracht, sich weniger auffällig anzuziehen und sich eine ganz neue Garderobe anzuschaffen, Kleider von der Stange. Zwar trug sie jeden Tag ein anderes, aber immer nur ausgesucht bescheidene, zurückhaltende Modelle, die jede Frau im Publikum sich hätte leisten können. Doch auch diese Strategie drohte nach hinten loszugehen. Schon kursierte der Ausdruck «Cleopatra im Konfektionskleid» in den Klatschspalten und Talkshows, die sich mit dem Prozess beschäftigten. In seiner Verzweiflung brachte Morrison ein Thema zur Sprache, das er schon einmal vorgebracht hatte.

«In der ersten Reihe hinter uns sitzt kein Mensch, der sich solidarisch mit uns zeigt. Ich glaube, du solltest wenigstens deine Mutter bitten zu kommen.»

«Sie kommt nicht.»

«Wie kannst du da so sicher sein? Du hast sie doch nicht gefragt, oder?»

«Ich habe meine Mutter seit Jahren nicht gesehen, und ich will sie auch jetzt nicht sehen.» Sie wandte den Blick ab. «Sie hätte zu viel Spaß daran, mich …»

«Das kannst du doch gar nicht wissen! Als ich mit ihr sprach …»

«Nein, kommt überhaupt nicht infrage!», entgegnete sie scharf. «Wenn sie hätte hier sein wollen, wäre sie gekommen. Das ist Geschichte, lass sie ruhen. Es ist zwecklos, darüber zu sprechen. Es gibt niemanden, wir haben einfach niemanden, der mich – wie hast du das ausgedrückt? – sympathisch erscheinen ließe …»

«Vielleicht können wir doch etwas tun», sagte Morrison vorsichtig. Doch er hätte wissen müssen, dass es zwecklos war, das Thema erneut anzuschneiden. In diesem Punkt blieb sie hart, und nichts würde sie dazu bringen, es sich anders zu überlegen.

«Nein, niemals, das werde ich nicht zulassen. Michael wird nicht in diese Sache hineingezogen! Ich werde alles tun, was du willst – alles! Aber das nicht. Niemals! Und außerdem: Wäre das nicht viel zu offensichtlich? Würde die Reaktion nicht das Gegenteil von dem sein, was du willst? Statt Sympathie für mich zu empfinden, würden doch die meisten Menschen mich erst recht für grausam halten, weil nur eine Mutter ohne Gewissen ihr eigenes Kind so ausbeuten kann.»

Sie hatte Recht, und Morrison wusste es. Es gab niemanden, den er in diese erste Reihe hinter ihnen setzen konnte, um Solidarität zu zeigen, nicht ihre Mutter und auch nicht ihr Kind. Morrison ließ sich in seinen Ledersessel sinken und verfiel in ein langes Schweigen. Danielle beobachtete ihn mit ernsten Augen und versuchte zu erraten, was in ihm vorging. Ihr Instinkt führte sie auf die richtige Fährte.

«Es ist nicht wahr.»

«Was ist nicht wahr? – Dass du eine Affäre hattest oder dass dein Mann deswegen die Scheidung einreichen wollte?»

Ihre Augen weiteten sich, aber Morrison konnte nicht erkennen, was sie bewegte.

«Es ist nicht wahr, dass Nelson die Scheidung einreichen wollte, weil ich eine Affäre hatte.»

Sie hätte sich um ein öffentliches Amt bewerben können, so geschickt war sie der genauen Beantwortung seiner Frage ausgewichen. Morrison hielt ihren Blick mit den Augen fest.

«Er wollte aus einem anderen Grund die Scheidung einreichen? Oder wollte er sich nicht scheiden lassen, obwohl er von der Affäre wusste?»

Mit dem gleichen kurzen Lächeln erwiderte sie: «Nelson wollte die Scheidung einreichen, weil *er* eine Affäre hatte.»

Zunächst glaubte Morrison, nicht richtig gehört zu haben.

«Ja, Nelson wollte mich wegen einer anderen Frau verlassen.»

Sie wirkte fast amüsiert. Oder vielleicht war es auch nur Morrisons verblüffte Reaktion, die sie belustigte.

«Mich hat das gar nicht überrascht», sagte sie in einem Tonfall, der zu betonen schien, wie wenig er begriffen hatte. «Ich habe es kommen sehen.»

«Wusstest du von der Affäre, bevor er um die Scheidung bat?»

«Nelson bat nie um etwas. Er sagte mir, dass er sich scheiden lassen werde, mehr nicht. Er nannte mir auch keine Gründe dafür, aber das war auch nicht nötig. Ich wusste von den anderen Frauen; ich wusste, dass es nur eine Frage der Zeit war.»

Sie stand plötzlich auf und ging zum Fenster. Es dauerte eine Weile, bis sie zurückkam, doch sie war immer noch zu aufgeregt, um sich zu setzen.

«Ich habe dir erzählt, dass ich ihn getötet habe. Ich habe dir gesagt, wie es passiert ist. Ich habe dir die Gründe genannt. Es war dieser Ausdruck in seinem Gesicht, dieser Ausdruck, der besagte, dass ich sein Eigentum bin und dass er mit mir machen kann, was er will, ohne dass ich ihn daran hindern konnte. Weißt du, warum ich an jenem Abend mit ihm ins Bett ging, warum wir Sex hatten?

Nachdem er mir tagelang erzählt hatte, dass er nach unserer Rückkehr nach New York die Scheidung einreichen werde, sagte er mir am Abend beim Dinner, er habe einen Fehler gemacht, all die Dinge, die er gesagt habe, täten ihm leid, und um Michaels willen sollten wir es noch einmal miteinander versuchen.»

In ihren Augen lag ein Hauch von Selbstzweifel, als könnte sie immer noch nicht ganz verstehen, wie sie sich so hatte benutzen lassen.

«Um Michaels willen», wiederholte sie tonlos. «Es gibt nichts, was ich nicht für Michael tun würde. Ich bin mit Nelson ins Bett gegangen, und zum ersten Mal seit jenem Tag in seinem Büro war ich mit jeder Faser meines Körpers die hemmungslose Hure, als die er mich haben wollte. Und dann sah ich diesen Ausdruck und wusste, dass er mich beiseite schieben und mich vergessen würde, während er sich auf die Suche nach einer neuen Frau machte. Er hatte mich benutzt, in Ordnung, ich hatte ihn ja auch benutzt: ihn geheiratet wegen dem, wer er war und was er hatte. Aber an jenem Abend tat er etwas Unverzeihliches: Er benutzte Michael – unseren Sohn – dazu, mich ein letztes Mal zu besitzen, und das konnte ich nicht ertragen. Als ich diesen Ausdruck in seinem Gesicht sah, geschah etwas mit mir, was ich nicht erklären kann. Ich habe noch nie in meinem Leben Hass verspürt, aber an jenem Abend hasste ich ihn!»

Ihr Gesicht, dieses bezaubernde, schöne Gesicht, wurde aschgrau. Eine Träne rollte ihr über die Wange. Sie sank auf den Stuhl. Ihre Stimme war düster, abwesend, ein hohles Echo dessen, was sie zuvor gewesen war.

«Ich konnte nur noch an eins denken: an Michael und dass er keinen Vater wie ihn haben sollte.»

Das war keine Selbstverteidigung; das war, nach welchen rechtlichen Maßstäben auch immer, überhaupt keine Verteidigung.

Doch es fiel Morrison schwer zu glauben, dass St. James nicht bekommen hatte, was er verdiente. Er hatte genug über ihn gehört, um zu wissen, was für ein Mann er gewesen war. Wenn man Danielles Tat als ein Verbrechen bezeichnen wollte, dann war es ein Verbrechen aus Leidenschaft – und zwar Totschlag, nicht Mord. Aber vielleicht war es ja gar kein Verbrechen? Durfte man eine Frau wegen dem, was Danielle getan hatte, ins Gefängnis schicken? Die Frage setzte voraus, dass das, was sie Morrison erzählt hatte, die Wahrheit war, doch als er sie jetzt in Tränen aufgelöst vor sich sah, hatte er immer noch Zweifel.

«Aber … was ist mit dir?», fragte er ruhig in die unheimliche Stille hinein, die sich auf den im Dämmerlicht liegenden Raum gesenkt hatte.

Mit dem Handrücken wischte sie sich die Tränen von der Wange. «Was mit mir ist?»

«Er hatte eine Affäre – hatte anscheinend mehrere – und wollte die Scheidung einreichen. Was ist mit dir? Du wusstest von den anderen Frauen – hast du dich auch mit anderen Männern getroffen? Nach dem, was Nelson mir sagte, war er offensichtlich davon überzeugt.»

«Du meinst, ob ich das getan habe, was Rufus Wiley von mir behaupten wird? Dieser miese kleine Scheißkerl! Er sollte doch alles über diesen Ehevertrag wissen! Er war derjenige, der darauf bestand. Nelson war es egal. Nelson war es sogar peinlich. Ihm gefiel nicht, wie dieser Vertrag ihn aussehen ließ, als wäre er sich seiner Sache nicht sicher – oder als wäre er sich meiner nicht sicher. Er schob das Ganze auf Rufus oder versuchte es zumindest, denn im selben Atemzug erzählte er mir, Rufus Wiley mache nur seine Arbeit: Er sei dazu engagiert, bei all seinen Unternehmungen Nelsons Interessen zu wahren, selbst wenn er, Nelson, dagegen Einwände erhebe … Nelson hatte für alles eine Erklärung, das war ein Teil seines Charmes. Rufus wusste sehr wohl, wie er auf Nelsons Interessen achten musste, denn er wusste auch, wie schnell Nelson sich anders besinnen konnte, sobald er erst einmal hatte, was er wollte. Der Ehevertrag mag ursprünglich Rufus Wileys Idee gewesen sein, doch er hatte gewusst, dass Nelson ihm irgendwann dafür dankbar sein würde.»

Danielle erhob sich von ihrem Stuhl und wandte sich zum Gehen. Ein wissender Ausdruck lag in ihren Augen. «Der Ehevertrag ist nicht so wichtig, wie die Anklage zu glauben scheint. Offenbar haben sie keine Ahnung von den Änderungen des Testaments.»

«Des Testaments?», hakte Morrison nach.

Doch sie war mit den Gedanken schon ganz woanders. «Ich muss los. Ich möchte wieder ins Hotel, Michael gute Nacht sagen. In New York ist es schon drei Stunden später.»

Sie war schon halb aus der Tür, aber dann fragte sie doch: «Möchtest du, dass ich heute Abend komme? Später, nachdem du eine Chance gehabt hast zu arbeiten?»

Erst nachdem sie gegangen war, fiel Morrison auf, dass sie seine Frage nicht beantwortet hatte – die Frage nach den anderen Männern.

9 Franklin saß über den Tisch gebeugt. In den Händen hielt er einen Bleistift. Mit beiden Daumen prüfte er rechts und links, wie viel Druck er aushalten konnte. Schließlich zog er mit den Nägeln zwei Rillen in das gelbe Holz des Bleistifts.

Alice Brunelli hatte soeben auf der Richterbank Platz genommen. Mit einem raschen, höflichen Lächeln hieß sie die Geschworenen wieder vor Gericht willkommen. Sie sah kurz zu Morrison, doch dann wandte sie sich sofort an Franklin.

«Sie können Ihren ersten Zeugen aufrufen.»

Der Bleistift flog Franklin aus den Händen, als er blitzschnell aufsprang. Der Stift rollte über die Tischplatte auf den Fußboden, um unter den leeren Stuhl zu kullern, wo er liegen blieb. Franklin bemerkte es nicht. Er war zu sehr damit beschäftigt, den Anwesenden zu zeigen, dass sein Versagen vom Vortag einmalig gewesen war. Die Schultern gestrafft, den Blick konzentriert, stand er da.

«Die Anklage ruft …» Er verstummte. Er machte ein verblüfftes Gesicht, dann wurde er zornig und verlegen. Er eilte an seinen Tisch zurück, schlug den Aktenordner auf und fand den gesuchten Namen. «Die Anklage ruft Mustafa Nastasis auf.»

«Sind Sie sicher?», fragte Morrison, der auf seinem Stuhl mehr hing als saß, mit einem provokanten Lächeln. «Wollen Sie nicht lieber noch mal nachsehen, nur um ganz sicher zu sein?»

Franklin ballte die Fäuste und ging einen Schritt auf Morrison zu. Es war ihm anzusehen, wie mühsam er sich beherrschte.

Auch Richterin Brunelli hatte die unverschämte Bemerkung

des Strafverteidigers nicht gefallen. «Das reicht, Mr. Morrison! Ich werde Sie nicht noch einmal verwarnen!»

Morrison nickte scheinbar einsichtig, um die Form zu wahren.

Statt näher an den Zeugenstand heranzutreten, wo er nur wenige Meter von der Geschworenenbank entfernt und in einem normalen Gesprächston hätte Fragen stellen können, blieb Franklin fast sechs Meter entfernt vor seinem Tisch stehen. Er hatte eine gute Stimme, die, wenn er nicht gerade aus dem Konzept gebracht wurde, mäßig tief und einigermaßen klar war.

«Mr. Nastasis, Sie sind als Kapitän der Yacht beschäftigt, die Nelson St. James gehört – ist das korrekt?»

Bevor der Zeuge antworten konnte, war Morrison aufgesprungen. «Ob Mr. Franklin vielleicht so nett wäre, seine Frage zu wiederholen, Euer Ehren? Ich habe nicht ganz verstehen können, was er gesagt hat.»

Franklin biss die Zähne zusammen. Seine Stimme war zwar lauter, aber auch weniger moduliert, als er nun wiederholte: «Mr. Nastasis, Sie arbeiten als Kapitän der St.-James-Yacht – richtig?»

«Einspruch, Euer Ehren!» Morrison war erneut aufgesprungen. «Suggestivfrage!»

Alice Brunelli blickte nicht auf. «Stattgegeben.»

Franklin schäumte vor Wut. Er ärgerte sich umso mehr, als er die Strategie der Verteidigung nicht begriff. Warum hatte Morrison in einer so trivialen Angelegenheit Einspruch erhoben? Welchen Unterschied machte es schon, in welche Form er eine Frage kleidete, die so unanstößig war, wie eine Frage überhaupt sein konnte?

«Wie sind Sie beschäftigt, Mr. Nastasis?», versuchte er es noch einmal. Er verdrehte die Augen, um den Geschworenen zu zeigen, dass Morrisons Einspruch nicht nur zeitraubend, sondern auch töricht gewesen war.

Die Hände auf dem Schoß gefaltet, saß Nastasis ruhig und konzentriert im Zeugenstand.

«Ich bin Kapitän der *Black Rose,* der Yacht von Nelson St. James.» Seine Stimme klang gleichmütig und fast herablassend.

Morrison erinnerte sich an diese Stimme, aber mehr noch erinnerte er sich an die Wirkung, welche die bloße Erwähnung von Nastasis' Namen auf die anderen Gäste an Bord der *Black Rose* gehabt hatte. Drei von ihnen waren inzwischen tot. Wäre Nelson St. James selbst noch am Leben, hätte Morrison angenommen, dass sie als lästige Mitwisser inzwischen alle umgebracht worden wären und dass Mustafa Nastasis diese Morde arrangiert hätte. Aber Nelson St. James war tot, und Nastasis erweckte nicht den Eindruck, unter diesem Verlust sonderlich zu leiden.

«Würden Sie uns erzählen, was in jener Nacht passiert ist, was Sie sahen, während Sie draußen an Deck waren, in der Nacht, in der Mr. St. James …?»

«Einspruch!»

Franklin wirbelte herum. «Einspruch?»

«Ja, Einspruch habe ich gesagt», erwiderte Morrison ungeduldig.

Richterin Alice Brunelli nahm ihre Brille ab und beugte sich vor. «Einspruch, Mr. Morrison?»

«Er hat den Zeugen gefragt, wie er beschäftigt sei.»

«Ja, und …?»

«Die Frage war so formuliert, dass sie auf seine gegenwärtige Beschäftigung abzielt. Mit anderen Worten: Er hat ihn nicht gefragt, wie er damals beschäftigt war. Es mag interessant sein zu wissen, dass Mr. Nastasis heute der Kapitän der St.-James-Yacht ist; das sagt uns aber noch nichts darüber, wie er in der fraglichen Nacht beschäftigt war und wie es kam, dass er sich draußen an Deck befand.»

Brunelli verzog keine Miene. Nur ihre Augen bewegten sich, als sie Franklin einen Blick zuwarf.

«Das versteht sich doch von selbst!», beharrte dieser. Erst eine Unterbrechung, dann noch eine – er konnte seine Wut kaum noch beherrschen.

«Was versteht sich von selbst?», fragte Morrison so unschuldig wie möglich.

«Dass er damals genauso beschäftigt war wie heute! Dass er dort arbeitete, dass er an Deck ging, dass …!»

«All das, weil er jetzt dort arbeitet? Die Ereignisse, über die wir hier sprechen, liegen Monate zurück.» Morrison lächelte den Zeugen an. «Vielleicht war Mr. Nastasis als Gast an Bord. Es handelt sich um eine der luxuriösesten Yachten der Welt. Vielleicht gefiel sie ihm so gut, dass er zu dem Entschluss kam, dort gern zu arbeiten, um ständig an Bord zu sein. Vielleicht – nun ja, vielleicht eine Menge Dinge. Aber das werden wir nie erfahren, solange wir nicht die richtigen Fragen stellen.»

Franklins Unterlippe zitterte vor Zorn. «Jeder weiß …», brüllte er beinahe. Doch ein Blick auf Richterin Brunellis Miene ließ ihn erkennen, dass sie keinen Millimeter nachgeben würde, wenn es um die Beweisvorschriften ging. Frustriert hob er die Hände. «Na schön, ich werde fragen … Sagen Sie uns, Mr. Nastasis, wie waren Sie in der Nacht beschäftigt, in der Sie an Deck gingen und sahen, wie die Angeklagte, Danielle St. James, in der Hand …?»

«Einspruch! Er stellt dem Zeugen schon wieder eine Suggestivfrage. Dieser muss selbst schildern, was er vorgefunden hat, falls da überhaupt etwas war. Es ist nicht Aufgabe der Anklage, ihm seine Worte in den Mund zu legen.»

Franklin wollte protestieren, aber Brunelli hatte jetzt genug. «Mr. Nastasis, waren Sie an dem fraglichen Datum als Kapitän der St.-James-Yacht angestellt?»

«Ja, das war ich.»

«Um welche Uhrzeit etwa gingen Sie in der fraglichen Nacht an Deck?»

«Es war kurz nach Mitternacht.»

«Und was war der Grund dafür, dass Sie um diese Stunde an Deck gingen?»

«Ich hörte laute Stimmen – Schreie – und dann etwas, was sich wie ein Schuss anhörte», sagte Nastasis mit seiner klaren Stimme. «Ich sah Mrs. St. James dort mit einer Waffe in der Hand stehen. An Deck und auf der Reling war Blut – Blut, das …»

Brunelli hob die Hand. «Vielen Dank, Mr. Nastasis», sagte sie und zog sich von der vorderen Kante der Richterbank wieder zurück. Sie wandte sich an Franklin, dessen Gesicht noch immer gerötet war. Alice Brunelli pflegte weder Zeit noch Mitgefühl auf Anwälte zu verschwenden, die Fehler machten. Ein Prozess war ein Kampf mit friedlichen Mitteln, und jeder war selbst daran schuld, wenn er die Regeln nicht kannte oder nicht wusste, wie man sie anwendete. Wer nicht in der Lage war, dem eigenen Zeugen die richtigen Fragen zu stellen, musste sich damit abfinden, dass sie es für ihn tat, auf die Gefahr hin, dass die Geschworenen ihre eigenen Schlussfolgerungen daraus zogen, ob man überhaupt als Ankläger vor Gericht auftreten dürfte. Sie gab Franklin den Zeugen mit einem Gesichtsausdruck zurück, der genau erkennen ließ, dass sie sich wunderte, wie er es geschafft hatte, das Jurastudium zu absolvieren, geschweige denn als Ankläger zugelassen zu werden.

«Ich würde Ihnen gern eine Frage stellen, Mr. Nastasis, aber ich bin mir nicht sicher, ob ich eine kenne, gegen die der Herr Verteidiger nicht Einspruch erhebt, dem die Richterin auch noch stattgibt.»

Brunelli schoss fast aus ihrem Stuhl hoch. «Unterstellen Sie da, dass dieses Gericht mit einer Partei gemeinsame Sache macht, Mr. Franklin? Wenn ich Sie wäre, würde ich mir die Antwort genau überlegen – eine schwerwiegendere Anschuldigung kann man kaum erheben!»

Alice Brunelli hatte in Yale als Jahrgangsbeste ihr Examen bestanden, während Franklin an einer Abenduniversität studiert und mit einem eher durchschnittlichen Abschluss sein Studium beendet hatte. Sie hätte zu jeder besseren Anwaltsfirma in der Stadt gehen können, er hätte nicht einmal ein Vorstellungsgespräch dort bekommen. Ihre jeweiligen Hintergründe spielten jedoch keine Rolle in ihrem Verhältnis zueinander, auch unabhängig davon war ihnen beiden klar, dass sie in vollkommen unterschiedlichen Welten lebten.

«Ich bitte um Vergebung, Euer Ehren!», sagte Franklin sichtlich erschüttert. «Ich kann Ihnen versichern, dass es nicht in meiner Absicht lag, Sie zu … Ich wollte nur …»

Mit einer brüsken Handbewegung schnitt sie ihm das Wort ab. «Übernehmen Sie den Zeugen, Mr. Franklin. Lassen Sie uns fortfahren. Wir haben nicht den ganzen Tag Zeit.»

Er drehte sich um und wandte sich an Nastasis. Noch bevor er seine erste Frage formulieren konnte, schnitt Brunelli ihm wieder das Wort ab. «Mr. Morrison, ich gehe doch davon aus, dass Sie nicht um des Einspruchs willen Einspruch erheben werden?»

«Aber gewiss nicht, Euer Ehren», sagte Morrison in einem Tonfall, als läge ihm nichts ferner. «Ich erhebe nur Einspruch gegen anstößige Fragen.»

Brunelli hob eine Augenbraue und reckte das Kinn in die Höhe. «Sie haben also die Absicht, auf einer rigorosen Anwendung der Beweis- und Verfahrensregeln zu bestehen?»

«Aber dafür sind die Vorschriften doch da – damit man klar zwischen der Art von Beweisen, mit denen die Wahrheit zu belegen ist, und den Beweisen unterscheiden kann, die auf Vorurteilen und Lügen gründen. Die Antwort ist: Ja, absolut, die Verteidigung wünscht, dass die Verfahrensregeln eingehalten werden. Mir wäre lieber gewesen, die Anklage hätte das auch gewollt.»

Die Richterin hatte Morrison eine günstige Gelegenheit geboten, und er hatte sie dazu genutzt, der Gegenseite mangelnde Fairness zu unterstellen. Franklin schien kurz vor einem Schlaganfall zu stehen. Brunelli versuchte, den Schaden zu beheben.

«Ich bin sicher, dass die Anklage ebenfalls ein faires Verfahren wünscht. Und ich zähle auf den guten Willen beider Parteien, dafür zu sorgen, dass wir uns nicht in irgendwelchen Vorschriften verheddern, sondern den Fall zügig zu einem Abschluss bringen. Also, meine Herren, lassen Sie uns fortfahren. Mr. Franklin, stellen Sie Ihre nächste Frage.»

Franklin hatte seinen Fehler erkannt und sich eine ganze Reihe von Fragen zurechtgelegt. Er hatte nach wie vor nicht begriffen, dass Morrison die Beweisregeln gleichgültig waren.

«Mr. Nastasis», fuhr er fort, «würden Sie bitte den Geschworenen schildern, was Sie taten, als Sie die Angeklagte dort mit der Waffe in der Hand stehen sahen, nachdem sie ihren Mann erschossen hatte?»

Morrison war aufgesprungen. «Einspruch!»

Ein Ruck ging durch die Reihe der Geschworenen. Die einen lächelten still in sich hinein, während die anderen sich vorbeugten, begierig zu erfahren, wie der Kampf zwischen Verteidiger und Ankläger weitergehen, was die Richterin gestatten und was sie abweisen würde.

«Diese Frage setzt Fakten voraus, die nicht belegt sind. Bis jetzt ist noch kein Beweis dafür vorgelegt worden, dass Nelson St. James tot war.»

Franklin lachte fast. Jetzt hatte er Morrison in der Tasche, das stand fest. «Der Zeuge hat schon ausgesagt – auf die Frage von Euer Ehren hin –, dass überall auf dem Deck Blut zu sehen war, Blut an der Reling, Blut dort, wo Nelson St. James …»

«Das mag der Zeuge vielleicht gedacht haben», warf Morrison ein, «er mag diesen Eindruck gehabt haben. Aber weil diese Tatsache noch nicht bewiesen worden ist, kann die Anklage nicht einfach eine Frage stellen, die davon ausgeht, dass dem so wäre, und durch ihre Annahme die Geschworenen in eine bestimmte Richtung lenken.»

«Stattgegeben. Formulieren Sie Ihre Frage anders, Mr. Franklin.»

Und so ging es weiter, Stunde um Stunde, während Morrison alles in seiner Macht Stehende tat, um Franklin wie einen Dummkopf aussehen zu lassen. Zeugenaussagen, die nicht länger als zwanzig Minuten hätten in Anspruch nehmen sollen, dauerten drei bis vier Mal so lange. Franklin stellte eine Frage, Morrison erhob Einspruch; Franklin wartete auf die Entscheidung der Richterin, und wenn es sein musste, stellte er die Frage, anders formuliert, erneut. Im Lauf des Tages lernte er allmählich aus seinen Fehlern dazu, und wie ein schlecht gelaunter, aber ehrgeiziger Student speicherte er jede Lektion für späteren Gebrauch. Als er sich dem Ende der direkten Befragung des ersten Zeugen der Anklage näherte, stand er in der Nähe der Geschworenenbank und sprach zu Nastasis mit einer Stimme, die zwar ihre selbstverliebte Begeisterung verloren hatte, aber dabei nicht lauter war als bei einer normalen Unterhaltung. Als er schließlich fertig war, setzte er sich eigenartig still und zurückhaltend an seinen Tisch.

Morrison stand langsam auf. «Mr. Nastasis, ich werde Ihnen nur ein oder zwei Fragen stellen.»

Obwohl Nastasis mehrere Stunden im Zeugenstand hatte aushalten müssen, während die Anwälte untereinander stritten, wirkte er immer noch gleichmütig. Vielleicht lag es an der Situation selbst, seinem ersten Einblick in einen amerikanischen Gerichtssaal. Vielleicht faszinierte ihn immer noch, was geschehen war, der gewaltsame Tod von Nelson St. James, und die Frage, was Danielle dabei für eine Rolle spielte. Respektvoll sah er Morrison an.

Dieser hatte sich am Ende der Geschworenenbank postiert, von wo aus er einerseits die beiden Reihen mit den Geschworenen und andererseits den Zeugen genau im Blick hatte. «Sie haben ausgesagt, Sie seien an Deck gegangen, weil Sie ‹laute Stimmen› gehört hätten, ‹Schreie›. Wo genau befanden Sie sich, als Sie diese Stimmen hörten – in Ihrer Kabine?»

«Ja.»

«Aber Sie schliefen nicht, oder?»

«Nein.»

«Ich will damit sagen: Die Stimmen waren nicht so laut – immerhin haben Sie von ‹Schreien› gesprochen –, dass sie Sie geweckt hätten?»

«Nein, Mr. Morrison. Wie ich schon sagte, ich schlief nicht.»

Morrison blickte zu Boden und lächelte vor sich hin. Schließlich hob er den Blick. «Worüber haben sie gesprochen – oder vielmehr: geschrien?», fragte er, als er den Kopf zur Seite neigte und die Handflächen nach oben drehte. «Konnten Sie etwas verstehen?»

«Das weiß ich nicht genau», erwiderte Nastasis. «Ich konnte ihre Worte nicht hören.»

«Sie konnten ihre Worte nicht hören. Verstehe. Sie hörten ‹laute Stimmen›, ‹Schreie› … Was ist es nun, Mr. Nastasis: laute Stimmen oder Schreie?»

Verwirrt zuckte Nastasis die Schultern. Er verstand die Unterscheidung nicht.

«Das ist keine schwierige Frage, Mr. Nastasis. Menschen sprechen manchmal mit lauter Stimme, um sich Gehör zu verschaffen oder weil sie einem Argument Nachdruck verleihen wollen – beherrschen sich aber noch. Schreien tun sie erst, wenn sie sich nicht mehr in der Gewalt haben. Also noch einmal, Mr. Nastasis: Worum handelte es sich? Um Schreie, nicht wahr? Die Kabinen an Bord der *Black Rose* sind fast schalldicht, nicht wahr?»

Jetzt verstand Nastasis. «Ja, Schreie, Rufe, wenn Ihnen das lieber ist. Sie waren zornig. Da habe ich keinen Zweifel.»

«Wütend, unbeherrscht, irrational … Sind das die Worte, die Sie benutzen würden, um zu schildern, was Sie hörten?»

Nastasis stimmte sofort zu. Morrison nickte eindringlich. «Ja, zornig, irrational», sagte Morrison mit einem hilfesuchenden Blick zu den Geschworenen. «Nicht die Stimme von jemandem, der dabei ist, einen wohlberechneten Plan auszuführen …»

«Einspruch!», rief Franklin, der bei diesen Worten beinahe von seinem Stuhl hochsprang.

«Schon richtig, das hätte ich nicht sagen sollen», sagte Morrison, bevor Brunelli ihn zurechtweisen konnte. Er wandte sich wieder an den Zeugen. «Sie sagten, Sie hätten zunächst Schreie gehört und dann einen Schuss – etwas, was Sie für einen Schuss hielten. Wie lang war die Pause dazwischen, wie viel Zeit verging zwischen den Schreien und dem von Ihnen gehörten Schuss oder was immer es war? Sekunden, Minuten … wie lange?»

Nastasis' Augen wurden schmal. Er kniff die Lippen zusammen. Während er sich sichtlich bemühte, seiner Erinnerung auf die Sprünge zu helfen, tippte Morrison methodisch mit zwei Fingern auf das Geländer der Geschworenenbank. Das Schweigen im Gerichtssaal wurde beinahe unerträglich.

«Ich weiß nicht», sagte Nastasis schließlich. «Sicher nicht so lange, wie es mir vorkam.»

Morrison klappte der Unterkiefer herunter. «Nicht lange …? Ja, ich glaube, ich verstehe, was Sie meinen. Das Schreien hörte auf, eine ganze Weile war da nichts, kein Laut, und dann hörten Sie es … Ist es das, was Sie meinen?»

Mit einem rätselhaften Lächeln auf den Lippen beugte Mustafa Nastasis sich vor. «Ja, genau», nickte er. «Es war genau so, wie Sie es schildern. Nur eins möchte ich hinzufügen: Die Stille, die vielleicht bloß ein paar Sekunden angedauert hatte, kam mir sehr viel länger vor, weil sie das heftige Geräusch betonte, das davor und danach gekommen war.» Er verstummte kurz, überdachte seine Worte noch einmal, und dann, zufrieden mit dem Resultat, nickte er erneut. Er hob den Blick zu Morrison und wartete.

Dieser ging zu seinem Tisch zurück, blickte auf Danielle hinunter und drehte sich langsam um.

«Die Waffe, die Mrs. St. James in der Hand hielt – wie lange hatte sie sie gehalten?»

Nastasis schüttelte den Kopf. Er war unsicher, was die Frage bedeutete. «Ich verstehe nicht …»

«Hatte sie sie da gerade erst aufgehoben?», fragte Morrison. Er machte einen raschen Schritt nach vorn. «Sie haben ausgesagt, Sie hätten etwas gehört, was Sie für einen Schuss hielten – das sei der Grund gewesen, weshalb Sie Ihre Kabine verlassen hätten und an Deck gegangen seien. Sie haben aber nicht mit angesehen, wie die Waffe abgefeuert wurde», beharrte er mit einem plötzlichen Ausbruch von Energie. «Sie haben nicht gesehen, wer diese Waffe abgefeuert hat, oder? Ich wiederhole meine Frage: Hatte sie sie gerade erst aufgehoben?»

«Ich weiß nicht. Ich nehme nur an …»

«Sie wissen es nicht. Vielen Dank. So, jetzt sagen Sie uns Folgendes», fuhr Morrison fort und begann vor seinem Tisch auf und ab zu gehen. «Sie waren Kapitän der *Black Rose,* seit …» Morrison verstummte plötzlich, blickte hoch und lächelte. «Seit Nelson St. James sie hatte bauen lassen, richtig?»

«Ja, das stimmt.»

«Und im Verlauf all dieser Zeit hatten Sie Gelegenheit, sowohl Mr. St. James als auch seine Frau kennen zu lernen, nicht wahr?»

«Ich arbeitete für Mr. St. James. Das war die Natur unserer Beziehung.»

Seine Antwort kam langsam und überlegt und klang in Morrisons Ohren zutiefst unaufrichtig. Sie bestätigte seinen Verdacht: Nastasis hatte kein Interesse daran, dem Toten zu helfen. Aber hatte er ein Interesse daran, den Lebenden zu helfen? Morrison wagte einen Schuss ins Blaue.

«Es war nicht leicht, für ihn zu arbeiten, nicht wahr?»

Nastasis presste die Lippen aufeinander. Er legte den Finger an den Mund, als müsste er vor einer Antwort erst einmal abwägen, was er über menschliches Verhalten wusste.

Morrison versuchte, ihm auf die Sprünge zu helfen. «Kein einfacher Mann ... Aber Mrs. St. James mochten Sie, nicht wahr? Nelson St. James hat Sie vielleicht nicht sehr gut behandelt, aber bei ihr konnten Sie sich immer darauf verlassen, dass sie ein freundliches Wort für Sie fand, oder?»

Zum ersten Mal lächelte Nastasis. «Ja, Mrs. St. James war immer angenehm. Nicht nur zu mir», beeilte er sich hinzuzufügen, «sondern zu jedem – der gesamten Besatzung. Sie stellte immer Fragen, nach meiner Familie, woher ich kam ... Sie waren reiche Leute, aber so wie sie uns behandelte, hätte man das nicht vermutet.»

Morrison war sich jetzt sicher: Nastasis war sein Zeuge. «Sie sahen sie schon früher an jenem Abend, als sie beim Dinner saßen, nicht wahr?»

«Ja, ich kam gelegentlich vorbei, um zu sehen, ob sie etwas brauchten.»

Morrison lächelte, nicht um Nastasis in Sicherheit zu wiegen, sondern um den Geschworenen allen Grund zu der Annahme zu geben, dass er nichts weiter wollte als die Wahrheit. «Und als Sie die beiden beim gemeinsamen Dinner sahen, nur wenige Stunden bevor er erschossen wurde, wirkte Mrs. St. James da wie eine Frau, die ihren Mann ermorden wollte?»

Gegen diese Frage musste Franklin Einspruch erheben, was Morrison genau wusste. Aus dem Grund hatte er die Frage so unverhohlen suggestiv gestellt.

«Einspruch!», rief Franklin und begann umständlich darzulegen, weshalb die Frage so nicht gestellt werden dürfe.

«Stattgegeben!», entschied Brunelli mit klinischer Gleichgültigkeit, bevor er ein weiteres Wort äußern konnte.

Jetzt!, forderte Morrison Nastasis mit stummem Blick auf: Tu es bitte jetzt!

«Nein, so sah sie nicht aus», bemerkte der Zeuge unschuldig.

«‹Stattgegeben› bedeutet, dass Sie die Frage nicht beantworten sollen», erklärte Richterin Brunelli mit einem zornigen Unterton. «Die Geschworenen werden sowohl die Frage als auch die Antwort unbeachtet lassen.»

Brunelli gab Morrison durch ein Zeichen zu erkennen, dass er in seiner Befragung fortfahren konnte, aber ihre Augen signalisierten ihm auch, dass er von nun an lieber vorsichtig sein sollte.

«Ich kann Ihnen diese Frage nicht stellen, Mr. Nastasis – lassen Sie mich Sie also Folgendes fragen: Haben Sie vor diesem Abend, während der gesamten Schiffsreise, jemals gesehen, dass sie irgendetwas nach ihm warf?»

«Nein.»

«Hat sie ihn vor Ihren Augen geschlagen?»

«Nein.»

«Haben Sie gesehen, dass sie ihn mit einer Waffe bedrohte?»

«Nein», erwiderte Nastasis mit unbewegtem Gesicht.

«Nur noch ein paar Fragen: Nachdem Sie den Schuss gehört hatten, nachdem Sie hinausgerannt waren, das Blut auf dem Deck und auf der Reling entdeckten, als Sie die Angeklagte, Danielle St. James, mit der Waffe in der Hand dastehen sahen, dachten Sie in dem Moment, sie hätte ihren Mann getötet?»

Nastasis zögerte, aber Morrison sagte ihm, es sei alles in Ordnung, alle wollten nichts weiter von ihm hören als die Wahrheit. Er tat dies auf eine so geschickte Art, dass jeder, der die Szene beobachtete, jeder unter den Geschworenen der Meinung war, dass ihm von Anfang an allein daran gelegen war, den tatsächlichen Ablauf der Ereignisse zu rekonstruieren.

«Ja, ich muss zugeben, dass ich das dachte. Davon ging ich aus.»

«Aber wenn – wie ich Sie vorhin gefragt habe – sie vielleicht gerade nur die Waffe aufgehoben hatte, in einer Art Schockzustand dort aufgehoben hatte, wo sie hingefallen war, dann würden Sie etwas anderes denken, nicht wahr? Sie würden nicht denken, dass Danielle St. James ihren Mann ermordet, sondern dass ihr Mann sich selbst umgebracht hat!»

Franklin bellte seinen Einspruch, aber Morrison war das egal. Zufrieden mit sich nahm er Platz.

10

Richterin Brunelli ermahnte die Geschworenen, in den Prozesspausen nicht über den Fall zu diskutieren und auch keine Zeitung zu lesen oder die Berichterstattung im Fernsehen zu verfolgen. Morrison sammelte seine Notizen und Papiere zusammen, die vor ihm auf dem Tisch lagen, und da er sich bewusst war, dass die Leute sie immer noch beobachteten, wechselte er ein paar förmliche Worte mit Danielle. Er achtete darauf, Distanz zu ihr zu halten und sie nur kurz am Arm zu berühren, wie er es bei jedem anderen Mandanten auch getan hätte. Für diejenigen, die nahe genug waren, es zu hören, sagte er noch, dass er sie am nächsten Morgen aufsuchen wolle. Sie solle versuchen, etwas Schlaf zu bekommen. Ein Leibwächter wartete gleich hinter dem Geländer auf sie, um sie durch die drängelnde Menschenmenge zu ihrem Wagen zu bringen.

Begierig, aus der Nähe einen Blick auf die berühmt-berüchtigte Danielle St. James zu erhaschen, folgten ihr die Zuschauer nach draußen. Morrison ging in die Herrentoilette, die in der Mitte des Korridors im Erdgeschoss lag. Sein Gesicht im Spiegel sah besser und weniger erschöpft aus, als er sich fühlte. Er benetzte sich Wangen und Augen mit kaltem Wasser. Er langte nach einem Papierhandtuch, als er vom anderen Ende des schmalen weißgefliesten Raums ein würgendes Geräusch hörte. Morrison trocknete sich Gesicht und Hände ab und wandte sich zum Gehen.

In dem Moment flog die Kabinentür auf, und Robert Franklin taumelte zum Waschbecken. Sein Gesicht war weiß wie ein Laken, und Streifen von Erbrochenem fielen ihm aus dem offenen Mund.

Der Schock, Morrison hier zu sehen, war so intensiv und der Ausdruck in seinen Augen so voller Hass – nicht nur auf Morrison, sondern auch auf sich selbst –, dass er aussah wie jemand, der im Begriff war, den Verstand zu verlieren. Wie angewurzelt blieb er stehen und rührte sich nicht vom Fleck. Er machte den Mund auf, um eine Erklärung, eine Entschuldigung für den miserablen Zustand hervorzubringen, in dem Morrison ihn angetroffen hatte. Doch schon nach drei Worten begann er zu stottern und konnte nicht mehr aufhören.

In diesem Moment erst begann Morrison die Mühe zu erahnen, die es Robert Franklin gekostet hatte, Jurist zu werden. Morrison konnte sich nicht erinnern, jemals ein so ausgeprägtes Stottern gehört zu haben. Und doch hatte Franklin es irgendwie überwunden. Das war der Grund, weshalb er in so großer Entfernung von Zeugen und Geschworenen sein Plädoyer gehalten hatte, das war der Grund für dieses Gefühl von Stolz in seiner Stimme: Nicht weil er ihren Klang so liebte, sondern weil er sich mit äußerster Disziplin dazu gebracht hatte, seine Sätze flüssig auszusprechen.

«Geht es Ihnen nicht gut?», fragte Morrison mit einem Anflug von schlechtem Gewissen. «Kann ich etwas für Sie tun?»

Franklin stand so gedemütigt da, dass Morrison glaubte, er werde gleich in Tränen ausbrechen. Sein ganzer Körper schien zu zittern. Mit einem heftigen Ruck wandte er sich schließlich um und lief in die Kabine zurück, als würde er sich gleich noch einmal übergeben.

Auf der Rückfahrt vom Gericht musste Morrison immer wieder an Franklin, sein Stottern und seine sichtliche Verzweiflung denken. Er empfand unwillkürlich Mitleid mit ihm und bedauerte fast, dass er ihn so vorgeführt hatte. Natürlich war er dazu verpflichtet, alles nur Erdenkliche für seine Mandantin zu tun, aber vielleicht war er heute doch zu weit gegangen, indem er den Geschworenen Sand in die Augen gestreut hatte. Schließlich handelte es sich bei diesem Verfahren nicht um einen Jahrmarktsspaß, bei dem statt der Angeklagten dem Staatsanwalt der Prozess gemacht wurde.

Morrison beschloss, in einem der kleinen Restaurants des Viertels zu Abend zu essen, wo eine gewisse oberflächliche Förmlichkeit genau die Art Anonymität schuf, die es ihm ermöglichte, mit sich allein zu sein. Das vertraute Kopfnicken zwischen ihm und dem Kellner, ihr kurzer Wortwechsel bei der Aufnahme der Bestellung war nie über das hinausgegangen, was auf der Speisekarte stand. Wäre da nicht seine Arbeit gewesen, Morrison hätte den Rest seines Lebens in der Stadt verbringen können, ohne eine Menschenseele zu kennen.

Der Kellner brachte ihm sein Essen, und da er mit niemandem sprechen konnte, begann Morrison erneut über sein Verhalten während des heutigen Prozesstages nachzudenken. Wenn Franklin auf der Herrentoilette eine Waffe genommen und ihn getötet hätte, hätte er nichts anderes getan als Danielle in jener Nacht auf der *Black Rose* – er hätte einen Mord begangen. Franklin musste sich gefühlt haben wie Danielle; genau die Wut und Frustration, die er in seinen Augen entdeckt hatte, musste auch Danielle empfunden haben, als sie ihren Mann erschoss.

Während er die kleine Straße zu seinem Haus auf Nob Hill hinaufging, versuchte Morrison sich Klarheit zu verschaffen. Wenn man nur die Tatsachen betrachtete und die Gefühle ignorierte, war Danielle offenkundig schuldig. Sie hatte ihren Mann in einer Situation getötet, in der sie nicht physisch bedroht war. Sie hätte weggehen können. Doch wenn man ihre Selbstachtung berücksichtigte, ihr Recht, als eigenständige Person behandelt zu werden und nicht als stummes Objekt der Begierde ihres Mannes, dann war ihre Tat zumindest moralisch nachvollziehbar.

Einen halben Block von seinem Haus entfernt blieb Morrison auf der Straße stehen. In der kühlen kalifornischen Nacht betrachtete er die glitzernden Lichter in den Hügeln auf der anderen Seite der Bucht. Warum stellte er diese Art von Überlegungen an? Um sich besser zu fühlen? Danielle hatte ihren Mann getötet, weil ihr sein Gesichtsausdruck nicht gefiel? Wenn sie sich derart gedemütigt gefühlt hatte, warum hatte sie die Demütigung dann nicht erwidert? Sie hätte die Scheidung verweigern, ihn vor Gericht bringen und ihm gerade, weil er reich und berühmt war und nicht nur berüchtigt wegen all seiner dunklen Geheimnisse, das Leben zur Hölle machen können. Doch die Tat war aus einem Impuls heraus geschehen, der keine Zeit für Berechnung ließ – so hatte sie es ihm zumindest erzählt. Glaubte er ihr das? Spielte es überhaupt eine Rolle, ob er es tat? Seit der Nacht, in der sie zum ersten Mal miteinander geschlafen hatten, waren seine Gefühle verwirrt. Schuld oder Unschuld – diese Frage war längst nicht mehr so einfach zu beantworten, wie es ihm zuvor erschienen war.

Drei Blocks vor ihm, auf der anderen Straßenseite des Fairmont Hotel, glitzerte im Lichtschein zahlloser Lampen das Mark Hopkins, das andere berühmte Hotel der Stadt. Limousinen, Taxis und private Stretchlimousinen bewegten sich in einer langsamen Prozession durch die offenen Säulenportale am Haupteingang. Irgendwo ganz oben, eingetragen unter einem fiktiven Namen, befand sich Danielle in ihrem Zimmer und wartete wahrscheinlich. Vielleicht würde sie anrufen, vielleicht auch nicht, und je nach Stimmung die kurze Strecke zu dem Haus laufen, in dem Morrison seine Wohnung hatte.

Sie hatte sich angewöhnt, an den Abenden, an denen sie ihn besuchte, verkleidet zu kommen. Zunächst hatte er geglaubt, es geschähe als normale Vorsichtsmaßnahme, aus der Angst heraus, sie könnten beide kompromittiert werden, wenn sie auf dem Weg zu seiner Wohnung oder auf dem Rückweg kurz vor Morgengrauen gesehen wurde. Doch schließlich erkannte er, dass es nicht aus Furcht um ihren Ruf und ganz gewiss nicht aus Furcht um den seinen geschah. Ihr gefiel das Risiko, die Gefahr, dass sie vielleicht erwischt würde. In den Nächten, in denen sie sich verkleidete, lag ihr einziger Stolz darin, wen sie täuschen konnte. Eine Perücke, ein anderes Kleid und andere Schuhe, ein neues Make-up und natürlich die veränderte Stimmung, der Ausdruck im Gesicht, all das schien ihr eine seltsame Art von Vergnügen zu machen; sie genoss es einfach, wenn auch nur für wenige Stunden, ein anderes Leben als ihr sonstiges zu führen, das einer völlig fremden Frau. Sie hatte ihm erzählt, dass sie manchmal am frühen Abend in die Hotelbar ging und sich von einem der Gäste dort einen Drink spendieren ließ.

Sie trug jedes Mal eine andere Verkleidung. All diese verschiedenen Frauen kamen zwar jeweils einzeln zu Morrison, doch es waren so viele und alle kamen sie so spät abends, dass der Doorman, obwohl er nie ein Wort darüber verlauten ließ, geglaubt haben musste, Morrison sei an einem Bordell beteiligt.

Morrison wusste nie, wer an der Tür klopfen würde. Jedes Mal war es eine andere Frau, und jedes Mal war es Danielle. Es war verrückt und seltsam verführerisch, wie sie mit jeder Veränderung ihrer äußeren Erscheinung einen anderen Charakter annahm – immer verschieden und doch immer dieselbe.

An diesem Abend kam sie zur Abwechslung früh und unverkleidet in seine Wohnung, vielleicht, um den Einsatz ein wenig zu erhöhen. Der Doorman verkündete, Mrs. Danielle St. James sei da.

«Ab und zu muss man sich mit seinen Mandanten auch mal zu Hause treffen», sagte Danielle, als sie an ihm vorbei ins Wohnzimmer rauschte und ihren hellbraunen Regenmantel auf einen Stuhl warf. Mit einem spitzbübischen Grinsen blickte sie ihn an. «Oder vielleicht denkt dieser nette Mann da unten, eine dieser schamlosen Damen, die dich nachts immerzu besuchen, hat sich als ich verkleidet.»

«Glaubst du, er weiß nicht, dass du alle von ihnen bist?»

«Er hat vielleicht den Verdacht, doch er weiß es nicht genau. Außerdem würde er sowieso nie etwas sagen. Gefährlich wird es, wenn man von jemandem auf der Straße gesehen wird. So entstehen Gerüchte – wenn man von jemandem gesehen wird, den man nicht mal kennt.»

Sie setzte sich ans Ende des Sofas und legte den Arm über die Rückenlehne. Sie schien fast glücklich zu sein, und als Morrison das sah, fühlte er sich gleich viel besser. Er machte für sie beide einen Drink und setzte sich neben sie.

«Du warst heute wunderbar», sagte Danielle mit eifrigen Augen. «Ich konnte gar nicht erwarten, dir zu sagen, wie fabelhaft ich dich fand. Jetzt müssen wir uns um nichts mehr Sorgen machen, nicht wahr? Du weißt, dass du gewinnen wirst.»

Morrison fand ein fast jungenhaftes Vergnügen an ihrem Lächeln.

«Ich weiß nur eins: dass wir noch nicht verloren haben.»

Ihre Augen blitzten immer noch, ihr Lächeln blieb siegesgewiss. Er beschloss, deutlich zu werden.

«Dies ist kein Spiel, bei dem es nur darauf ankommt, wie gut man gespielt hat, und das Ergebnis nicht zählt. Vergiss nicht, du stehst wegen Mordes vor Gericht.»

Ihr Gesicht wurde blass. «Ich weiß, was passieren wird – was passieren könnte –, wenn wir verlieren; doch ich weiß auch, was ich heute gesehen habe und dass Franklin nicht gewinnen kann. Nach dem, wie du ihn vorgeführt hast, würde es mich nicht überraschen, wenn er einfach aufgibt, morgen einen anderen als Stellvertreter schickt und einen Freispruch beantragt.»

Morrison sah ihr direkt in die Augen. «Franklin wird morgen wieder da sein. Er wird jeden Tag da sein, bis dieser Prozess beendet ist. Er hat ein paar Fehler gemacht, aber wie ich dir schon sagte, darfst du ihn nicht unterschätzen. Er wird diese Fehler nicht noch einmal machen. Er will diesen Fall gewinnen, will ihn so sehr gewinnen, wie er noch nie etwas gewollt hat. Es ist die einzige Möglichkeit für ihn, mir das heimzuzahlen, was ich ihm angetan habe. Und das, was ich gesehen habe.»

«Was du gesehen hast?»

«Auf der Toilette, kurz nachdem die Verhandlung zu Ende war. Franklin war da, und ihm wurde übel. Ich fühlte mich dabei …»

«Er tat dir leid?» Sie warf ihm einen verächtlichen Blick zu. «Warum empfindest du überhaupt etwas für ihn? Solche Leute sind unwichtig. Du hast ihn heute auseinander genommen – kein Wunder, dass ihm übel wurde. Warum sollte es dir etwas ausmachen, wie er sich fühlt? Du wirst gewinnen, weil du weißt, wie du es machen musst; er wird verlieren, weil er es nicht weiß. Er hat dir nicht wirklich leidgetan. Du warst froh! Froh, dass er es war und nicht du. Die einzigen Leute, denen Verlierer leidtun, sind diejenigen, die selbst nie gewinnen!»

Morrison konnte nicht glauben, dass sie das gesagt hatte, dass sie so gefühllos und grausam sein konnte. Er redete sich ein, dass es an der Anspannung durch den Prozess lag, an ihrer Furcht, sie könnte für den Rest des Lebens hinter Gittern landen, was sie dazu brachte, solche Dinge zu sagen.

«Du meinst doch nicht wirklich, was …»

«Was ich da gesagt habe? Natürlich habe ich es so gemeint!» Sie wurde zornig. «Du tust, was du glaubst tun zu müssen, um den Prozess zu gewinnen – geht es dir besser, wenn du dich deswegen schlecht fühlst? Würdest du lieber verlieren? Wäre es dir lieber, dass ich verurteilt werde?»

«Nein, aber das …»

«Aber das?»

«Macht es nicht richtiger!», rief Morrison. Er sprang vom Sofa auf. «Ich hätte das nie tun sollen – ich hätte den Fall nie übernehmen dürfen! Ich hätte mich nicht einmischen sollen, ich hätte nicht …» Er schüttelte den Kopf und nahm einen Schluck. «Vielleicht solltest du lieber gehen», sagte er. Seine Stimme hörte sich plötzlich frustriert und müde an.

Die Härte, mit der Danielle Robert Franklin als jemanden abgetan hatte, der nicht zählte, verschwand aus ihren Augen. «Du hast Recht; ich hätte das nicht sagen sollen – kein Wort davon.» Sie stand auf. «Du warst heute fabelhaft, das war alles, was ich dir sagen wollte, und deswegen bin ich hergekommen. Ich weiß nicht, was ich ohne dich täte. Achte nicht auf die Dinge, die ich sage – ich habe Angst. Manchmal schlage ich einfach um mich.» Sie legte ihm die Hand an die Wange und lächelte, ein stilles, bescheidenes Lächeln, das in seiner Verletzlichkeit herzzerreißend war. «Ich werde gehen, wenn du das willst.»

In dem Moment war Morrison klar, dass es zu spät war. Er konnte nicht an den Anfang zurückkehren und zu dem Mann werden, der er vorher gewesen war. Er war nicht nur in die Sache verwickelt, er war jetzt auf Gedeih und Verderb an Danielle St. James gebunden. Er liebte eine Frau, die ihren Mann ermordet hatte, und er würde alles in seiner Macht Stehende tun, um sie vor dem Gefängnis oder vor Schlimmerem zu bewahren. Er würde mit seinem Anwaltsverstand vielleicht ein Dutzend Rechtfertigungen für ihre Tat erfinden können, doch er kannte die Wahrheit, und es war ihm gleichgültig. Er war verloren, und er wusste es. Es gab nichts, was er tun konnte. Später würde er sich Sorgen darüber machen, was als Nächstes passieren und was das alles für Konsequenzen haben würde. Und während dieser Gedanke noch wie ein Echo in seinem Kopf nachhallte, wusste er, dass es ihm egal sein würde. Es war zu spät, irgendetwas zu ändern; es war von dem Tag an zu spät gewesen, an dem er sie zum ersten Mal gesehen hatte, auf dem Deck der *Black Rose,* an jenem sonnendurchglühten Nachmittag vor der Küste Kaliforniens.

Spät in der Nacht, als Danielle neben ihm schlief, erinnerte sich Morrison an diesen Tag und an das Glück, das er bei ihrem bloßen Anblick verspürt hatte. Und er fragte sich, ob ihm je wieder etwas ein so gutes Gefühl geben würde.

11 Als Morrison aufwachte, war Danielle schon gegangen. Als er sie Stunden später im Gerichtssaal wiedersah, war sie wieder seine Mandantin und er ihr Verteidiger. Was immer nachts zwischen ihnen geschah, die Tage blieben unter der konzentrierten Intensität des Prozesses das Einzige, was zählte, und alles, woran Morrison denken konnte, waren der nächste Zeuge und die nächste Frage, die er stellen musste.

Das versuchte er sich jedenfalls einzureden, als er sich auf den harten Holzstuhl hinter seinem Anwaltstisch setzte und seine Notizen überflog. Während es ihm jedoch nicht wirklich gelang, am Morgen zu vergessen, was in der Nacht zuvor geschehen war, zu verdrängen, was sie getan und welche Gefühle sie in ihm ausgelöst hatte, schien Danielle sich nur an das zu erinnern, woran sie sich erinnern wollte, und das auch nur, wenn ihr danach war. Mit einer Stimme, die gerade laut genug war, um von den Geschworenen gehört zu werden, sagte sie guten Morgen und nannte ihn Mr. Morrison.

Philip Conrad, der auf seinem Platz gleich unter der Richterbank saß, legte ein Farbband in seine Stenomaschine ein. Er hob langsam den Kopf und sah Morrison an. Sein Gesichtsausdruck oder vielmehr seine offensichtlich zur Schau getragene Gleichgültigkeit schien Morrison der Versuch zu sein, etwas zu verheimlichen, das Bemühen, sein vernichtendes Urteil zurückzuhalten, das er gleich hinter Conrads Augen sah oder zu sehen glaubte. Oder blickte Morrison in den Spiegel seines halb vergessenen Gewissens, im Bewusstsein darum, dass er ebenfalls nur einer dieser Anwälte war, die bereit sind, alles zu tun, um zu gewinnen? Conrad sah ihn weiterhin mit dem gleichen ausdruckslosen Gesicht an, was schlimmer war als irgendeine hinausgerufene Missbilligung über Morrisons Verrat – nicht an ihm, Conrad, sondern an sich selbst. Morrison senkte den Blick und tat, als läse er.

Alice Brunelli segelte in den Gerichtssaal. Sie trug ein Aktenbündel unter dem Arm, Dokumente zu anderen Verfahren, denen sie sich zuwenden wollte, wenn sie dem, was in diesem Prozess vorging, gerade nicht aufmerksam folgen musste. Brunellis einzige Leidenschaft war die Jurisprudenz. Andere Richter mochten ihre Wochenenden auf dem Golfplatz verbringen, sie verbrachte ihre Freizeit in der Bibliothek oder in ihrem Arbeitszimmer.

«Rufen Sie bitte Ihren nächsten Zeugen auf», befahl sie und vergrub die Nase in einem Aktenordner.

Es gab keine Reaktion. In ihre Lektüre vertieft, bemerkte Brunelli zunächst nichts Ungewöhnliches. Doch plötzlich fuhr ihr Kopf hoch, wurden ihre Augen schmal und richteten sich auf den stummen Mr. Franklin. Doch dessen Platz war leer, sein Stuhl immer noch dicht an den Tisch geschoben.

Danielle warf Morrison einen Blick zu. Ihre Augen waren voller Triumph und so etwas wie Bosheit. Sie hatte ihm gesagt, dass Franklin nicht kommen würde! Morrison gab ihr mit einem mahnenden Blick zu verstehen, dass sie sich beherrschen sollte.

«Bedaure, Euer Ehren», ertönte in dem Moment die Stimme von Franklin, der durch die Doppeltüren am hinteren Ende den Gerichtssaal betrat. Er lief fast den Mittelgang entlang, die vollgestopfte, abgewetzte Aktentasche fest unter den Arm geklemmt. Er schwitzte und war außer Atem. «Ich habe die ganze Nacht durchgearbeitet. Deshalb habe ich auch verschlafen», erklärte er. Er ließ die Aktentasche auf den Tisch fallen und begann, seine Krawatte hochzuschieben.

Wie er so dastand, wie einer der von ihm Verurteilten, die um Gnade flehten, machte er wirklich einen bedauernswerten Eindruck. Morrison wandte sich ab und widmete sich erneut seinen Notizen. Danielle behielt die Szene weiter im Auge. Es hatte den Anschein, als würde sie jede Minute genießen.

Alice Brunelli musterte Robert Franklin mit kalter Gleichgültigkeit. Man erschien nicht zu spät bei Gericht – niemals. Dafür gab es keine Entschuldigung. Wenn er, Franklin, die ganze Nacht aufgeblieben war – was streng genommen sicher nicht der Fall war –, dann hätte er sich hüten müssen, in einen Schlaf zu fallen, aus dem er vielleicht nicht so schnell wieder aufwachen würde.

«Rufen Sie Ihren nächsten Zeugen auf», wiederholte sie schließlich. Was immer Franklin empfand, er behielt es für sich. Sein nächster Zeuge war der Polizei-Detective, den man auf die *Black Rose* gerufen hatte, nachdem diese nach San Francisco zurückgekehrt war. Franklin hatte keine drei Fragen gestellt, als Morrison schon seinen ersten Einspruch erhob, wenngleich mit weniger Arroganz und in einem ruhigen, geschäftsmäßigen Tonfall.

Doch das war nichts im Vergleich zu der Veränderung, die Franklin durchgemacht hatte. Statt jedes Mal in zorniger Frustration auf den Fußballen zu wippen, wenn Morrison ihn unterbrach, wartete er jetzt mit würdiger Geduld, bis die Richterin entschieden hatte. Wenn sie den Einspruch ablehnte, den Morrison erhoben hatte, wandte sich Franklin sofort erneut dem Zeugen zu und wiederholte die Frage. Wenn sie dem Einspruch stattgab, nickte er zum Zeichen, dass er dankbar sei, innerhalb der Vorschriften gehalten zu werden. Er, Franklin, würde die Geschworenen nicht zu blenden versuchen und damit zu einem Urteil bringen, das nicht durch Beweise gestützt wurde. Doch er konnte seinen Standpunkt vertreten und den Geschworenen zeigen, was es an Beweisen gab, um sie zu den richtigen Schlussfolgerungen gelangen zu lassen.

Wie Morrison Danielle warnend gesagt hatte, lernte Franklin aus seinen Fehlern.

Louis Britton hatte das erschöpfte Aussehen eines altgedienten Detective, eines Mannes, der schon zu viel an menschlicher Gewalt und Erniedrigung gesehen hat. Die Tatsache, dass ein Mord geschehen war, oder das Phänomen Mord als solches interessierten ihn nicht: Sein einziges Interesse galt den Einzelheiten. Dank seiner langjährigen Erfahrung arbeitete sein Verstand methodisch und rational; ein Mord war wie jedes Problem etwas, das man studieren, analysieren und lösen musste. Für moralische Urteile hatte er keine Zeit und vielleicht auch nicht mehr die Fähigkeit. Selbst wenn er aufgefordert wurde zu schildern, wie ein anderer Mensch abgeschlachtet worden war, sah man kaum je eine Gefühlsregung in seinem Gesicht, einen veränderten Ausdruck in seinen Augen. Er beantwortete Franklins Fragen nach dem, was er an Bord der *Black Rose* vorgefunden hatte, mit fast gelangweilter Gleichgültigkeit.

«Da war nicht viel zu sehen», sagte er achselzuckend. «Der Kapitän – Nastasis – hatte diesen Teil des Decks mit einem Seil abgesperrt, doch das war drei Tage vor der Rückkehr nach San Francisco, und der Regen und die salzige Gischt hatten einiges an Spuren vernichtet.»

Franklins Augen zuckten vor Nervosität. «Ja, ich verstehe. Aber da war immer noch Blut, genug, um Sie erkennen zu lassen …?»

«Ja», bestätigte Britton, der sich sofort an die Geschworenen wandte. «Blut an der Reling, auf dem Deck – mehr als genug für eine schlüssige Identifikation.»

«Eine schlüssige Identifikation?»

«DNA. Es steht außer Frage, dass Nelson St. James das Opfer war, dass er erschossen wurde und kein anderer.»

«Und haben Sie auch die Mordwaffe gesichert, die …?»

«Bisher hat niemand hier bewiesen, dass es einen Mord gab!», fiel Morrison ihm ins Wort. «Bis jetzt wurde lediglich festgestellt, dass es an Deck der *Black Rose* Spuren von getrocknetem Blut gegeben hat und dass es sich anscheinend um das Blut von Nelson St. James gehandelt hat.»

«Anscheinend?», rief Franklin zurück. «Es *ist* sein Blut, es *ist* seine DNA!»

«Meine Herren, es reicht!», rief Richterin Brunelli. Sie bedachte Staatsanwalt und Verteidiger mit einem strengen Blick. «Genug!», beharrte sie, als Morrison noch etwas sagen wollte.

Morrison hob eine Augenbraue, als amüsierte ihn ihre vorgetäuschte Wut: ein geschickter Schachzug, um zu suggerieren, dass seine Beziehung zu der Richterin enger war als die der Gegenseite. Sogar Brunelli, wie hartgesotten sie als Richterin auch sein mochte, wirkte überrumpelt. Für den Bruchteil einer Sekunde schien sie regelrecht hingerissen von seinem Charme. Als sie sich wieder gefasst hatte, gelang es ihr dennoch nicht, den gleichen blitzenden Zorn in ihren Blick zurückzuzaubern.

«Und Sie haben auch eine Waffe gesichert?», beeilte Franklin sich fortzufahren, um die Aufmerksamkeit der Geschworenen auf die Beweise der Anklage zurückzulenken.

«Ja, eine Handfeuerwaffe, die Waffe, die Kapitän Nastasis aus der Hand der Angeklagten Danielle St. James genommen hatte.»

Franklin überreichte Britton einen durchsichtigen Plastikbeutel mit einem Revolver darin. «Ist dies die Waffe, die Sie meinen?»

Britton untersuchte den Zettel mit der Beweisnummer. «Ja, das ist meine Markierung. Das ist die Waffe, die Kapitän Nastasis mir gegeben hat, die Waffe …»

«Ja, die Waffe, die er in der Hand der Angeklagten sah. Wir haben seine Aussage gehört, dass er sie mit der Waffe in der Hand ertappte, bevor sie Zeit fand, sie über Bord zu werfen …»

Morrison sprang auf. «Einspruch! Das hat der Zeuge nicht ausgesagt», rief er aufgebracht.

Brunelli gab dem Einspruch zwar statt, aber Franklin hatte trotzdem sein Ziel erreicht. An dem triumphierenden Glitzern in den Augen seines Gegenspielers erkannte Morrison, dass Franklin im weiteren Verlauf des Prozesses nur besser werden würde.

«Konnten Sie feststellen, ob die Waffe benutzt worden war?», fragte Franklin den Detective.

«Sie war voll geladen. Eine Kugel war abgefeuert worden.»

An dieser Stelle hakte Morrison ein. Er erhob sich von seinem Stuhl, um mit dem Kreuzverhör zu beginnen. «Sie haben keine Vorstellung davon, ob das, was Sie gerade gesagt haben, wahr ist oder nicht, stimmt's?»

Britton schüttelte verwirrt den Kopf. «Wieso?»

«Sie sagten, die Waffe sei voll geladen gewesen. Dabei kann es durchaus sein, dass, wer immer sie geladen hat, sie nicht voll geladen hat.»

«Warum sollte das jemand tun?»

Morrison hob eine Augenbraue. «Sie nahmen einfach an, dass sie voll geladen war, stimmt's?»

«Der Kapitän ... mehrere andere Besatzungsmitglieder ... sie alle haben den Schuss gehört! Er fand sie mit der Waffe in der Hand, und der Lauf war noch heiß.»

Morrison trat näher. «Mit anderen Worten: Als Sie soeben aussagten, die Waffe sei voll geladen gewesen und eine Kugel habe gefehlt, haben Sie sich von dem leiten lassen, was andere Ihnen erzählt haben, und nicht von dem, was Sie selbst beobachten konnten. Und das bedeutet», fuhr er mit einem harten, unerbittlichen Lächeln fort, «dass Ihre Aussage, Nelson St. James sei das Opfer eines Mordes geworden, genauso interpretiert werden muss: Sie beruht nicht auf etwas, was Sie selbst beobachtet haben, sondern ist nur eine Schlussfolgerung aus den Angaben anderer Leute!»

«Das Blut hat nichts mit irgendwelchen Vermutungen von mir zu tun», gab Britton zurück. «Die DNA ebenso wenig!»

Morrison hatte mit dem Gesicht zu den Geschworenen gestanden. Nun wirbelte er herum und fixierte den Detective mit einem kühlen Blick. «Das Blut stammte von Nelson St. James – sind Sie da sicher?»

«Ja, ich bin sicher.»

«Von seiner Leiche?»

«Natürlich von seiner Leiche!»

«Von welchem Teil?»

«Wie bitte? Ich verstehe nicht …»

«Von welchem Körperteil, Detective. Die Frage ist doch einfach genug. Na schön, ich werde sie noch einfacher machen», sagte Morrison. «Von seinem Bein?»

«Ich glaube nicht …»

«Von seinem Bauch?»

«Ich glaube nicht …»

«Von seinem Kopf?», verlangte Morrison zu wissen. Seine Stimme wurde lauter. «Und wenn von seinem Kopf, Detective Britton, stammte das Blut dann von einem Schuss direkt zwischen die Augen oder aber von einem Schuss in die Schläfe, wie etwa bei einem Selbstmörder …»

Nach Detective Britton rief die Anklage mehrere Besatzungsmitglieder auf. Keiner von ihnen war Zeuge dessen gewesen, was in jener Nacht passiert war, doch jeder von ihnen half mit, das Bild einer Ehe voller Spannungen zu zeichnen, die kurz vor der Explosion stand. Maria Sanchez, ein Zimmermädchen, erzählte, dass Nelson St. James und seine Frau getrennt geschlafen hätten.

«War das bei ihnen üblich?», fragte Franklin, der vor seinem

Tisch stand, sodass er notfalls seine Liste mit Fragen konsultieren konnte, die er sich vorher aufgeschrieben hatte.

«Nein, niemals», erwiderte Sanchez, «nicht vor dieser Reise.»

Franklin ließ den Finger zur nächsten Frage auf seiner Liste gleiten. Er sah sie nicht an, doch in dem Wissen, dass sie da war, schien er sich besser zu fühlen. «Und erinnern Sie sich genau, wann das anfing, also wann sie anfingen, in verschiedenen Räumen zu schlafen?»

Maria Sanchez war jung, noch keine dreißig, eine Frau mit klaren Augen und einem schnellen, beweglichen Geist. Englisch war jedoch nicht ihre Muttersprache, und der volle Gerichtssaal trug nicht eben dazu bei, ihre Verwirrung zu verringern. Sie ging fest davon aus, dieselbe Frage soeben beantwortet zu haben.

«Auf dieser Reise», wiederholte sie. Ihre Wangen röteten sich bei dem Gedanken, dass man vielleicht ihre Ehrlichkeit in Zweifel zog.

«Ja, ich verstehe, Miss Sanchez, aber zu welchem Zeitpunkt? Schliefen sie gleich von Anfang an getrennt, von dem Tag an, als sie San Francisco verließen, oder ist etwas passiert ...»

Jetzt verstand sie. «An dem Tag, an dem wir umkehrten, an jenem Abend bat sie mich, eine der anderen Kabinen herzurichten.»

Das war das Ende von dem, was Franklin wollte; es war jedoch nur der Beginn dessen, worauf Morrison aus war. Er war schon aus seinem Stuhl aufgesprungen und ging auf die Zeugin zu, bevor Brunelli ihn hatte fragen können, ob er die Zeugin ins Kreuzverhör nehmen wolle.

«Dies war nicht Ihre erste Fahrt als Zimmermädchen an Bord der *Black Rose,* nicht wahr, Miss Sanchez? Wenn ich mich nicht irre, waren Sie schon seit fast zwei Jahren bei den St. James angestellt, ist das nicht richtig?»

«Doch.»

«Sie hatten also einige Male Gelegenheit, Mr. und Mrs. St. James zu beobachten – wie sie sich zueinander verhielten ... wo sie schliefen?»

Morrison ließ ihr keine Zeit zu antworten, sondern fuhr mit einem schmeichlerischen Lächeln fort, als wären sie sich in allen Punkten einig: «Sie haben jedoch nicht immer in derselben Kabine geschlafen, nicht wahr? Manchmal – besonders wenn Mr. St. James zu jeder Zeit telefonisch erreichbar sein und mit seinen verschiedenen Unternehmen überall auf der Welt in Verbindung bleiben musste – schliefen sie getrennt.»

Maria Sanchez war nicht die erste Zeugin, die Morrisons jungenhaftem Charme erlag. Er hatte etwas an sich, das vor allem bei Frauen den Wunsch erweckte, ihm auf jede nur erdenkliche Weise behilflich zu sein. Es war nicht sexuelle Energie, sondern etwas weit weniger Kompliziertes und weit Selteneres: ein Ausdruck von Unschuld in seinen Augen, ein Gefühl für seine grundlegende Ehrlichkeit, eine Ahnung, dass man alles glauben konnte, was er sagte. Danielle war dies an ihrem ersten Abend auf der Yacht klar geworden, als sie die nur auf den ersten Blick oberflächlich erscheinende Bemerkung gemacht hatte, dass Andrew Morrison ein vertrauenerweckendes Gesicht habe. Zwei Fragen – das war alles –, und Maria Sanchez konnte nicht mehr den Blick von ihm wenden.

«Ja, das stimmt», erwiderte sie. «Das kam manchmal vor.»

«Wenn Sie also Mr. Franklin vorhin sagten, Mr. und Mrs. St. James hätten vor dieser letzten Reise nie in getrennten Räumen geschlafen, dann haben Sie damit nicht gemeint, dass es noch nie passiert war, sondern nur, dass es nicht sehr oft vorkam – ist es nicht das, was Sie sagen wollten?»

Sie sah ihn mit offener Dankbarkeit an. «Manchmal blieb

er – Mr. St. James – die ganze Nacht auf, um zu arbeiten, und dann ...»

«Ja, natürlich. Doch es kam auch zu anderen Zeiten vor, nicht wahr? Es gab Zeiten, in denen sie getrennt schliefen, weil sie nicht gut miteinander auskamen, weil sie sich stritten, weil sich Mr. St. James bei mehr als einer Gelegenheit betrunken hatte und ausfallend geworden war?»

Maria Sanchez senkte die Lider über ihre großen schwarzen Augen. «Manchmal», murmelte sie mit einer so leisen Stimme, dass Morrison sie bitten musste, es zu wiederholen. Sie richtete sich auf, holte tief Luft und nickte traurig: «Ja.»

«Bei einer Gelegenheit haben Sie gesehen, wie er sie schlug, nicht wahr?»

«Ja, aber es war spät, und er hatte zu viel getrunken, und außerdem ...»

«Er beschuldigte sie, mit anderen Männern zu schlafen, nicht wahr? War das nicht der Hauptgrund ihres Streits? Waren dies nicht die Gelegenheiten, bei denen sie meist in verschiedenen Räumen schliefen – wenn er in seiner Trunkenheit in Wut geraten war und hinter ihr herrannte, manchmal mit erhobenen Fäusten, weil er glaubte, sie hätte an einem anderen Mann zu großes Interesse gezeigt?»

«Er konnte eifersüchtig werden – ja.»

Morrison warf ihr einen Blick zu, der ihr sagte, dass er wisse, wie schwierig dies für sie sei. Er gab ihr einen Augenblick Zeit, sich zu sammeln.

«Aber diesmal war es anders, nicht wahr? Ernster, denn als Mrs. St. James Sie bat, diese andere Kabine herzurichten, gab sie Ihnen zu verstehen, dass es nicht nur für die eine Nacht sein würde, sondern dass sie während des ganzen Rests der Reise dort bleiben wolle, bis sie wieder in San Francisco wären – ist das richtig?»

«So habe ich es verstanden.»

Morrison ging zwei Schritte auf die Geschworenenbank zu, blieb stehen und drehte sich um. «Sie haben die Betten jeden Tag frisch bezogen, nicht wahr? Frische Wäsche aufgelegt?»

«Ja, immer.»

«Und an dem Morgen des Tages, an dem Mr. St. James gestorben ist, haben Sie das auch getan – die Bettwäsche in beiden Kabinen gewechselt?»

«Ja, natürlich.»

«Und was ist mit dem nächsten Morgen, dem Morgen nach seinem Tod – haben Sie die Bettwäsche da ebenfalls gewechselt?»

«Ja, ich ...»

«Nein, Miss Sanchez, das haben Sie nicht. Nicht in beiden Kabinen. Sie haben nur das Bett frisch bezogen, in dem Mr. St. James geschlafen hatte. Ist das richtig? Weil niemand im Bett von ihr, von Danielle St. James, geschlafen hatte, nicht wahr?»

«Ja, das stimmt. Mrs. St. James ist in jener Nacht nicht zu Bett gegangen. Nach dem, was passiert war ... Nur das Bett von Mr. St. James war benutzt worden.»

«Ja – ‹benutzt›, nicht nur darin geschlafen – ‹benutzt›. Zwei Menschen hatten dieses Bett ‹benutzt›, nicht wahr, Miss Sanchez? Mr. St. James und seine Frau. So haben Sie es doch vorgefunden, als Sie am nächsten Morgen zum Aufräumen in seine Kabine kamen: Bettdecken nicht mehr auf dem Bett, Kopfkissen alle durcheinander, und die Laken nicht nur zerknüllt, sondern mit Spuren von Geschlechtsverkehr bedeckt ... Ist es nicht das, was Sie fanden, Miss Sanchez? Ein Beweis dafür, dass sich Danielle St. James irgendwann vor Mitternacht, als dieser einzelne Schuss abgefeuert wurde, in der Kabine befand, die sie mit ihrem Mann teilte – und mit dem Mann schlief, von dem die Anklage behauptet, sie habe ihn ermorden wollen!»

Im Gerichtssaal brach ein Tumult aus. Franklin war aufgesprungen und rief einen Einspruch, der jedoch in dem allgemeinen Lärm unterging. Alice Brunelli rief den Saal mit ihrem Hammer zur Ordnung, aber ohne jede Wirkung. Und Morrison? Morrison lächelte Maria Sanchez nur an und ging wieder zu seinem Stuhl am Anwaltstisch zurück.

In jener Nacht wollte Danielle nur darüber sprechen, was Morrison in den letzten paar Tagen gemacht hatte und welchen Eindruck es bei den Geschworenen hinterlassen hatte.

«Ich hatte Glück.»

«Du warst gut.»

«Eine bessere Chance hätten wir nicht bekommen können: Fragen nach all dem zu stellen, was die Anklage den Geschworenen zu erzählen versucht. Der Staatsanwalt sagt, du hättest ihn getötet, weil du die Waffe in der Hand hattest. Aber er kann nicht beweisen, dass du sie nicht aufgehoben hast; er kann nicht beweisen – jedenfalls nicht mit an Sicherheit grenzender Wahrscheinlichkeit –, dass Nelson sich nicht selbst umbrachte. Er sagte, ihr hättet damit aufgehört, in einer Kabine zu schlafen, und jetzt wissen die Geschworenen, dass das nicht stimmte …»

«Aber wir wissen beide, dass es kein Selbstmord war.»

«Außer mir hast du das niemandem je gesagt. Die Anklage kann es nicht beweisen.»

Neugierig blickte sie ihm in die Augen. «Morgen sagt Rufus Wiley aus. Er wird es so erscheinen lassen, als hätte ich jedes Motiv gehabt, Nelsons Tod zu wollen.»

«Die Einzige, die wirklich weiß, was passiert ist, bist du, und du wirst nicht aussagen.»

«Du glaubst nicht, dass die Beweislage gegen mich ausreichend ist, aber du bist dir nicht wirklich sicher, oder?»

«Nein», gab er zu. «Ich *kann* mir nicht sicher sein. Ich würde lügen, wenn ich es behauptete.»

Später, als sie in seinen Armen lag und das einzige Licht vom Mond kam, der durchs Fenster schien, fragte sie: «Macht es dir etwas aus? Stört es dich, dass ich ihn getötet habe, dass ich nicht so unschuldig bin, wie du alle anderen glauben machen willst?»

Morrison war erschöpft – zu müde, um über die moralischen Implikationen dessen nachzudenken, was er tat. Die meisten der von ihm verteidigten Menschen waren schuldig; das hatte ihn bisher noch nie gestört. Man tat, was man tun musste, um zu gewinnen, und mochte er die Vorschriften auch gebeugt haben, missachtet hatte er noch nie welche. Das Einzige, was wichtig war, seine einzige Verpflichtung, war der Prozess. Später, wenn es vorbei sein, wenn er Danielle gerettet haben würde, konnte er sich noch genug Gedanken darüber machen, ob er es vielleicht auf irgendeine andere und bessere Weise hätte schaffen können.

«Es war ein Unfall; du hast es nicht absichtlich getan.»

«Aber ich habe es getan. Ich nahm die Waffe und folgte ihm an Deck, und als er anfing, mich auszulachen und mir zu sagen, ich könne nichts tun, habe ich ihn erschossen. Das habe ich dir gesagt. Ich konnte es nicht mehr ertragen.»

«Du hattest es nicht geplant; du hättest es nicht getan, wenn du Zeit gehabt hättest nachzudenken. Du sahst, was er dir antat, wie er dich im Bett angelogen hatte. Da verlorst du die Beherrschung. Das war aber nicht deine Absicht. Es war ebenso sehr ein Unfall, als hätte sich der Schuss während eines Kampfs gelöst, während du versuchtest, ihm die Waffe wegzunehmen.»

Sie hob den Kopf von seiner Schulter und sah ihn an. Ihr Blick war seltsam. «Ich nehme an, dass es so hätte passieren können.»

12

«Die Anklage ruft Rufus Wiley auf.»

Franklin starrte auf die Tischplatte. Ein schmallippiges Lächeln zeigte sich auf seinem Mund. Wiley war das fehlende Steinchen in seinem Puzzle. Statt einer lockeren Sammlung unzusammenhängender Fakten würde die Beweislage der Anklage zu einer makellosen Erzählung werden, einer Geschichte von Habgier und Mord, in der die Killerin wie in allen guten Geschichten für das, was sie getan hatte, bezahlen musste.

Rufus Wiley hatte die scharfen und intelligenten Augen eines Mannes, den man gelehrt hatte, alles auf seine Grundelemente zu reduzieren. Es stand außer Frage, welche er dafür hielt. Physiker mochten in Begriffen von beweglicher Materie sprechen, doch Rufus Wiley, der mit menschlichem Verhalten vertrauter war, dachte in Begriffen von Geld im Umlauf. Er warf den Geschworenen einen Blick zu, als stellte er eine schnelle Berechnung über ihr durchschnittliches Nettoeinkommen an.

«Mr. Wiley, Sie waren Angestellter von Nelson St. James?»

«Ja, das war ich.»

Seine Stimme war trocken, fest und unaufgeregt. Rufus Wiley war ein Mann, der mit Fakten umging.

«Wie lange waren Sie um die Zeit seines Todes bei ihm beschäftigt gewesen?»

Wiley zögerte nicht. «Dreizehn Jahre und zwei Monate.»

Franklin schien einen gewissen Rest von Stolz in der Präzision zu finden, mit der Wiley antwortete. Er rieb die Hände aneinander und trat näher an den Zeugen heran.

«Was genau haben Sie für Mr. St. James getan?»

«Einspruch!»

Franklin drehte sich nicht um, er bewegte überhaupt keinen Muskel, sondern hob nur den Blick zur Richterbank.

Richterin Brunelli blickte weiter auf ihre Unterlagen. «Mit welcher Begründung, Mr. Morrison?»

«Ungenau und reine Mutmaßung», erwiderte er. «Wenn Mr. Franklin wissen möchte, was Mr. Wiley im Lauf seiner Beschäftigung für Mr. St. James getan hat, soll er ihn das direkt fragen und keine Frage stellen, die zum Beispiel auch miteinschließt, ob er an seinem freien Tag je mit ihm Golf gespielt hat oder mit ihm in der Bar des Plaza einen Drink nahm oder einmal zu einer Doppelverabredung mit ihm ausging, als sie beide noch jünger waren, oder ...»

Brunelli blickte immer noch auf ihre Akten und machte mit der Hand eine lustlose Bewegung. «Ja, ja, wir verstehen schon, Mr. Morrison. Und Ihnen wären wir verbunden, wenn Sie ein wenig genauer sein könnten, Mr. Franklin.»

Franklin war bereit. «Was war Ihre Hauptfunktion im Lauf Ihrer Beschäftigung bei Mr. St. James?»

«Ich war sein privater Anwalt. Ich war mit all seinen persönlichen Rechtsgeschäften betraut.»

«Haben Sie bei der Ausübung dieser Pflichten Gelegenheit gehabt, irgendwelche Dokumente im Zusammenhang mit seiner Heirat mit der Angeklagten aufzusetzen, Danielle St. James?»

«Auf Anweisung von Mr. St. James habe ich einen Ehevertrag entworfen.»

«Was hat dieser Ehevertrag – bitte in laienhaften Begriffen formuliert – vorgesehen?»

«Zwei Dinge. Erstens wurde der Betrag festgesetzt, der Mrs. St. James nach der Aufhebung der Ehe als persönliche Zuwendung zustehen würde: Geld für Kleidung oder zur Erfüllung sonstiger Wünsche. Zweitens legte der Vertrag fest, was Mrs. St. James im Fall einer Ehescheidung zustehen würde.»

Franklin kam gleich zum Kern der Angelegenheit. «Wie viel hätte sie im Fall einer Scheidung erhalten?»

«Eine Million Dollar im Jahr und das gemeinsame Haus in den Hamptons.»

«Ein Haus in den Hamptons, ich verstehe. Und wie viel ist das schätzungsweise wert?»

«Auf dem heutigen Markt zehn, vielleicht zwölf Millionen Dollar.»

«Sie wäre also nicht gerade mittellos auf die Straße gesetzt worden, oder?», fragte Franklin mit einem hämischen Grinsen.

Morrison war von seinem Stuhl aufgesprungen und rief voller Empörung seinen Einspruch. «So etwas passiert, wenn ein Staatsanwalt mehr auf eine Verurteilung aus ist, als sich um die Fakten zu kümmern! Er macht alles zu seiner persönlichen Angelegenheit und verliert sich dabei in seinem Hass!»

«Genug jetzt! – Das gilt für Sie beide!», sagte Richterin Brunelli böse. Sie hatte es tatsächlich geschafft, ihren drohenden Blick auf beide Anwälte gleichzeitig zu richten. «Schluss jetzt! Haben Sie verstanden? So, Mr. Franklin, stellen Sie Ihre Fragen und lassen Sie es dabei bewenden, es sei denn, Sie wünschen, dass das Gericht sie für Sie stellt. Und Sie, Mr. Morrison – das Gericht geht mit einigem Recht davon aus, dass es über einen Einspruch entscheiden kann, ohne einen begleitenden Kommentar dazu zu hören, was Sie vom Geisteszustand des Staatsanwalts halten.»

Franklin machte sofort dort weiter, wo er aufgehört hatte. «Sie wäre also eine sehr wohlhabende Frau gewesen, zumindest nach üblichen Maßstäben, wenn es zu einer Scheidung gekommen wäre?»

«Ja, nach den üblichen Maßstäben», bestätigte Rufus Wiley auf eine Weise, die keinen Zweifel darüber ließ, dass dies nicht seine Maßstäbe waren.

Franklin ging ruhelos vor dem Zeugenstand auf und ab. Er rieb sich das Kinn. Schließlich blieb er stehen und sah zu dem Zeugen hoch. Sein Blick war jetzt fest und unerschrocken.

«Mr. Wiley, haben Sie irgendeinen Grund zu der Annahme, dass Mr. St. James um die Zeit seines Todes vorhatte, seine Ehe mit der Angeklagten Danielle St. James zu beenden?»

«Ja. Nelson – Mr. St. James – hatte mich gebeten, Scheidungspapiere aufzusetzen, damit er sie bei seiner Rückkehr aus San Francisco bei Gericht einreichen konnte.»

«Darum hat er Sie gebeten, bevor er aufbrach?»

«Ja. Er sagte, er sei überzeugt, dass seine Frau ihn betrogen habe – dass sie sich mit anderen Männern eingelassen habe –, dass er sich das nicht bieten lassen werde und dass er die Scheidung wolle.»

Rufus Wiley erlaubte sich einen kurzen Seitenblick auf Danielle. Seine Herablassung war offenkundig, doch es steckte noch mehr dahinter, etwas Dunkles, das Morrison jedoch nicht genau erfassen konnte. Es war fast so, als freute er sich darüber, dass sie wegen Mordes vor Gericht stand.

«Aber warum hat er Sie gebeten, Scheidungspapiere aufzusetzen, um dann nach San Francisco zu kommen und sich mit seiner Frau auf eine Schiffsreise auf dem Pazifik zu begeben?»

«Er sagte, er habe ihr gesagt, dass er die Scheidung einreichen werde, und dass sie das gar nicht gut aufgenommen habe. Er hatte sich zu einem klärenden Gespräch mit ihr einverstanden erklärt, wenngleich, wie er mir sagte, er nicht davon ausging, dass dies einen Unterschied machen würde. Aber er hoffte, dass es später vielleicht einfacher sein würde, wenn er ihr den Gefallen tat.»

«Und das heißt?»

Rufus Wiley machte eine abfällige Handbewegung. «Was die Scheidung anging, stand sein Entschluss fest. Doch er glaubte, sie würde sich nicht ganz so aufregen und nicht ganz so von Groll erfüllt sein, wenn er sich die Zeit nahm, alles noch einmal zu besprechen. Er wollte nicht, dass die Dinge sich schwieriger gestalteten als unbedingt nötig.»

«Wie können Sie sicher sein, dass er es sich nicht anders überlegt hatte, was die Scheidung betraf? Er wies Sie an, bis zu seiner Rückkehr nichts zu unternehmen – doch er kehrte nie zurück. Ist es nicht möglich, dass er sich entschlossen hatte, seine Ehe doch noch zu retten? Sie waren seit Wochen nicht mehr da.»

«Nein. Er rief mich von der Yacht aus an und gab mir Anweisung, die Scheidung gleich am Montagmorgen einzureichen.»

«Und wann war das? Wann kam dieser Anruf?»

«Am Abend vor seinem Tod.»

Franklin tippte mit der Hand auf die Geschworenenbank und ging dann, leise vor sich hin nickend, zu seinem Tisch zurück.

Morrison stand verblüfft neben dem Anwaltstisch.

«Wenn Sie die Rechtsangelegenheiten von Mr. St. James erledigten, haben Sie ihm dann erklärt, was jedes Mal zu tun war und wie mögliche Alternativen aussehen konnten?»

«Ja, darum habe ich mich bemüht.»

«Aber mit dem Ehevertrag haben Sie das nicht getan, nicht wahr? Sie haben vorhin gesagt, Sie hätten ihn auf seine Anweisung hin aufgesetzt, aber das stimmt nicht, nicht wahr? Der Ehevertrag war nicht seine Idee, Mr. Wiley, sondern Ihre. Und tatsächlich war er dagegen, als Sie es ihm zum ersten Mal vorschlugen; er sagte, er wolle keinen Ehevertrag – war das so oder nicht, Mr. Wiley?»

«Ich war sein Anwalt, Mr. Morrison», entgegnete Wiley mit eisiger Reserviertheit. «Ich war verpflichtet, nach bestem Wissen und Gewissen auf seine Interessen zu achten.»

«Weil er die manchmal selbst nicht kannte?»

«Nelson – Mr. St. James – handelte manchmal impulsiv. Wenn er etwas wollte, war ihm nicht immer klar, dass er vielleicht schon bald das Interesse daran verlieren würde, in dem Moment, da er es hatte.»

Ein Ausdruck von Nachdenklichkeit breitete sich auf Rufus Wileys Zügen aus – der Ausdruck eines Mannes, der keinen Enthusiasmus kannte, der nie die Aufregung gespürt hatte, wie Hoffnung über Erfahrung triumphiert. Er war immer vorsichtig und beherrscht gewesen.

«Nelson St. James war stets mehr als großzügig zu den Frauen gewesen, die er kannte, doch er hat nie eine von ihnen geheiratet. Mir war nicht ganz klar, warum er Danielle heiraten wollte. Es schien eine Art Herausforderung zu sein, die er sich selbst gestellt hatte. Ich glaube nicht, dass er verliebt war. Er sprach nie über sie, so wie ein Mann über die Frau spricht, die er heiraten will, um mit ihr eine Familie zu gründen. Der einzige Grund für seine Heirat, den er mir je nannte, war sein Wunsch nach einem Kind, und er wusste, dass ihm dafür nicht mehr viel Zeit blieb.»

«Und das war der Grund, weshalb Sie auf einem Ehevertrag bestanden: weil Sie das Gefühl hatten, dass er nicht mehr mit ihr würde verheiratet sein wollen, sobald sie ihm das erwünschte Kind geschenkt hatte?»

«Wie ich schon sagte, Nelson St. James hatte noch nie etwas sehr lange gewollt, nachdem er es bekommen hatte. Ich muss jedoch gestehen, dass ich in all den Jahren unserer Zusammenarbeit nie bei ihm erlebt hatte, dass er sich etwas so sehr wünschte, wie er sie zu wünschen schien.»

Man konnte beinahe spüren, wie die Geschworenen die Wahrheit dieser Worte anerkannten. Danielle St. James vermochte selbst einen Mann, der alles haben konnte, so empfinden zu lassen.

«Aber ist das, Mr. Wiley, nicht gerade der Grund, warum Menschen heiraten? Weil sie einander so sehr wollen?»

«Normalerweise ist das wohl so, da stimme ich Ihnen zu. Aber Nelson war nicht wie die meisten Menschen. Er hasste alles, was auch nur entfernt an Dauer erinnerte. Das hatte ihn zu dem gemacht, was er war. Er brauchte das Gefühl, dass es immer etwas Neues gab, das man sich holen musste. Sobald seine Entscheidung für einen bestimmten Gegenstand gefallen war, konnte ihn nichts mehr aufhalten; der einzige Grund, weshalb er etwas kaufte, war der, es später wieder zu verkaufen. Irgendwann kam er zu dem Entschluss, dass er Danielle haben, dass er sie heiraten musste. Warum er das glaubte, weiß ich nicht genau, doch Nelson hatte sich nicht verändert: Der Weg war für ihn immer noch das Ziel. Er wollte sie zwar heiraten, hatte aber nie die Absicht, sie zu behalten. Aus diesem Grund empfahl ich ihm, einen Ehevertrag aufzusetzen: weil ich es für meine Aufgabe hielt, ihn vor dem zu schützen, was später unweigerlich passieren würde, wie ich wusste.»

«Sie sagen, er hätte nie vorgehabt, sie zu behalten? Aber vorhin haben Sie es gerade andersherum erscheinen lassen: dass *sie* nicht vorhatte, *ihn* zu behalten.»

«Ich kann Ihnen nicht ganz folgen.»

«Sie sagten, Nelson St. James habe die Scheidung gewollt; Sie sagten, er sei mit ihr verreist – sei hierher nach San Francisco gekommen und dann auf den Pazifik ausgelaufen –, nur um ihr die Scheidung so leicht wie möglich zu machen; Sie sagten, er habe Sie am Vorabend seines Todes angerufen, um Sie anzuweisen, die Scheidungsformalitäten sofort einzuleiten. Das alles haben Sie doch gesagt, nicht wahr?»

«Ja, das habe ich gesagt.»

«Haben Sie den Grund vergessen, weshalb Nelson St. James behauptete, überhaupt die Scheidung zu wollen? Es lag nicht daran, dass er ihrer überdrüssig geworden war; es lag auch nicht daran, dass ‹er nie die Absicht hatte, sie zu behalten›, wie Sie es ausdrücken – der Grund war, dass Nelson St. James glaubte, seine Frau hätte eine Affäre! Ist es nicht das, was Sie sagten, Mr. Wiley? War nicht das Ihre beeidete Aussage?»

«Ja, das hat er gesagt, aber das ändert nichts an der Tatsache, dass es nicht von Dauer gewesen wäre, dass …»

«Es hielt jedoch sieben Jahre und überdauerte die Geburt eines Kindes, bis er Ihrer Aussage zufolge herausfand, dass sie eine Affäre hatte – war es nicht so?»

«Ja, aber …»

«Aber was, Mr. Wiley? Haben Sie ihn missverstanden? Wollen Sie uns jetzt erzählen, er habe die Scheidung nicht etwa gewollt, weil seine Frau eine Affäre hatte, sondern weil *er* eine hatte?»

«Nein, das ist nicht …»

«Es ist nicht wahr, dass Nelson St. James eine Affäre hatte? Dass er im Verlauf ihrer Ehe zahlreiche Beziehungen mit anderen Frauen hatte?»

«Ich habe mich bemüht, mich aus seinen persönlichen Angelegenheiten herauszuhalten.»

«Sie haben sich bemüht, sich herauszuhalten …! Sie waren doch derjenige, der auf einem Ehevertrag bestand! Sie waren derjenige, der uns vor nicht einmal zwei Minuten darüber informierte, dass – ich verwende noch einmal Ihren Ausdruck zur Haltung von Mr. St. James bezüglich seiner Ehe – ‹er nicht die Absicht hatte, sie zu behalten›! Ich werde Ihnen nun eine direkte Frage stellen, Mr. Wiley: Ist es wahr, dass Mr. St. James während seiner Ehe mit der Angeklagten Danielle St. James mit anderen Frauen schlief?»

«Ja.»

«Lag das Ihrer Meinung nach daran, dass er glaubte, jede könnte vielleicht die letzte sein?»

«Wic bitte?»

«Nelson St. James war ein Mann in den Sechzigern, richtig?»

«Ja.»

«Ein Mann dieses Alters kann sehr wohl damit anfangen, sich über seine Sterblichkeit Gedanken zu machen …»

«Ja, das nehme ich an …»

«Sie sagten vorhin, der einzige Grund, den er Ihnen je für seine Heirat genannt habe, sei sein sehnlicher Wunsch nach einem Kind gewesen und seine Angst, dafür nicht mehr viel Zeit zu haben. Wenn er mit einer neuen Frau schlief, war das vielleicht ein Beweis dafür, dass seine Männlichkeit noch intakt war, ein Beweis, dass immer noch ein paar gute Jahre vor ihm lagen – korrekt?»

«Ich weiß wirklich nicht, wie ich darauf antworten soll.»

«Sie haben soeben ausgesagt, was St. James aufrecht hielt, war der Gedanke, dass es für ihn immer etwas Neues zu holen gab. Das schloss – oder etwa nicht? – auch eine neue Frau fürs Bett ein!»

«Nun ja, ich …»

«Er war von dem Gedanken besessen, jung zu bleiben, und wurde von der Angst gequält, alt zu werden – war das nicht so?»

«Vielleicht, aber …»

«Aber hat diese Angst vor dem Alter und dem Tod nicht auch die Furcht mit sich gebracht, nichts Bleibendes zurückzulassen? Sie sagten, er habe Danielle heiraten wollen, weil er sich ein Kind wünschte.»

«Ja, ich nehme an.»

«Er machte nach der Heirat sein Testament, nicht wahr? Oder vielmehr er veränderte das vorhandene?»

«Ja.»

«Und in diesem Testament waren bestimmte Vermächtnisse für wohltätige Zwecke vorgesehen – richtig?»

«Ja.»

«Und die beliefen sich auf annähernd wie viel?»

«Zweihundert Millionen Dollar.»

«Und der Rest – der sich auf Hunderte von Millionen belaufen haben muss, wenn nicht mehr –, wer hätte all dieses Geld bekommen?»

«Seine Frau, Danielle St. James.»

«Mit seinem Tod wäre Mrs. St. James dann also zu einer der reichsten Frauen der Welt geworden. Ich sage, wäre geworden, weil Mr. St. James dieses Testament geändert hat, nicht wahr?»

«Ja, er ...»

«Etwa um die Zeit, zu der er Sie anwies, Scheidungsunterlagen vorzubereiten, wenige Tage vor seiner Abreise aus New York und bevor er mit seiner Frau nach San Francisco kam – stimmt das, Mr. Wiley?»

«Doch, das stimmt: Er änderte sein Testament.»

Morrison fixierte ihn mit einem vernichtenden Blick. «Und wie viel hat Mrs. St. James jetzt als Erbin zu erwarten, Mr. Wiley?»

«Nichts – er wollte sich gerade von ihr scheiden lassen, er wollte ...»

«Ihr geben, was dem Ehevertrag zufolge für sie vorgesehen war. Ja, ich verstehe. Aber selbst das bekommt sie jetzt nicht, oder, Mr. Wiley?»

«Nein.»

«Und warum nicht, Mr. Wiley? Sagen Sie den Geschworenen, weshalb die Frau, die ihren Mann angeblich wegen seines Geldes ermordet hat, von seinem Tod überhaupt nicht profitiert.»

Rufus Wiley schluckte hart. «Er starb, bevor er sich hatte scheiden lassen können.»

«Und deswegen bekommt sie gar nichts, nicht wahr? Sie bekommt nicht das Haus in den Hamptons und auch nicht die Million Dollar im Jahr.» Morrison schüttelte den Kopf. «Davon haben Sie noch nie jemandem etwas erzählt, nicht wahr? Von der Tatsache, dass Nelson St. James sein Testament geändert hatte, dass Danielle St. James keinen Cent erhalten würde, dass – wenn sie es wirklich auf sein Geld abgesehen hätte – ihr letzter Wunsch Nelson St. James' Tod gewesen wäre!»

«Ich war Mr. St. James' Anwalt. Was ich im Einzelnen für ihn erledigte, war seine Privatangelegenheit.» Ein zynisches Lächeln umspielte Wileys schmalen Mund. «Ich bezweifle auch, dass er es irgendjemandem erzählt hat. Sie wusste also gar nicht, dass sie aus dem Testament gestrichen worden war, oder?»

«In dem Moment, in dem Sie den Zeugenstand betraten, war klar zu erkennen, dass Sie Danielle St. James nicht mögen. Natürlich hat er es ihr gesagt, Mr. Wiley! Woher hätte ich es wissen sollen, wenn nicht von ihr?»

Mit einem feinen Lächeln um die Mundwinkel trat Morrison an den Anwaltstisch und zog seinen Stuhl vor. «Noch eine Frage, Mr. Wiley: Als Sie ihn damals zum letzten Mal sprachen, als er Sie bat, die Scheidungsunterlagen fertig zu machen, klang er da wie ein Mann, der allerbester Stimmung war, oder klang er vielleicht ein wenig deprimiert?»

«Nun, die ganze Situation war für ihn ziemlich belastend ...»

«Sie war in der Tat recht belastend, denn ihm stand nicht nur bevor, seine Frau zu verlieren, sondern auch noch alles andere, nicht wahr?»

«Ich bin nicht sicher, ob ich verstehe, was Sie meinen.»

«Er war soeben von der Anklagejury eines Bundesgerichts angeklagt worden, Mr. Wiley! Er sah sich mit Anklagen konfrontiert, die ihn für den Rest seines Lebens ins Gefängnis gebracht hätten! Das würde jeden deprimieren, oder etwa nicht?»

«Ich hatte nicht den Eindruck, dass er sich Sorgen machte ...»

Morrison ließ ihn nicht ausreden. «Da stand er nun», sagte er an die Geschworenen gewandt, «allein draußen auf dem riesigen Ozean, ein Mann in den Sechzigern, der wenige Jahre zuvor eine schöne, wesentlich jüngere Frau geheiratet hatte und dem jetzt drohte nicht nur sie zu verlieren, sondern auch sein Geld, seinen guten Ruf und seine Freiheit. Da kann man sich schon fragen, ob ein Mann in dieser Lage sich nicht vielleicht entschließt, seinem Leben ein Ende zu setzen ...»

13

Rufus Wiley hatte für die Verteidigung mehr getan als jeder Zeuge, den Morrison hätte aufrufen können. Der Ehevertrag, den Franklin als entscheidend für die Anklage gehalten hatte, ein Beleg dafür, was Danielle bei einer Scheidung alles verloren hätte, bewies stattdessen vielmehr, was sie gewonnen hätte. Bei der Ermordung von Nelson St. James ging angeblich alles um Geld, doch wäre dem so gewesen, wäre das Schlimmste, was Danielle St. James hätte passieren können, der Tod ihres Mannes gewesen. Statt ein Mordmotiv zu liefern, war Nelson St. James' Geld plötzlich zu Danielles bester Verteidigung geworden.

Die Staatsanwaltschaft konnte kein Tatmotiv nachweisen, und ohne Tatmotiv konnte sie ihre Anklage nicht begründen. Es stimmte zwar, dass sich auf der Waffe Danielles Fingerabdrücke befunden hatten, aber die von Nelson St. James befanden sich ebenfalls darauf. Die Beweise sprachen ebenso sehr für Selbstmord wie für Mord, und Morrison hatte den Zeugen der Anklage zu dem Eingeständnis gezwungen, dass St. James unter Depressionen gelitten hatte. Was immer Morrisons Verteidigungskünste ausmachte, so verstand er jedoch auch zu warten. Er hatte mit keinem Wort die Schwierigkeiten erwähnt, in denen sich St. James befand, bis er dem letzten Zeugen der Anklage die letzte Frage stellen konnte.

Morrison selbst hatte keine Zeugen geladen. Es gab niemanden, der Danielle ein Alibi hätte geben und darauf beharren können, dass sie sich zum Zeitpunkt des Mordes woanders aufgehalten hatte. Es gab auch niemanden, der glaubhaft behaupten konnte, dass Nelson St. James von jemand anderem getötet worden war. Morrison konnte kaum Danielle in den Zeugenstand bitten, um den Geschworenen zu sagen, wie sie es getan, wie sie ihren Mann erschossen hatte. Morrison hatte keine schlüssige Beweislage, aber das brauchte er auch nicht. Die Beweislast lag bei der Anklage, die nachweisen musste, dass Danielle ihren Mann ermordet hatte. Und Morrison war felsenfest davon überzeugt, dass Franklin dieser Nachweis nicht gelungen war und die Geschworenen Danielle würden freisprechen müssen.

All das erklärte er Danielle an jenem Abend, doch sie hatte schon vorher gewusst, was er vorhatte. Die Distanz, die Morrison normalerweise zu seinen Mandanten wahrte, gab es auch unabhängig von ihrer privaten Beziehung schon lange nicht mehr zwischen ihnen. Morrison hatte ihr die ganze Zeit nichts vorenthalten und ihr alles gesagt. Er hatte keinerlei Grund, das nicht zu tun.

«Mr. Morrison», sagte Richterin Brunelli am nächsten Morgen, «ist die Verteidigung bereit, ihren ersten Zeugen aufzurufen?» Sie sah flüchtig von der Richterbank auf.

Jeder Anwalt wird zugeben, dass er immer ein Gefühl von Erleichterung verspürt, nachdem der letzte Zeuge aufgerufen worden ist. Ihm bleibt dann immer noch, das Schlussplädoyer und das schreckliche Warten auf das Urteil hinter sich zu bringen, aber ohne weitere Zeugen gibt es keine Überraschungen mehr, nichts, was einen noch überrumpeln könnte.

Rufus Wiley, der letzte Zeuge der Anklage, war der letzte Zeuge des Prozesses gewesen. Alles, was jetzt noch zu tun blieb, die Schlussplädoyers von Anklage und Verteidigung, die Anweisungen der Richterin an die Geschworenen, die langen Beratungen der Geschworenen hinter verschlossenen Türen, all das würde auf dem beruhen, was jetzt vollendet war.

Morrison fühlte sich zuversichtlich und entspannt. Er blickte zu Richterin Brunelli hinüber. «Euer Ehren, die Verteidigung hat ihre Beweisführung abgeschlossen.»

Ein kollektives Seufzen ging durch den Saal, als die Zuhörer begriffen, dass Danielle St. James, die Frau, um deretwillen alle hergekommen waren, zu ihrer Verteidigung nicht in den Zeugenstand treten würde. Man konnte ihre Enttäuschung spüren, die skandalumwitterte Frau, über die so viele Gerüchte im Umlauf waren, nun nicht selbst sprechen zu hören. Dann, Sekunden später, erfolgte eine zweite Reaktion des Publikums: so etwas wie ein verwirrtes Schweigen. Danielle war von ihrem Stuhl aufgestanden.

«Euer Ehren, habe ich nicht das Recht auszusagen, falls ich mich dazu entschließen sollte?»

Morrison spürte, wie ihm die Beine nachgaben. Das Blut strömte ihm ins Gesicht. «Danielle!», flüsterte er warnend. «Wir haben uns in dieser Sache entschieden!»

«Das ist doch so, oder etwa nicht, Euer Ehren?»

Alice Brunelli war ganz gespannte Aufmerksamkeit. Fast mit Besorgnis im Blick tippte sie mit zwei Fingern auf die Richterbank, hielt inne, nickte und wandte sich dann an die Geschworenen. «Meine Damen und Herren, es gibt da etwas, was in Abwesenheit der Geschworenen diskutiert werden muss.»

In dem Moment, in dem die Geschworenen den Gerichtssaal verlassen hatten, setzte Brunelli an, Danielle eine Frage zu stellen, überlegte es sich dann anders und richtete sie stattdessen an Morrison. «Darf ich davon ausgehen, dass Sie Ihre Mandantin in dieser Angelegenheit über ihre Rechte aufgeklärt haben?»

«Ja, Euer Ehren, das habe ich.»

«Vor allem über ihr Recht, zu ihrer Verteidigung auszusagen?»

«Ja.»

«Sie haben ihr gesagt, dass ein Angeklagter in einem Strafprozess nicht aussagen muss, dass niemand ihn zu einer Aussage zwingen kann, dass er sich aus freien Stücken aber dennoch dafür entscheiden kann?»

«Ja, Euer Ehren.»

Alice Brunelli machte sich eine Notiz und fragte dann Danielle, ob Morrisons Äußerung den Tatsachen entspreche. Wie immer in ihren Prozessen handelte sie genau nach Vorschrift, da es hier um das Verhalten eines Anwalts ging. War es das, worauf Danielle aus war, fragte sich Morrison, sein Verhalten als Anwalt? Wollte sie sich durch die Behauptung retten, er sei zu sehr an ihr als Frau interessiert gewesen, zu sehr darum bemüht, mit ihr ins Bett zu gehen, statt die nötige Zeit und Aufmerksamkeit für ihre Verteidigung aufzubringen?

Alice Brunelli rückte ihre dicke Ersatzbrille zurecht und legte beide Hände auf die Richterbank. «Mrs. St. James, Sie haben soeben gehört, was Ihr Anwalt gesagt hat. Entspricht das alles den Tatsachen? Hat er Sie darüber aufgeklärt, dass Sie selbst das Recht haben zu entscheiden, ob Sie aussagen wollen oder nicht, und dass niemand, nicht einmal Ihr Anwalt, Ihnen diese Entscheidung abnehmen kann?»

«Mr. Morrison hat all das getan und mehr dazu. Er hat mir alles erklärt. Ich weiß, dass ich nicht aussagen muss; ich weiß, dass niemand mich dazu zwingen kann. Und, ja, er hat mir gesagt, dass die Entscheidung, ob ich es tue oder nicht, ausschließlich bei mir liegt. Das hier liegt alles in meiner alleinigen Verantwortung, Euer Ehren. Mr. Morrison hat erst gestern, im Anschluss an die Verhandlung, erneut alles mit mir durchgesprochen. Ich sagte ihm, ich würde seinem Rat folgen. Und vielleicht sollte ich das auch, aber jetzt, wo ich die Entscheidung zu treffen habe, jetzt, wo keine Zeit mehr ist, möchte ich die Wahrheit sagen, was auch immer geschieht. Ich möchte, dass die Öffentlichkeit erfährt, was vorgefallen ist. Ich möchte meinen Namen reinwaschen.»

Es gab keinerlei Veränderung in ihrem Ausdruck, nichts, was auch nur auf den leisesten Zweifel oder so etwas wie Unsicherheit hingedeutet hätte. Morrison erkannte, dass diese Entscheidung keine Eingebung des Augenblicks war. Danielle hatte sich schon vor langer Zeit zur Aussage entschlossen. Wenn sie nicht durch irgendeine Äußerung ihm gegenüber bezüglich ihrer Absichten gelogen hatte, so hatte ihr Schweigen das für sie besorgt.

«Würden Sie sich gern ein paar Minuten mit Ihrer Mandantin beraten, Mr. Morrison?»

Sich mit ihr beraten? Umbringen wollte er sie!

«Nein, Euer Ehren.» Er bemühte sich, das Beste aus der Situation zu machen. «Wenn ich gewusst hätte, dass meine Mandantin aussagen möchte, hätte ich sie aufgerufen. Ich entschuldige mich für die Verwirrung.»

Brunelli gab dem Gerichtsdiener mit der Hand ein Zeichen. «Bringen Sie die Geschworenen wieder herein.»

Ihnen blieb eine Minute, vielleicht zwei. Morrison schob seinen Stuhl dicht an Danielles heran. «Hast du eine Vorstellung davon, was du tust? Ich habe den gesamten Prozess mit dem Versuch zugebracht, sie glauben zu machen, dass er sich vielleicht selbst getötet hat, und jetzt willst du in den Zeugenstand treten und ihnen erzählen, dass stattdessen du abgedrückt hast? Wenn du in den Zeugenstand trittst, gibt es nichts, was ich zu deiner Rettung tun kann. Noch ist es nicht zu spät. Ich brauche nur aufzustehen und zu sagen, dass wir es am Ende doch nicht tun werden, dass die Verteidigung die Beweisaufnahme abschließt. Um Gottes willen, denk darüber nach, was du tust! Dein Kind hat keinen Vater mehr. Soll es auch keine Mutter haben?»

Sie hatte seinen Worten aufmerksam gelauscht und immer wieder dazu genickt. Nun hörte das Kopfnicken auf. Ihre Augen wurden hart, kalt und entschlossen. «Vertrau mir», sagte sie mit einer Stimme, deren fast herzlose Entschlossenheit ihn verblüffte. «Ich weiß, was ich tue.»

Er hatte keine Wahl, er musste sie aufrufen. Zum ersten Mal in Morrisons Laufbahn hatte ein anderer die Verteidigung übernommen.

Aller Augen waren auf sie gerichtet, als sie aufstand und, ohne zu zögern, schwor, die Wahrheit zu sagen. Falls sie nervös war, bemerkte es niemand. Die Stille im Gerichtssaal war betäubend.

«Würden Sie bitte Ihren vollen Namen nennen und für die Akten Ihren Nachnamen buchstabieren?»

«Danielle St. James», erwiderte sie. Sie wandte sich an Philip Conrad und buchstabierte langsam ihren Nachnamen. Ohne erkennbaren Gesichtsausdruck stenographierte Conrad mit.

Morrison wusste nicht, was er sie fragen sollte. Er hatte auch keine Vorstellung, was sie sagen würde. Ihm blieb nur eins: sie aufzufordern, ihre Geschichte mit eigenen Worten zu erzählen. Er selbst würde zuhören wie alle anderen auch. Zumindest beabsichtigte er das, doch dann geschah etwas, was ihn selbst überraschte. Ob es der Anwalt in ihm war oder der in seiner Eitelkeit verletzte Mann: Er stellte jetzt die Frage, die er gestellt hätte, wenn er sie jemals für unschuldig gehalten hätte.

«Mrs. St. James, haben Sie Ihren Ehemann, Nelson St. James, getötet oder nicht?»

In ihren Augen war Schmerz zu sehen und tiefes Bedauern. Sie hatte ihn getötet, und jetzt würde sie erklären, wie es passiert war und wie sehr es ihr leidtat.

«Nein, ich habe Nelson nicht getötet. Er hat sich selbst umgebracht. Aber es ist meine Schuld: Er hätte es nicht getan, wenn ich nicht gewesen wäre.»

Es war die haarsträubendste Lüge, die Morrison je gehört hatte. Noch mehr erstaunte ihn die Art, wie sie sie vorbrachte. Sie schien sie sogar zu glauben. Reue lag in ihrem Blick. Morrisons Verblüffung war so groß, dass er sie kaum verbergen konnte.

«Sie sagen hier unter Eid aus, dass Sie Nelson St. James nicht getötet, dass Sie ihn mit dieser Waffe nicht erschossen haben – ist das richtig? Sie sagen aus, Ihr Mann habe Selbstmord begangen?»

«Ja, aber das hätte er nicht getan, wenn ich nicht gesagt hätte, was ich sagte!»

«Was haben Sie denn gesagt?»

«Er sagte mir, er werde es tun, und ich entgegnete ihm: ‹Na los doch, dann tu's doch endlich!›»

Eine Welle des Schocks breitete sich im Gerichtssaal aus. So etwas zugeben zu müssen war so scheußlich, dass alle es glaubten.

«Ich sagte ihm: ‹Na los doch, bring dich um, mir ist es egal.› Er mag zwar abgedrückt haben, Mr. Morrison, aber ich bin verantwortlich dafür. Wenn Sie mich also fragen, ob ich ihn getötet habe, so lautet die ehrliche Antwort wohl ja.»

Morrison saß in der Falle. Ihm blieb keine Wahl. Er musste den Faden ihrer Täuschung aufnehmen.

«Warum fangen Sie mit Ihrer Geschichte nicht ganz am Anfang an? Was war der Grund für die letzte gemeinsame Reise von Ihnen und Ihrem Mann? Sie haben die Aussage von Rufus Wiley gehört, dem Anwalt Ihres Mannes, dass Ihr Mann die Scheidung gewollt habe und Sie die Chance wünschten, sie ihm auszureden. Stimmt das?»

«Dazu gehört noch mehr. Es stimmt, dass Nelson gesagt hat, er wolle die Scheidung. Und er hat mir auch erzählt, dass er sein Testament geändert habe – Nelson drohte mir immer mit diesem oder jenem –, doch diesmal setzte ich mich zum ersten Mal zur Wehr. Ich sagte, dass ich die Scheidung einreichen würde, wenn er es nicht täte, dass ich es nicht mehr aushielte, dass ich nicht wüsste, was schlimmer sei: seine ständige Untreue oder seine törichten Eifersuchtsanfälle, wenn er mich auch nur mit einem anderen Mann sprechen sah.»

Die Farbe war in ihre Wangen zurückgekehrt. Morrison hatte schon früher beobachtet, wie sie vor Zorn oder Auflehnung gegen jemanden, den sie nicht mochte, erröten konnte. Sie spürte es kommen und wandte es schnell zu ihrem Vorteil.

«Wir liebten uns», erklärte sie den Geschworenen mit einem reuevollen Blick. «Das taten wir wirklich; aber Nelson war in ein paar Sachen verwickelt, geschäftliche Dinge – ich weiß nicht, worum es dabei ging –, und er war einfach unmöglich geworden. Und als er dann angeklagt war, wurde seine Stimmung noch unerträglicher.»

Danielle senkte den Blick. Ihre Schultern bebten.

«Es war meine Idee, wieder mit der Yacht loszufahren. Ich musste einfach weg. Ich sagte Nelson, dass ich es ihm überließe, ob er mitkommen wolle; wenn er glaube, unsere Ehe sei einen Rettungsversuch wert, sei ich bereit, zumindest über unsere Probleme zu sprechen. Es wäre besser gewesen, wenn ich nicht gefragt hätte. Wir haben nichts weiter getan, als uns zu streiten. Wir stritten nicht nur unter vier Augen – wir konnten auch in Gesellschaft nicht damit aufhören. Aus dem Grund ließ ich ihn an jenem Abend im Restaurant sitzen. Nelson konnte so ausfallend werden.»

«Rufus Wiley hat ausgesagt, Ihr Mann habe die Scheidung gewollt, weil Sie eine Affäre gehabt hätten.» Morrison blickte ihr prüfend in die Augen. Er fragte sich, ob sie gelogen hatte, als sie es ihm gegenüber abstritt, und ob sie schon wieder eine Lüge erzählen würde. «Hatten Sie eine Affäre, Mrs. St. James, und hat Ihr Mann es herausgefunden?»

Statt sich umzudrehen und die Geschworenen anzusehen, erwiderte sie weiterhin Morrisons Blick. Ihre Miene wirkte offen und aufrichtig und dabei gleichzeitig feierlich und entschlossen. «Ja, Mr. Morrison. Ich hatte eine Affäre, und mein Mann hat es herausgefunden.»

Morrison hatte sie damals nicht gekannt – sie hatte einen Kontinent entfernt gelebt und war mit einem anderen Mann verheiratet gewesen –, und dennoch verspürte er einen Stich von Eifersucht. Und er erkannte in dieser Sekunde – er sah es in ihren Augen –, dass sie es wusste und dass es sie nicht im mindesten störte.

«Und stritten Sie sich deswegen immer noch – war das der Grund für Ihre Auseinandersetzungen?»

«Ja, hauptsächlich. Es spielte für Nelson keine Rolle, dass ich es getan hatte, ich meine, dass ich eine Affäre hatte – wenn man es denn so nennen kann: Die Beziehung zu dem anderen Mann dauerte nicht länger als ein paar Wochen. Ich sah einfach keine andere Möglichkeit, seine Aufmerksamkeit zu gewinnen. All die verschiedenen Frauen, mit denen er zusammen gewesen war: Ich konnte sie gar nicht alle auseinander halten.»

Danielle drehte sich zu den Geschworenen um. Sie schien sich besonders an die Frauen unter ihnen zu wenden.

«Für ihn war das keine Entschuldigung für mein Verhalten. Nelson war erheblich älter als ich und in einer Zeit aufgewachsen, in der Männer tun, was ihnen beliebt, und Frauen, was man ihnen sagt. Er beharrte darauf, dass es keine Rolle spiele, was er tue, solange er diskret sei. Aber bei mir sei das etwas anderes, weil ich eine Frau sei, und noch dazu die Mutter seines Kindes. Ich entgegnete ihm, er sei ein Heuchler und ein Dummkopf und brauche sich ja nicht einzubilden, dass ich noch lange mit ihm verheiratet bleiben würde, wenn er es weiter so treibe.»

Sie verfiel in ein nachdenkliches Schweigen. In ihrer Haltung war der Abscheu zu erkennen für das, was sie so leicht hätte vermeiden können und was jetzt nie mehr zu ändern war. Es sei ihre Schuld, schien sie ausdrücken zu wollen, allein ihre Schuld, dass Nelson St. James gestorben war.

«Er sagte mir, dass ich immer noch zu ihm gehöre, ihn nicht verlassen könne, und dass er nie eine andere Frau außer mir geliebt habe. Dann nahm er mich und machte mich gefügig für seine Wünsche. Er glaubte, die Sache sei damit erledigt, dass ich immer noch seine Frau sei, weil er mit mir geschlafen hatte. Ich zog mich an und sagte ihm, dass ich ginge und nie mehr zurückkommen würde. Und dann sagte ich noch etwas, was so unerträglich grausam und hasserfüllt war – ich war so wütend, dass ich nicht anders konnte –, ich sagte ihm, dass ich ihn wegen eines anderen Mannes verließe, dass ich in jemanden verliebt sei, in den Mann, mit dem ich die Affäre gehabt hätte. Ich sagte Nelson, er sei zu alt, ich könne seinen Anblick nicht mehr ertragen, dass ich einen jüngeren, einen viel jüngeren Mann wolle, jemanden, der mir nicht leidtue, wenn ich mit ihm ins Bett ginge. Und dann sagte ich ihm, es sei ohnehin gleichgültig, denn sein Leben sei beendet. Was immer er getan habe, er werde ins Gefängnis gehen und nie wieder rauskommen! Daraufhin erwiderte er mir, ich könne ihn nicht verlassen. Er flehte mich an zu bleiben. Er nahm die Pistole, die wir zu unserem Schutz bei uns hatten, und fing an, damit in der Luft herumzufuchteln. Er sagte, er würde sich umbringen, wenn ich ihn verließe. Wissen Sie, was ich daraufhin zu ihm sagte? Ich höre die Worte wie ein Echo noch immer in meinem Kopf. Was würde ich dafür geben, wenn ich sie zurücknehmen könnte! Ich sagte ihm: ‹Na los doch, tu's, niemand wird dich vermissen, wenn du nicht mehr da bist!› … Gleichzeitig versuchte ich, ihn davon abzuhalten. Ich lief hinter ihm her, hinaus aufs Deck. Ich schrie ihn an, flehte ihn an, es nicht zu tun, doch es war zu spät! Er setzte sich die Waffe an den Kopf – und dann war da dieses schreckliche

Geräusch … und all dieses Blut … Und dann war mir plötzlich alles egal. Nelson war nicht mehr da, und ich wusste, mein Leben war zu Ende.»

14

Morrison hätte Danielle am liebsten bei den Schultern gepackt und sie geschüttelt, bis sie wieder zur Besinnung kam, bis ihr klar wurde, was sie angerichtet hatte.

«Du hast gelogen!»

Danielle reckte das Kinn in die Höhe. Ihre Augen blickten kühl, klar und unverschämt analytisch. Morrison konnte sich nicht mehr täuschen: Danielle war vollkommen gewissenlos, andere Menschen interessierten sie nicht, für sie zählte nur der eigene Vorteil. Sag die Wahrheit oder auch nicht, Ehrlichkeit oder üble Täuschung – für sie waren die jeweiligen Möglichkeiten austauschbar. Ihre Einstellung war monströs und das, was sie getan hatte, unentschuldbar.

«Inwiefern war meine Geschichte denn anders als deine? Du hast ihnen erzählt, es hätte Selbstmord sein können, und ich habe bestätigt, dass es einer war!»

Das Abendlicht warf einen bleichen Schatten in den Raum. Draußen auf der Straße eilten unter einem Meer von Regenschirmen, die den kalten Dezemberregen abhalten sollten, die Menschen von der Arbeit nach Hause.

«Du hast gelogen», wiederholte Morrison.

Ihre einzige Reaktion war so etwas wie gemessene Nichtachtung. «Es ist nichts anderes als das, was du getan hast.»

«Ich sprach über das, was die Beweise belegen konnten oder auch nicht. Ich habe den Geschworenen gesagt, dass anhand der vorliegenden Beweise ebenso viel für den Selbstmord deines Mannes spreche wie dafür, dass du ihn umgebracht hast. Das ist nicht ganz das Gleiche wie eine Aussage unter Eid, er habe sich selbst getötet und du hättest versucht, ihn davon abzuhalten.»

Morrison wurde mit jeder Minute zorniger, wütend nicht nur auf sie, sondern auch auf sich selbst. «Hast du überhaupt eine Vorstellung davon, was du getan hast?»

«Ich habe dir dabei geholfen, den Prozess zu gewinnen! Ich habe mit dir zusammen sichergestellt, dass ich nicht für etwas ins Gefängnis gehe, von dem du selbst behauptest, es sei kein Mord!»

«Du hast unter Eid gelogen! Du hast einen Meineid geschworen!»

«Na und? Ich habe dir alles erzählt, was passiert ist, du wusstest es. Ich habe dir erklärt, warum ich ihn getötet habe, wie er mich dazu getrieben hat, aber das wolltest du die Geschworenen nicht wissen lassen. Was war das Letzte, was Rufus Wiley auf dein Drängen hin zugab? Wie deprimiert der arme Nelson in der Nacht war, in der er anrief? Ich weiß noch, was du sagtest – und wie du dafür sorgtest, dass die Geschworenen es auch ja zu hören bekämen –, dass es nicht sehr überraschend wäre, wenn ein älterer Mann, dem gerade seine viel jüngere Frau davonlaufen will, ein älterer Mann, der ein Leben im Gefängnis vor sich hat, darüber nachzudenken beginnt, dass er vielleicht nicht länger leben will! Ja, verdammt, ich habe gelogen, aber nur weil du drei Jahre Jura studiert hast, um zu lernen, wie man innerhalb der Vorschriften lügt, bist du noch lange nicht dazu berechtigt, mir zu sagen, was ich hätte tun oder lassen sollen, um meinen Hals zu retten!»

Das war die Logik eines Schulmädchens, das Argument, das jede Sünde rechtfertigt: dass nämlich nichts wirklich schlimm ist, wenn der Unterschied zwischen Gut und Böse lediglich eine graduelle Frage ist.

«Raus!», rief er aus vollem Hals. Er war von seinem Stuhl aufgesprungen und zeigte auf die Tür. «Ich will dich nicht mehr sehen!

Ich möchte nie wieder mit dir sprechen! Ich will nichts mehr mit dir zu tun haben! Ich schwöre bei Gott, wenn du nicht in fünf Sekunden draußen bist, wird mein Schlussplädoyer morgen darin bestehen, dass ich allen Leuten die Wahrheit darüber erzähle, was du getan hast!»

Morrison blieb in seiner Kanzlei und arbeitete oder versuchte es zumindest. Er war dabei, sich für den nächsten Verhandlungstag eine Strategie zu überlegen, wenn er vor den Geschworenen stehen und ihnen sagen musste, dass die Anklage es nicht geschafft habe, ihre Anschuldigungen zu beweisen, wenn er ihnen erklären musste, dass sie aufgrund der Beweislage nur noch die eine Möglichkeit hätten, die Angeklagte für nicht schuldig zu erklären.

Die Beweise hielten ihn bei Verstand. An ihnen konnte er sich orientieren, wenn er sein Schlussplädoyer hielt. Niemand erwartete von ihm, dass er das vortrug, was er glaubte. Ihm fiel wieder ein, wie es war, Anwalt zu sein und in Prozessen aufzutreten, bei denen die Person des Angeklagten keine Rolle spielte, weil es nur auf eins ankam: die Beweise der Anklage und mögliche Schwächen, die darin zu finden waren. Danielle begann nach und nach aus seinem Kopf zu verschwinden, und eine Frau namens Mrs. Nelson St. James nahm ihre Stelle ein. Morrison kannte jeden Quadratzentimeter von Danielles nacktem Körper, Mrs. St. James hatte er nur gelegentlich an der Schulter oder am Arm berührt, und dann auch nur, um den Geschworenen zu zeigen, dass er Mitgefühl mit ihr hatte.

Der Fall begann eine eigene Gestalt anzunehmen, und Morrisons Schlussplädoyer schrieb sich gleichsam wie von selbst.

Für ein paar Stunden gelang es ihm, sich mit der gleichen Intensität auf seine Arbeit zu konzentrieren, wie er es vor seinem Verhältnis mit Danielle vermocht hatte. Doch je mehr er sich dem

Ende näherte, umso stärker begann seine Aufmerksamkeit abzuschweifen. Immer wieder kehrten seine Gedanken zurück zu ihr und den Gefühlen, die sie in ihm ausgelöst hatte.

Kurz nach elf, als er glaubte, sich ausreichend auf die bevorstehende Verhandlung vorbereitet zu haben, machte er das Licht aus und ging hinunter in die Eingangshalle. Draußen hatte der Regen aufgehört, der den ganzen Tag in einem ständigen grauen Nieseln niedergegangen war. Der Himmel war voller Sterne, und die Luft roch frisch und rein. Die Leute auf den Straßen kamen und gingen, betraten Restaurants und Bars oder verließen sie. Alle waren sie Fremde, und doch glaubte Morrison sie alle zu kennen. In San Francisco waren die Nächte immer melancholisch. Er holte tief Luft und sah sich um. Noch ein Tag, dann war der Prozess vorbei; noch ein Tag, und er konnte sich die Hände von der ganzen schmutzigen Affäre reinwaschen. Die Geschworenen würden entscheiden, was mit Danielle geschehen sollte. Für ihn würde es nichts mehr zu tun geben.

Auf der Straße vor seinem Haus auf Nob Hill war niemand zu sehen. Ein paar Häuserblocks weiter, beim Mark Hopkins Hotel, standen mehrere Leute und warteten auf ihre Wagen. Morrison dachte an Danielle, die jetzt wahrscheinlich in ihrem Zimmer schlief. Er ging auf die Haustür zu, blieb dann aber stehen und blickte ein letztes Mal die Straße entlang. Er sah Danielle vor sich, so wie sie die paar kurzen Blocks vom Hotel zu Fuß ging und eine dieser verrückten Verkleidungen trug. Morrison versuchte sich einzureden, dass es besser wäre, wenn er sie nach dem Prozess nie wiedersah, dass sie zu gefährlich und zu unaufrichtig war, eine Frau ohne Gewissen, eine Frau, die mit ihrem Mann ins Bett ging und ihn anschließend umbrachte. Das war die Wahrheit, und er wusste es, und es machte keinen Unterschied. Was spielten Gründe für eine Rolle, wenn etwas so wehtat?

Der Doorman hatte ihm geöffnet, bevor Morrison die Hand zur Tür ausstrecken konnte. «Sie ist schon seit über einer Stunde hier», sagte er in einem vertraulichen Tonfall und zeigte auf die zwei Sessel neben der Vorderfront der Eingangshalle. Danielle saß in einem davon, und diesmal war sie als sie selbst gekommen.

«Es tut mir leid», sagte sie. «Es tut mir so leid, was ich getan und gesagt habe. Ich hatte Angst, war zu verängstigt, um klar zu denken. Ich hätte tun sollen, was du sagtest, ich hätte auf dich hören sollen. Kannst du mir vergeben? Ich hasse mich für das, was ich getan habe.»

Sie stand so nahe vor ihm, dass er ihren Atem spüren konnte. Er legte die Hand um ihr Handgelenk und hielt es fest. «Nicht jetzt.»

Schweigend warteten sie auf den Fahrstuhl. Alle seine guten Absichten waren wie weggeblasen. Immer noch schweigend betraten sie den Fahrstuhl, sahen zu, wie sich langsam und knarrend die Tür schloss, und erst dann, als der Fahrstuhl sich in Bewegung gesetzt hatte, zog er sie zu sich heran, und sie schlang ihm die Arme um den Hals. Ein kurzes Klingeln ertönte, und mit einem Ruck blieb der Fahrstuhl stehen. Danielle befreite sich aus seiner Umarmung, als die Tür aufging und ein älteres Paar einstieg. Die Frau lächelte abwesend, aber ihr Mann erkannte Danielle. Ernst und höflich sagte er guten Abend und lächelte auf eine Weise, die ihr viel Glück zu wünschen schien.

Sie verließen eilig den Fahrstuhl und stolperten den Flur entlang zu Morrisons Wohnung. Kaum hatte sich die Tür hinter ihnen geschlossen, begannen sie einander an den Kleidern zu zerren. Sie konnten nicht warten. Sie lagen immer noch halb angezogen auf dem Fußboden, und dann war Morrison in ihr, und sie war alles, woran er noch denken konnte. Es gab nichts als Danielle.

«Es tut mir leid», sagte sie mit sanfter Stimme, als es vorbei war.

«Es tut mir so leid, was ich getan, was ich dir angetan habe. Ich habe noch nie jemandem vertraut. Aber dir hätte ich vertrauen sollen.» Sie küsste ihn auf die Stirn. «Komm! Dein Teppichboden ist ja ganz nett, aber dein Bett gefällt mir besser.»

Sie hob ihre Kleidungsstücke auf und warf sie auf einen der Wohnzimmerstühle. Ein eigenartiges, wehmütiges Lächeln umspielte ihren Mund.

«Ich war noch nie verliebt. Das hast du gewusst, oder? Ich konnte es dir an den Augen ansehen – als ich dir erzählte, was damals bei meinem ersten Besuch in Nelsons Büro zwischen uns passiert ist. Ich konnte es dir an den Augen ansehen – diesen Stich der Enttäuschung und vielleicht sogar Verletztheit. Du wolltest nicht so von mir denken, einer Frau, die ihren Körper dazu einsetzt, ihren Willen zu bekommen. Du glaubtest, ich hätte etwas Besseres verdient. Du glaubtest, ich sollte jemanden finden, den ich genauso wollte wie er mich. Das habe ich nie getan, jemanden ganz zu wollen. Ich war nie verliebt, aber in dich bin ich vielleicht verliebt oder könnte es sein.»

Morrison legte den Arm um sie, drückte sie eng an sich und wünschte mit einer Dringlichkeit wie nie zuvor, sie nie mehr loslassen zu müssen, sondern nur zu halten, zu spüren, wie ihr Herz neben seinem schlug.

«Lass uns ins Bett gehen», flüsterte sie mit dieser weichen, trägen Stimme, die ihn außer dem Augenblick und seinen Gefühlen für sie alles andere vergessen ließ.

Sie krochen ins Bett und taten etwas, was sie noch nie zuvor getan hatten, was ihnen in ihrer fiebrigen Begierde noch nie eingefallen war: Sie vergaßen den Sex und liebten sich mit einer Unschuld wie beim ersten Mal. Behutsam, manchmal unbeholfen, voller kleiner Entschuldigungen und zögernder Vorfreude und mit einer plötzlichen Reinheit, die keiner von ihnen vorher gekannt hatte. Es war ein von ihnen eben erfundener Tanz, ein Tanz, der so langsam und so schwebend endete, wie er begonnen hatte.

«Was werden wir tun?»

In der nächtlichen Dunkelheit blickten sie einander an. Ein Lächeln lag in Danielles Augen.

«Was werden wir tun?», wiederholte sie. Ihre Stimme war zu einem süßen Klagegesang geworden.

«Ich weiß nicht. Den morgigen Tag überstehen, den Prozess. Und sehen, was dann passiert, nehme ich an.»

«Warum bleiben wir nicht einfach hier? Nach dem Prozess, wenn alles vorbei ist? Ich könnte – wenn du es willst.»

«Ja, ich will es. Und du?»

«Ja. Ich will es auch.»

«Du hast Michael …»

«Ja, ich habe Michael. Stört dich das? Dass ich ein Kind habe?»

«Nein, natürlich nicht. Warum sollte es?»

«Vielleicht ist es keine gute Idee, vielleicht würde es nicht funktionieren.»

«Es ist eine sehr gute Idee. Es wird funktionieren, wenn wir es wollen. Möchtest du es?»

«Ja, aber lass uns erst sehen, wie wir empfinden – wie du empfindest –, wenn das hier alles vorbei ist. Weißt du, deine Gefühle jetzt, das ist die eine Sache, aber wenn es vorbei ist, nach dem Prozess, dann bist du frei, dann hast du nicht mehr diese Verantwortung, diese Verpflichtung mir gegenüber.»

Schließlich sprach Morrison aus, gestand ihr, was er vom ersten Augenblick an gewusst hatte, als er ihr begegnet war.

«Ich bin in dich verliebt. »

Sie legte ihm zwei Finger auf den Mund und schüttelte langsam den Kopf. «Am Anfang denken sie immer, in mich verliebt zu sein.»

«Ich bin in dich verliebt, und du weißt es.»

«Ich bin nicht die, für die du mich hältst, Andrew Morrison! Das bin ich nicht! Ich wünschte, ich wäre es. Ich wünschte, ich könnte dir alles geben, was du willst, dir alles geben, was du brauchst, aber ich kann es nicht! Du darfst nicht in mich verliebt sein oder zumindest nicht so sehr, dass du nicht weggehen kannst, wenn du herausfindest, wie falsch ich für dich bin.»

Das war vielleicht das einzig Ehrliche, was sie je zu ihm gesagt hatte, doch dafür war es zu spät, zu spät für Morrison. Er war in sie verliebt – mehr verliebt, als er sich je hatte vorstellen können. Sein Schicksal war besiegelt. Er schlief nicht in jener Nacht, nicht weil er nicht schlafen konnte, sondern weil er keinen Augenblick von der wunderschönen Erfahrung missen wollte, sie in den Armen zu halten. Er hielt sie neben sich, hielt sie umfangen, während sie schlief, hielt sie, bis der Morgen kam und er sie nicht länger festhalten konnte. Morrison war in sie verliebt – und damit war er verloren.

15

Robert Franklin erhob sich von seinem Stuhl am Anwaltstisch, um mit seinem Schlussplädoyer zu beginnen. Er trug seinen besten Anzug. Er hatte ihn in einem Kaufhaus von der Stange gekauft; Jacke und Hose saßen zwar nicht perfekt, aber allein seine Anstrengungen, möglichst gut auszusehen, hatten schon ihre Wirkung. Franklin bemühte sich, das wurde jedem klar, der ihn beobachtete. Er lächelte höflich und räusperte sich. Er war nicht annähernd so nervös, wie er zu Beginn gewesen war, als er schon bei den ersten Sätzen seines Eröffnungsplädoyers vergessen hatte, was er sagen wollte. Er hielt mehrere Blätter mit maschinengeschriebenen Notizen in der Hand und stand nun direkt vor den Geschworenen. Er begann sein Plädoyer mit einer persönlichen Bemerkung.

«Ich war sehr nervös, als dieser Prozess begann. Die meisten von Ihnen, so stelle ich mir vor, haben ähnlich empfunden wie ich – unter den Augen der Öffentlichkeit, in dem Wissen, dass alles, was hier im Saal passiert, im ganzen Land und überall in der Welt berichtet wird. Ich habe mich lächerlich gemacht. Ich gebe es zu. Ich vergaß, was ich sagen wollte – sagte wahrscheinlich Dinge, die ich nicht hätte sagen sollen. Es waren nicht nur die vielen Zuschauer, die mich gehemmt und verlegen machten. Ich habe schon anderen Anwälten gegenübergestanden, aber noch keinem vom Format Mr. Morrisons, des Verteidigers.»

Ein bescheidenes Lächeln huschte über Franklins Lippen. Den Geschworenen gefiel es, wie er seine Unzulänglichkeit eingestand.

«Aber dies ist kein Prozess, in dem die Anwälte die Hauptrolle spielen. In diesem Prozess geht es darum, ob die Angeklagte, Danielle St. James, ihren Ehemann Nelson St. James ermordet hat oder nicht. Die Beweislage in dieser Frage ist eindeutig: Danielle St. James ist schuldig. Lassen Sie mich kurz darauf zurückkommen, was ich Ihnen zu Beginn des Verfahrens sagte, was – trotz meines ungeschickten Verhaltens – die Hauptpunkte waren, welche die Anklage beweisen würde.»

Franklin warf einen Blick auf die erste Seite seiner Notizen. Er nickte kurz und sah wieder zu den Geschworenen hoch.

«Ich sagte Ihnen, dass dies kein Verbrechen aus Leidenschaft sei, eine Gewalttat bei einem Streit, der plötzlich außer Kontrolle gerät. Ich sagte Ihnen, dass wir von einem kaltblütigen Mord ausgehen müssten, der aus Habgier begangen worden ist. Ich sagte Ihnen, dass die Angeklagte mit ihrem Mann hierher kam, nach San Francisco. Ich sagte Ihnen, dass sie sich stritten …» An dieser Stelle hielt er inne, blickte prüfend auf seine Notizen und vergewisserte sich, dass er den richtigen Passus zitierte: «‹… dass sie sich seit dem Augenblick stritten, in dem die Maschine gelandet war, dass sie so wütend wurde, dass sie das Restaurant verließ, in dem sie gemeinsam essen wollten, und dass sie immer noch stritten, als sie auf ihrer Yacht ausliefen.›»

Franklins Blick bewegte sich in einem langsamen Bogen von einem Ende der Geschworenenbank zum anderen. Er streckte seine freie Hand in die Hosentasche und neigte den Kopf, als er eine halbe Drehung zu Danielle hin machte, die neben Morrison saß.

«Und ich sagte Ihnen, dass die Angeklagte, nur Augenblicke nachdem der tödliche Schuss auf Nelson St. James abgefeuert worden war, mit der Waffe in der Hand gefunden wurde und dass überall Blut zu sehen war. Wurde Nelson St. James mitten auf dem Pazifik auf seiner Yacht, der *Black Rose,* erschossen, als das Ehepaar sich auf dem Rückweg nach San Francisco befand? Ja, natürlich,

Sie haben die Aussage gehört. Wurde sein Tod durch eine Schusswunde verursacht? Ja, alle – sogar die Verteidigung – sind sich darin einig, dass er so gestorben ist. Ebenso wenig bezweifelt jemand, dass die Waffe, die ihn tötete, diejenige war, die man in der Hand der Angeklagten fand, oder dass sie mit deren Fingerabdrücken bedeckt war.»

Die Hände hinter dem Rücken verschränkt, begann Franklin vor der Geschworenenbank auf und ab zu gehen.

«Sämtliche Beweise – alle! – weisen auf sie, die Angeklagte, Danielle St. James. Sonst befand sich niemand da draußen an Deck, als es geschah. Ihr Revolver war die Mordwaffe. Ja, ich weiß, dass er unter dem Namen ihres Mannes gekauft wurde, doch sie leugnet nicht, dass St. James ihn für sie gekauft hatte. Es war ihre Waffe, sie tötete ihn damit, und bevor sie sie loswerden konnte – bevor sie den Revolver über Bord ins Meer werfen konnte –, wurde sie dabei ertappt, wie sie ihn noch immer in der Hand hielt.

Sämtliche Beweise weisen auf sie. Aber die eigentliche Frage lautet – die Frage, welche die Verteidigung bei jeder sich bietenden Gelegenheit erhoben hat –, warum? Warum sollte Danielle St. James ihren Mann ermordet haben? Ich habe Ihnen in meiner einleitenden Erklärung gesagt, dass es ‹kaltblütiger Mord aus Gewinnsucht› gewesen sei. Die Verteidigung hat darzulegen versucht, dass Danielle St. James allen Grund gehabt hat, ihren Mann am Leben zu erhalten. Er wollte sich zwar scheiden lassen, aber wennschon – dafür bekam sie das Haus in den Hamptons und eine Million Dollar im Jahr. Aber jetzt bekommt sie nicht einmal das, weil er tot ist. Der Tod von Nelson St. James kostet sie alles. Aber das lässt all den Zorn unberücksichtigt, die ganze Wut, das Gefühl, sich den Bedingungen eines Ehevertrags unterwerfen zu müssen, der – wie großzügig er Ihnen und mir auch erscheinen mag – nichts im Vergleich zu dem ist, was Nelson St. James an Vermögen besaß und was sie hätte erben können, wenn dieser Vertrag nie unterzeichnet worden wäre. Sie ermordete ihn, erschoss ihn, und zwar nicht wegen des Geldes, das sie bekommen, sondern wegen des Geldes, das sie verlieren würde!»

Franklin stand am Ende der Geschworenenbank und ließ die rechte Hand auf dem Geländer ruhen. Schweißperlen hatten sich auf seiner Stirn gebildet.

«Und was sagt die Verteidigung zu all diesen Beweisen, zu diesen überwältigenden Beweisen, die keinen Zweifel daran lassen, dass es Mord war? Behauptet die Verteidigung, es sei jemand anderer gewesen, ein anderer an Bord habe ihre Waffe an sich genommen und ihn damit getötet? Behauptet die Verteidigung, es sei ein Unfall gewesen, der Schuss habe sich im Verlauf eines Streits gelöst? Behauptet die Verteidigung, es sei Notwehr gewesen, er habe sie angegriffen und sie habe sich nur dagegen wehren können, indem sie ihn erschoss? Nein, die Verteidigung erzählt uns, er habe sich selbst getötet! Die Verteidigung sagt, er sei niedergeschlagen gewesen, weil er seine Frau bei der Scheidung verlieren würde, und führt seine juristischen Probleme als Grund für seine allgemeine Mutlosigkeit an. Und was für Beweise bietet man uns dafür an? Nun, die Aussage der Angeklagten. Alle Beweise deuten auf sie als Täterin hin, und was sagt sie? ‹Ich habe es nicht getan, er hat es getan.›»

Franklin warf den Geschworenen einen langen Blick zu, einen Blick, der ihnen klar machte, dass sie Danielles Aussage mit all der Verachtung zu behandeln hätten, die sie verdiente.

«Und jetzt sollten wir uns all der Dinge vergewissern, die ich angeführt habe. Überzeugen wir uns davon, dass die Anklage gegen Danielle St. James wegen der Ermordung ihres Ehemannes Nelson St. James tatsächlich mit an Sicherheit grenzender Wahrscheinlichkeit nachgewiesen worden ist.»

Fast eine Stunde lang nahm Franklin die Aussage jedes Zeugen unter die Lupe. Es war eine Zusammenfassung wie im Lehrbuch: eine Aufzählung von Tatsachen, ein kurzer Umriss dessen, was gesagt worden war.

Morrison hörte kaum zu. Er war mit anderen Dingen beschäftigt. Während die Augen aller anderen im Saal auf Franklin ruhten, sah er nur Danielle an. Ihn überkam Dankbarkeit, dass er die Chance gehabt hatte, sie einfach nur anzusehen, eine so schöne Frau mit einem so vollkommenen Gesicht. Plötzlich ging ihm auf, was ihm die ganze Zeit bei seiner Strategie gefehlt hatte. Dieses Gesicht! Warum hatte er bloß so lange gebraucht, um darauf zu kommen? Dieses Gesicht war die beste Verteidigung, die sie hatte.

Franklin stand kurz vor dem Ende seines Plädoyers. Er blätterte das letzte Blatt seiner umfangreichen Notizen um.

«Sämtliche Beweise deuten auf die Angeklagte, Danielle St. James – und was erzählt sie uns?», fragte er und wiederholte mit bewusstem Zynismus die Frage, die er zu Anfang gestellt hatte. «‹Ich habe es nicht getan, er hat es getan.› Sie sagt, es sei Selbstmord gewesen. Außerdem behauptet sie, sich deswegen schlecht zu fühlen, denn als er gedroht habe, sich umzubringen, habe sie ihm gesagt, er solle es ruhig tun, niemand werde ihn vermissen, wenn er nicht mehr da sei.»

Die Hände in die Hüften gestemmt, starrte Franklin Danielle quer durch den Gerichtssaal mit einem bösen Funkeln in den Augen an. «Alle guten Lügen enthalten einen wahren Kern. Sie wollte seinen Tod, und mit diesen ihren Worten hat sie es zugegeben.» Er wandte sich wieder an die Geschworenen. «Aber sich selbst umbringen?», fragte er. «Warum? Weil Nelson St. James dabei war, seine ‹viel jüngere Frau› zu verlieren, wie Mr. Morrison Sie glauben machen möchte? Weil er älter wurde? Aber hat nicht die Verteidigung selbst immerzu behauptet, er wollte sie wegen einer anderen Frau verlassen? Hat nicht die Verteidigung darauf beharrt, Nelson St. James sei gewohnheitsmäßig untreu gewesen? All diese anderen Frauen – und Nelson St. James bringt sich um, weil er dabei ist, seine Frau zu verlieren? Vergessen Sie all das! Vergessen Sie, dass Nelson St. James einer der reichsten Männer der Welt war. Was immer Sie oder ich von seiner Lebensführung halten mögen, er konnte so ziemlich alles tun, wonach es ihn gelüstete. Vergessen Sie, dass er nicht zum ersten Mal Ärger mit der Justiz hatte. Nelson St. James hatte einen Sohn, einen kleinen Jungen, sein einziges Kind, ein Wunschkind, das Kind, um dessentwillen er seine Frau geheiratet hatte. Er brachte sich um, weil er sich deprimiert fühlte? Nelson St. James hatte allen Grund zu leben, und der einzige Grund, dass er jetzt nicht mit seinem Sohn zu Hause in New York weilt, ist folgender: Die Angeklagte, Danielle St. James, konnte den Gedanken nicht ertragen, dass sie kurz davorstand, ausgebootet und durch eine andere Frau ersetzt zu werden, um das Vermögen betrogen, das ihr hätte gehören sollen. Danielle St. James ist des Mordes schuldig, meine Damen und Herren Geschworenen, und schuldig ist das einzige Urteil, zu dem Sie kommen können.»

Robert Franklin sank erschöpft auf seinen Stuhl. Er legte das Bündel mit seinen Notizen auf einen Aktenordner, der vor ihm auf dem Tisch lag, und wischte sich mit einem weißen Taschentuch die Stirn. Er war bis an die Grenze dessen gegangen, was er tun konnte, und jetzt saß er völlig ausgepumpt da, doch mit einer gewissen Befriedigung über seine Leistung. Danielle St. James war schuldig, und er hatte es bewiesen.

«Mr. Morrison – sind Sie bereit, Ihr Schlussplädoyer zu halten?», fragte Richterin Brunelli. Das Schweigen, das sie durchbrach, war so vollkommen gewesen, dass man selbst eine Stecknadel hätte hören können, die zu Boden fiel.

Statt aufzustehen, statt sich schnell und zielbewusst vor die Geschworenenbank zu begeben, schlug Morrison die Beine übereinander und legte einen Arm über die Rückenlehne seines Stuhls.

«Nichts von dem, was hier gesagt wurde, nichts von der Aussage, über die Mr. Franklin so ausführlich gesprochen hat, ist auch nur annähernd so wichtig wie etwas, was er überhaupt nicht erwähnt hat. Sie haben es zu keiner Zeit von einem der Zeugen gehört, Sie haben es von niemandem gehört; doch dabei war es immer da, direkt vor Ihren Augen – etwas ganz Einfaches, Banales, das alles erklärt, alles verändert und vor allem das, was die Anklage Ihnen als Mord verkaufen will, zu etwas ganz anderem als einem Mord macht.»

Jetzt erhob sich Morrison langsam. Die Hand auf die Ecke des Anwaltstischs gestützt, schüttelte er leise den Kopf, als hätte er erst jetzt verstanden, was sie, die Geschworenen, genauso gut wussten wie er, obwohl es ihnen noch nicht aufgegangen war. Sie warteten auf ihn, alle zwölf Geschworenen, warteten darauf, dass er ihnen erklärte, was es war, was sie schon immer gewusst hatten, ohne es zu begreifen. Morrison hob den Blick und lächelte ihnen zu. Er zeigte auf Danielle.

«Sehen Sie sie an! Haben Sie je eine Frau gesehen, die so aussieht? Und doch hat niemand das je erwähnt, keiner von all diesen Zeugen, die für die Anklage ausgesagt haben. Wovon haben sie stattdessen gesprochen?», fragte Morrison, als er näher an die Geschworenenbank herantrat. «Geld, das ist alles, wovon Sie gehört haben. Sie haben gehört, dass Danielle St. James ihren Mann wegen seines Geldes geheiratet und dann ermordet habe, weil sie nicht bekam, was ihr angeblich zustand.»

Morrison sah Danielle mit einem Blick an, als sähe er sie zum ersten Mal. «Nehmen Sie an, dass alles wahr ist, was man Ihnen erzählt hat», sagte er, jetzt wieder an die Geschworenen gewandt. «Nehmen Sie an, dass die Angeklagte habgierig war, berechnend, nur an dem interessiert, was sie bekommen konnte. Nehmen Sie an, sie hätte die Art von privilegiertem Leben gewollt, das Nelson St. James ihr mit all seinen Hunderten von Millionen bieten konnte. Das verrät Ihnen vielleicht, weshalb sie ihn geheiratet hat, sagt Ihnen aber nicht, warum er sie geheiratet hat. Aber das ist doch sonnenklar, oder etwa nicht? Sehen Sie sie an!», beharrte Morrison und schlug hart gegen das hölzerne Geländer der Geschworenenbank. «Jeder in diesem Gerichtssaal weiß, warum er sie geheiratet hat! Sie haben es in dem Moment gewusst, in dem Danielle St. James den Raum betrat, als Sie sie zum ersten Mal sahen. Rufus Wiley muss es ebenfalls gewusst haben, als er sie zum ersten Mal sah. Dass Nelson St. James sich ein Kind wünschte, war nicht der Grund – er hätte schließlich mit jeder Frau ein Kind haben können. Wir wissen alle, warum Nelson St. James Danielle so verzweifelt heiraten wollte – weil sie ganz einfach die schönste Frau war, die er je gesehen hatte.»

Als Morrison von der Geschworenenbank zurücktrat und zu Danielle hinüberblickte, folgten die Augen aller im Gerichtssaal seinem Blick. Alle starrten sie an, die schönste Frau, die sie je gesehen hatten. Danielle war daran gewöhnt, dass jeder sie anstarrte, dass jeder sich seine Gedanken über sie machte.

«Wenn der einzige Grund, weshalb die Angeklagte Nelson St. James heiratete, sein Geld war, warum sollte sie sich dann um das sorgen, was ihr vielleicht nach einer Scheidung geblieben wäre? Wenn sie ihn wegen seines Geldes geheiratet hätte – wenn das, was die Anklage behauptet, wahr ist –, was glauben Sie wohl, wie lange sie gebraucht hätte, um einen anderen Mann zu finden, der genauso reich war? Was bedeutete ihr schon sein Geld? Es gab andere reiche Männer.

Die Anklage beharrt darauf, dass es Mord war. Meine Mandantin hat unter Eid ausgesagt, dass Nelson St. James sich selbst das

Leben genommen hat. Die von der Anklage vorgelegten Beweise belegen ebenso sehr einen Selbstmord wie einen Mord. Und das bedeutet, dass die Anklage de facto *keinen* Mord nachgewiesen hat. Danielle St. James hat Ihnen gesagt, was geschehen ist, und kein einziger der von der Anklage aufgerufenen Zeugen kann beweisen, dass sie gelogen hat.»

Morrison hätte es beweisen können, aber er war kein Zeuge der Anklage. Er war der Verteidiger, und befangen im Überschwang des Augenblicks, in der Intensität des Schlussplädoyers, bei dem die Worte ein Eigenleben gewannen, war er fast überzeugt, die Wahrheit zu sagen.

16

Die Geschworenen hatten sich kaum drei Stunden zur Beratung zurückgezogen, als Danielle Morrison vom Hotel aus in der Kanzlei anrief.

«Du hast nicht gedacht, dass sie so lange beraten würden, nicht wahr?»

Morrison war allein im Büro. Es war Viertel nach sechs, aber der winterliche Himmel ließ es ihm später erscheinen. «Ich weiß nie, wie lange Geschworene beraten.»

«Du hast nicht gedacht, dass sie überhaupt Zeit brauchen würden», beharrte sie mit ihrer weichen, atemlosen Stimme. Sie hielt inne, fast als zögerte sie. Morrison hörte ein rhythmisches Tippen, einen Bleistift oder vielleicht einen Fingernagel, der gegen den Hörer schlug. «Vielleicht habe nur ich es geglaubt. Vielleicht habe nur ich gedacht, dass sie überhaupt keine Zeit brauchen würden – nach dem, was du gesagt hast und wie sie an deinen Lippen hingen.»

Morrison wollte ihr erklären, dass Geschworene bei einem Mordprozess tagelang oder sogar noch länger beraten können, doch über all das hatten sie schon früher gesprochen.

«Wann hast du dich dazu entschlossen?», fragte sie, als er nicht antwortete. «Glaubst du, dass ich das getan hätte, wenn Nelson sich hätte scheiden lassen – dass ich mir einen anderen zum Heiraten gesucht hätte, einen Mann mit genauso viel Geld?»

«Tu's nicht», sagte er leise. «Tu das nicht.»

«Einen anderen reichen Mann heiraten? Ich heirate vielleicht niemanden mehr. Ich gehe vielleicht ins Gefängnis.»

«Du wirst nicht ins Gefängnis gehen», sagte Morrison mit mehr Selbstsicherheit, als er empfand. «Diese Geschworenen werden dich nicht schuldig sprechen.»

«Dann werde ich frei sein und kann tun und lassen, was mir gefällt», sagte sie. Es klang, als erinnerte sie sich an ein Gefühl, einen Zustand aus ihrer Jugend, den noch einmal zu erleben sie sehnlichst wünschte, obwohl sie wusste, dass es ausgeschlossen war. «Und wenn ich tun könnte, was mir gefällt, jeden Mann heiraten, den ich will, weißt du, was ich dann tun würde, Andrew Morrison? Ich würde dich heiraten.»

«Warum tust du's dann nicht? Warum heiratest du mich nicht? Du weißt, dass ich es will. Du auch?»

«Ja. Nein. Ich kann nicht. Ich weiß nicht. O Gott, lass uns jetzt nicht darüber sprechen. Ich bin zu verwirrt. Lass uns irgendwo hingehen, wo mich die Leute nicht anstarren, in ein ruhiges kleines Lokal, wo ich einfach nur mit dir zusammen sein kann.»

Bevor er etwas erwidern konnte, leuchtete das Signal der zweiten Telefonleitung auf. Danielle wartete, während er den Anruf entgegennahm.

«Das war der Gerichtsdiener», erklärte er ihr, als er sich zurückmeldete. «Sie haben ein Urteil.»

Es folgte ein langes Schweigen. «Ist das gut?», fragte sie schließlich. «Dass sie so schnell zu einem Urteil gekommen sind?»

«Ja, ich glaube schon.»

Um neunzehn Uhr dreißig, an einem Donnerstagabend, führte Morrison Danielle St. James durch den Mittelgang eines Gerichtssaals, der voller Reporter war. Franklin war schon da und hatte die Hände auf dem Tisch vor sich gefaltet. Er sah sich nicht um, als Morrison und seine Mandantin sich hinsetzten, er schien überhaupt nichts wahrzunehmen, bis Alice Brunelli durch die Seitentür hereingestürmt kam.

«Man hat mich informiert, dass die Geschworenen ein Urteil gefällt haben.» Sie warf den Zuschauern einen warnenden Blick zu. «Es wird keinerlei Demonstrationen geben.» Dann sah sie zunächst Franklin und dann Morrison an. «Nehmen Sie zu den Akten, dass Anklage und Verteidigung ebenso anwesend sind wie die Angeklagte», bat sie den Stenographen und forderte anschließend die Gerichtsdiener auf, die Geschworenen hereinzuführen.

Sichtlich erschöpft nahmen die zwölf Geschworenen langsam ihre Plätze auf der Geschworenenbank ein. Sie bemühten sich, niemanden anzusehen, achteten darauf, keine Bewegung zu machen, die einen Hinweis darauf geben konnte, wie sie entschieden hatten. Sie hatten nur drei Stunden beraten – und dies, nachdem sich die Beweisaufnahme über Wochen hingezogen hatte. Ein Mordfall, eine Frau, die wegen eines Verbrechens angeklagt war, auf das die Todesstrafe stand, und mehr Zeit hatten sie nicht gebraucht? Was hatte das zu bedeuten? War die Beweislage wirklich so eindeutig? War es so einfach, zu einem Urteil zu kommen, wie immer dieses Urteil aussehen mochte?

«Sind die Geschworenen zu einem Urteil gekommen?»

Der zweite Geschworene links in der unteren Reihe erhob sich. Morrison war überrascht. Er hatte vermutet, dass ein anderer, ein sehr gebildeter und redegewandter Mann, zum Sprecher gewählt werden würde.

«Das sind wir, Euer Ehren.»

Morrison spürte, wie sich Danielles Finger um seine Hand schlossen.

«Würden Sie das Urteil bitte dem Gerichtsdiener übergeben.»

Richterin Brunelli prüfte das Urteilsformular und reichte es dann durch den Gerichtsdiener zurück. Die Spannung im Gerichtssaal war mit Händen zu greifen.

«Wir, die Geschworenen in der oben bezeichneten Angelegenheit», las der Sprecher mit einer Stimme, die für jedes Wort eine Ewigkeit zu brauchen schien, «in der Mord der einzige Anklagepunkt ist, befinden die Angeklagte …»

Er faltete das Urteilsformular zusammen. Mit dem Gesichtsausdruck eines Menschen, der genau weiß, dass dieser Augenblick allein ihm gehört, ließ er seine Blicke durch den Gerichtssaal schweifen. Schließlich wandte er sich langsam um zu Danielle und sah ihr direkt in die Augen.

«… für nicht schuldig.»

Danielle schlang Morrison die Arme um den Hals und dankte ihm unter Tränen. «Das haben sie deinetwegen getan», murmelte sie. «Sie haben dir geglaubt. Sie haben geglaubt, was du gesagt hast. Sie haben geglaubt, dass du mir geglaubt hast.»

Mit der einen Hand um seine Schulter wischte sie sich mit der anderen die Tränen von den Wangen. Sie versuchte, den Geschworenen zuzulächeln, und begann dann wieder zu weinen.

Richterin Brunelli dankte den Geschworenen für ihre Dienste und brachte den Prozess mit einem Hammerschlag endgültig zu Ende. Robert Franklin wollte schon gehen, als ihm einfiel, dass ihm noch eine Verpflichtung blieb. Er blickte Morrison direkt in die Augen und gratulierte ihm. Danielle sah er nicht an.

«Ein entsetzlicher Mann», murmelte Danielle, nachdem Franklin in der Menge verschwunden war.

«Wenn er zu Beginn so gut gewesen wäre wie am Ende, hätten wir vielleicht verloren.»

Doch Danielle interessierte nicht, was alles hätte schief gehen können. Es war vorbei, und sie war frei, und wenn dieses Wort auch nicht mehr das Gleiche wie in ihrer Jugend bedeutete, so war es immer noch weit mehr, als sie in der Nacht, in der sie ihren Mann getötet hatte, zu hoffen gewagt hatte.

«Ich verdanke dir alles, mein Leben, mein …»

Zu viele Menschen, die einen letzten Blick auf sie werfen wollten, zu viele Reporter, die eine letzte Frage an sie stellen wollten, wimmelten um sie herum. Vielleicht war das der Grund für die plötzliche Panik in ihren Augen, das dringende Bedürfnis wegzukommen – weg von all diesen Menschen, die schubsten, schoben und nach ihr zu greifen versuchten.

«Bringen Sie mich hier raus!», rief sie. «Ich bekomme keine Luft mehr.»

Morrison legte ihr den Arm fest um die Schulter und begann seinen Spießrutenlauf durch ein Gewirr von Händen und Armen. Es war das reinste Chaos und der Lärm ohrenbetäubend. Etwas Hartes, Spitzes – ein Ellbogen – traf Morrison am Auge, und ein Knie stieß ihm gegen den Schenkel.

«Zur Seite!», rief er energisch. Morrison bahnte sich rücksichtslos einen Weg durch die Menge, bis sie die Türen des Gerichtssaals durchschritten hatten und in die grellen Scheinwerfer von einem Dutzend Fernsehkameras stolperten. Unzählige Mikrophone wurden ihnen entgegengestreckt.

«Der Prozess ist vorbei», verkündete Morrison den Journalisten. Er sprach ernst und feierlich, wie ein Mann, der eine tiefe Wahrheit verkündete. Danielle ließ seinen Arm los, richtete sich auf und stand vollkommen ruhig neben ihm. Die Menschenmenge konnte sie nicht aufhalten, diese Kameras und Mikrophone aber sehr wohl. «Die Geschworenen haben ihr Urteil gesprochen. Danielle St. James ist nicht schuldig. Alles, was sie jetzt will, ist, in Ruhe gelassen zu werden.»

Morrison hatte nichts Aufregendes verkündet, doch das schien genug zu sein. Die Fernsehleute hatten die Aufnahme, die sie wollten, die in den späten Abendnachrichten zu sehen sein und in allen Morgenzeitungen abgedruckt werden würde: Danielle St. James wenige Minuten nach ihrem Freispruch von der Anklage des Mordes, eine Frau, die womöglich noch schöner aussah als zuvor.

«Danielle!», rief eine Reporterin. «Wollen Sie vielleicht etwas sagen?»

Danielle sah Morrison an, als wollte sie sein Einverständnis einholen, und trat dann einen halben Schritt vor. Plötzlich herrschte absolute Stille.

«Dies ist von Anfang bis Ende eine Tragödie gewesen. Mein Mann hat sich selbst getötet, und wie ich im Verlauf des Prozesses gesagt habe, werde ich mir immer die Schuld daran geben. Jetzt möchte ich nach Hause, nach New York, und mich um mein Kind kümmern.»

Sie trat zurück, um anzudeuten, dass sie nichts weiter hinzuzufügen hatte, doch das machte die anderen Reporter nur noch entschlossener, selbst eine Frage loszuwerden.

«Es gibt nichts mehr zu sagen», rief Morrison. «Die Geschworenen haben das einzige Urteil gefällt, das sie haben fällen können. Mrs. St. James begibt sich jetzt nach Hause.»

Morrison hatte ihr den Arm um die Schulter gelegt. Sie versuchten, das Gebäude schnell zu verlassen.

«Die Geschworenen haben sie vielleicht nicht für schuldig befunden, aber sonst glaubt jeder, dass sie es getan hat!»

Morrison wirbelte herum. «Wer hat das gesagt?»

«Ich war das», rief eine Stimme aus der Mitte des Rudels, das ihnen durch den langen Flur gefolgt war. Die Scheinwerfer der Autos draußen auf der Straße zeichneten ein verrücktes Muster auf die weißen Wände.

«Sie möchten das Urteil der Geschworenen durch Ihr eigenes ersetzen?», fragte Morrison mit einem Anflug von Sarkasmus.

Danielle zupfte ihn am Ärmel. «Der Wagen wartet draußen», flüsterte sie voller Panik. «Wir sind fast da.»

«Die Anklage mag nicht in der Lage gewesen sein, es zu beweisen – Ihr Anwalt hat die Geschworenen vielleicht davon überzeugt, dass es berechtigte Zweifel an der Beweisführung gab –, aber glauben Sie wirklich, man nimmt Ihnen ab, dass es Selbstmord gewesen ist?»

Diesmal kam die Frage von einer Frau, einer Reporterin eines Privatsenders mit harten Augen und einem schmallippigen Grinsen. Danielle zog Morrison am Arm, entschlossen, ihn aus der Tür zu bekommen. Doch er rührte sich nicht, sondern starrte die Reporterin mit einem eisigen Gesichtsausdruck an.

«Wie können Sie so etwas sagen? Aber von Leuten wie Ihnen darf man wohl nichts anderes erwarten.»

Dann waren sie aus der Tür. Kaum hatten sie in dem wartenden Wagen Platz genommen, fing Danielle auch schon an zu schluchzen.

«Es wird nie vorbei sein, oder? Das werden sie alle über mich sagen, nicht wahr? Jeder wird denken, dass ich ihn ermordet habe und damit durchgekommen bin.»

«Ich weiß, du hast geglaubt, so handeln zu müssen. Ich weiß, dass du …»

«Du weißt überhaupt nichts! Du hast nicht die leiseste Ahnung von dem, was passiert ist! Niemand hat das, und niemand wird auch je etwas erfahren!»

Der Wagen fuhr gerade den Nob Hill hinauf. Danielle klopfte gegen die Trennscheibe. «Ich fahre nicht ins Hotel. Sie können uns beide beim Haus von Mr. Morrison absetzen.»

Nachdem der Wagen weggefahren war und sie die Halle durchquert hatten, nachdem sich die Fahrstuhltür hinter ihnen geschlossen hatte, begann Morrison zu wiederholen, was er hatte sagen wollen.

«Du hast mir gesagt, es sei wegen seines Gesichtsausdrucks gewesen, nachdem er mit dir im Bett fertig war – dieser Ausdruck, der besagte, er könne mit dir machen, was immer er wolle, und du könntest nichts dagegen unternehmen. Willst du mir jetzt etwa sagen, das alles sei nicht wahr gewesen? Nicht das sei der Grund gewesen, weshalb du ihn umgebracht hast, sondern etwas anderes?»

Ihr Blick wirkte gehetzt. Morrison hatte das Gefühl, dass sie ihm die Wahrheit erzählen wollte, die ganze Wahrheit über jene Nacht auf der *Black Rose,* doch irgendetwas schien sie daran zu hindern.

«Was war es? Was ist in der besagten Nacht wirklich passiert?»

«Das kann ich dir nicht sagen, ich kann es nicht. Vielleicht eines Tages, aber nicht jetzt, nicht heute Abend, nicht nach all dem, was passiert ist.»

Der Fahrstuhl kam mit einem Ruck zum Stehen. Hand in Hand gingen sie schweigend zu seinem Apartment. Sobald sie in der Wohnung waren, stellte sie sich vor ihn und begann langsam, seine Krawatte zu lösen und sein Hemd aufzuknöpfen.

«Lass uns nicht mehr über die Vergangenheit sprechen, und auch nicht über die Zukunft. Lass uns überhaupt nicht reden. Wir wollen uns lieben und dann schlafen und uns dann wieder lieben. Aber eins solltest du wissen – was auch immer passieren wird: Weißt du noch, als ich dir sagte, ich sei noch nie in jemanden verliebt gewesen, aber dass ich mich vielleicht in dich verlieben könnte? Also, ich bin nicht nur vielleicht in dich verliebt, ich bin total in dich verliebt … Vergiss das nicht!», sagte sie, als sie auf die Schlafzimmertür zugingen. «Was auch immer passieren wird, vergiss das nicht!»

17 Nach Jahren der Zusammenarbeit hatten Andrew Morrison und seine Sekretärin, Mrs. Summerfield, eine eingespielte Routine entwickelt. Jeden Abend legte sie ihm die Akten und Dokumente zurecht, die er für den nächsten Tag brauchen würde, und jeden Morgen, wenn sie ins Büro kam, fand sie ihn an seinem Schreibtisch vor. Doch als sie am Tag nach dem Prozess sein Zimmer betrat, saß er nicht an seinem Schreibtisch, sondern stand am Fenster und blickte auf die Bucht hinaus. Er war ungewöhnlich guter Laune.

«Wie lange tue ich das hier schon?», fragte er. Doch bevor sie reagieren konnte, zeigte er auf seinen Besucherstuhl und fragte, ob er ihr eine Tasse Kaffee bringen könne.

«Ich möchte für einige Zeit aussteigen.» Er zeigte auf den prall gefüllten Aktenordner auf seinem Schreibtisch. Das Band, mit dem er zusammengehalten wurde, war noch nicht aufgeknotet worden. «Sobald ich damit fertig bin, möchte ich für ein paar Monate pausieren.»

Morrison war immer so ernst gewesen, was seine Arbeit betraf, so hingegeben. Mrs. Summerfield, die mit den Jahren fast mütterliche Gefühle für ihn entwickelt hatte, war froh, die Veränderung zu sehen. Sie sagte ihm, dass es ihr keine Mühe machen werde, für die anderen Angelegenheiten, die auf seinem Terminkalender standen, neue Zeitpläne zu erstellen. Sie werde sich sofort an die Arbeit machen.

«Ich weiß, dass ich auf Sie zählen kann», lächelte Morrison. Und dann fügte er noch etwas hinzu, was sie zutiefst anrührte, gerade weil er zuvor noch nie etwas Ähnliches gesagt hatte: «Was ich wohl all diese Jahre ohne Sie angefangen hätte …»

«Wohin werden Sie reisen?», fragte sie, als sie von ihrem Stuhl aufstand.

Es lag fast etwas Verschämtes in seinem Blick, als er den Kopf zum Fenster drehte. Sie musste an den hoffnungsvollen Gesichtsausdruck eines jungen Mannes denken, der das Mädchen, das er liebt, bitten will, ihn zu heiraten. Er weiß zwar, dass sie seinen Antrag annehmen wird, aber er will darüber noch nicht sprechen.

Still vor sich hin lächelnd, starrte er weiter aus dem Fenster. «Ich weiß nicht. Vielleicht mache ich eine Weltreise, um einmal all die Orte zu besuchen, die ich schon immer sehen wollte.»

Sie begab sich ins Vorzimmer und begann wie angekündigt, die notwendigen Arrangements zu treffen, damit Morrison abreisen konnte. In ihren Augen war es das Beste, was er je getan hatte. Sie wollte gerade zum Lunch gehen, als Jack Taylor hereinkam.

«Ich möchte Mr. Morrison sprechen.» Sowohl sein befehlsgewohnter Tonfall als auch seine Kleidung sagten ihr, dass es sich bei ihm nicht um einen potenziellen Mandanten handelte.

«Ich fürchte, Sie haben keinen Termin, und Mr. Morrison …»

«Würden Sie ihm bitte einfach sagen, dass ich da bin?», bat er sie mit einem schnellen, geschäftsmäßigen Lächeln. Bevor sie etwas erwidern konnte, nahm er sich einen Stuhl und eine Zeitschrift.

Sie griff zum Telefon. Ohne von der Seite aufzublicken, die er gerade umdrehte, fügte Taylor hinzu: «Sie können ihm sagen, dass es um den St.-James-Fall geht.»

Morrison hatte nicht erwartet, Taylor wiederzusehen. Der Tod von Nelson St. James hatte zumindest diesem Teil von Taylors Ermittlungsarbeit ein Ende gesetzt, und Morrison konnte sich keinen anderen Grund vorstellen, weshalb der Justizbeamte ihn sprechen wollte. Er machte die Tür auf und bat Taylor herein.

Diesmal bewegte sich Taylor etwas vorsichtiger. Er nahm auf einem der Stühle vor Morrisons Schreibtisch Platz und sah sich im Raum um, als wollte er sich vergewissern, dass sich seit seinem ersten Besuch nichts verändert hatte.

«Sie sagten, Sie wollten mich sprechen – betrifft es den Prozess?»

Mit einem nachdenklichen, merkwürdig besorgten Gesichtsausdruck neigte Taylor den Kopf zur Seite. «Ja, es betrifft den Prozess … Diesen angeblichen Selbstmord von St. James: Sie haben nicht gewusst, dass sie das sagen würde – oder etwas in dieser Art –, bis sie es im Zeugenstand äußerte, nicht wahr?»

Morrison beugte sich vor und sah Taylor prüfend in die Augen. «Sie waren im Gerichtssaal und haben den Prozess verfolgt?»

Taylor lächelte und schüttelte den Kopf. Er machte eine weit ausholende Armbewegung. «Es ist wie bei diesem Zimmer. Wenn ich Sie bitten würde, die Augen zu schließen und es zu beschreiben, könnten Sie mir nicht sagen, in welcher Farbe die Wände gestrichen sind – darauf würde ich wetten.» Er überlegte einen Moment. «Es würde Ihnen nicht auffallen, wenn Sie eines Morgens hereinkämen und sämtliche Bilder und Möbel wären verschwunden – solange Sie noch einen Platz zum Arbeiten hätten. Ja, ich war da und habe den Prozess beobachtet. Habe selten einen Tag verpasst, und es gab Zeiten, in denen ich dachte, Sie sähen mir direkt ins Gesicht, aber Sie haben gar nichts gesehen, nicht wahr? Das ist der Grund, weshalb Sie so gut in dem sind, was Sie tun: Ihre perfekte oder nahezu perfekte Konzentration.»

Morrison versuchte zu ergründen, weshalb Taylor sich tage-, ja wochenlang in den Gerichtssaal gesetzt hatte, um den Prozess zu beobachten.

«Sagen wir so: Ich hatte ein gewisses Interesse daran», erwiderte Taylor ausweichend. Sein Blick war nun argwöhnisch: «Meine

Frage war: Sie haben nicht gewusst, was sie sagen würde, nicht wahr?»

Beide waren sie entschlossen, erst eine Antwort vom anderen zu erhalten.

«Sie haben es nicht gewusst», beantwortete Taylor seine Frage selbst, als Morrison nicht reagierte. «Sie wussten es nicht, und dann blieb Ihnen keine Wahl. Sie hatten es schon in Betracht gezogen – diese Frage, die Sie Rufus Wiley am Ende Ihrer Befragung stellten: ob St. James bei ihrem letzten Telefonat nicht deprimiert gewirkt habe. Das war brillant, wirklich ein Geniestreich!»

Taylor lachte wie über einen Witz, den nur er verstehen konnte, und wandte sich ab. Ein merkwürdiges Lächeln umspielte seine Lippen, als er Morrison erneut ansah.

«Da muss sie zum ersten Mal daran gedacht haben, diese Geschichte für sich zu nutzen, um so ihre Haut zu retten. Sie lernt schnell, nicht wahr?»

Morrison machte Anstalten aufzustehen. «Hören Sie, ich weiß nicht, warum Sie den Prozess beobachtet haben. Ich weiß auch nicht, warum Sie mit mir reden wollten – aber der Prozess ist vorbei. Es gibt nichts weiter zu besprechen.»

Taylor ignorierte ihn. «Das war eine brillante Vorstellung, nicht nur gestern – obwohl Ihr Schlussplädoyer zum Besten zählt, was ich je gehört habe –, sondern während des ganzen Prozesses. Mir war klar, dass Sie gewinnen würden, doch bis sie in den Zeugenstand trat und ihr Lügenmärchen erzählte, wusste ich ehrlich gesagt nicht genau, wie Sie es anstellen würden.»

Taylor wandte sich zum Fenster hin und verfiel in ein langes brütendes Schweigen. Als er sich schließlich wieder zu Morrison umdrehte, ließ das Licht, das durch die Vorhänge fiel, die Bewegungen seiner Augen flüchtig und geheimnisvoll erscheinen, als wüsste er mehr, als ihm lieb war, mehr sogar, als er wissen sollte.

«Sie haben die juristischen Schwierigkeiten, in denen sich St. James befand, recht groß herausgestellt: wie ihn die Tatsache, angeklagt worden zu sein, wohl belastet hat und ihn noch deprimierter gemacht haben muss, als er wegen seiner gescheiterten Ehe ohnehin schon war. Hat Mrs. St. James je darüber gesprochen – ich meine, über die juristischen Schwierigkeiten, in denen sich ihr Mann befand? Hat sie je etwas darüber gesagt, was er dagegen zu unternehmen gedachte?»

«Nein, sie …», entgegnete Morrison, bevor er sich besann. «Ich kann Ihnen wirklich nichts darüber sagen …» Er schüttelte den Kopf und fragte sich, warum er das Bedürfnis empfand, sich zu entschuldigen. Mit zusammengekniffenen Augen musterte er sein Gegenüber. «Ich weiß nichts über die Dinge, die St. James vielleicht getan hat. Und selbst wenn ich es wüsste: Sie wissen genauso gut wie ich, dass ich meiner Mandantin gegenüber der Schweigepflicht unterliege. Also, was ist der wahre Grund für Ihren Besuch? Warum haben Sie den ganzen Prozess verfolgt? Ich kann mich an nichts erinnern, was vor Gericht zur Sprache kam und in irgendeiner Form mit Ihren Ermittlungen zu tun haben könnte.»

Zu Morrisons Erstaunen sprang Taylor plötzlich auf und begann im Zimmer auf und ab zu gehen.

«Wissen Sie eigentlich, was St. James getan hat? Wie viele Menschen er auf dem Gewissen hat? Und das war noch längst nicht alles, was er getan hat!»

Taylor stand nun am Fenster. Er drehte sich um und fixierte Morrison mit einem so durchdringenden Blick, dass dieser für einen Moment glaubte, er wollte ihn eines Verbrechens beschuldigen, das genauso schlimm war wie die Machenschaften von St. James.

«Und sie hat nie erwähnt, nie ein Wort darüber verloren, wie er zu all diesem Geld gekommen ist, nichts darüber, wie er es gestohlen hat? Kein Wort, dass das Geld der wahre Grund dafür war, dass sie ihn umbrachte? Dass der Mord ihre einzige Chance war, alles für sich zu behalten?»

Das war mehr, als Morrison ertragen konnte. «Ich habe es Ihnen vorhin schon gesagt», erwiderte er und erhob sich. «Es gibt für uns nichts zu besprechen!»

Taylor schien zu überlegen, ob er Morrison Glauben schenken sollte oder nicht. Schließlich nickte er kurz, murmelte achselzuckend eine Entschuldigung und setzte sich wieder auf seinen Stuhl. Sein Gesichtsausdruck war ernst, als er sich vorbeugte und erneut zu fragen begann.

«Abgesehen davon, dass St. James an einer Schusswunde starb, über Bord fiel und von da an unauffindbar war – wer auch immer ihn umgebracht hat, er sich selbst oder sie –, hat sie Ihnen abgesehen von dieser Geschichte nie etwas anderes erzählt?»

Es lag so viel unangefochtene Autorität in Taylors Stimme, dass Morrison nichts weiter tun konnte, als in schweigender Zustimmung mit dem Kopf zu nicken.

«Sie sind immer noch in Gefahr.»

«Wie bitte? In Gefahr?», fragte er verständnislos.

«Sie hat vielleicht nichts gesagt, Sie haben vielleicht nie Verdacht geschöpft, aber die Möglichkeit besteht durchaus. Es steht zu viel auf dem Spiel.»

«Wovon reden Sie? Was steht auf dem Spiel?»

Taylor holte tief Luft und lehnte sich zurück. Ein seltsam unheimliches Lächeln kräuselte seine Lippen.

«Es gab zwei Menschen, die St. James hätten umbringen können, zwei Menschen, die zwar nicht alles wussten, aber genug über die *Black Rose,* um …»

«Die *Black Rose?*», fragte Morrison verwirrt. «Die Yacht? Was hat das …?»

Taylor sah ihn prüfend an, als wollte er sich noch einmal vergewissern, dass sein Gesprächspartner tatsächlich nicht Bescheid wusste. «Kam Ihnen das nicht ein bisschen merkwürdig vor – dieser Name?»

«Nein, warum sollte er?»

«Eine derart elegante weiße Yacht? *White Rose*, das würde einen Sinn ergeben, aber *Black Rose?*»

Morrison sah nicht, worauf sein Gegenüber hinauswollte. «Vielleicht hat er sie einfach nach etwas anderem benannt: einem Buch, das er gelesen, oder einem Film, den er gesehen hat. Vielleicht gab es in irgendeiner Geschichte, die er als Junge gehört hatte, mal ein Piratenschiff mit diesem Namen.»

«Piraten? Ja, das könnte durchaus der Grund gewesen sein, warum er diesen Namen benutzte – den Namen des von ihm geführten Syndikats! Die Yacht war die bewegliche Basis all seiner kriminellen Unternehmungen. Wendell Clark und Townsend Oliver – Sie haben die beiden an jenem Wochenende auf der Yacht kennen gelernt – wussten zumindest das.» Frustriert fügte er hinzu: «Wir standen so kurz davor, ihn zu schnappen!» Er konnte nicht still sitzen, zu viele Dinge gingen ihm im Kopf herum. Er sprang auf und begann wieder auf und ab zu gehen.

«Clark wurde in der Nacht ermordet, bevor er vor der Anklagejury des Bundesgerichts erscheinen sollte. St. James ordnete den Mord an, und Mustafa Nastasis ließ ihn durch irgendeinen Helfershelfer ausführen. Wir konnten es natürlich nicht beweisen – wir hatten keinerlei Beweise, jedenfalls nicht von der Art, wie man sie vor Gericht verwenden kann –, aber wir wissen genau, dass diese Vorgehensweise absolut typisch für den Verein war. *Black Rose* war eine Mord-GmbH.»

Taylor verstummte. Er war stehen geblieben und starrte auf den Teppich. Schließlich hob er den Kopf, jedoch nur so weit, dass er

Morrison aus dem Augenwinkel beobachten konnte. Es folgte ein langes Schweigen.

Nach einer Weile trat Taylor erneut ans Fenster und sah hinaus auf die Bucht. «Wir hatten ihn in die Enge getrieben», erklärte er. «Clarks Aussage war alles, was wir noch brauchten. Sie töteten ihn, aber wir haben St. James trotzdem angeklagt. Wir hatten schließlich Oliver geschnappt. Wir hatten genug Beweise, um ihn für immer einzusperren, gewährten ihm aber Immunität für das, was er uns über St. James und die anderen erzählen konnte.»

«Die anderen?», fragte Morrison, der immer neugieriger wurde.

Taylor starrte weiter aus dem Fenster. Er schien abzuwägen, wie weit er gehen konnte, wie viel er von dem enthüllen konnte, was er wusste.

«*Black Rose* war der Deckname für eine weltumspannende Verschwörung», sagte er zu Morrison. «Zwei Verschwörungen, genauer gesagt, deren einziges Bindeglied Nelson St. James war. Fangen wir mit der Hawthorne-Gruppe an. Ehemalige Regierungsbeamte, alle von ihnen daran gewöhnt, auf höchster Ebene zu arbeiten. Frühere Außen- und Verteidigungsminister, nationale Sicherheitsberater, Leute, die bei FBI oder CIA in führenden Positionen waren – Leute, die nur zum Hörer greifen müssen, um mit den politischen Führern anderer Länder sprechen zu können, mit Königen, Ministerpräsidenten oder irgendwelchen internationalen Spitzenmanagern.»

Taylor senkte den Blick und strich sich übers Kinn. Er kehrte zurück zu seinem Stuhl vor Morrisons Schreibtisch.

«Diese Männer haben heute mehr Macht als zu ihrer Zeit im Amt. Es gibt keine Aufsicht durch den Kongress, niemand kontrolliert ihre Budgets und die Höhe und Art ihrer Ausgaben. Sie können Milliarden von Dollar bei ihren Freunden in der ganzen Welt lockermachen und dieses Geld nach Belieben verwenden.

Dies sind Leute, die sich an Macht gewöhnt haben, und wie die meisten Menschen, die sich an etwas gewöhnt haben, fingen sie an zu glauben, sie hätten auch ein Recht darauf.»

Taylor lächelte bitter. Morrison musste unwillkürlich an einen Idealisten denken, der seine Ziele verfehlt hat. Zornig warf der andere den Kopf in den Nacken. «Früher war es so, wenn jemand aus der Regierung ausschied, dass er still in Pension ging oder nach anderen Möglichkeiten suchte, seinem Land zu dienen. Heute halten sich diese Leute für größer als das Land, das sie gewählt hat. Die Hawthorne-Gruppe wurde gebildet, um eine neue Kraft in der Welt zu werden, eine Gruppe, die hinter den Kulissen tätig werden konnte, um all die Dinge zu erreichen, die die Mitglieder schon im Amt hatten erreichen wollen, aber nicht verwirklichen konnten. Es ist die Arroganz der Macht, Morrison – der Glaube, sie hätten die Welt zu einem besseren Ort machen können, wenn sie sich nicht mit lästigen Gesetzen, dem Kongress und all diesen anderen unangenehmen demokratischen Einrichtungen hätten abgeben müssen. Aus diesem Grund brauchte die Hawthorne-Gruppe jemanden wie Nelson St. James, denn was immer man sonst über ihn sagen kann, so wusste er zumindest genau, wie man etwas durchsetzt.»

«Sie sagten, es gebe zwei Verschwörungen», bemerkte Morrison, der aufmerksam zugehört hatte. «Sie sagten, St. James sei das Bindeglied zwischen den beiden.»

«Ehemalige von der CIA, der Stasi oder dem KGB – alles Männer, die es nicht geschafft haben, eine bürgerliche Existenz zu gründen, denen die Action fehlte, das Abenteuer. Unangepasste, die sich zu schade waren, als private Sicherheitsleute für Machthaber zu arbeiten, die in Ländern wie dem Libanon oder dem Irak zufällig am Ruder waren. Privatarmeen, die für Geld für jeden kämpfen würden.»

Taylors Blick wurde abwesend. Als er schließlich wieder zu sprechen begann, tat er es langsam und bedacht.

«Es gab noch andere Leute, die St. James bezahlte, denen es nie eingefallen wäre, eine Waffe in die Hand zu nehmen. Das Letzte, was die Hawthorne-Gruppe sich wünschte, war eine Regierung in Washington, die anfing, sich genauer mit den Unternehmungen der Gruppe zu beschäftigen. Wie ich schon sagte, wusste St. James, wie man Dinge durchsetzt. Er war auch derjenige, der das Geld besorgte, das zur Vernichtung der politischen Opposition gedacht war – Geld von vermeintlich unabhängigen Gruppen, die sich zu jeder Lüge bereit finden, um zu gewinnen, die den Patriotismus der Gegenseite infrage stellen und jede Wahl zu einer Entscheidung zwischen Gott und dem Teufel hochspielen.»

Taylor beugte sich vor und tippte mit den Fingern auf die Kante von Morrisons Schreibtisch. «Die Mitglieder der Hawthorne-Gruppe glaubten, sie allein würden sich um die wichtigen Dinge kümmern, die es zu erledigen galt. Sie befassten sich nur mit St. James, der ihnen, so meinten sie jedenfalls, eine glaubwürdige Fassade gab. In der Politik hatten sie jedenfalls gute Erfahrungen damit gemacht. Dass sie das nicht vor einer Anklage schützen würde, wenn es um eine kriminelle Verschwörung ging, überstieg ihre Vorstellungskraft.»

Morrison verstand, was Taylor meinte. «Diese Leute sagten St. James, was sie erreichen wollten, und gaben ihm die Mittel dazu, das Geld.»

«Genau», erwiderte Taylor. «Aber sie könnten immer noch jederzeit behaupten, von nichts gewusst zu haben – es sei denn, wir hätten jemanden, der das Gegenteil bezeugt.»

«Sie hatten Clark, aber der wurde ermordet. Und dann hatten Sie Oliver. Er sagte vor der Anklagejury aus, die St. James anklagte. Und dann …»

«Und dann wurde er in seiner Wohnung in Manhattan ermordet.»

«Also sind sie sicher, jeder in der Hawthorne-Gruppe. Denn jetzt, wo St. James tot ist ...»

Taylor warf einen Blick auf die mit juristischen Werken gefüllten Bücherregale und nickte leise vor sich hin. «Ich habe Ihnen schon gesagt, dass das, was Sie in diesem Gerichtssaal geleistet haben, zum Besten gehört, was ich je miterlebt habe. Umso mehr bin ich davon überzeugt, dass das, was ich von St. James annahm, den Tatsachen entspricht.»

«St. James?»

«Ich habe hauptsächlich mit Wirtschaftskriminalität zu tun. Die meisten der von mir verfolgten Leute sehen sich selbst nicht als Verbrecher. Aus ihrer Sicht biegen sie sich lediglich die Vorschriften und Gesetze ein wenig zurecht, wenn das die einzige Möglichkeit ist voranzukommen. St. James war eine Ausnahme. Er scheute vor nichts zurück und fühlte sich durch nichts gebunden, nicht einmal durch die Regeln des Zufalls.»

«Die Regeln des Zufalls ...?»

Ein eigenartiges Lächeln, rätselhaft und zögerlich zugleich, spielte um Taylors Mundwinkel.

«Alle sprechen vom perfekten Mord – wie Danielle St. James ihren Mann ermordete und mit Ihrer Hilfe damit durchkam. Aber in Wahrheit ist es noch viel besser. Es hat immer schon Leute gegeben, die ungestraft mit einem Mord davongekommen sind, aber dies hat noch nie jemand getan. Niemand hat je die Frechheit oder die Tollkühnheit besessen, es auch nur zu versuchen! Versuchen? Kein Mensch, der seine fünf Sinne beisammenhat, würde es auch nur in Erwägung ziehen. Deshalb hat es funktioniert – weil es das Letzte ist, was man vermuten würde. Man muss diese Chuzpe einfach bewundern! Da inszeniert einer seinen eigenen Tod, lässt die eigene Ehefrau wegen eines Mordes, den es nie gegeben hat, vor Gericht stellen und spekuliert darauf, dass sie freigesprochen wird – obwohl kein Mensch an ihre Unschuld glaubt –, und all das, damit niemand auf den Gedanken kommt, dass man noch am Leben ist!»

18

Morrison war sprachlos. Ein Prozess, der von Anfang an ein Betrug gewesen war, ein Mord, den es nie gegeben hatte? Zeugen, die gelogen hatten – und Danielle, nicht nur eine Lügnerin vor Gericht, sondern alles an ihr doppelzüngig und falsch? Er weigerte sich, es zu glauben.

«Sie hat Ihre Wohnung heute Morgen kurz nach sieben verlassen», sagte Taylor. «Wissen Sie, wohin sie gegangen ist?»

Morrison wollte gerade einwenden, dass ihn das nichts angehe. Dann ging ihm auf, was die Frage bedeutete. «Sie haben sie beschatten lassen?»

Auf Taylors Gesicht zeigte sich ein Ausdruck von Mitgefühl, fast von Verlegenheit. «Sie haben sich mit ihr eingelassen oder vielmehr sie sich mit Ihnen – wie hätte sie besser sicherstellen können, dass sie alles erfuhr, was vorging, alles wusste, was Sie planten? Immer wenn sie vom Hotel zu Ihrer Wohnung ging, all diese exotischen Verkleidungen …»

Morrison geriet in Wut. Es konnte nicht sein, dass Danielle ihn so benutzt hatte; es konnte nicht sein, dass er sich so hatte benutzen lassen.

«Wissen Sie, wohin sie heute Morgen gegangen ist?», wiederholte Taylor so ruhig, dass Morrison stumm blieb.

«Sie ist ins Hotel zurückgegangen.»

«Und wissen Sie, wohin sie sich von dort begeben hat?»

Morrison warf den Kopf in den Nacken. «Nein, weiß ich nicht, aber ich werde sie fragen, wenn ich sie heute Abend zum Essen sehe.»

«Sie werden sich vielleicht etwas anderes vornehmen müssen. Vom Hotel hat sie sich zum Flughafen begeben. Sie ist auf dem Rückweg nach New York.»

Morrison suchte nach Gründen.

«Sie wird nach New York geflogen sein, um ihren Sohn zu sehen. Es muss etwas passiert sein – vielleicht ist er krank geworden, vielleicht ein Unfall, ein …»

«Ihr Sohn ist nicht in New York. Er befindet sich in einem Privatinternat in der Schweiz. Dort ist er seit einem Jahr.»

«Aber sie ist fast jedes Wochenende nach New York geflogen, um ihn zu besuchen», protestierte Morrison.

«An diesen Wochenenden während des Prozesses, an jedem Wochenende bis vor einem Monat, während Sie an Ihrer Verteidigung arbeiteten, befand sie sich in Key West ein paar Meilen vor der Küste, und zwar mit ihrem Mann an Bord der *Black Rose.*»

Morrison war verzweifelt. «Warum ist sie dann nicht dort? Warum ist sie nach New York geflogen?»

«Weil jetzt, nach dem Freispruch von der Ermordung von Nelson St. James, bestimmte Papiere unterzeichnet werden müssen, die das Eigentum ihres toten Mannes auf sie übertragen. Sie erinnern sich an das Testament – fast alles geht an ihren Sohn, aber ihr Sohn ist ein kleiner Junge, und sie ist die Treuhänderin. Ja, das ist richtig: Die Frau, die durch den Tod ihres Mannes weniger bekam, als sie bei einer Scheidung erhalten hätte, wovon Sie selbst die Geschworenen überzeugten, erhält am Ende alles. Oder hätte alles erhalten, wenn sie ihn tatsächlich getötet hätte, statt Teil einer Verschwörung zu sein – mit dem Ziel, ihn am Leben und aus dem Gefängnis zu halten.»

Morrison starrte auf einen unbestimmten Punkt. Angestrengt versuchte er, die Ereignisse zu rekonstruieren. «Seit wann wissen Sie das? Wann haben Sie erfahren, dass St. James nicht tot ist?»

«Fast von Anfang an. Es passte alles gut zusammen. St. James ließ Clark und Oliver beseitigen, um sich zu schützen. Doch nachdem er einmal angeklagt war, nachdem er sich strafrechtlichen Anschuldigungen gegenübersah, die ihm eine lebenslängliche Gefängnisstrafe einbringen konnten, wusste er, dass sein Leben ebenfalls bedroht war. Da waren zu viele Leute, die zu viel zu verlieren hatten. Sie wären womöglich das Risiko nicht eingegangen, dass er den Mund hielt, um seine Haut zu retten …»

Taylor schien fast widerwillig seine nächste Frage zu stellen: «Glauben Sie wirklich, dass St. James sich von ihr hätte scheiden lassen? Ich weiß, was er seinem Anwalt gesagt hat – das war ein Teil der Geschichte, die er erzählen musste –, aber sich von ihr scheiden lassen?» Er schüttelte den Kopf. «Sie hatte keinen Grund, ihn zu töten, und er hatte ganz gewiss keinerlei Grund, sich umzubringen. Da stimmte etwas nicht. Ich wusste es, ich konnte es fühlen. Als die Yacht aus San Francisco auslief, haben wir sie beobachtet. Und dann fingen wir an, ihr zu folgen. Key West, jedes Wochenende, an dem sie nicht hier blieb.»

Immer noch auf den gleichen unbestimmten Punkt starrend, hörte Morrison aufmerksam zu. «Dort hat sich die *Black Rose* die ganze Zeit aufgehalten – vor Key West?»

«An den Wochenenden. In der restlichen Zeit war sie immer unterwegs, änderte ständig den Kurs; meist irgendwo in den Gewässern auf der anderen Seite von Kuba.»

Morrison warf Taylor einen fragenden Blick zu.

«Eines der Länder, denen er Waffen liefert. Wir wussten, wo sich die *Black Rose* befand. Wir wussten, was Danielle St. James tat. Aber wir hatten nichts, um zu beweisen, dass sich St. James auf der Yacht befand. Und dann verließ die *Black Rose* vor zwei Wochen die Karibik und machte sich auf in den Atlantik. Jetzt ist sie in Sizilien. Letzte Woche ist es uns gelungen, diese …»

Taylor langte in die Aktentasche, die er neben dem Besucherstuhl abgestellt hatte, und zog drei Schwarzweißfotos hervor. Nelson St. James stand auf einem Kai und unterhielt sich mit zwei Männern. Die *Black Rose* lag direkt hinter ihnen außerhalb einer Marina vor Anker.

«Palermo», erklärte Taylor, während Morrison die Bilder eingehend betrachtete. «Aufgenommen etwa um die Zeit, in der die Staatsanwaltschaft die Anklage gegen seine Frau abschloss.»

Zorn und Verbitterung zeigten sich in Morrisons Zügen, als er Taylor die Fotos zurückschob. «Sie hätten es also beweisen können, dass er noch lebte! Aber Sie haben den Prozess weiterlaufen lassen. Sie wussten, dass es ein einziger Betrug war, Sie wussten, dass es keinen Mord gegeben hatte, dass St. James nicht tot war – und dieses kleine Stück Information haben Sie für sich behalten? Warum? Was hätten Sie getan, wenn die Geschworenen sie für schuldig befunden hätten, statt sie freizusprechen? Was hätten Sie getan, wenn man sie verurteilt hätte? Sie einfach ins Gefängnis gehen lassen, wegen einer Tat, die sie gar nicht begangen hat?»

«Wegen einer Tat, die sie gar nicht begangen hat?», wiederholte Taylor ungläubig. «Sie ist diejenige, die den Betrug begangen hat, die einen Mordprozess in eine Möglichkeit verwandelt hat, das Leben ihres Mannes zu retten – um sich selbst all das Geld zu sichern, das er verloren hätte. Was ich getan hätte, wenn man sie eines Mordes für schuldig befunden hätte, den es nie gegeben hat? Ich hätte gewartet.»

«Gewartet? Worauf?»

«Gewartet, um zu sehen, wie lange sie gebraucht hätte, die Wahrheit zu sagen und sich gegen ihn zu wenden, um ihre eigene Haut zu retten. Gewartet, um zu sehen, wie groß ihre Angst vor ihm war und dem, was er vielleicht tun würde. Gewartet, um zu sehen, ob er versuchen würde, sie umbringen zu lassen. Auf irgendetwas gewartet, das mir genügend Stoff geliefert hätte, ihn anzuklagen.»

«Aber Sie haben mir immer noch nicht erzählt, weshalb Sie den Prozess weiterlaufen ließen, nachdem Sie den Beweis hatten, dass St. James noch am Leben war. Sie wurde nicht verurteilt, falls es das war, worauf Sie warteten – sie ist frei!»

Taylor lächelte. «Frei, weil sie einen fabelhaften Anwalt hatte. Das muss es bedeutet haben, wovor ich Sie zu warnen versuchte, als ich zum ersten Mal bei Ihnen war. Als St. James sagte, meinte er damit genau das: Engagiert Morrison als Verteidiger. Er wusste, was Sie erreichen können. Aus diesem Grund hat er Sie zu diesem Wochenendtörn eingeladen: um sicher zu sein, dass Sie tatsächlich so gut sind, wie man ihm gesagt hatte, und damit Danielle dafür sorgen konnte, dass Sie ein mehr als williger Helfer sein würden, wenn die Zeit gekommen war.»

«Warum?», fragte Morrison, jetzt schon weniger energisch. «Warum haben Sie dem Ganzen nicht ein Ende gemacht, als Sie noch konnten? Warum haben Sie den Prozess weiterlaufen lassen?»

«Weil es unsere einzige Chance ist, ihn zu schnappen. Wenn er glaubt, dass jeder ihn für tot hält, wenn er glaubt, dass wir nicht mehr nach ihm suchen, werden sie zurückkommen, um sich um irgendwelche unerledigten Angelegenheiten zu kümmern. Er wird zurückkommen – die *Black Rose* wird ihn zurückbringen –, damit er sich um Sie kümmern kann!»

«Aber ich habe doch gar nicht gewusst, dass er noch lebt, bis Sie es mir sagten.»

«Diese Leute dürfen das Risiko nicht eingehen, dass Sie sich vielleicht an etwas erinnern, was Danielle gesagt hat, etwas, das sie vielleicht selbst nicht mehr weiß, etwas, das Sie daran zweifeln lassen könnte, ob er wirklich tot ist.»

Taylor warf Morrison einen Blick zu, in dem die Tragik dessen lag, was geschehen war. Er bewegte die Hand zur Vorderkante des Schreibtischs, als streckte er sie aus, um zu helfen.

«Und selbst wenn sie darin kein Risiko sähen, müssten sie sich dennoch Sorgen darum machen, dass Sie – nach allem, was zwischen Ihnen und Danielle passiert ist – auf die Idee kämen, nach ihr zu suchen.»

Taylor stand auf, um zu gehen. Er stellte sich hinter den Besucherstuhl, legte die Hände auf die Rückenlehne und starrte Morrison düster an. «Ich weiß nicht, was sie dazu brachte, sich auf dieses Spiel einzulassen und sich diesen Gefahren auszusetzen. Doch Sie würden einen fatalen Fehler begehen, wenn Sie glaubten, sie hätte nicht genau gewusst, was sie da tat. Sie hat ihn seines Geldes wegen geheiratet – was verrät Ihnen das darüber, was für eine Art Frau sie ist? Haben Sie ihr wirklich geglaubt, dass sie keine Ahnung von den Machenschaften ihres Mannes hatte? Dazu ist sie zu intelligent, viel zu gewieft. Bei jedem Besucher, der auf die Yacht kam, bei jeder Besprechung zwischen St. James und seinen Geschäftspartnern war sie da, um die Leute zu begrüßen. Sie haben beide kennen gelernt: Wen von beiden hielten Sie für schlauer? Soviel ich weiß, war der Plan, St. James' Tod vorzutäuschen, ihre Idee. Alles, was ich mit Sicherheit sagen kann, ist, dass Sie jetzt derjenige sind, der sich in Gefahr befindet. Und dass ich der Mann bin, der Sie in diese Lage gebracht hat. Aber ich fürchte, ich kann nur eins tun, um Ihnen zu helfen: Ich muss Ihnen sagen, was ich weiß.»

Morrison hatte sich alles angehört, was Taylor gesagt hatte, und sich auf jedes Wort konzentriert. Er hatte Taylors Gesicht gemustert, ihm in die Augen geblickt, jede Geste gespannt beobachtet, jede kleine Veränderung des Ausdrucks, um herauszufinden, ob es da etwas gab, was er ihm nicht erzählt hatte, etwas, was er ihm vorenthielt. Doch da war nichts, überhaupt nichts – aber er konnte immer noch nicht glauben, dass Taylor Recht hatte, was Danielle betraf.

«Vielleicht wurde sie dazu gezwungen, vielleicht hat sie ...» Doch der Satz erstarb ihm auf den Lippen. Den Blick immer noch auf Taylor gerichtet, griff er zum Telefon, wählte die Nummer des Mark Hopkins Hotel und bat, mit Mrs. St. James' Zimmer verbunden zu werden. «Vielen Dank», erwiderte er nach einer Weile und legte den Hörer auf. «Sie hatten Recht», sagte er leise und tonlos. «Sie hat das Hotel heute Morgen verlassen. Sie ist abgereist.»

Etwas zerbrach in Andrew Morrison, als er dort saß und sich anhören musste, wie Jack Taylor ihm erklärte, dass alles, woran er geglaubt hatte, eine Lüge gewesen sei. Er hatte fast wie ein Mönch im Kloster gelebt, immer bemüht, sich zu einem besseren Anwalt zu entwickeln. Und dann war Danielle gekommen und hatte ihm gezeigt, was wahre Vollkommenheit ist.

Noch lange, nachdem Taylor gegangen war, saß er an seinem Schreibtisch und erinnerte sich an die Zeit mit Danielle. Sie hatte ihn zum Narren gehalten, ihn ohne sein Wissen zum Komplizen gemacht. Es spielte keine Rolle, warum sie es getan hatte. Morrison war verraten worden. Und jetzt befanden sie sich da draußen, sie und ihr Mann, saßen an Deck der *Black Rose* und lachten über das, was sie ihm angetan hatten, und schmiedeten Pläne, was sie ihm als Nächstes antun würden.

Zuerst wusste Morrison nicht, was er unternehmen sollte – nur eins: dass er auf keinen Fall wieder als Anwalt tätig sein konnte.

Er schrieb einen Brief, in dem er mit einer nur vagen Erklärung seinen Rücktritt aus der Anwaltsfirma begründete. Zugleich bereitete er alle seine anhängigen Fälle so auf, dass ein Kollege sie übernehmen konnte. Und dann, am letzten Wochenende, bevor er für immer verschwand, begann er damit, eine Art Tagebuch zu führen und alles aufzuschreiben, was ihm widerfahren war. Es war in gewisser Weise eine letzte Verfügung, ein Bericht – ein brutal ehrlicher Bericht – über das, was man ihm angetan hatte und was er dagegen zu unternehmen gedachte. Vielleicht geschah dies aus der gewohnten Präzision heraus. Vielleicht brauchte er diese selbst auferlegte Disziplin, um seine geistige Gesundheit zu erhalten.

Oder vielleicht war ihm auch bewusst, dass ihm nicht mehr so viel Zeit zum Leben blieb.

19

Der Fahrer zeigte auf den Straßenrand. «Hier wurde Falcone umgebracht, hier hat die Mafia seinen Wagen in die Luft gejagt. Das war der Moment, in dem sich alles zu verändern begann, nachdem sie den Richter getötet hatten, der Augenblick, in dem alle genug hatten.» Die Mütze tief in die Stirn gezogen, warf der Fahrer einen Blick in den Rückspiegel. «Falcone», wiederholte er voller Respekt. «Der hatte keine Angst.»

Morrison beobachtete durch das Seitenfenster, wie der schwarze Mercedes durch einen dunklen Tunnel glitt und auf der anderen Seite auf einer Autobahn weiterfuhr, die nahe der Küstenlinie verlief. Der Monte Pellegrino ragte senkrecht auf wie der Felsen von Gibraltar und bewachte die Küste und das schmale fruchtbare Tal, das sich landeinwärts schlängelte. Morrison stellte sich vor, welchen Eindruck das Land auf die ersten in der lange Reihe von Eroberern gemacht haben musste, die Sizilien hatten unterwerfen wollen. Diese Landschaft war der ewige unveränderte Hintergrund aller Gewalttätigkeiten, die es gegeben hatte, all der erzwungenen Belastungen, der Macht- und Religionswechsel, die Griechen, Römer, Araber und Normannen mitbrachten – die atemberaubende Schönheit des Landes, einer Insel in unmittelbarer Nähe Italiens und mitten im Meer gelegen. Und jetzt, tausend Jahre nach Ankunft der Normannen, tausend Jahre nachdem arabische Arbeiter in Monreale eine der größten Kathedralen der Christenheit erbaut hatten, war diese Landschaft mit einigen der hässlichsten Bauten verschandelt, die Morrison je gesehen hatte, fünf- und sechsstöckigen Wohnhäusern aus billigstem Beton.

«Mafia», erklärte der Fahrer, der das Wort fast ausspie. «In den siebziger Jahren entschloss sich die Regierung, Geld für den Wohnungsbau auszugeben. Die Aufträge gingen alle an Unternehmen, die von der Mafia kontrolliert wurden, weil die Mafia die Regierung beherrschte. Alle wurden reich, die Mafia und die von ihr geschmierten Politiker ... Falcone – der machte dem ein Ende oder versuchte es zumindest, mit dem Ergebnis, dass sie ihn umbrachten. Aber wissen Sie was? Sein Beispiel konnten sie nicht töten.» Der Fahrer sah Morrison im Rückspiegel an. «Sie sind Amerikaner, oder? Sind Sie schon mal hier gewesen?»

«Nein, es ist meine erste Reise.»

«Geschäftlich oder Urlaub?»

«Eigentlich weder das eine noch das andere. Ich bin einfach nur hier», erwiderte Morrison und starrte aus dem Fenster.

Der Wagen verließ die Autobahn und bog in eine vielbefahrene Straße ein. Je näher sie der Innenstadt kamen, umso zäher wurde der Verkehr. Ständig hupte der Fahrer und stieß leise Flüche aus, bis er schließlich zwanzig Minuten und ein paar Kilometer später durch das geöffnete Tor des Hotels Villa Igiea fuhr.

«Ein großartiges Hotel», bemerkte er und nickte anerkennend. «Das beste, das wir haben. Sie haben in Amerika davon gehört? Hat es Ihnen jemand empfohlen?», fragte er.

«Es gibt eine Marina gleich hinter dem Hotel, nicht wahr?», wollte Morrison wissen. Er bezahlte den Fahrer und nahm seine Reisetasche. «Ein paar Bekannte von mir haben dort ihr Boot liegen.»

Das Hotel Villa Igiea sah aus wie ein maurisches Schloss: mit seinen dicken sandfarbenen Mauern und dem zinnengeschmückten Flachdach. Das Hotel war als Strandvilla für die Tochter eines italienischen Adligen erbaut worden, in der Hoffnung, die Meeresluft werde sich für ihre chronisch schlechte Gesundheit als heilsam erweisen, nachdem kein Arzt ihr hatte helfen können. Ob ihre Gesundheit sich hier besserte oder ob sie einen frühen Tod erlitt, lag wie der größte Teil der sizilianischen Geschichte hinter einem Schleier des Vergessens verborgen und war damit sowohl für Deutungen als auch Zweifel offen. Doch irgendwann um die Jahrhundertwende hatte man die Villa in ein Hotel verwandelt, das zu einem bevorzugten Treffpunkt für die Angehörigen europäischer Königshäuser geworden war, wie die zahlreichen Fotos auf den langen Korridoren festhielten. Alle waren sie hierher gekommen, um die Sonne zu genießen, ohne einen Gedanken daran zu verschwenden, wie nahe sie dem Armageddon waren. Der Erste Weltkrieg fegte viele von ihnen von ihren Thronen, darunter den deutschen Kaiser Wilhelm II. und den russischen Zaren Nikolaus, und veränderte so die Bedingungen, unter denen ihre früheren Untertanen ihr Leben verbrachten.

Als Morrison sich auf den Weg zu seinem Zimmer im dritten Stock machte, achtete er nicht weiter auf die einst berühmten Gesichter. Seine Gedanken waren zu sehr auf die eigene Vergangenheit konzentriert und auf das, was er nach Monaten der Seelenqual, als er sich ziellos von Ort zu Ort treiben ließ, hier dagegen unternehmen wollte. Er hatte von Anfang an gewusst, von dem Tag an, als Taylor ihm die Wahrheit über Danielle und ihren Mann offenbart hatte, dass er sich irgendwie Gerechtigkeit verschaffen musste. Doch zunächst musste er seinen Schmerz überwinden, bevor er Pläne schmieden konnte. Danielle hatte ihm alles genommen. Nichts konnte daran etwas ändern. Damit würde er für den Rest seiner Tage leben müssen. Doch Danielle würde ebenfalls damit leben müssen – nicht mit dem, was *sie* Morrison angetan hatte, sondern mit dem, was *er* ihr antun würde.

Der Hoteldiener zog die Vorhänge auf und schob die hölzernen Fensterläden in die Arretierung. «Eins unserer schönsten Zimmer», sagte er stolz. Er zeigte aus dem Fenster auf die von Palmen gesäumten Gärten und die gleich dahinter liegende Marina.

Morrison deutete auf die Yacht, die ein paar hundert Meter außerhalb der Marina in offenen Gewässern vor Anker lag. «Haben Sie diese Yacht schon mal gesehen?»

«Die *Black Rose?* Ja, die kommt oft hierher. Der Eigner unterhält eine Suite hier im Hotel.»

Morrison gab ihm ein Trinkgeld, das höher war als auf Sizilien üblich.

«Unterhält eine Suite? Sie meinen: ständig, ob er nun hier ist oder nicht?»

«Ja, ständig. Signor Orsini ist ...»

«Orsini? Ist das der Name des Eigners?» Morrison blickte aus dem Fenster auf die *Black Rose,* die leuchtend weiß in der heißen sizilianischen Sonne vor Anker lag. Er konnte mehrere Menschen sehen, wahrscheinlich alles Mitglieder der Besatzung. Er blickte über die Schulter. «Seine Frau – eine jüngere Frau, ziemlich schön?»

Der Mann nickte.

«Orsini. Ja, ich glaube, ich bin ihnen schon mal begegnet.»

Der Hoteldiener verließ das Zimmer. Morrison zog die Schuhe aus und warf sein Jackett über einen Stuhl. In seiner Reisetasche wühlte er nach dem kleinen Fernglas, das er mitgebracht hatte. Gegen die tiefe Fensterfüllung gelehnt, korrigierte er die Einstellung, bis er jeden, der sich auf das Deck der Yacht begab, klar erkennen konnte. Von Zeit zu Zeit legte er das Fernglas auf die Fensterbank und blickte auf den Hof hinunter. Allmählich füllten sich die Tische mit Menschen, die im Freien etwas trinken wollten. Während er dem melodiösen Klang der italienischen Stimmen lauschte, fühlte Morrison sich auf behagliche Weise fremd. Er war an einen Ort gekommen, den er nicht kannte, umgeben von einer Sprache, die er nicht beherrschte, aber dennoch genoss er die Atmosphäre, als trüge die mit Wohlgerüchen gesättigte sizilianische Luft ein Racheversprechen.

Er blickte wieder durch das Fernglas, konnte aber weder Danielle noch St. James entdecken. Er wusste, dass sie da waren, wenn nicht auf der Yacht, dann irgendwo in der Nähe. Die *Black Rose* war jetzt das einzige Zuhause, das sie hatten. Die Wohnung in New York, die anderen Häuser und Wohnsitze hatte Danielle sämtlich verkauft und dann das Land verlassen. Den Gerüchten zufolge, die unter einigen ihrer früheren Freunde kursierten, war sie nach Europa gereist, um näher bei ihrem Sohn zu sein.

Morrison lag voll angekleidet auf dem Bett, starrte an die Decke und wartete darauf, dass die Zeit verging. Er war erschöpfter, als er geglaubt hatte, und schloss die Augen, um einen Moment auszuruhen.

Es war beinahe stockdunkel, als er mit einem Ruck aufwachte. Er sprang vom Bett auf und eilte ans Fenster. Die *Black Rose* war immer noch da, eine dunkle Silhouette vor dem nächtlichen Himmel, beleuchtet allein von den Positionslichtern in Deckhöhe. Morrison blickte auf seine Armbanduhr. Es war fast neun Uhr. Wenn sie nicht auf der Yacht zu Abend aßen, befanden sie sich unten im Hotel.

Er duschte und rasierte sich, zog einen dunklen Anzug und Krawatte an und fuhr mit dem Fahrstuhl hinunter zum Erdgeschoss. Der Oberkellner begrüßte ihn mit Zuvorkommenheit im Speisesaal des Hotels, der die Größe eines Ballsaals hatte. Der Parkettfußboden glänzte im Schein der Kronleuchter, und mehrere Paare bewegten sich in einem langsamen Tanz zu den Klängen des Konzertflügels. Morrison wurde ein kleiner Tisch neben den Fenstern zum Hof angewiesen, hinter dem das mondbeschienene Meer lag.

Er bestellte ein Glas Wein und begann sich in dem gut besuchten Saal umzusehen. Er ließ den Blick von einem Tisch zum nächsten wandern. Er sah sie nicht. Und dann plötzlich, während einer Pause der Musik, wurde die Tanzfläche frei, und er entdeckte sie. Nelson St. James und seine Frau saßen mit einem halben Dutzend anderer Leute zu Tisch und speisten. Sie bemerkten Morrison erst, als er direkt vor ihnen stand.

Er blickte St. James offen an. «Ich frage mich, ob Sie etwas dagegen hätten, wenn ich mit Ihrer Frau tanze.»

St. James blickte hoch. Das Lächeln auf seinen Lippen erstarb. Doch dann, bevor es jemand bemerken konnte, zwang er es zurück. Er tat, als wäre Morrisons plötzliches Auftauchen eine willkommene Überraschung. Mit einer einladenden Handbewegung und in einem Tonfall von ausgesuchter Höflichkeit sagte er: «Ich möchte Ihnen Andrew Morrison vorstellen, einen begabten amerikanischen Anwalt und alten Freund meiner Frau.»

St. James blickte ans Tischende, wo Danielle saß. Sie starrte Morrison an, als sähe sie sich einem Geist gegenüber. Während die anderen die Szene beobachteten und sich fragten, was dieser sprachlose Blick zu bedeuten hatte, stand St. James auf und schüttelte Morrison die Hand.

«Sie hätten uns Bescheid geben sollen, dass Sie kommen. Wohnen Sie hier im Hotel? Wir haben viel Platz auf der *Black Rose,* falls Sie gern an Bord …»

«Ich würde gern tanzen.» Danielle war aufgestanden und um den Tisch herumgegangen. Sie stand direkt vor Morrison.

Dieser sah mit einem seltsamen Lächeln weiterhin St. James an. «Schön, dass Sie sich offenbar so guter Gesundheit erfreuen! Eine Zeit lang haben einige von uns sich Sorgen um Sie gemacht.»

Dann nahm Morrison Danielle bei der Hand und führte sie auf die Tanzfläche. Um sie herum war der Lärm von Stimmen und

Musik. Sein Herz pochte heftig, und das Blut pulsierte in seinen Adern. Er hatte genau das getan, was er erhofft, woran er Monate gedacht hatte: Er hatte St. James offen in die Augen geblickt und ihm gesagt, dass sein Geheimnis kein Geheimnis mehr war. Aber konnte er auch Danielle auf diese Weise entgegentreten? Ihre Nähe, ihr Duft, als er sie in seinen Armen hielt, brachten Erinnerungen zurück, die er längst vergessen geglaubt hatte. Er versuchte sich daran zu erinnern, was sie ihm angetan hatte, und an den Grund seines Hierseins.

Morrison hatte sich jedes einzelne Wort zurechtgelegt, das er sagen wollte. Er hatte die Situation Dutzende von Malen im Geist durchgespielt, jedes Detail vor Augen gehabt: den Ausdruck auf ihrem Gesicht, als ihr aufging, dass ihr falsches Spiel nicht raffiniert genug gewesen war und er Bescheid wusste und sie für ihren Betrug bezahlen lassen würde. Seine Hände waren kalt und feucht und seine Kehle trocken. Und dann, bevor er seine immer wieder geprobte Anklagerede ansetzen konnte, flüsterte Danielle ihm ins Ohr, dass es überhaupt keine Lüge gewesen sei, dass sie die Wahrheit gesagt habe, nämlich dass sie ihn tatsächlich liebe.

«Du hättest aber nicht herkommen sollen. Du hättest mir mehr Zeit lassen müssen. Ich musste tun, was ich getan habe. Er hätte mich umgebracht, wenn ich es nicht getan hätte.» Ihr Blick eilte über die Tanzfläche zum Tisch hin. St. James, der vorgab, in eine Unterhaltung vertieft zu sein, ließ sie nicht aus den Augen. «Wie hast du uns gefunden? Na ja, egal. Jetzt bist du hier. Aber dir ist klar, was er tun wird, jetzt wo er weiß, dass du die Wahrheit kennst?»

Morrison sah, dass Jack Taylor Recht gehabt hatte: Danielle hatte schon immer gewusst, in was für Geschäfte ihr Mann verwickelt war. Oder war sie etwa das Risiko einer Verurteilung wegen eines nicht begangenen Mordes eingegangen, weil er sie sonst getötet hätte? Er fragte sich, ob sie wirklich so verwundbar war, wie sie zu sein schien, oder ob es nur neues Theater war, der Beginn einer neuen Verführung, um ihn davon abzuhalten, die Wahrheit herauszufinden.

«Glaubst du wirklich, dass er das tun würde? Dass er auch mich umbringen ließe, so wie er es mit euren Freunden gemacht hat, mit Wendell Clark und seiner Frau, und dann auch mit Oliver?»

Danielle senkte den Blick. «Ich weiß nicht, was er getan hat. Ich weiß nur, wozu er fähig ist.» Sie riss die Augen auf. «Glaubst du etwa, dass ich …?»

Morrison packte sie am Handgelenk und führte sie über die Tanzfläche zurück an den Tisch. Er zog einen leeren Stuhl von einem Nachbartisch heran und stellte ihn dicht neben St. James.

«Wollen Sie sich nicht zu uns setzen?», fragte dieser.

«Nur eine Minute.» Morrison musterte die anderen Gäste am Tisch. Die Männer schienen aus dem Nahen Osten zu kommen, die Frau war blond und gut gekleidet.

«Ich habe gar nicht gewusst, dass es auf Sizilien Öl gibt», bemerkte er an St. James gewandt.

«Gibt es auch nicht, aber Palermo ist eine gute Stadt, um darüber zu sprechen. Es hat mir immer gut gefallen. Die Landschaft ist wunderschön und die Luft belebend. Hauptsächlich mag ich die Stadt aber, weil die Sizilianer Geheimnisse so gut für sich behalten können, dass sie die Wahrheit immer mit Argwohn betrachten. Aber sagen Sie mir, was hat Sie hierher geführt?»

«Ich bin dabei, ein Buch zu schreiben. Ich bin hier hergekommen, um Material zu sammeln.»

Ein Ägypter mittleren Alters mit tiefliegenden Augen und einem dünnen Lächeln beugte sich vor. «Einen Roman, Mr. Morrison? Ich könnte Ihnen ein paar Geschichten erzählen, die …»

St. James schnitt ihm das Wort ab. «Ja, was denn für eine Art

Buch, Mr. Morrison? Ich gehe jede Wette ein, dass es etwas mit Ihrem Prozess zu tun hat, nicht wahr? Das machen viele Anwälte so, oder? Dass sie versuchen, einen Roman über etwas zu schreiben, was sie getan haben?»

Morrison wandte sich an den Ägypter. «Keinen Roman, fürchte ich. Dazu ist die Geschichte zu unglaubhaft. Es geht um einen Prozess, den ich geführt habe, einen Mordprozess, in dem das Opfer nicht wirklich tot ist, einen Mordprozess, in dem die Angeklagte jeden anlügt, einschließlich ihres eigenen Verteidigers.» Morrisons Blick wanderte von dem Ägypter weiter zu Danielle. «Ich fing am Tag nach der Urteilsverkündung zu schreiben an, einen Tag nachdem die Geschworenen die Angeklagte freigesprochen hatten und sie verschwand.» Er verstummte kurz und fuhr dann fort: «Das Buch ist fast fertig: Es ist alles da – bis auf die letzten paar Kapitel.» Er hob den Blick und sah St. James an. «Es ist alles getippt und in dem Bankschließfach verwahrt, in dem alle meine Wertpapiere liegen – mein Testament zum Beispiel. Und der Schlüssel ist in den Händen von jemandem, der dafür sorgen wird, dass das Buch veröffentlicht wird, wenn mir etwas passieren sollte und ich es nicht selbst zu Ende bringen kann.»

St. James lächelte den Ägypter an. «Wie jeder große Anwalt hat Mr. Morrison immer versucht vorwegzunehmen, was die Gegenseite tun wird … Ich frage mich aber», fuhr er mit einem Lachen in der Stimme fort, «ob Mr. Morrison die Vorzüge einer Verzögerung bedacht hat.»

«Verzögerung?», fragte Danielle.

«Ja, Verzögerung. Sind nicht oft die besten Bücher diejenigen, um die der Autor jahrelang gekämpft hat? Heute haben die Leute es alle viel zu eilig und sind nur daran interessiert, berühmt zu werden. Aber ich glaube nicht, dass es das ist, was Sie wollen, oder, Mr. Morrison? Ich habe den Verdacht, dass das, was Sie wirklich wollen, eine korrekte Darstellung ist. Sie wollen sicherstellen, dass die Geschichte stimmt, dass Sie in Ihrem Eifer, alles zu erzählen, was Sie wissen, nichts Wesentliches ausgelassen haben. Vielleicht können wir das bei anderer Gelegenheit weiterdiskutieren – sagen wir morgen beim Lunch? Es wird Sie vielleicht überraschen, aber ich interessiere mich schon lange für die Frage, was Wahrheit ist und wie man sie am besten erzählt. Natürlich bin ich selbst kein Schriftsteller, aber wenn ich es wäre, würde ich wohl niemanden wissen lassen, was ich vorhabe, aus Angst, die Leute würden mir nicht alles sagen, was sie wissen. Vielleicht ist das der Grund, weshalb einige der interessantesten Bücher, die ich je gelesen habe, erst posthum veröffentlicht wurden, lange nach dem Tod des Autors.»

20

Die Motorbarkasse wartete unterhalb der Treppe hinter der Villa Igiea. Die glühende Mittagssonne hatte das Meer schmelzen lassen und in einen glatten, metallischen Spiegel verwandelt, der das Licht unerträglich machte. Die Luft war schwer und Unheil verkündend; der Horizont verschwand in einem stickigen Dunst. Überall waren Boote zu sehen, die Marina war voll davon, doch nirgends bewegte sich etwas. Man hätte meinen können, die Boote wären alle verlassen worden, ihre Eigner an sicherere Orte geflüchtet, aus Angst, dass das Meer vielleicht Feuer fing. Die Bucht war stumm und still wie der Tod. Der einzige Laut kam von dem gedämpften Tuckern des Motors, als die Barkasse das Wasser durchschnitt und auf die *Black Rose* zuhielt.

Morrison setzte seine Sonnenbrille auf und lehnte sich zurück.

St. James wartete auf ihn, als er die drei Stufen der Gangway der *Black Rose* hinaufkletterte.

«Heiß heute», bemerkte St. James mit einer Grimasse. Er reichte Morrison ein Glas Eistee.

St. James trug ein kurzärmeliges Hemd und Shorts. Seine Sandalen machten ein knirschendes Geräusch, als er vor Morrison über das Deck ging und dann eine Treppe zu einem Oberdeck hinaufstieg, wo unter einer dunkelblauen Markise ein Tisch zum Lunch gedeckt worden war. Es gab nur zwei Stühle.

«Danielle wird nicht dazukommen», sagte St. James und wies Morrison seinen Platz an. Für die Abwesenheit Danielles gab es keine Erklärung und keine Entschuldigung. Nur der Ausdruck in St. James' Augen ließ erkennen, dass es sich hier um eine rein geschäftliche Angelegenheit handelte, die nur sie beide etwas anging. «Später vielleicht», fügte er vage hinzu.

Ein weißlivrierter Kellner hielt sich unauffällig in ihrer Nähe. In dem Moment, in dem St. James nach seinem Stuhl griff, war er zur Stelle und zog ihn hervor. St. James machte eine Bemerkung auf Arabisch zu ihm. Der Kellner sah Morrison an.

«Würden Sie gern etwas trinken – ich meine, außer dem Eistee? Was Sie wollen. Wir haben alles an Bord.»

«Nein, vielen Dank. Eistee ist in Ordnung.»

Mit ein paar weiteren Worten auf Arabisch entließ St. James den Kellner. «Ich habe mir gedacht, dass wir uns vor dem Essen ein wenig unterhalten könnten. Es sei denn, natürlich, Sie haben großen Hunger, dann können wir ...» Seine Stimme verebbte. Er blickte auf seine Hände hinunter, die er gefaltet auf dem Schoß hielt. Ein dünnes Lächeln zeigte sich auf seinem breiten, unregelmäßigen Mund. Es schien, als lachte er über irgendeinen Witz, der nur für ihn einen Sinn ergab.

«Sagen Sie mir», sagte er mit einem forschenden Blick, «warum genau sind Sie hergekommen? Woher wussten Sie, wo Sie mich finden können?» Er schüttelte den Kopf und stützte sich mit beiden Händen auf den Tisch. «Vielmehr, woher wussten Sie, dass ich noch lebe? Hat Danielle eine Bemerkung in die Richtung gemacht, hat sie sich vielleicht verplappert? Irgendetwas muss Sie doch zu der Vermutung gebracht haben, dass sie Ihnen vielleicht nicht die ganze Wahrheit über das erzählt hat, was passiert war? Vielleicht ist ihr was entschlüpft, als Sie beide im Bett lagen?»

Sein übereifriger Gesichtsausdruck, die Art und Weise, wie seine eigenen Worte, kaum hatte er sie ausgesprochen, ihn zu erregen schienen, ließen Morrison erkennen, dass St. James nur ins Blaue hinein Verdächtigungen äußerte und in Wirklichkeit keine Ahnung hatte, was zwischen ihm und Danielle passiert war.

«Hat Danielle Ihnen das erzählt?», fragte er bemüht gleichgültig und nippte an seinem Eistee. «Dass wir miteinander geschlafen hätten?» Morrison wartete einen Moment, weil er St. James Zeit lassen wollte nachzuhaken. Doch St. James erwiderte nichts.

Morrison nahm einen weiteren Schluck Eistee. «Es lag nicht an dem, was sie sagte. Es lag daran, was sie tat.»

«Was sie tat?»

«Ihr Verschwinden einen Tag nach Prozessende ... Wir waren abends zum Essen verabredet. Stattdessen verließ sie ihr Hotel am frühen Morgen und machte sich nicht einmal die Mühe anzurufen. Ich habe mich immerzu gefragt, warum sie das getan hat, warum sie es so eilig hatte, wegzukommen. Erst dachte ich, vielleicht wäre ihrem Sohn etwas zugestoßen und dass sie nach New York hatte zurückfliegen müssen. Ich habe Freunde in New York, die ich bat, sich zu erkundigen.»

«Und Sie fanden heraus, dass er in der Schweiz ein Internat besucht. Ja, ich verstehe. Aber das erklärt nicht wirklich etwas, oder doch, Mr. Morrison?», beharrte er. «Danielle war mit Ihnen zum Dinner verabredet, und stattdessen verließ sie die Stadt. Wie sind Sie darüber auf die Idee gekommen, dass ich nicht tot war? Sie hatte eine schreckliche Zeit hinter sich, einen Prozess wegen Mordes, und obwohl man sie freigesprochen hatte, waren trotzdem noch alle davon überzeugt, dass sie es getan hatte. Warum hätte sie nicht von all diesen neugierigen Reportern wegkommen wollen? Warum hätte sie nicht an irgendeinen sicheren Ort verschwinden wollen? Nein, Mr. Morrison, das kann es nicht gewesen sein. Im Übrigen: Selbst wenn Sie zu dem Schluss gekommen wären, dass ich noch am Leben war, hätte Sie das niemals hierher nach Sizilien gebracht, halb um die ganze Erde. Von allein hätten Sie mich nicht finden können. Jemand hat Ihnen erzählt, dass ich am Leben bin und wo ich mich aufhalte – und so schwierig ist es nicht, sich vorzustellen, wer das war. Aber lassen Sie uns das bis auf weiteres vergessen. Tatsache ist, dass Sie mich gefunden haben. Mir ist nur nicht klar, warum Sie mich überhaupt gesucht haben. Was hoffen Sie zu erreichen? Was glauben Sie tun zu können? Oder vielleicht sollte ich fragen: Was, glauben Sie, kann ich für *Sie* tun?»

Morrison sagte kein Wort. Sein Gesicht war eine undurchdringliche Maske. In der atemlosen Stille des glühend heißen Nachmittags versuchten beide Männer zu erraten, was im Kopf des anderen vorging.

«Ja, Sie sind wütend. Und ich kann es Ihnen kaum verdenken», sagte St. James schließlich. «Aber wenn Sie ehrlich sind, welche Veranlassung haben Sie, so wütend zu sein – abgesehen natürlich von Ihrem verletzten Stolz?»

Er hatte mit einer solchen Gleichgültigkeit gesprochen, einer so zynischen Missachtung dessen, was Morrison in seinem ganzen Leben als Anwalt für heilig gehalten hatte – Ehrlichkeit und Integrität –, dass er sofort zu protestieren begann.

St. James tat es mit einer Handbewegung ab. «Niemand wurde verletzt, niemand getötet. Sie haben eine Frau verteidigt, die eines Verbrechens angeklagt war, das sie nicht begangen hat, und Sie haben gewonnen. Wollen Sie sich über das Ergebnis beschweren?» Er hatte eine Augenbraue hochgezogen, wie zum Lob dessen, was er für einen perfekten Plan gehalten hatte: Niemand war getötet, niemand verletzt worden und die ganze Welt zu der Annahme verleitet, er sei tot.

Morrison nahm seine Sonnenbrille ab und blickte St. James offen in die Augen. «Sie haben mich benutzt, Sie und Ihre Frau.»

St. James lachte. «Wir werden alle benutzt, Mr. Morrison. So ist die Welt nun mal!» Er musterte Morrison mit einem stillen, prüfenden Lächeln. «Und selbst wenn man Sie benutzt hätte – macht es Ihnen wirklich etwas aus?»

Er ließ die Frage in der Luft schweben, diese zweite Anspielung auf das, was Morrison und Danielle vielleicht getan hatten. Sollte Morrison doch sein Gewissen daraufhin überprüfen, inwieweit er ein allzu williges Opfer gewesen war.

«Ich wurde benutzt», beharrte Morrison. «Man hat mich angelogen und mir etwas erzählt, was nie passiert ist.»

«Sie sind Strafverteidiger, Mr. Morrison!», rief St. James aus. «Sie wollen mir doch nicht erzählen, dass Ihnen das noch nie passiert ist? Wie oft hat Sie schon jemand gebeten, seinen Fall zu übernehmen, weil er unschuldig sei und nur Sie ihn retten könnten? Wie oft haben Sie diesen Leuten geglaubt und sich in einen Zustand schierer Erschöpfung hineingearbeitet, weil Sie wussten, dass Sie sie als Einziger vor einem Leben im Gefängnis bewahren konnten? Und dann, nachdem Sie gewonnen haben, nachdem die Geschworenen die Leute freigesprochen haben, geht Ihnen auf, was Sie in Wahrheit von Anfang an wussten: dass die Leute schuldig waren und damit durchgekommen sind, mit einem Mord, nur weil Sie ihnen geholfen haben? Benutzt, Mr. Morrison? Ich glaube nicht. Danielle hat Ihnen gesagt, dass sie unschuldig ist, dass sie keinen Mord begangen hat, und das war die Wahrheit. Sie hat weder mich noch sonst jemanden ermordet. Sie haben getan, was Sie immer tun, Mr. Morrison – wofür man Ihnen obendrein eine hübsche Stange Geld gezahlt hat.»

Morrison veränderte seine Sitzhaltung und schlug die Beine übereinander. Er begann, mit dem Fuß zu wippen.

«Was hätten Sie getan, wenn man sie verurteilt hätte?»

St. James nickte und sagte: «Mit Ihnen als Anwalt war das auszuschließen.»

«Ich habe nicht immer gewonnen!»

«Wenn der Mandant unschuldig war, haben Sie noch nie verloren.»

«Die ganze Welt hält sie für schuldig.»

Was die ganze Welt dachte, interessierte St. James nicht im mindesten. «Es liegt an dem, was Sie mit Geschworenen machen können, Mr. Morrison», erklärte er schon leicht ungeduldig. «Sie haben gewonnen, genau so wie ich es von Ihnen erwartet habe. Die Frage, was hätte passieren können, hat mich noch nie interessiert.»

Er schnippte mit den Fingern, worauf wie aus dem Nichts der Kellner auftauchte. St. James befahl, das Essen aufzutragen.

Während der nächsten Stunde, in der ein Gang nach dem anderen serviert wurde, sprach St. James mit einer Offenheit, die Morrison zunächst überraschte und dann erstaunte. Es war, als hätte der öffentlichkeitsscheue Nelson St. James, der nicht nur seinen eigenen Tod inszeniert, sondern den Tod von mindestens drei anderen Menschen verursacht hatte, jetzt in Morrison einen Zuhörer gefunden, dem er vertrauen konnte. Morrison machte sich keine Illusionen darüber, was das bedeutete. Von dem Augenblick an, an dem er an Bord gekommen war, hatte er gewusst, dass St. James ihn unmöglich am Leben lassen würde.

St. James sprach in einem leisen, fast leiernden Tonfall über seine frühen Jahre, in denen er gerade anfing, ein junger Mann aus dem Mittelwesten, der in New York sein Glück machen wollte. Morrison nahm sich etwas von der Platte mit gegrilltem Schwertfisch und hörte aufmerksam zu.

«Ich habe Amerika früher geliebt, heute tue ich das nicht mehr. Meine Einstellung änderte sich, als ich anfing, Geld zu machen», sagte St. James, schob seinen Teller beiseite und lehnte sich zurück. Er begann, sich den linken Arm direkt über dem Ellbogen zu reiben.

«Arthritis. In der Schulter. Tut fast nicht mehr weh, wenn ich nicht daran denke.»

Er sah Morrison an. «Nichts tut wirklich weh, solange man den Schmerz nicht zulässt … Als ich anfing, Geld zu verdienen», wiederholte er dann mit langsamer Präzision, «spielte es keine Rolle, wie man es anstellte – wichtig war nur, dass man es hatte und immer mehr machte. In der Wall Street wurde mir sehr schnell bewusst, dass Geld der einzige Maßstab ist und sich nur Dummköpfe um die Einhaltung irgendwelcher Vorschriften Gedanken machen. Diese Leute manipulierten die Märkte, machten Milliarden dabei und hielten sich für schlaue Investoren und nicht für Diebe. Ich erkannte, was aus Amerika geworden war – ein System organisierten Diebstahls.» St. James beugte sich vor. Seine Augen sprühten bei der Erinnerung an das Wissen, das er mit dem Verlust seiner Illusionen erkauft hatte. «Das war der Moment, in dem ich mich entschloss, sie in ihrem eigenen Spiel zu schlagen. Und ich wusste, dass ich es konnte, weil von den anderen keiner wusste, was er tat. Diese Leute hatten keinerlei Selbsterkenntnis, wenn man so will. Sie taten einfach, was alle taten: Bogen die Vorschriften ein bisschen zurecht, verstießen gelegentlich vielleicht sogar dagegen. Die Vorschriften waren nicht wirklich wichtig, technisches Zeug, Vorschriften über Insiderhandel, solche Dinge. Wenn man erwischt wurde, bekam man vielleicht ein Bußgeld – in seltenen Fällen konnte man auch für ein Jahr oder so ins Gefängnis wandern –, aber meist waren es Kavaliersdelikte und nicht Dinge, wie sie wirkliche Verbrecher tun – Mörder, Vergewaltiger und Diebe. Ja, Diebe … Sie konnten Milliarden stehlen, Tausende von Leuten um ihre Ersparnisse bringen, aber das stellte sie trotzdem nicht auf die gleiche Stufe mit einem Straßenräuber, der einer alten Frau die Handtasche wegreißt und mit fünfzig Dollar wegrennt. Solche Leute landen im Gefängnis. Doch wenn einer Millionen stiehlt, braucht er nur ‹Pardon› zu sagen und zu versprechen, dass er sich in Zukunft an die Vorschriften hält!»

St. James starrte an Morrison vorbei auf das kupferfarbene Meer. Seine Augen blickten ernst und distanziert.

«Es war einfach Heuchelei, nichts weiter. Sie hielten sich aber selbst für tugendhaft, für das Rückgrat der Gesellschaft, für die Klasse, die alles zusammenhält. Ohne sie könnten die Märkte nicht funktionieren, die Wirtschaft nicht existieren, ohne sie würde das Land jeden Einfluss in der Welt verlieren. Patriotismus ist die letzte Zuflucht von Halunken, Mr. Morrison, und die erste Zuflucht der Reichen. Sie brauchten ein Land, das sie zu Helden erkor, das ihnen Respekt erwies. Ich brauchte kein Land, Mr. Morrison. Ich erschuf mir eins.»

Morrison konnte seine Ungläubigkeit nicht verbergen. St. James legte die Fingerspitzen aneinander und lächelte.

«Sie machen ein zweifelndes Gesicht, Mr. Morrison. Bedenken Sie eins: Die von mir kontrollierten Unternehmen produzieren mehr als das Bruttosozialprodukt der Hälfte aller Länder der Welt. Und zwar genau so, wie diese Wall-Street-Patrioten ihren Unternehmensreichtum dazu benutzen, das zu kontrollieren, was in Washington geschieht …»

St. James lachte leise und blickte zum Mast hoch. «Und wir haben sogar eine Flagge, eine Flagge, die überall hinreisen kann. Es ist das einzige Land, das sich über die sieben Weltmeere bewegt, das einzige Land, das drei Viertel des Globus bedeckt. Das ist es doch, worüber heute jeder spricht: die Globalisierung der Weltwirtschaft und dass sich jedes Land dem anpassen muss! Jemand muss sie leiten. Wer soll das wohl tun? Was meinen Sie? Amerika, das Land, das der Rest der Welt zu hassen gelernt hat? Die Vereinten Nationen, die jedes Land, ob groß oder klein, für gleichberechtigt mit allen anderen halten? Oder eine Organisation, die entscheiden kann, was getan wird, und auch weiß, *wie* es zu tun ist?»

«Eine Organisation wie die *Black Rose,* die Regierungen, die ihr nicht gefallen, einfach beseitigt?», fragte Morrison in einem plötzlichen Ausbruch von Wut. «Eine Schattenregierung, die mit ehemaligen Spitzenpolitikern zusammenarbeitet, Leuten, die bei anderen Regierungen Einfluss haben, eine Verschwörung – oder vielmehr zwei Verschwörungen –, eine Art Doppelhelix, in der alles, Geld, Macht, Einfluss, durch Sie hindurchläuft? Die *Black Rose* ist keine neue Art von Land, sie ist ein Piratenschiff – ohne Loyalität gegenüber irgendjemandem oder -etwas, unter dem Kommando eines zweitklassigen Tyrannen, der jeden umbringt, der sich ihm in den Weg stellt!»

St. James schlug mit beiden Fäusten auf den Tisch und sprang auf. Seine Lippen zitterten, und seine Augen funkelten vor Zorn. Er riss den Kopf zur Seite und brüllte in Richtung des livrierten Kellners: «Sagen Sie Mustafa, dass es Zeit ist auszulaufen!»

Er schob seinen Stuhl wieder an den Tisch. «Wir haben uns die Freiheit genommen, Ihre Sachen an Bord zu bringen. Wir werden um Sizilien herumfahren, Mr. Morrison. Ich bestehe darauf, dass Sie unser Gast sind.»

Mustafa Nastasis schien auf den Befehl gewartet zu haben. Sofort begann das Deck unter der Bewegung der Maschine zu vibrieren. Morrison war jetzt ein Gefangener auf der *Black Rose,* und es gab nichts, was er dagegen tun konnte. Doch falls er so etwas wie Furcht spürte, zeigte er es nicht. Mit einem merkwürdigen Lächeln blickte er St. James an:

«Ich freue mich sehr auf die Reise.»

21

Als die *Black Rose* am Abend an der Nordküste von Sizilien entlangfuhr, lehnte sich Morrison gegen die Steuerbordreling und beobachtete, wie das Wasser dunkler und zu dem weinfarbenen Meer wurde, auf dem Homer einst Odysseus hatte segeln lassen. Die Straße von Messina lag irgendwo voraus, jene schmale Passage, bei der man sich einst zwischen den Felsen von Scylla und den Stromwirbeln von Charybdis entscheiden musste, eine Wahl, die sich nicht allzu sehr von der unterschied, vor die Morrison sich jetzt gestellt sah.

Er konnte sie näher kommen fühlen, ihre Anwesenheit spüren, dessen so vollkommen sicher sein, dass er sich nicht umzudrehen brauchte. Danielle lehnte sich neben ihn gegen die Reling. Ihre Schultern berührten sich, und ihr nackter Arm wurde gegen seinen gepresst. Und dann machte sein Herz plötzlich einen Satz bei der Erinnerung an all die Nächte voller Leidenschaft, die sie zusammen verbracht hatten. Er blickte in die rosarote Abenddämmerung und wartete darauf, dass sie als Erste sprach, doch der einzige Laut, den er hörte, war das ferne Brüllen des Ozeans. Er wandte den Kopf nur so weit, dass er sie gerade sehen konnte.

«Es war deine Idee, nicht wahr?», fragte er. «Die ganze Scharade – Ehemann ermordet, Frau angeklagt, all die Beweise; Hauptsache, du hattest einen Anwalt, der schlau genug war, zu erkennen, dass beides plausibel war: dass ihr Mann sich selbst erschoss oder dass sie ihn umbrachte. Denn letztlich kam es nur darauf an, dass jeder ihn für tot hielt.»

Wieder begann Danielle alles abzustreiten und zu behaupten,

dass St. James sie dazu gebracht habe. Doch Morrison wollte nichts davon hören. «Nein, du warst es. Du hast deine Rolle zu gut gespielt, um sie nicht geschrieben zu haben. Mach dir nicht die Mühe, es zu leugnen – das ist jetzt auch egal. Du hast mich von Anfang an benutzt. Wie lange du wohl gebraucht hast, um den richtigen Anwalt zu finden? Es musste ja jemand aus San Francisco sein, weil dort die *Black Rose* stationiert war, und dort sollte sie auch wieder hinkommen, nachdem es einen Mord an Bord gegeben hatte. Es musste also unbedingt ein Anwalt aus San Francisco sein, und noch dazu ein unverheirateter Anwalt, denn wie schön du auch sein magst, es bestand immerhin die Möglichkeit, dass ein verheirateter Anwalt treu geblieben wäre!»

Danielle warf ihm einen zornigen Blick zu. Sie spielte die verletzte Unschuld, sodass Morrison laut auflachte, was sie noch wütender machte. «Ich musste nicht erst mit dir schlafen, damit du den Fall übernimmst!»

«Du musstest fast mit mir schlafen – an jenem Wochenende auf der Yacht –, um mir weiszumachen, dass du einen Grund für einen Mord gehabt hättest. Ich sollte denken, dass du panische Angst vor ihm hättest und dich vor dem fürchtetest, was er dir vielleicht antun würde.»

«Ich hatte panische Angst vor ihm», beharrte sie. «Ich habe auch jetzt noch panische Angst vor ihm … Mehr als je zuvor.»

Ein bitteres Lächeln zuckte um Morrisons Mundwinkel. Er richtete sich auf und drehte sich zu ihr um. «Selbst wenn du Angst vor ihm hattest, gab es keinen Grund, weshalb ich es wissen sollte! Du hattest dich schon längst für deinen hübschen kleinen Plan entschieden, die einzige Möglichkeit für dich, all dieses Geld zu behalten, Geld, das sonst die Regierung genommen hätte. Er hätte einen Prozess vermeiden können – eine Gefängnisstrafe ebenfalls –, solange er außer Landes blieb. Solange er sich irgendwo auf See an Bord der *Black Rose* befand oder in irgendeinem Land, das ihn nicht ausgeliefert hätte, wäre er sicher gewesen. Aber das Geld – die Immobilien, die Konten –, in dem Moment, in dem er das Land verließ, an dem Tag, an dem er abfuhr, hätte die Regierung alles beschlagnahmt. Es war das Geld, nicht wahr? Nur das!»

«Aber ich musste nicht mit dir schlafen – verstehst du das denn nicht? Wenn wir nie miteinander ins Bett gegangen wären, hätte das dein Verhalten vor Gericht beeinflusst? Hättest du dich dann weniger bemüht, den Prozess zu gewinnen?»

Die Schatten um sie herum wurden dunkler. Ein ruheloser warmer Wind schien zunächst aus der einen, dann aus der anderen Richtung zu kommen. Morrison schüttelte den Kopf. Er wandte sich ab und starrte auf die ferne Küste.

«Ich hätte ein anderes Gefühl dabei gehabt ...», flüsterte er in die Nacht. Seine Stimme klang traurig.

Danielles Hand legte sich auf seinen Arm. Sie wartete, bis er sich umdrehte. «Ich habe mit dir geschlafen, weil ich es wollte! Ich wollte es schon am ersten Tag, nachdem wir uns kennen gelernt hatten, an diesem Tag vor der kalifornischen Küste, als ich sah, wie du mich anblicktest, und sich plötzlich Gefühle in mir regten, wie ich sie noch nie empfunden hatte.»

Morrison zog den Arm zurück. «Das hat dich nicht abgehalten! Du hast trotzdem deinen Plan weiterverfolgt.»

«Da war es schon zu spät!», protestierte sie. «Begreifst du das nicht? Ich konnte nicht mehr zurück!»

«Nicht mehr zurück!», rief Morrison mit einem bitteren Lachen. «Du hättest die Wahrheit sagen können – dass er nicht tot war, dass alles ein Schwindel war!»

«Und wenn ich das getan hätte, wer hätte mir geglaubt? Ich war nicht als Einzige an der Geschichte beteiligt. Mustafa ...»

«Hat gelogen. Ja, ich weiß. Ich war da, schon vergessen? Warst du diejenige, die mit ihm geprobt hat? Du hast großartige Arbeit geleistet. Er hörte Schreie, kam an Deck, ertappte dich mit der Waffe in der Hand, sah das Blut überall auf der Reling. Er hat aber nicht gesehen, wie du abgedrückt hast, hat nicht gesehen, wie du ihn erschossen hast, hat nicht gesehen, wie dein Mann über Bord ins Meer fiel …» Morrison sah sie voller Verachtung an. «Du wusstest, wie wichtig es sein würde, dass Nastasis die Geschichte so erzählt, dass niemand Nelsons Tod anzweifeln würde, aber zugleich durfte deine Schuld nicht eindeutig bewiesen sein. Die Waffe befindet sich in deiner Hand, aber nach allem, was er bezeugen kann, hättest du sie genauso gut dort aufheben können, wohin sie gefallen war, nachdem Nelson sich erschossen hatte!»

Danielle schüttelte den Kopf. «Und glaubst du, er hätte seine Geschichte geändert, wenn ich plötzlich meine verändert hätte? Wenn ich die Wahrheit gesagt hätte, dass Nelson nicht tot war? Warum? Um mich zu retten? Was glaubst du wohl, was mit ihm passiert wäre? Man kann über Mustafa Nastasis sagen, was man will, aber dumm ist er nicht. Er weiß genau, wozu Nelson fähig ist.»

«Weil er eine Menge dieser Dinge selbst erledigt!», erwiderte Morrison scharf. «Seit dem Prozess habe ich einiges über ihn gelernt.»

«Warum bist du dann hergekommen?», fragte sie. Sie sah ihn an, als suchte sie die Antwort in seinen Augen. «Wenn du alles über sie wusstest, alles über die *Black Rose* …» Sein Blick sagte ihr, dass er sie des Komplizentums an allem beschuldigte, was Nelson St. James je getan hatte. «Ja, ich weiß, was dieser Name bedeutet. Nelson prahlte immer damit, wie einfach es sei, Leute nach seiner Pfeife tanzen zu lassen, wenn man ihre Schwächen kennt. Aber von Morden habe ich nie etwas gewusst – das schwöre ich! Doch dann, als Wendell Clark und seine Frau … bevor er vor der Anklagejury des Bundesgerichts aussagen sollte, da habe ich …»

Morrison schloss die Augen. Am Ende wurden die Unterlassungssünden fast weniger entschuldbar als die Sünden, die im vollen Wissen um ihre Bedeutung begangen wurden.

«Und dann hast du – nichts unternommen! Du wusstest, was er getan hatte, und halfst ihm dabei, damit durchzukommen. Du bist genauso sehr eine Mörderin wie er!»

«Ich habe nur das getan, was ich tun musste. Was hätte ich tun sollen – zur Polizei laufen?»

«Es gibt Leute in der Regierung, die dich hätten beschützen können.»

«Mich beschützen? So wie sie Wendell Clark und seine Frau beschützt haben?»

«Und dann war da noch all dieses Geld, um das du dir Sorgen machen musstest … Ein Jammer, dass du nicht wirklich getan hast, wofür du angeklagt wurdest. Dann hättest du dir um nichts Sorgen zu machen brauchen.»

«Ich hätte tun sollen, wofür man mich …?»

«Du hättest ihn so töten sollen, wie die Staatsanwaltschaft es gesagt hat, du hättest ihn eines Abends spät draußen auf See erschießen müssen, genau so wie jeder annimmt, dass du es getan hast.» Morrison nickte mit dem Kinn zur Reling auf der anderen Seite. «Du hättest ihn da drüben erschießen sollen, dann wäre die Leiche über Bord gefallen und hätte nicht gefunden werden können. Du hättest ihn erschießen sollen, nachdem du mit deinen Schreien Nastasis an Deck gelockt hättest, damit er dich mit der Waffe findet, von der du behaupten konntest, du hättest sie gerade aufgehoben. Es wäre das Gleiche passiert – wenn man davon absieht, dass der Prozess kein Betrug gewesen wäre. Du hättest dich wieder zu einem Freispruch lügen und mich dabei trotzdem zum Narren halten können. Du hättest der Welt einen Gefallen getan, wenn du ihn in jener Nacht erschossen hättest.»

«Glaubst du etwa, ich hätte es nicht gewünscht? Glaubst du etwa …?»

«Nicht gewünscht, meine Liebe?» Nelson St. James war von hinten an sie herangetreten. Sie hatten ihn in der Dunkelheit nicht gesehen. Danielle wirbelte herum.

«Ich wünschte, ich müsste nicht meine Zeit auf dieser verdammten Yacht verbringen!», rief sie, als sie an ihm vorbeistürmte.

St. James sah ihr hinterher. Ein Lächeln kräuselte seine Lippen. Er rieb sich den linken Oberarm, so wie er es schon beim Lunch getan hatte.

«Ich fürchte, ich habe heute Nachmittag die Geduld verloren», sagte St. James unerwartet. «Ich bin gekommen, um mich dafür zu entschuldigen und Ihnen zu sagen, dass wir unsere Differenzen beilegen können, worum es sich dabei auch handelt. Aber über all das können wir später sprechen», sagte er, als wollte er nichts weiter, als dass sie Freunde wären. Er nahm Morrison beim Arm und führte ihn auf der Steuerbordseite über das Deck. «Warum essen Sie nicht mit uns zu Abend? Schon bei unserer ersten Begegnung habe ich Ihre Gesellschaft so genossen, weil Sie einer der wenigen Menschen sind, mit denen ich mich nicht langweile, Mr. Morrison – niemals.»

Das Dinner war angesichts der Umstände überraschend ereignislos. Meist sprach nur St. James, und überwiegend ging es um Sizilien und seine Sehenswürdigkeiten. Er legte Wert auf die Feststellung, dass er sein Wissen selten aus Büchern gewonnen, dafür aber stets Menschen gefunden habe, die ihm etwas erzählen konnten. Am nächsten Tag würden sie die Straße von Messina passieren und in südlicher Richtung an Taormina und Catania vorbeifahren, um dann im Hafen von Syrakus – oder Siracusa, wie es auf Italienisch hieß – anzulegen. Dort habe eine der großen Schlachten der Antike stattgefunden, erklärte St. James.

«Was mich daran so besonders fasziniert, ist nicht die Tatsache, dass die Flotte Athens vernichtet wurde und mit ihr die Hoffnung auf einen Triumph Athens über Sparta im Peloponnesischen Krieg. Nein, das eigentlich Interessante ist, dass die Schlacht von einer athenischen Armee beobachtet wurde, deren Männer wussten, dass sie ohne die Schiffe, die sie hätten zurückbringen sollen, ihre Heimat nie wiedersehen würden.

Einige von ihnen schafften es natürlich und sind lebend nach Athen zurückgekommen – aber die meisten starben qualvoll in der Gefangenschaft. Stellen Sie sich vor, Sie stehen kurz vor dem Sieg, und im nächsten Moment wissen Sie mit Sicherheit, dass Sie verlieren werden. Andererseits dürfte es gar nicht so ungewöhnlich sein, dass das eigene Leben in den Händen eines anderen Menschen liegt», sagte er mit einem Seitenblick zu Danielle, bevor er sich wieder an Morrison wandte. «Wir sind alle zu bestimmten Zeiten davon abhängig, was andere Menschen tun. Die Kunst liegt darin, zu wissen, wem man vertrauen kann und wozu der andere wirklich fähig ist. Habe ich nicht Recht, Mr. Morrison?»

Morrison sah St. James an und sagte kein Wort.

Trotz der eigenartigen Faszination, welche die Geschichte der verlassenen Athener auf St. James auszuüben schien, legte die *Black Rose* am nächsten Nachmittag nicht in Syrakus an, wie er gesagt hatte, sondern in Taormina. Er beharrte darauf, es sei nur eine leichte Änderung ihrer Pläne, ein kleiner Umweg und eine Chance für Danielle, von der Yacht herunterzukommen und wieder mal festen Boden unter den Füßen zu spüren. Taormina biete die besten Einkaufsmöglichkeiten Siziliens, und Danielle sei immer auf der Suche nach etwas Neuem.

«Das war eine Lüge», sagte Danielle, als sie in ihrer Handtasche nach Zigaretten wühlte. Sie nahm eine aus der Schachtel und zündete sie mit einem goldenen Feuerzeug an. «Er wollte dich vom

Boot haben. Er erwartet Besuch und wollte nicht, dass dieser dich sieht. Ich vermute, es ist ein Amerikaner.»

Sie saßen an einem Tisch in einem Straßencafé. Der Marktplatz war voller Touristen. Auch an der steinernen Balustrade, die einen phantastischen Ausblick auf die Straße von Messina und das gegenüberliegende Italien bot, standen zahlreiche Menschen. Danielle nahm einen langen Zug an ihrer Zigarette und sah sich um. Sie hatte eine Sonnenbrille auf und einen Seidenschal um den Kopf. Morrison nippte an einem Glas sizilianischen Weins.

«Jemand von der Hawthorne-Gruppe?», fragte er und stellte das Glas ab.

Danielle sah weiterhin auf die Menschenmenge. «Ja, wahrscheinlich. Er wird sich rückversichern wollen.»

Morrison hielt das Glas schräg und beobachtete, wie das Sonnenlicht darauf tanzte. Schließlich schob er es zur Seite und blickte wieder Danielle an. «Rückversichern?»

«Ja, um sich rückzuversichern, dass er alles unter Kontrolle hat.» Sie sah an Morrison vorbei zu einem Tisch, an dem zwei Männer von der *Black Rose* saßen. «Sie haben eine Todesangst davor, dass jemand etwas herausfindet. Davor haben sie fast genauso viel Angst wie vor ihm. Sie wissen, was mit Clark und Oliver passiert ist, und wissen auch, wozu Nelson fähig ist.» Sie nahm einen schnellen, harten Zug an der Zigarette und drückte sie dann aus. «Ich wünschte, ich hätte nie …»

«Aber es gibt schon jemanden, der Bescheid weiß. Woher wusste ich wohl, dass Nelson noch am Leben ist? Was meinst du? Wie habe ich es wohl geschafft, dich zu finden?»

«Sie wissen nichts Genaues. Das sind alles nur Vermutungen.»

«Sie haben Fotos.»

«Fotos, die kann man manipulieren. Es gibt genug Leute, die dafür sorgen, dass solche Dinge als Fälschungen behandelt werden, als ein Versuch, Publicity zu erhalten. Gerüchte, Nelson St. James sei noch am Leben und segle irgendwo auf den sieben Weltmeeren umher: Je öfter so etwas wiederholt wird, umso weniger Leute glauben daran. Die Gerüchte über Nelson machen ihnen keine Sorgen – vielmehr geht es um die Gerüchte über mich!»

«Dich? Warum das denn? Fürchten sie, du könntest dich entschließen, die Wahrheit zu sagen?»

Überall um sie herum waren Leute, saßen dicht gedrängt an Tischen, zwischen denen kaum ein Durchkommen war. Auch die beiden Männer von der *Black Rose,* die zu ihrer Überwachung losgeschickt worden waren, saßen noch vor ihrem Espresso. Danielle schluckte ihre Wut hinunter. Ein Lächeln, das fast mitleidig war, zuckte um ihren roten Mund.

«Sie wissen, was ich für ihn getan habe, vertrauen mir aber trotzdem noch nicht. Die Gerüchte, um die sie sich Sorgen machen, betreffen dich und mich. Ich habe dir die Wahrheit gesagt: Ich musste nicht mit dir schlafen. Ich tat es, weil ich es wollte. Und jetzt weiß Nelson Bescheid oder glaubt, Bescheid zu wissen, und ist wütend.» Sie beugte sich näher an ihn heran und zog ihre Bluse am Ausschnitt ein wenig zur Seite: Eine tiefrote Quetschung zog sich seitlich an ihrem Hals entlang. «Das ist von neulich Abend, als du im Hotel aufgekreuzt bist und wir zusammen getanzt haben. Er hat noch ein paar mehr seiner perversen Phantasien in der Nacht an mir ausgelassen.» Sie wühlte in ihrer Handtasche nach einer neuen Zigarette, wollte sie anzünden, besann sich dann aber plötzlich anders und warf sie auf den Tisch. «Du hast Recht: Ich hätte ihn töten sollen!»

«Verlass ihn», sagte Morrison mit plötzlicher Dringlichkeit in der Stimme. Er packte sie am Handgelenk. «Verlass ihn – jetzt sofort! Wir werden von diesem Tisch aufstehen, hier rausgehen und nie mehr zurückblicken. Die zwei da können uns nicht aufhalten», sagte er mit einer Handbewegung zu den beiden Männern von der *Black Rose* hin. «Ich habe etwas Geld. Wir können verschwinden und irgendwo hingehen, wo uns niemand finden kann.»

Ein wehmütiges Lächeln huschte über ihr Gesicht. «Wäre es nicht schön, sich vorzustellen, dass wir es könnten?»

Es dauerte einen Moment, bis Morrison begriff. Sein Herz wurde kalt. Er ließ ihr Handgelenk los.

«Ich habe zu viel in diese Sache investiert. Ich habe zu viele Jahre damit zugebracht, ich habe …»

Morrison hörte ihr nicht mehr zu. Er hatte alles gehört, was er hören musste.

22

«Genau dort standen sie!» St. James zeigte auf die niedrigen Hügel, die in einem Halbkreis den Hafen umgaben. Die Abendsonne hatte sich vom Himmel herabgesenkt und dem Meer eine dunkelrote Färbung verliehen. «Tausende von Soldaten aus Athen, die nach Syrakus gekommen waren, um Sizilien zu erobern, konnten jetzt nur hilflos zusehen, wie Athen die Seeschlacht verlor und Sparta den Krieg gewann. Die Flotte Athens versuchte die Blockade zu durchbrechen – wahrscheinlich genau da drüben», fügte St. James hinzu und zeigte auf die schmale Meerenge, die zu dem kleineren inneren Hafen führt. «Das war im Jahr 406 vor unserer Zeitrechnung, und nichts davon hätte geschehen sollen. Die Athener hätten siegen sollen. Sie hätten auch gesiegt, wenn sie nicht die Nerven verloren hätten, wenn sie bereit gewesen wären, alles zum Sieg Notwendige zu tun.»

Er drehte sich zu Morrison um, der mit dem Rücken zur Reling ein Stück hinter ihm stand. St. James schien zu erwarten, dass er nachfragte, was er damit meine, oder zumindest irgendein Anzeichen von Interesse zeigte, doch Morrison schwenkte nur die Eiswürfel, die sich noch in seinem Glas befanden, und nahm einen neuen Schluck.

«Weil sie Alkibiades zurückriefen und Nikias den Oberbefehl übergaben?», fragte Morrison, als er ausgetrunken hatte.

St. James war beeindruckt. «Sie sind mehr als nur ein Anwalt, Mr. Morrison! Das ist gut. Denn wenn Sie die Geschichte von Alkibiades kennen, begreifen Sie vielleicht, worauf ich hinauswill. Die Athener liebten ihn zwar, konnten ihm aber nie ganz vertrauen: Er war zu brillant, viel besser als die anderen. Sie wollten Sizilien erobern, waren ganz wild darauf und wussten, dass Alkibiades der Einzige war, der es schaffen konnte. Doch in letzter Minute zuckten sie zurück und entschieden, dass sie jemanden schicken müssten, der vorsichtiger war, einen Mann, der an die gleichen Dinge glaubte wie sie. Folglich entsandten sie Nikias, den alten, ehrbaren, gottesfürchtigen Nikias. Sie hätten vielleicht ohnehin gewonnen, doch dann beschuldigten sie Alkibiades der Gotteslästerung, weil er die Götterstatue verspottet hatte, und entsandten ein Schiff, das ihn zurückholen sollte, damit man ihm den Prozess machen konnte ...»

«Doch statt sich gefangen nehmen zu lassen, lief dieser zu den Spartanern über und half ihnen in ihrem Krieg», warf Morrison ein. «Ist es das, was Sie sagen wollen? Dass Sie wie Alkibiades sind, weil Sie sich geweigert haben, zurückzugehen und sich vor Gericht stellen zu lassen? Die Analogie ist allerdings nicht ganz schlüssig ...» Er warf St. James einen kalten, harten Blick zu. «Niemand hat Sie dazu ausersehen, bei irgendetwas eine Führungsrolle zu übernehmen – und im Übrigen ist die Geschichte hier noch nicht zu Ende. Wer auch immer Ihnen von den Ereignissen erzählt hat, die hier in Syrakus vor zweitausendvierhundert Jahren stattgefunden haben: Alkibiades ging später nach Athen zurück, half mit, der Stadt die beste Regierung zu geben, die sie je gehabt hat, und hätte fast den Krieg gewonnen.»

«Was ich sagen wollte, Mr. Morrison, ist nicht, dass Alkibiades mich an meine eigene Situation erinnert hat, sondern vielmehr an Ihre. Es mag zwar so sein, dass ich nicht wieder nach Hause zurückkehren kann, aber Sie können es auch nicht.»

St. James wandte sich von der Reling ab und setzte sich in einen Deckstuhl.

«Sie können nicht nach Hause, Mr. Morrison, weil ich es nicht zulassen kann. Wenn bestimmte Leute herausfinden, was Sie wissen …» Er sah Morrison an, um sich zu vergewissern, dass dieser die volle Bedeutung seiner Worte verstanden hatte. «Sie haben die Wahl – oder vielmehr nur eine einzige Wahl, wenn Sie am Leben bleiben wollen. Die Menschen, mit denen ich zusammenarbeite – einige von ihnen –, wissen, was Sie getan haben. Sie wissen, dass Sie aus Ihrer Anwaltskanzlei ausgeschieden und verschwunden sind. Und jetzt wissen sie, dass Sie hier sind. Das war töricht von Ihnen, Morrison, und ich kann beim besten Willen nicht begreifen, warum Sie es getan haben. Danielle? Weil Sie sich getäuscht fühlten?» St. James suchte in Morrisons Augen nach einer Antwort. «Wie auch immer, es ist geschehen. Am einfachsten wäre es … Aber ich bin Ihnen für das, was Sie getan haben, etwas schuldig, und ich versuche immer, meine Schulden zu bezahlen. Das war der Grund, weshalb ich Sie gestern angelogen habe, als …»

Morrison verstand sofort, was er meinte. «Sie hatten Besuch – jemanden von der Hawthorne-Gruppe, wie ich annehme.»

St. James machte eine leichte Bewegung mit dem Kopf. Weiter konnte er nicht gehen, um die Aussage zu bestätigen. «Ich habe gesagt, Sie seien hier, weil Sie von Anfang an beteiligt gewesen seien, dass Sie schon immer gewusst hätten, dass ich noch am Leben bin, dass alles, was Danielle im Prozess getan hat, unter Ihrer Anleitung geschehen sei, und dass der Grund, weshalb Sie die Kanzlei verlassen hätten und verschwunden seien, Ihre jetzige Zusammenarbeit mit uns sei. Ich habe ihnen gesagt, dass ich jemanden wie Sie brauchte, einen Mann mit einer gründlichen Rechtskenntnis, der auch weiß, wie man juristische Schwierigkeiten umgeht.»

Morrison starrte auf sein leeres Glas. Ein Lächeln, das weniger von Verrat und Täuschung kündete als vielmehr von stiller Bewunderung für diese beiden besonderen Tugenden, erhellte sein Gesicht.

«Das ist in Wahrheit keine Wahl», sagte er und blickte hoch. «Ich bin nur aus einem Grund hergekommen: um mir zu holen, was ich verdiene.»

«Und was genau glauben Sie zu verdienen, Mr. Morrison? Wenn wir von der Tatsache absehen, dass dies die einzige Möglichkeit ist, Ihr Leben zu retten: Was ist es Ihrer Meinung nach wert, Sie bei uns zu haben?»

Morrison zögerte keinen Augenblick. «Alles, was Sie haben, Mr. St. James, alles, was Ihnen gehört!»

St. James war sprachlos. Er starrte ihn an, als könnte er seinen Ohren nicht trauen. Und dann begann er zu lachen, ein lautes, dröhnendes Lachen, das wie ein Echo von den Hügeln zurückgeworfen wurde.

«Ich habe Ihnen das Leben gerettet», fuhr Morrison fort. «Haben Sie wirklich geglaubt, ich wäre Ihnen dankbar dafür, dass Sie mich nicht umbringen würden, wenn ich mich der Verschwörung anschließe?»

Dann drehte sich Morrison auf dem Absatz um und ließ St. James ohne ein weiteres Wort stehen.

Die *Black Rose* verließ den Hafen von Syrakus und lief wieder ins Ionische Meer aus, umrundete die Südostspitze Siziliens, um dann an der Südküste entlang nach Westen zu fahren. Als sie zwei Tage später in Agrigent einliefen, hatte Morrison seit jenem Nachmittag in Taormina zum ersten Mal wieder Gelegenheit, Danielle allein zu sprechen.

Alle drei machten einen Spaziergang durch das Tal der Tempel. St. James wiederholte, was ihm andere über die Griechen erzählt hatten, weshalb sie die Tempel gebaut hätten, als er plötzlich mitten im Satz innehielt, den schmerzenden Arm umklammerte und zu einer Bank in der Nähe taumelte.

«Es ist nichts», sagte er, als Danielle einen Schritt auf ihn zuging. «Geht ruhig weiter. Ich muss mich hier nur kurz ausruhen. Ich werde euch einholen.»

«Es ist das Herz», erklärte sie Morrison, als sie weit genug weg waren, um nicht gehört zu werden. «Es ist aber nichts Ernstes.» Ihre Augen wurden schmal. «So ein Pech! Wenn er doch einfach tot umfiele!», sagte sie bitter.

Sie begann, schneller zu gehen, als wollte sie eine möglichst große Distanz zwischen ihnen und ihrem Mann herstellen. Sie liefen auf Steinplatten, die im Lauf der Jahrtausende glatt geschliffen worden waren, an antiken Grabstätten vorbei nach unten, entlang der Überreste von heiligen Schreinen und Tributen an unbedeutende lokale Götter.

«Er wird dich umbringen! Ich weiß, was er dir neulich gesagt hat – dass du stattdessen für ihn arbeiten könntest –, aber das stimmt nicht. Er wollte nur deine Reaktion sehen und …»

«Und mich glauben machen, dass ich noch eine Wahl hätte – ja, ich weiß», entgegnete Morrison, der sie aus den Augenwinkeln beobachtete. «Wenn er aber so sehr darauf aus ist, mich umbringen zu lassen, warum hat er es dann noch nicht getan?»

Danielle wirbelte auf dem Absatz herum. «Er mag das Spiel – hast du das noch nicht verstanden? Diese Geschichte, die er über die Athener oder wen auch immer erzählt hat, die machtlos zusahen, wie sich ihr Schicksal erfüllte – das war auf dich gemünzt! Er weiß, was zwischen uns passiert ist. Er ist eifersüchtig – er ist wahnsinnig!»

Sie begann weiterzugehen, aber schon nach drei Schritten blieb sie wieder stehen. «Sieh mal da draußen!» Tief unten in der Ferne lag die *Black Rose* vor Anker, ein winziger weißer Fleck auf der schimmernden blauen Oberfläche des endlosen Meeres. «Diese Geschichte, die er erzählt hat, war auch für mich bestimmt.

Ich kann hier raufgehen und hinunterblicken und diese gottverdammte Yacht sehen, und dann weiß ich, dass ich nichts dagegen tun kann, dass ich es nie schaffen werde, nach Hause zu kommen, und dass ich auf diesem verdammten Boot als Gefangene leben werde, bis ich eines Tages sterbe. Oder bis zu dem Tag, an dem er stirbt», fügte sie mit einem zornigen Schaudern hinzu. «Statt zu wünschen, dass ich ihn getötet hätte, sollte ich es einfach tun!»

«Würdest du es tun?», fragte Morrison mit kühlem Desinteresse. Er drehte sich um und begann weiterzugehen, aber langsam, wie ein Tourist, der den ganzen Tag Zeit hat. In seiner Frage hatte nur der Hauch eines moralischen Urteils mitgeschwungen, er hätte ebenso gut nach ihrer Lieblingsfarbe fragen können oder nach dem, was sie am liebsten zum Dinner essen würde. *Würdest du es tun, oder würdest du es nicht tun?* Eine einfache Formulierung für eine so fein ausgewogene Wahlmöglichkeit, dass selbst die flüchtigste Eingebung des Augenblicks nicht nur entscheidend sein konnte, sondern alles, was an Rechtfertigung überhaupt nötig war.

«Warum sollte ich nicht? Nach allem, was er getan hat, nach …» Sie ergriff Morrisons Arm und zwang ihn, stehen zu bleiben, als wäre ihr etwas eingefallen. «Und das könnte ich doch auch – nicht wahr?»

Begierig wartete sie auf die Antwort, die sie schon zu kennen glaubte.

«Ich könnte es, und niemand könnte etwas gegen mich unternehmen – ist das nicht so?», verlangte sie zu wissen. «Ich habe wegen seiner Ermordung schon vor Gericht gestanden. Sie können mich nicht zweimal anklagen. Doppelte Strafverfolgung – nennt man das nicht so?»

Das Lächeln auf Morrisons Lippen war jetzt nur noch zu erahnen. Er löste seinen Arm aus ihrer Umklammerung, und als fände er ein grausames Vergnügen daran, ihre Frage zu ignorieren, begann er über die Ruinen der antiken Säulen zu sprechen, die überall um sie herum aufragten.

Sie packte ihn wieder am Arm, diesmal härter. «Das ist doch so, nicht wahr?», beharrte sie. «Sobald man freigesprochen worden ist, können sie einen nicht wieder vor Gericht stellen – oder?»

Morrison entzog sich ihr, verschränkte die Arme vor der Brust und starrte zu Boden. Er trat nach einem Kieselstein. Es war nur eine leichte Bewegung seines Fußes, die aber ausreichte, den Stein auf den alten, grob behauenen Platten wegrollen zu lassen.

«Dann wäre da immer noch die Frage deines Gewissens. Könntest du mit dem Wissen leben, dass du jemanden kaltblütig umgebracht hast?»

Er wartete auf eine Antwort – vergeblich. Wieder trat er nach einem Stein, diesmal härter. Der Kiesel hüpfte auf den nächsten Stein und rollte dann noch ein Stück weiter. Morrison lächelte über die Leichtigkeit, mit der die Dinge in Bewegung gesetzt werden konnten.

«Der Mann, den du geheiratet hast, der Vater deines Kindes ...», fuhr er fort. Seine Augen blickten ruhig und konzentriert. «Das könntest du tun: den Mann ermorden, der der Vater deines Kindes ist?»

Noch immer hatte Danielle nicht reagiert. Morrison hob den Kopf. Ihr Blick war kalt und abschätzig.

«Sobald man freigesprochen ist, können sie einen nicht wieder vor Gericht stellen – oder?» Sie wiederholte die Frage Wort für Wort, als wäre alles andere unwichtig: Es interessierte sie nicht, ob ein Mord richtig oder falsch war, sondern ob sie damit durchkommen konnte.

«Doppelte Strafverfolgung – das ist es, was du wissen möchtest?»

Danielle kniff die Lippen zusammen.

«Warum willst du ihn denn töten? In Wahrheit seid ihr beiden euch doch ähnlich …»

Nichts konnte sie bremsen. Morrison hätte sie anschreien können, und es hätte keinen Unterschied gemacht. Sie musste eine Antwort bekommen, sie musste es wissen.

«Das können sie nicht, oder?»

Morrisons Aufmerksamkeit wurde plötzlich abgelenkt: Langsam und methodisch, unter sichtlichen Mühen, bahnte sich St. James einen Weg durch die Menge der Touristen. Morrison wandte sich erneut Danielle zu.

«Niemand kann wegen desselben Verbrechens zweimal angeklagt werden.» St. James hatte sie fast erreicht. Er blickte wieder zu Danielle zurück. «Aber das ist kein Grund, es zu tun.»

St. James war außer sich vor Wut. Er ignorierte Morrison, packte Danielle am Arm und verlangte zu wissen, weshalb sie versucht hatte wegzulaufen.

Sie wehrte sich heftig gegen seinen Griff, konnte sich aber nicht frei machen. «Lass mich los! Was soll das? Was tust du da? Bist du verrückt geworden? Ich bin überhaupt nicht weggelaufen!»

Er packte sie mit beiden Händen. «Du glaubst wohl, ich wüsste nicht, was du tust – was du gerne tätest: mit ihm durchbrennen!» Er nickte in Richtung Morrison. «Glaubst du etwa, ich wüsste nicht, dass du mit ihm geschlafen hast?» Er stieß sie hart vor sich her, sodass sie stolperte und beinahe hingefallen wäre. «Na los doch! Verlass mich! Was glaubst du wohl, wohin du gehen kannst? Wo, glaubst du, wirst du wohl sicher sein, wenn du mich nicht mehr zu deinem Schutz hast?» Er funkelte sie böse an, schüttelte dann angewidert den Kopf und ging steifbeinig davon.

Der Zorn war Danielle anzusehen. Doch urplötzlich wurde sie von Panik befallen. In ihrer Angst, dass St. James seine Worte ernst gemeint haben könnte, rannte sie ihm nach, ohne Morrison eine Erklärung zu liefern.

«Ich hab dir doch gesagt, dass nichts passiert ist!», hörte Morrison sie sagen, als sie St. James beim Arm nahm und neben ihm herging. «Warum glaubst du mir nicht? Wenn ich mit ihm hätte durchbrennen wollen, warum bin ich dann zurückgekommen? Alles, was wir geplant haben, hat perfekt funktioniert. Es gibt keinen Grund zur Eifersucht.»

Den Rest ihrer Unterhaltung hörte Morrison nicht mehr. Er wusste nicht, was Danielle St. James erzählte, obwohl er einigermaßen überzeugt war, dass, was immer sie sagte, nicht die Wahrheit war. Inzwischen hatte Morrison begriffen, dass es einen Unterschied zwischen den Lügen gab, die sie ihrem Mann erzählte, und denen, die sie ihm aufgetischt hatte. Sie hatte Morrison belogen, um ihren Mann zu schützen – aber welche Lügen hatte sie erzählt, um ihn, Morrison, zu schützen?

Zwei Abende später dachte Morrison erneut daran, als er irgendwann kurz vor Mitternacht an Deck gerufen wurde. Die *Black Rose* hatte einen Tag zuvor die Küste Siziliens verlassen und war auf dem Weg nach Nordafrika. Der Nachtwind wehte Morrison warm ins Gesicht. Die Luft war klar und frisch. St. James wartete auf ihn. Sein Gesicht war gerötet, als hätte er getrunken. Seine Blicke irrten hin und her.

Danielle stand etwa anderthalb Meter neben ihm. Sie wirkte nervös und angespannt, ihr Gesicht war starr wie eine Maske. Morrison hatte zunächst den Revolver gar nicht bemerkt, den sie, mit der Mündung nach unten, in den Händen hielt.

«Danielle wird alles für mich tun, Morrison», sagte St. James mit einem triumphierenden Lächeln. «Das haben Sie nie verstanden! Sehen Sie doch, was sie beim Prozess für mich getan hat. Setzt sich einem solchen Risiko aus, bereit, jeden glauben zu lassen, dass sie eine Mörderin ist! Sie hätten es dabei bewenden lassen sollen, Morrison. Zu schade, dass Sie es nicht getan haben! Jetzt enden Sie so, wie jeder glaubt, dass ich geendet sei: erschossen, Ihre Leiche auf See verloren, von derselben Frau ermordet, die mich ermordet hat.»

Er drehte sich um und blickte aufs Meer hinaus. «Tu's, Danielle. Tu es jetzt!»

23

Der letzte Prozess vor Philip Conrads Pensionierung war der schwierigste seiner Laufbahn. Er musste sich zwingen, die Worte aufzunehmen, seinen Schmerz zu verdrängen, um seine Arbeit zu erledigen. Andrew Morrison war nicht nur der beste Strafverteidiger, den er je erlebt hatte, sondern auch sein Freund gewesen. Außerhalb der Arbeit hatten sie vielleicht nichts miteinander zu tun gehabt, doch nachdem er ihn in all den Jahren vor Gericht erlebt hatte, nach all ihren kurzen, aber immer interessanten Unterhaltungen hatte er Morrison vielleicht besser kennen gelernt als je einen anderen Menschen. Als er da vor seiner Stenomaschine saß und auf den Beginn des Prozesses wartete, ging ihm die bittere Ironie auf, dass Morrison, der die Verfahren stets beherrscht hatte, nun auch diesen Prozess beherrschen würde, wenngleich auf eine vollständig andere Art und Weise.

Staatsanwalt und Verteidiger saßen ruhig an ihren Tischen, so wie Anwälte es immer tun, kurz bevor ein Richter seinen Platz einnimmt. Der Gerichtssaal war gedrängt voll mit Zuschauern, und wie gewöhnlich ließ niemand einen Laut hören. Doch in der Stille lag dieses Mal etwas anderes, ein Gefühl, dass sich die Dinge auf einen bereits vorhergesagten Abschluss zubewegten.

Es war das zweite Mal, dass die Angeklagte wegen Mordes vor Gericht stand, und wie in einer griechischen Tragödie waren alle Beteiligten dazu verurteilt, dieselben Rollen einzunehmen – alle bis auf einen. Alice Brunelli hatte nicht um den Vorsitz in diesem Prozess gebeten, doch angesichts der ungewöhnlichen Umstände des Falls hatten die anderen Richter entschieden, dass sie am geeignetsten sei. Robert Franklin andererseits hätte vielleicht verzichtet, wenn er nicht diese zweite Chance erhalten hätte, Danielle St. James wegen Mordes anzuklagen.

«Das Volk gegen Danielle St. James», sagte Franklin knapp und entschieden, als Richterin Brunelli ihn bat, den Fall aufzurufen.

Brunelli wandte sich an die zwölf Männer und Frauen, die nach Tagen vorläufiger Befragung schließlich als Geschworene ausgewählt worden waren, verlas die Anklage und fügte dann hinzu:

«Und zu dieser Anklage, dieser Beschuldigung wegen Mordes, hat sich die Angeklagte Danielle St. James für nicht schuldig bekannt. Das bedeutet, meine Damen und Herren, dass die Angeklagte die Anschuldigung leugnet, dass sie leugnet, was die Staatsanwaltschaft von ihr behauptet, dass sie leugnet, einen Mord begangen zu haben. Und dieses Leugnen bedeutet», fuhr sie fort und beugte sich vor, um den Sinngehalt ihrer Worte besonders zu betonen, «dass Sie verpflichtet sind, ihr zu glauben – dass nämlich dieser Schuldvorwurf unzutreffend ist. Es sei denn, die Staatsanwaltschaft weist die Anschuldigung gegen sie – wie es heißt, in diesem berühmten Ausdruck, den Sie ernst nehmen sollten – ‹mit an Sicherheit grenzender Wahrscheinlichkeit› nach. Sie müssen sich jedes Urteils enthalten und weder so noch so entscheiden, bis Sie alle Beweise kennen und ich Sie über die Rechtslage aufgeklärt habe. Erst dann wird man Sie in den Geschworenenraum zurückschicken, wo Sie mit den Beratungen beginnen werden.»

Sie lehnte sich zurück und musterte die Geschworenen durchdringend. «Wenn jemand von Ihnen auch nur den leisesten Zweifel hat, dazu fähig zu sein – zu warten, bis sämtliche Beweise von beiden Seiten vorgelegt worden sind –, dann sollten Sie es jetzt sagen. Denn wenn Sie sich dazu außerstande fühlen, haben Sie auf dieser Geschworenenbank nichts zu suchen.»

Alice Brunelli war so entschieden und hatte das Verfahren so voll unter Kontrolle, dass alle zumindest für den Augenblick den Wunsch hatten, so gut zu sein, wie sie es von ihnen erwartete. Keiner hob die Hand, keiner äußerte ein Wort. Das Einzige, was die zwölf Männer und Frauen erkennen ließen, waren ein stummes Kopfnicken und ein ernsterer Blick als zuvor.

Brunelli vergeudete keine Zeit. Sie wandte sich an den Ankläger. «Mr. Franklin, sind Sie bereit, Ihr Eröffnungsplädoyer zu halten?»

Robert Franklin hatte aus seinen Fehlern nicht nur gelernt, sondern auch von ihnen profitiert. Morrison hatte ihn in dem ersten Prozess fast vernichtet, hatte ihn als unfähigen Stümper erscheinen lassen, der sich ohne Krückstock im Gerichtssaal nicht zurechtfand. Die meisten Männer hätten Morrison dafür gehasst, und es hatte in diesem ersten Prozess auch Momente gegeben, in denen Franklin so empfunden hatte. Doch selbst während seiner schlimmsten Demütigungen war ihm klar gewesen, dass nichts davon persönlich war, dass es bei Morrison immer allein um den Fall ging, darum, was man tun musste, um zu gewinnen.

Morrison hatte Philip Conrad nicht um ein Protokoll des Prozesses gebeten, doch Franklin hatte es. Und er hatte dabei mehr gelernt, als der Text ihm vermittelte. An Morrisons Beispiel hatte Franklin eine wichtige Erkenntnis für sich gewonnen: Wenn man besser werden will, bleibt einem nichts anderes übrig, als permanent an sich zu arbeiten. Und genau das hatte Franklin getan.

Sein Eröffnungsplädoyer hielt er, ohne auf Notizen zurückzugreifen. Falls er etwas von dem vergessen hatte, was er sagen wollte, etwas von dem, was er in den Tagen und Wochen vor Verfahrensbeginn immer wieder geprobt hatte, so war dies für niemanden zu erkennen. Doch bei seiner einstündigen Eröffnung war mehr als nur sein Gedächtnis am Werk: Was er sagte, kam direkt aus dem Herzen.

«Andrew Morrison war kein Freund von mir. Wir waren Gegner. Er war Strafverteidiger, und ich bin immer Staatsanwalt gewesen. Ich habe schon viele Anwälte kennen gelernt, aber Andrew Morrison war eine Klasse für sich. Wenn man einen Prozess gegen ihn führte, wusste man immer zwei Dinge: dass er einem etwas beibringen würde, was man noch nicht wusste, und dass man mit an Sicherheit grenzender Wahrscheinlichkeit den Prozess verlieren würde, für wie begründet man die Anklage auch hielt. Andrew Morrison war der großartigste Anwalt, den ich je erlebt habe – doch Andrew Morrison ist in diesem Fall nicht der Verteidiger: Andrew Morrison ist das Opfer.»

Franklin wandte sich langsam von der Geschworenenbank ab und zeigte quer durch den Gerichtssaal auf den Anwaltstisch, wo Danielle St. James an der Seite ihres neuen Verteidigers saß. «Sie hat ihn ermordet, und ich werde es beweisen!»

Der Verteidiger, Winslow Kubik, war wohlbekannt und teuer, einer dieser Anwälte, die im Zeitalter des Fernsehens berühmt geworden sind, wegen der Mandanten, die er vertreten hatte, Prominente, denen man Verbrechen vorwarf, oder wegen der Leute, die aufgrund der von ihnen begangenen Verbrechen prominent geworden waren. Dass Kubik seine Prozesse öfter verlor als gewann, war nicht annähernd so bedeutsam wie die Tatsache, dass er es den Medien immer so gut zu erklären wusste. Winslow Kubik war berühmt, und das bedeutete, dass sich in seiner Gegenwart auch andere berühmte Leute wohl fühlen konnten.

Er saß am Anwaltstisch, der der Geschworenenbank am nächsten war, legte die Fingerspitzen aneinander und wartete darauf, dass Franklin zum Ende kam und sich setzte. Mit einem Lächeln, das so poliert war wie seine Schuhe, stand er auf, um jeden einzelnen der Geschworenen mit einem bedeutungsvollen Blick zu bedenken. Er erinnerte sie an das, was man ihnen schon gesagt hatte: dass die Angeklagte wie jeder Beschuldigte als unschuldig an dem ihr zur Last gelegten Verbrechen zu gelten habe und dass im Gegensatz zu den Behauptungen des Staatsanwalts die Beweise zeigen würden, dass sie den Mord an Andrew Morrison nicht begangen hatte.

Er sagte dies, als wäre es eine Art Offenbarung, das Versprechen kommender Dinge, neuer Beweise, unbenannter Zeugen, die er ihnen jetzt noch nicht nennen konnte, ihnen aber später zeigen würde. Mit seinem ruhigen, wissenden Lächeln, den inszenierten Pausen, dem vielsagenden Blick verfolgte er eine bestimmte Absicht, mit der er Zweifel säen wollte, den Beginn eines Verdachts, was die Argumentation der Staatsanwaltschaft betraf. Er sprach fast eine Stunde lang, aber nicht, weil er etwas Neues hinzuzufügen hatte, sondern weil Franklin annähernd genauso lange gesprochen hatte. Das war Kubiks Art zu zeigen, dass er sich nicht herumschubsen ließ.

Conrads Hände flogen über die Tasten seiner Stenomaschine, als er jedes unbedeutende Wort festhielt, das der angemaßten Gewissheit von Winslow Kubiks Verstand entsprang. Conrad starrte nicht ins Leere, wie er es normalerweise tat, wenn er sich darauf konzentrierte, genau das zu notieren, was er hörte. Er blickte sich im Gerichtssaal um, beobachtete die Reaktion des Publikums und riskierte gelegentlich einen Blick auf Danielle.

Sie war noch immer die schönste Frau, die Conrad je gesehen hatte, aber ihr Blick wirkte irgendwie erloschen. Das freche Strahlen, das funkelnde Lachen, ihre Aufsässigkeit und Keckheit waren verschwunden. Sie bemerkte seinen Blick, und vielleicht weil sie sich an ihn erinnerte, den anonymen Gerichtsstenographen aus dem ersten Prozess, erwiderte sie ihn. Sie lächelte – hilflos, verzweifelt und traurig.

«Rufen Sie Ihren ersten Zeugen auf», wies Richterin Brunelli Franklin nach der Mittagspause an.

«Die Staatsanwaltschaft ruft Detective Marsha Allison auf», verkündete Franklin.

Richterin Brunelli hob kaum den Blick von der Akte, in der sie gerade las, als die Zeugin den Gerichtssaal betrat. Mit einer kurzen Geste gab die Richterin dem Gerichtsdiener ein Zeichen, ihr den Eid abzunehmen.

Franklin stand aufrecht vor seinem Tisch, die rechte Hand auf die Kante gestützt. Er trug einen maßgeschneiderten dunklen Anzug, der perfekt saß; dazu ein französisches Hemd mit Manschetten und eine Krawatte. Statt auszusehen, als hätte er darin geschlafen, war seine Kleidung jetzt in bestem Zustand, gebügelt und der Situation absolut angemessen.

«Detective Allison», fragte er nach ein paar einleitenden Sätzen, «waren Sie damit beauftragt, an Bord einer Yacht namens *Black Rose* eine Ermittlung durchzuführen?»

Marsha Allison hatte kurz geschnittenes sandbraunes Haar und eng zusammenstehende grüne Augen. Direkt über der Nasenwurzel war eine tiefe Kerbe zu sehen, obwohl sie noch keine vierzig war. Wie jeder Polizeibeamte, der dazu ausgebildet ist, vor Gericht auszusagen, wartete sie, bis Franklin seine Frage zu Ende gebracht hatte, bevor sie sich an die Geschworenen wandte.

«Ja, das war ich.»

«Und können Sie uns die Ergebnisse dieser Ermittlung mitteilen?»

«Wir erhielten eine Meldung von einem Mordfall auf der *Black Rose.*» Trotz ihres ständigen Blinzelns war ihr Auftreten ungezwungen, informell, als spräche sie zu einer kleinen Gruppe von Menschen, die ihr bekannt waren. «Wir begaben uns an Bord, um zu ermitteln.»

Franklin wartete mit der nächsten Frage. «Wenn Sie sagen, Sie gingen an Bord – lag das Boot dann schon hier, in San Francisco?»

«Ja, in der Marina.»

Franklin lächelte. Er wollte auf einen ganz bestimmten Punkt hinaus. «Und der Mordfall, der gemeldet worden war, hatte der stattgefunden, als die *Black Rose* in der Marina lag?»

«Nein, irgendwo draußen auf See.»

Mit einem leicht verwirrten Gesichtsausdruck bewegte sich Franklin von seinem Tisch zum Ende der Geschworenenbank, sodass ihn vom Zeugenstand nun einige Meter trennten. Er legte eine Hand auf das Geländer, neigte den Kopf zur Seite und blickte Detective Allison mit freundlicher Neugier an.

«Der Mordfall wurde gemeldet, als sich die *Black Rose* noch auf See befand, und Sie haben bis zu ihrer Ankunft gewartet?»

Allison schüttelte den Kopf. «Nein, der Mordfall wurde erst gemeldet, nachdem die *Black Rose* schon hier in San Francisco lag.»

Franklin wollte sichergehen. «Mit anderen Worten: Niemand meldete das Verbrechen, unmittelbar nachdem es geschehen war, sondern erst später, nachdem die Yacht angelegt hatte?»

«Nach meinem Dafürhalten, ja.»

Franklin starrte auf seine Schuhe. «Diese Meldung», begann er zögernd, mit einer Stimme, die voller Zweifel war. Er hob den Blick, aber nicht den Kopf. «Diese Meldung – erschien da jemand in der Polizeidirektion und sagte, er wolle ein Verbrechen melden …?»

«Nein, es ist niemand gekommen. Jemand rief an.»

«Rief an! Aha, ich verstehe», sagte Franklin, als würde dies alles erklären. Doch dann verfiel er erneut in einen Zustand der Verwirrung. Er richtete sich auf und sah sie direkt an. «Aber auf einem solchen Boot – einer Yacht, die überall hinfahren, die die ganze

Welt bereisen kann –, da hätte doch eigentlich jemand anrufen können, als es passierte, nicht wahr? Ich meine, es gab keinerlei Grund, damit zu warten, bis die Yacht in San Francisco anlegte, nicht wahr? Es sei denn, der Betreffende hatte Angst?»

«Einspruch!», rief Kubik mit gespielter Entrüstung. «Wir kennen nicht einmal den Namen des Anrufers, geschweige denn den Grund seines Anrufs!»

Richterin Brunelli gab dem Einspruch statt, ohne aufzusehen. Franklin lächelte in sich hinein und fuhr mit seiner Befragung fort.

«Der Herr Verteidiger hat da eine hervorragende Bemerkung gemacht: Wer hat den Mord gemeldet? Wie war der Name des Anrufers?»

«Es war ein anonymer Anruf», erwiderte Allison. «Er wollte seinen Namen nicht nennen.»

Franklin zuckte die Schultern. «Jemand rief einfach an, wollte seinen Namen nicht nennen, sagte, es habe auf einer Yacht einen Mord gegeben, und Sie fuhren hin, um zu ermitteln? Woher wussten Sie, dass es kein Jux war, kein Schwindel, kein Anruf von jemandem, der einem anderen Ärger bereiten wollte?»

«Mord ist eine ernste Angelegenheit. Viele Leute, die eine Schießerei melden, möchten nicht hineingezogen werden.» Allison machte eine Pause, legte die Ellbogen auf die Armlehnen des Zeugenstuhls und beugte sich vor. Der Einschnitt an ihrem Nasenrücken wurde noch tiefer, als sie erklärte, weshalb die Polizei so schnell gehandelt hatte. «Der Anrufer sagte uns nicht nur, dass es einen Mord gegeben habe, sondern dass das Opfer Andrew Morrison sei, ein Anwalt, der uns allen wohlbekannt ist – und er erwähnte nicht nur, dass der Mord auf der Yacht geschehen sei, der *Black Rose,* sondern auch genau, wo an Bord der Mord sich ereignet habe.»

Franklin begab sich wieder an seinen Arbeitstisch. Er hob ein Dokument auf, warf einen Blick darauf und legte es dann zur Seite. «Nun, als Sie an Bord der *Black Rose* gingen, was haben Sie vorgefunden? Gab es irgendeinen Beweis für einen Mord?»

«Wir fanden das, was man uns angekündigt hatte, Blutspuren auf dem Deck und auf der Reling, und außerdem …»

Franklin unterbrach sie. «An der Stelle, wo man Ihnen gesagt hatte, dass Sie sie finden würden?»

«Ja, auf der Steuerbordseite des Decks.»

«Fahren Sie fort. Was haben Sie sonst noch gefunden?»

«Eine Waffe, einen Revolver des Kalibers .38, versteckt im Schlafzimmer der Angeklagten.»

«Und konnten Sie feststellen, ob die Waffe kurz zuvor benutzt worden war?»

«In der Kammer fehlte eine Kugel.»

«Die Waffe wurde im Schlafzimmer der Angeklagten gefunden, aber gab es irgendeinen Beweis dafür, dass es tatsächlich ihr Revolver war?»

Allison nickte grimmig. «Ihre Fingerabdrücke waren die einzigen darauf.»

«Und was ist mit dem Blut, das Sie gefunden haben? Wissen Sie, wessen Blut es war?»

«Das Blut war von Andrew Morrison. DNA-Tests haben das bestätigt.»

Franklin wollte sich gerade setzen, als er sich plötzlich anders besann. «Noch etwas, Detective Allison: Das Blut, das Sie fanden, das Blut von Andrew Morrison – war es frisch? Konnten Sie feststellen, wie lang der Mord etwa zurücklag? War es gerade erst passiert?»

«Nein, das würde ich nicht sagen. Jemand hatte versucht, alles sauber zu machen. Doch wie ich vorhin schon sagte, gab es immer noch Spuren, und das war alles, was wir brauchten, um sie mit Mr. Morrisons DNA zu vergleichen.»

«Jemand hatte versucht, sauber zu machen, sagen Sie? Mit anderen Worten, einen Mord zu vertuschen, den Mord an Andrew Morrison?»

Kubik war immer noch dabei, seinen Einspruch zu formulieren, als Franklin sich setzte. Brunelli gab dem Einspruch statt, doch Franklin hatte erreicht, was er erreichen wollte. Diese Lektion hatte er von Morrison gelernt: Was das Gericht auch entscheidet, mit welcher Emphase auch immer, kann niemals etwas an dem ändern, was die Geschworenen schon gehört haben.

«Dieser anonyme Anrufer – der seinen Namen nicht nennen wollte», fügte Kubik hinzu, als wäre der Sinn des Wortes nicht klar genug, «hat Ihnen gesagt, wo Sie das Blut finden würden, und er hat Ihnen auch gesagt, wo Sie eine Waffe finden würden. Ist es gesetzlich verboten, eine Waffe zu besitzen, Detective Allison?»

Allison sah ihn ohne jeden Ausdruck an. «Nein.»

«Aber Sie fanden eine Waffe und dazu etwas Blut – Blut, das Ihrer Aussage nach schon seit Wochen da gewesen sein kann. Dann sagen Sie uns, Detective Allison: Wo haben Sie die Leiche gefunden?»

Kubik, der direkt vor ihr gestanden hatte, drehte sich auf dem Absatz um und trat auf die Geschworenenbank zu. Dort blieb er abrupt stehen und sah sich um.

«Es tut mir leid, Detective Allison, ich konnte Sie nicht hören. Wo, sagten Sie, haben Sie die Leiche gefunden?»

«Ich habe gesagt, dass wir die Leiche nicht gefunden haben. Sie befindet sich irgendwo draußen auf See.»

Auf Kubiks Mund machte sich ein zufriedenes Lächeln breit. Mit demselben wissenden Ausdruck, den er schon einmal eingesetzt hatte, ließ er seinen Blick von einem Geschworenen zum nächsten wandern. «Irgendwo draußen auf See … also unauffindbar … Sie meinen, es gibt keine Leiche – keinen Toten – in diesem ‹Mord›, wie Sie ihn nennen? Keine Leiche und infolgedessen auch keine Schusswunden, nichts, um die Todesursache nachzuweisen – nichts, um überhaupt den Tod zu beweisen!»

Kubik wandte sich der Zeugin zu. Er schüttelte den Kopf und lachte. Dann blickte er schnell wieder zu den Geschworenen hin. «Die Waffe – in der eine Kugel fehlte –, aber wir wissen nicht, wann sie abgefeuert wurde oder auf was. Soviel wir wissen, hätten es auch Möwen sein können. Das Blut – oder das, was davon übrig war –, aber wir haben keine Ahnung, wie es dort hingekommen ist … Oder?», fragte er mit plötzlicher Heftigkeit, nun wieder an die Zeugin gerichtet.

«Es war Andrew Morrisons Blut, das wir auf dem Deck und auf der Reling gefunden haben. Was meinen Sie wohl, wie es dort hingekommen ist?», gab Allison zurück. «Glauben Sie, er hat sich beim Rasieren geschnitten?»

«Ohne einen Leichnam werden wir das nie wissen!», rief Kubik. Mit einer wegwerfenden Handbewegung, die Verachtung ausdrücken sollte, kehrte er zu seinem Stuhl zurück und setzte sich.

Richterin Brunelli sah Franklin an. «Nochmalige Befragung der Zeugin?»

«Ja, Euer Ehren. Nur ein paar Fragen.» Franklin stand langsam auf. «Detective Allison, haben Sie bei Ihren Ermittlungen einige frühere Zwischenfälle untersucht – andere Todesfälle –, zu denen es auf der *Black Rose* gekommen war?»

Kubik schoss von seinem Stuhl hoch. «Euer Ehren …!»

Brunelli hob die Hand. Sie warf Franklin einen warnenden Blick zu. «Wir haben diese Frage schon diskutiert und die Grenzen, in denen …»

«Ja, Euer Ehren, ich verstehe. Dies bezieht sich nur auf die Frage der Konsequenzen – der vorhersehbaren Konsequenzen – einer Schießerei an diesem bestimmten Ort.»

«Zu diesem begrenzten Zweck werde ich sie dann erlauben.»

«Die Frage, Detective Allison, war, ob Sie auch andere Zwischenfälle dieser Art untersucht haben. Genauer gesagt: Haben Sie sich noch einmal die Gerichtsakte über einen Todesfall angesehen, der sich letzten Sommer auf der *Black Rose* ereignet hat?»

«Ja, das habe ich.»

«Und ist hier der Tod durch eine Schusswunde eingetreten?»

«Ja, das ist er.»

«Und was ist damals mit der Leiche passiert?»

«Sie ging über Bord. Die Leiche wurde nie gefunden.»

«Würden Sie uns bitte erklären, wo auf der *Black Rose* sich das ereignet hat, wie weit entfernt von der Stelle, an der Sie Blutspuren von Andrew Morrison gefunden haben?»

«Auf der Steuerbordreling, fast genau an derselben Stelle, an der Andrew Morrison … ich meine, wo Mr. Morrisons Blut gefunden wurde.»

Franklins Blick bewegte sich langsam und unerbittlich in einem weiten Bogen vom Zeugenstand zum Anwaltstisch und zu Danielle St. James. «Merkwürdiger Zufall, finden Sie nicht auch?»

24

Es geschah am zweiten Prozesstag. Franklin befragte gerade eine DNA-Expertin, als es plötzlich anfing, dieses schreckliche Stottern, dieser unaufhaltsame Rückfall in ein würgendes, ewiges Wiederholen. Franklins Gesicht wurde rot, und seine Augen quollen hervor. Es sah aus, als würde gleich sein ganzer Körper explodieren. Die Richterin, die Geschworenen, alle Anwesenden im Gerichtssaal verfolgten mit besorgtem Erstaunen, was da mit dem Staatsanwalt vorging. Doch dann hörte es ebenso plötzlich auf, wie es begonnen hatte. Franklin holte tief Luft, und seine Gesichtsfarbe wurde wieder normal. Statt ein verlegenes Gesicht zu machen, statt diesen Ausdruck tiefster Demütigung zu zeigen, den Morrison einmal gesehen hatte, lachte Franklin jetzt.

«Das habe ich seit meiner Kindheit», erklärte er wie jemand, der andere beruhigen möchte. «Gerade wenn ich denke, dass es für immer verschwunden ist, ist es wieder da.»

Dann drehte er sich um und nahm seine Befragung der Zeugin wieder auf – als ob nichts geschehen wäre. Franklin hatte seine Behinderung nicht nur besiegt, er hatte es sogar geschafft, sie zu einem Vorzug zu machen. Zumindest für den Augenblick war die Sympathie der Geschworenen ganz bei ihm.

Obwohl er nie Morrisons Format erreichen würde, zeigte Franklin durchaus Statur. Sämtliche Zeugen der Anklage wurden in genau der richtigen Reihenfolge aufgerufen, sodass die Aussage jedes einzelnen auf der Aussage des vorherigen aufbaute. So ergab sich eine logisch fortschreitende Folge von Indizienbeweisen, die nach und nach alle Zweifel an Morrisons Tod beseitigten, alle Zweifel daran, dass Danielle St. James ihn getötet hatte. Morrisons Leiche war nicht gefunden worden, doch auf Deck und Reling hatte man Überreste seines Bluts entdeckt. Eine Waffe, die der Angeklagten gehörte, war abgefeuert worden. Zeugen sagten aus, dass sich Morrison auf der *Black Rose* befunden hatte, als sie Sizilien verließ, und seitdem hatte ihn niemand mehr gesehen. Wenn er nicht tot war – wonach Franklin bei jeder sich bietenden Gelegenheit fragte –, wo war er dann? Doch er sei tot, beharrte Franklin, und die Anklage könne es beweisen.

Der Prozess ging gerade in seine zweite Woche, als Franklin als einen seiner letzten Zeugen den Kapitän der *Black Rose* aufrief, Mustafa Nastasis.

Nastasis trat in den Zeugenstand und musterte langsam die Zuschauer. Er warf Danielle einen Blick zu. Das Lächeln auf seinen Lippen war grausam und rachsüchtig.

«Sie waren früher Kapitän einer Yacht mit dem Namen *Black Rose,* aber jetzt sitzen Sie in einem Bundesgefängnis ein – ist das richtig, Mr. Nastasis?»

Nastasis funkelte Franklin böse an. Sein Lächeln war wie weggewischt. Dann fiel ihm wieder ein, wo er sich befand, und eine Maske der Höflichkeit legte sich über seine brutalen Züge.

«Vorübergehend», sagte er mit einem leichten Grinsen.

Franklin ignorierte seine Frechheit. «Was in Ihrem Fall vielleicht etwas weniger als lebenslang bedeutet.»

Nastasis hob eine Augenbraue. «Vielleicht …»

«Sagen Sie den Geschworenen einfach genau, wann Sie festgenommen wurden», beharrte Franklin und trat einen Schritt vor.

Nastasis breitete die Hände aus und lächelte. «Wann genau? »

Franklin wandte sich sofort an die Richterbank. «Habe ich die Erlaubnis, ihn als feindlichen Zeugen zu behandeln?»

Richterin Brunelli sah Nastasis an. «Gewährt», erwiderte sie, als sie seinen spöttischen Gesichtsausdruck bemerkte.

Franklin stand am Ende der Geschworenenbank, direkt vor dem Zeugenstand. Die Finger seiner rechten Hand trommelten einen hektischen Rhythmus auf das Geländer.

«Sie wurden einen Tag vor Ankunft der *Black Rose* in San Francisco festgenommen, ist das richtig?»

Die Feindseligkeit verschwand aus Nastasis' Augen. Er sah Franklin mit resignierter Miene an. Er war eines Spiels überdrüssig, das er nicht hatte gewinnen können – was er von Anfang an gewusst hatte.

«Einen Tag vorher, vielleicht zwei. Ich weiß nicht mit Sicherheit, wann die *Black Rose* schließlich im Hafen anlegte. Sie holten mich weniger als eine Seemeile nach der Grenze von Bord.»

«Der Seegrenze? Sie meinen, Sie wurden festgenommen, unmittelbar nachdem die *Black Rose* die Hoheitsgewässer der Vereinigten Staaten erreicht hatte – korrekt?»

«Das stimmt. Die Küstenwache – drei Schiffe – überraschte uns am 25. kurz nach Sonnenaufgang.» Er warf Danielle St. James einen verächtlichen Blick zu. «Ich sagte ihr, es sei dumm, einzulaufen. Solange wir draußen auf See waren, waren wir sicher.»

«Solange Sie draußen auf See waren? Unterwegs irgendwo außerhalb der amerikanischen Rechtshoheit – ist es das, was Sie meinen?»

«Ja, natürlich. Aber sie blieb hartnäckig. Sie sagte, niemand könne ihr etwas anhaben. Sie seien hinter ihrem Mann her gewesen, nicht hinter ihr. Sie erklärte, sie hasse es, ständig da draußen zu sein, nichts als Ozean ringsherum. Sie wollte nach Hause.»

Franklin hielt den Zeigefinger seiner linken Hand hoch, um die besondere Bedeutung der Frage zu betonen, die er stellen wollte. «So, sagen Sie uns jetzt bitte so genau wie nur möglich, wann sie diese Entscheidung traf. Wann hat die Angeklagte, Danielle St. James, Ihnen erstmals gesagt, dass Sie die *Black Rose* nach San Francisco zurückbringen sollten?»

Mit einem giftigen Lächeln erwiderte Nastasis: «Einen Tag nachdem sie ihn getötet hatte.»

Im Gerichtssaal brach Tumult aus. In dem ohrenbetäubenden Lärm schlug Brunelli mehrfach mit dem Hammer auf den Tisch, wartete einen Moment und schlug dann nochmals zu. «Ruhe!», rief sie. «Sonst lasse ich den Saal räumen!» Sofort kehrte Ruhe ein. Brunelli gab Franklin ein Zeichen, dass er fortfahren könne.

«An dem Tag, nachdem sie ihn getötet hatte? Waren Sie Zeuge dessen, was passierte?»

Die Augen von Mustafa Nastasis zogen sich tief hinter die dunklen schweren Lider zurück. Er schob das Kinn vor und hielt die Lippen fest geschlossen.

«Sie waren Zeuge dessen, was an Deck passierte?», wiederholte Franklin.

«Ich hätte es durchaus sein können», erwiderte Nastasis schließlich mit einem Achselzucken.

Franklin neigte den Kopf zur Seite. «Sie hätten es durchaus sein können? Na schön, Mr. Nastasis, hören wir mit den Spielchen auf. Haben Sie gesehen, wie Danielle St. James Andrew Morrison erschoss, oder haben Sie es nicht gesehen?»

«Nein.»

Sie starrten einander an. Keiner der beiden war bereit, auch nur einen Zentimeter nachzugeben. Dann, als das Schweigen peinlich zu werden begann, lachte Franklin laut auf.

«Ich verstehe, Mr. Nastasis», sagte er. Seine Stimme klang vorwurfsvoll. «Sie haben nicht gesehen, wie sie es tat. Sie sahen aber etwas, was Sie mit Sicherheit glauben ließ, dass sie es getan haben musste. Ist es das, was Sie sagen wollen – die Unterscheidung, die

Sie machen wollen? Na schön, dann erzählen Sie uns mit Ihren eigenen Worten, was passiert ist. Was haben Sie gesehen, Mr. Nastasis, und was hat es Ihrer Ansicht nach bedeutet?»

«Es war spät, fast Mitternacht. Wir fuhren an der nordafrikanischen Küste entlang, direkt vor Marokko, nahe genug, um die Lichter an Land zu sehen. Ich hörte draußen an Deck Rufe und ging hinauf, um zu sehen, was da vorging. Aber bevor ich dort hinkam – ich machte gerade die Tür auf –, hörte ich einen Schuss.»

«Und was sahen Sie, als Sie die Tür aufmachten und an Deck gingen?»

«Ich sah sie», erwiderte Nastasis und zeigte auf die Angeklagte. «Sie hatte die Waffe in der Hand. Ich begann, auf sie zuzulaufen, und das war der Moment, in dem ich all das Blut auf der Reling und auf dem Deck sah – das heißt Blut und Gehirnmasse. Sie muss ihn in den Kopf geschossen haben. Ich trat an die Reling und blickte über die Seite, gerade noch rechtzeitig, um zu sehen, wie die Leiche unterging, als die *Black Rose* sich immer mehr vom Tatort entfernte.»

Mit der Hand auf dem Geländer der Geschworenenbank entlangfahrend, trat Franklin näher an ihn heran. All seine Kraft und Aufmerksamkeit waren auf Nastasis konzentriert.

«Sie haben keinen Zweifel, dass die Leiche, die Sie sahen, die von Andrew Morrison war?»

Ein boshaftes Lächeln kräuselte Nastasis' Mundwinkel. «Nicht den leisesten Zweifel.»

Franklins Blick war unverwandt auf Nastasis gerichtet. Durch sein Schweigen betonte er einmal mehr die Bedeutung seiner Aussage. Andrew Morrison war tot, ermordet von Danielle St. James. Sein Leichnam war auf See verschwunden. Mustafa Nastasis hatte den Mord so gut wie mit angesehen. Wie zur Bestätigung seiner Überzeugung, dass Nastasis die Wahrheit gesagt hatte, nickte Franklin zweimal und wandte sich ab. Er blickte zu Richterin Brunelli hoch, verkündete, dass er keine weiteren Fragen an den Zeugen habe, und setzte sich.

Die Anklage hatte im Grunde einen Augenzeugen für den fraglichen Mord beigebracht. Dennoch wirkte Winslow Kubik nicht sonderlich besorgt. Sein Blick war skeptisch, wenn nicht gar amüsiert, als er sich dem Zeugen näherte. Auf halbem Weg blieb er stehen, musterte Nastasis, schüttelte den Kopf und drehte sich um. Was hat es für einen Sinn, sich die Mühe eines Kreuzverhörs zu machen, schien er zu sagen, wenn jede Antwort ohnehin eine Lüge wäre? Schon fast bei seinem Anwaltstisch angelangt, blieb er plötzlich stehen.

«Die Küstenwache – drei Schiffe, sagten Sie, glaube ich – enterte das Boot und nahm Sie fest. Ist es das, was Sie sagen wollten?», fragte Kubik mit gehetzter, leicht schriller Stimme.

Nastasis beobachtete Kubik, so wie er vielleicht eine Varieténummer betrachtet hätte, als bloßes Amüsement oder einen Zeitvertreib – als wäre nichts von dem, was Kubik tat, eine Bedrohung für ihn. Statt zu antworten, stützte er das Kinn in die Hand und wartete.

«Ja, das waren genau Ihre Worte», beantwortete Kubik schließlich selbst seine Frage. «Aber Sie haben uns nie erzählt, aus welchem Grund man Sie festgenommen hat. Sie haben uns nie gesagt, weshalb die Regierung der Vereinigten Staaten sich all diese Mühe gemacht hat – drei Schiffe so weit zu entsenden …»

«Einspruch!» Franklin war aufgesprungen. «Sie stellen Fragen während eines Kreuzverhörs! Wenn Sie Reden halten wollen, müssen Sie bis zum Schlussplädoyer warten.»

Das war Morrison in Reinkultur, ein Echo dessen, was er mit Franklin getan hatte, und ein Zeichen dafür, wie viel Franklin gelernt hatte. Brunelli vergeudete keine Zeit mit einer Entscheidung.

Sie warf Kubik einen Blick zu und sagte, wenn er eine Frage habe, solle er sie stellen. Kubik wollte gerade zu protestieren anfangen, doch sie bremste ihn mit einem Blick, der ihm klar sagte, er solle es lieber nicht wagen.

«Ja, nun, na schön ...», ereiferte er sich. «Sagen Sie uns, Mr. Nastasis, ist es nicht wahr, dass man Sie der Verschwörung zur Begehung eines Mordes beschuldigt hat?»

«So lautete die Anschuldigung.»

«Und nicht nur in einem Fall, sondern in mehreren?»

«So lautete die Anschuldigung.»

Kubik stand an der Seite des Anwaltstischs und blätterte in einer Akte. «Ja, hier ist es: sechs Fälle von Mordverschwörung.» Er blickte auf. «Und können Sie uns sagen, ob man Ihnen schon den Prozess gemacht hat?»

«Es wird keinen Prozess geben.»

«Weil Sie mit der Regierung eine Abmachung getroffen haben, nicht wahr?»

«Ja.»

«Und ein Teil Ihrer Abmachung ist Ihre Aussage gegen die Angeklagte, Danielle St. James, nicht wahr?»

Nastasis zuckte die Schultern. «Die Abmachung bestand darin, dass ich den Behörden alles sage, was ich über die *Black Rose* weiß», erwiderte er gleichmütig.

Mit einem wissenden Lächeln wandte Kubik sich den Geschworenen zu: Nastasis konnte offensichtlich in nichts die Wahrheit sagen. Er trat auf den Zeugenstand zu.

«Sie sagen aus, die Regierung – die Regierung der Vereinigten Staaten – sei bereit, eine Vereinbarung mit Ihnen zu treffen, mit einem Mann, dem sechs Fälle von Verschwörung zur Begehung eines Mordes vorgeworfen werden – und das allein wegen dem, was Sie den Behörden über eine Yacht erzählen können?»

«Nein, nicht über eine Yacht.»

«Aber Sie haben doch gerade gesagt, über die *Black Rose* und …?»

«*Black Rose,* die Organisation», sagte Nastasis, der den Blick höchster Verwirrung in Kubiks Augen sichtlich genoss.

Kubik blieb unvermittelt stehen. «Die Organisation?»

Nastasis rutschte zum Rand des Zeugenstuhls vor. «Sie fragten mich, weshalb man mich festgenommen hätte. Da steht alles drin», sagte er und zeigte auf den dicken Aktenordner auf dem Tisch vor Kubiks leerem Stuhl. «Kriminelle Verschwörung. Ich bin kein Jurist, Mr. Kubik, aber selbst ich weiß, dass man mit sich selbst keine Verschwörung bilden kann.»

«Wollen Sie sagen, die *Black Rose* sei …?»

«Eine Organisation – Ihre Regierung nennt es eine Verschwörung –, die es möglich machte, bestimmte Dinge zu verwirklichen oder Hindernisse aus dem Weg zu räumen, die manchmal bestimmten Investitionen im Weg standen.»

«Sie meinen, Mord.»

«Ich meine gar nichts, Mr. Kubik. Ich habe nur Anweisungen befolgt, erst die von Mr. St. James und dann die von seiner Frau.»

Alle blickten auf Danielle St. James. Hatte diese Frau möglicherweise nicht nur einen Mord begangen – vielleicht ein Verbrechen aus Leidenschaft –, sondern war sie auch in eine kriminelle Verschwörung verwickelt?

Kubik erkannte, dass er in eine Falle geraten war, dass er in seiner Unwissenheit eine Frage gestellt hatte, die zu einer Verurteilung seiner Mandantin führen konnte. Er versuchte den Sinn dessen zu verändern, was Nastasis gesagt hatte.

«Ja, nach seinem Tod mussten Sie die Yacht dorthin bringen, wohin sie es wollte. So lautete Ihre Aussage, nicht wahr? Dass sie Ihnen befahl, sie trotz Ihres Einwands nach San Francisco zurückzubringen. Sie wurden festgenommen, sobald Sie sich in amerikanischen Hoheitsgewässern befanden, aber sie nicht, oder?»

Nastasis lehnte sich in seinem Stuhl zurück. «Sie müssen jemand anderen fragen, was die Behörden mit ihr vorhaben. Vielleicht warten sie darauf, was hier passiert.»

«Halten wir uns an die Tatsachen», sagte Kubik ungeduldig. «Sie sagten, Sie hätten draußen an Deck Schreie gehört und seien hinausgegangen, um nach dem Rechten zu sehen. Wie viele Stimmen hörten Sie?»

Nastasis dachte nach. «Schreie, das ist alles, was ich weiß. Ich könnte nicht mit Sicherheit sagen, ob es eine Stimme war oder zwei Stimmen.»

«Und bevor Sie an Deck kamen, haben Sie – wie viele Schüsse gehört?»

«Nur einen.»

«Aber Sie haben weder das eine noch das andere gesehen – oder doch? Sie haben nicht gesehen, wie jemand stritt, und auch nicht gesehen, wie jemand eine Waffe abfeuerte, nicht wahr?»

«Gesehen? Nein, gesehen habe ich es nicht, aber ich sah ...»

«Sie haben die Frage beantwortet. Sie haben nicht gesehen, wie die Angeklagte die Waffe abfeuerte, Sie haben nicht gesehen, wie sie jemanden erschoss. Sie hörten Schreie, Sie hörten einen Schuss – was Sie sahen, war Blut auf dem Deck und auf der Reling, und Sie sahen die Angeklagte, Danielle St. James ...»

«Mit der Waffe in der Hand ...»

«Ja, genau! Mit der Waffe in der Hand. Aber mit was für einem Gesichtsausdruck? Wut war es nicht, oder, Mr. Nastasis? Was Sie sahen, war ein Ausdruck sprachlosen Entsetzens, der fassungslose Gesichtsausdruck einer Frau, die nicht glauben kann, was gerade passiert ist. Ist es nicht so gewesen – ist es nicht das, was Sie gesehen haben?»

Nastasis erkannte den Sinn der Unterscheidung nicht. Er drehte die Handflächen nach oben. «Ich habe nicht sehr darauf geachtet, wie sie aussah.»

Kubik wurde mit jeder Sekunde zuversichtlicher. «Sprachloses Entsetzen … Sie konnte nicht glauben, was gerade passiert war.» Er warf Nastasis einen scharfen Blick zu. «Sie kamen an Deck, Sie sahen die Waffe in ihrer Hand – das war Ihre Aussage –, aber sie kann sie genauso gut gerade aufgehoben haben; sie hatte sie vielleicht …»

«Sie meinen, dieselbe Situation wie damals bei ihrem Mann? Als sie auch behauptet hat, die Waffe …!»

«Euer Ehren!», rief Kubik außer sich vor Zorn. «Ich beantrage Streichung! Ich beantrage …!»

Es war zu spät. Alle Anwesenden, die Geschworenen eingeschlossen, hatten es gehört und verstanden, was es bedeutete: dass nämlich Danielle St. James schon einmal wegen Mordes angeklagt und freigesprochen worden war, weil sie behauptet hatte, es sei kein Mord, sondern ein Selbstmord gewesen. Brunelli rief beide Anwälte zu einer vertraulichen Beratung vor die Richterbank.

«Ich moniere einen Verfahrensfehler, ich will …!»

«Beruhigen Sie sich, Mr. Kubik! Sie können diesen Antrag zu den Akten nehmen, wenn Sie mögen, aber ich werde es bestreiten. Sie erinnern sich vielleicht, dass Ihre Mandantin von dem Vorwurf freigesprochen wurde, ihren Mann ermordet zu haben. Es fällt mir schwer zu erkennen, wie die Erwähnung dieser Tatsache durch einen bereits eingeführten Zeugen, der eine bestimmte Voreingenommenheit gegen die Angeklagte hat, ein faires Verfahren verhindern soll.»

«Aber wir haben uns vor Beginn des Prozesses darauf geeinigt, dass es keinerlei Erwähnung der Tatsache geben könne, dass sie schon einmal wegen Mordes vor Gericht stand», beharrte er.

«Nastasis hat nicht gesagt, dass sie das gewesen ist», warf Franklin ein. «Er hat nichts von einem Prozess gesagt.»

Brunelli hatte genug. Sie wandte sich an Kubik. «Wenn Sie mit dem Zeugen fertig sind, werden wir uns ins Richterzimmer begeben. Ihren Antrag wegen Verfahrensfehlers können Sie dann vorbringen. Ich denke, Mr. Franklin hat ebenfalls etwas, was wir ohne die Geschworenen diskutieren müssen. Noch etwas? Gut. Dann lassen Sie uns weitermachen.»

Franklin ging wieder zu seinem Tisch zurück, und Kubik stellte seine nächste Frage.

«Wann haben Sie den Tod von Andrew Morrison gemeldet?»

Nastasis war sich nicht sicher, ob die Frage ernst gemeint war.

«Wenn jemand an Bord Ihres Schiffes stirbt – was immer die Ursache sein mag: ob jemand ihn getötet oder er sich selbst umgebracht hat –, sind Sie nicht verpflichtet, es sofort zu melden? Also wann, Mr. Nastasis? Wann haben Sie es als Kapitän der *Black Rose* gemeldet?»

«Ich habe es nicht getan.»

«Ich nehme an, dass es daran gelegen hat, dass kein vernünftiger Mensch Ihnen geglaubt hätte, da Sie selbst wegen so vieler Morde gesucht wurden? Keine weiteren Fragen, Euer Ehren», sagte Kubik. Er machte auf dem Absatz kehrt und nahm mit einem Ausdruck berechtigter Entrüstung auf seinem Stuhl Platz.

Es war fast vier Uhr. Richterin Brunelli wollte die Geschworenen für den Tag gerade entlassen, als Franklin aufstand und sie daran erinnerte, dass die Angelegenheit, die er dem Gericht vortragen wolle, ihren Zeitplan beeinflussen könne.

«Ja, natürlich. Wenn die Geschworenen sich bitte in den Geschworenenraum zurückziehen wollen, ich habe noch ein paar Dinge mit den Anwälten zu besprechen.»

Obwohl nicht größer als das der anderen Richter, strahlte

das Amtszimmer von Alice Brunelli eher die Behaglichkeit eines Wohnzimmers aus als die eines Arbeitsraums. Mit einem großen antiken Schreibtisch, den sie selbst gekauft hatte, statt sich mit dem einfachen Metalltisch zu begnügen, den die Stadt zur Verfügung stellte, mit dicken Teppichen, die den grauen Linoleumfußboden bedeckten, und den Regalen voller Bücher, die immer wieder gelesen wurden, hatte es mit einem öffentlichen Büro in einem Gerichtsgebäude nur wenig Ähnlichkeit. Sie wies den beiden Anwälten zwei hölzerne Lehnstühle vor ihrem Schreibtisch an. Philip Conrad saß etwa anderthalb Meter weiter seitlich, sodass er die drei deutlich sehen konnte, während er ihre Worte notierte.

«Bringen Sie Ihren Antrag vor», sagte Brunelli und sank in einen blauen Ledersessel.

Da er hier keine Geschworenen beeindrucken konnte und keine Zuschauer hatte, denen er etwas vormachen konnte, brachte Kubik seinen Antrag mit ausdrucksloser und eintöniger Stimme vor. Brunelli wandte sich an Franklin. «Und da war noch etwas, was Sie besprechen wollten – ging es um einen Zeugen? Wie viele haben Sie noch?»

«Nur einen, Euer Ehren, aber der kann nicht vor Montag aussagen.»

Kubik runzelte die Stirn. «Heute ist erst Mittwoch. Sie bitten also um eine Terminverschiebung von fast einer Woche, nur weil Ihr Zeuge nicht bereit ist?»

Franklin kratzte sich am Ohr. «Die Situation ist recht ungewöhnlich. Mein letzter Zeuge arbeitet bei der Bundesregierung. Es gibt ein paar Dinge … Er kann nicht aussagen, bevor sie geschehen sind, er …»

Kubik lachte höhnisch. «Kann nicht aussagen?» Er wandte sich an Brunelli. «Seit wann wird ein Prozess hinausgezögert, nur weil es der Regierung in den Kram passt?»

«Der Ausdruck ‹in den Kram passt› ist meiner Ansicht nach nicht ganz angemessen», sagte Franklin. Er langte in seine Aktentasche und zog einen versiegelten Umschlag hervor. «Ich habe hier eine eidesstattliche Erklärung, aus der hervorgeht, was geschehen wird.»

«Davon würde ich gern eine Kopie sehen», protestierte Kubik, als Franklin Alice Brunelli den Umschlag überreichte.

«Man bittet darum, nur die Richterin Einblick nehmen zu lassen. Ich habe die Erklärung nicht gelesen. Sie wurde mir versiegelt übergeben, so wie Sie sie hier sehen. Ich weiß nur, dass die Erklärung die Gründe dafür nennt, weshalb der Zeuge nicht hier sein kann. Sie wurde mir heute Morgen von einem Kurier ins Büro gebracht.»

Alice Brunelli brach das Siegel. Die eidesstattliche Erklärung war drei Seiten lang. Sie verzog keine Miene, während sie den Text las. Als sie geendet hatte, legte sie die drei Blätter wieder in den Umschlag und schloss diesen in eine Schublade in ihrem Schreibtisch ein. Ein besorgtes Lächeln, der Schatten einer tiefen Beunruhigung, zog über ihren Mund.

«Das hier könnte die Regierung zu Fall bringen», murmelte sie wie zu sich selbst. Als wäre ihr plötzlich wieder eingefallen, dass sie nicht allein war, sah sie erst Franklin und dann Kubik an. «Das Gericht vertagt sich bis Montag. Wir müssen es den Geschworenen sagen.»

25

Als das Gericht am Montagmorgen wieder zusammentrat, war der letzte Zeuge der Anklage kein gesichtsloser Bürokrat mehr, sondern ein berühmter Name geworden. Jack Taylor hatte sechs Mitglieder der Hawthorne-Gruppe unter der Anschuldigung der kriminellen Verschwörung festgenommen. Sie alle hatten zu irgendeiner Zeit in der Regierung verantwortungsvolle Positionen bekleidet. Das ganze Land befand sich in einem Schockzustand.

Als Philip Conrad seine Stenomaschine bereitmachte, bemerkte er im Publikum eine Veränderung: Die Stimmung hatte sich gewandelt. Die meisten Zuschauer, die dort saßen und darauf warteten, dass der Prozess weiterging, wirkten müde, fast deprimiert, als hätte es sie erschöpft, was sie erfahren hatten. Sie schienen ihm nachdenklicher als zuvor und zugleich tief verstört. Danielle St. James, die starr geradeaus blickte, hatte einen ganz eigenen Ausdruck, sie war eine Gemiedene und Verlassene und ganz auf sich gestellt.

Als die Seitentür aufging, erhoben sich alle. Alice Brunelli eilte zur Richterbank. «Bringen Sie die Geschworenen herein», wies sie den Gerichtsdiener an.

Die Geschworenen nahmen mit ernsten Gesichtern ihre Plätze ein. Wie auf Kommando wandten sie sich Richterin Brunelli zu, um ihren Ausführungen zu lauschen.

«Die Ereignisse der letzten Tage werden Ihre Beurteilung vieler Dinge vielleicht verändern», sagte sie und beugte sich zu ihnen vor. «Sie haben aber nichts daran zu ändern, wie Sie über diesen Fall denken. Ihre Verpflichtung als Geschworene bleibt die gleiche: Sie müssen sich alle Beweise anhören und zu einem Urteil kommen, das auf diesen Beweisen beruht und auf nichts sonst. Vergessen Sie nicht, meine Damen und Herren: Dies ist ein Gerichtshof, und das Recht – nicht Politik oder Gefühle – bestimmt, was wir tun.» Sie wandte sich an Franklin. «Sie können jetzt Ihren nächsten Zeugen aufrufen.»

Franklin schien sich zum ersten Mal nervös und unbehaglich zu fühlen. Mit beiden Händen umfasste er die Tischkante, um sich zu sammeln. Seine Augen blickten ernst und entschlossen. Trotz Richterin Brunellis soeben geäußerter Bemerkung hatte der Prozess durch die Enthüllungen der letzten Tage eine viel größere Bedeutung erlangt als ein einfacher Mordfall, und jeder im Gerichtssaal wusste das.

«Euer Ehren, die Anklage ruft Jack Taylor auf.»

Es herrschte absolute Stille. Es wurde laut im Gerichtssaal, als die Zuschauer sich vorbeugten, um besser sehen zu können: Die Tür ging auf, und der letzte Zeuge der Anklage trat vor. Brunelli gebot dem Lärm auf der Stelle Einhalt.

«Kein Laut mehr! Ich verlange absolute Ruhe. Bei der kleinsten Störung – egal welcher Art – werde ich den Saal räumen lassen, wenn ich es für nötig halte!» Sie wandte sich Jack Taylor zu, der inzwischen durch die Öffnung im Geländer des Zeugenstands getreten war. «Der Zeuge kann vereidigt werden.»

Franklin bewegte sich nicht von seiner Position am Anwaltstisch, der am weitesten von der Geschworenenbank entfernt war.

«Mr. Taylor, welchen Beruf üben Sie heute aus?»

Jack Taylor trug einen dunklen Anzug und Krawatte und strahlte ruhiges Selbstbewusstsein aus, was angesichts dessen, was er geleistet hatte, nicht überraschend war. Was hingegen überraschte, war seine bescheidene Sprechweise. Er sagte nicht, dass er an der

Spitze einer großen Spezialeinheit stand, die gerade eine Jahrzehnte währende Verschwörung aufgedeckt hatte. Er stellte sich einfach als «Stellvertretender Justizminister» vor.

«Und in dieser Eigenschaft haben Sie Andrew Morrison kennen gelernt?»

«Ja. Wir ermittelten gegen Nelson St. James, den wir für die Hauptfigur in einem organisierten Versuch hielten, bestimmte ausländische Regierungen dazu zu zwingen, bestimmte ausländische Investitionen zu akzeptieren.»

«Könnten Sie ein wenig genauer werden?»

Taylors Augen wurden schmal, und er schürzte die Lippen. «Damals interessierten wir uns am meisten für ein Geschäft zum Bau einer Ölpipeline durch mehrere Länder, von denen ein oder zwei dagegen waren.»

«Und was hatte Nelson St. James damit zu tun?»

Taylor hob die Augenbrauen. «Unter anderem begann er damit, den Aufständischen Waffen zu liefern. Diese wurden von einem fanatischen Extremisten angeführt, der eins der fraglichen Länder in eine islamische Republik verwandeln wollte.»

«Aber warum hätte das dazu beigetragen, eine Pipeline durchzusetzen? Hätte ein solches Regime die Art von ausländischen Investitionen, von denen Sie sprechen, nicht noch weniger gewollt?»

Taylor schüttelte den Kopf. «Er bewaffnete sie nicht, weil er oder die Leute, mit denen er Geschäfte machte, ihnen zum Sieg verhelfen wollten. Er tat es, um Druck auf die Regierung auszuüben, um sie wissen zu lassen, dass sie ohne die Amerikaner nicht an der Macht bleiben konnten.»

«Die Leute, mit denen St. James Geschäfte machte – können wir davon ausgehen, dass sie der so genannten Hawthorne-Gruppe angehörten, über die in den letzten Tagen in sämtlichen Zeitungen berichtet wurde?»

«Ja.»

Franklin blickte zu dem Tisch hinüber, an dem Danielle St. James mit ihrem Anwalt saß. Er ließ seinen Blick gerade so lange auf ihr verweilen, dass die Geschworenen es bemerkten, und sah dann wieder zu seinem Zeugen zurück.

«Sie ermittelten gegen Nelson St. James. Wie führte Sie das zu Andrew Morrison?»

«Wir hatten die Yacht von St. James – er lebte im Grunde auf ihr – unter fast ständiger Beobachtung. Wir wussten, dass Mr. Morrison an einem Wochenende zu Gast gewesen war. Er verbrachte drei Tage auf der Yacht …»

«Der *Black Rose?*», warf Franklin ein.

«Ja, der *Black Rose.* Sie liefen aus San Francisco aus und fuhren an der Küste entlang nach Süden, nach Santa Barbara. Ich suchte Mr. Morrison auf, um über das zu sprechen, was er vielleicht erfahren hatte.»

«Und, war Mr. Morrison Ihnen behilflich? Hat er etwas erzählt, was Ihnen bei Ihren Ermittlungen half?»

Taylor warf den Kopf in den Nacken und lachte. «Morrison hat mir nie etwas erzählt, dafür habe ich ihm fast alles erzählt, was ich wusste.»

Franklin verstand nicht. «Sie haben ihm alles gesagt …? Sie ermittelten in einem Kriminalfall, wie kommen Sie dann dazu, zu erzählen …?»

«Ich mag in einer Strafsache ermittelt haben», sagte Taylor mit einem scharfen Blick, «das bedeutete jedoch nicht, dass ich einen weiteren Mord zugelassen hätte, wenn ich etwas dagegen unternehmen konnte.»

«Sie dachten, Morrison befinde sich in Gefahr?»

«Ich wusste nicht, was er an diesem Wochenende da draußen an Bord der *Black Rose* vielleicht erfahren hatte. Zwei der anderen

Gäste von diesem Wochenende, Wendell Clark und seine Frau, wurden kurze Zeit später ermordet, nämlich an dem Abend, bevor Clark vor der Anklagejury eines Bundesgerichts aussagen sollte, das die *Black Rose*-Verschwörung untersuchte. Es war dieselbe Anklagejury, die auch St. James anklagen würde. Wir wussten, dass St. James Clark und seine Frau hatte umbringen lassen, konnten es aber nicht beweisen. Das war der Grund, weshalb ich Morrison aufsuchte, und außerdem wollte ich ihn vor etwas warnen, das wir gehört hatten, das Fragment einer Unterhaltung, bei der St. James zu jemandem sagte: ‹Engagiert Morrison.› Damals wusste ich nicht, worauf es sich bezog. Es hätte aber auch etwas Unangenehmes für ihn bedeuten können. Deshalb glaubte ich, ich sollte ihn warnen.»

Franklin schob die Hände tief in die Taschen. «Hatten Sie nach diesem ersten Besuch Gelegenheit, Morrison wiederzusehen, vielleicht mit einer anderen Warnung?»

«Ja, am Tag nach dem Prozess, in dem er Mrs. St. James verteidigte, die – wie Sie wissen – der Ermordung ihres Mannes Nelson St. James angeklagt war.»

Kubik war aufgesprungen, um einen Verfahrensfehler zu monieren. Brunelli schnitt ihm mitten im Satz das Wort ab. «Abgelehnt.» Sie hob die Hand, um Kubik von weiteren Protesten abzuhalten. «Das Gericht wird die Geschworenen jedoch dahin gehend unterrichten, dass Mrs. St. James in diesem Verfahren in allen Anklagepunkten freigesprochen wurde. Jetzt fahren Sie bitte fort, Mr. Franklin.»

«Sie haben ihn einen Tag nach Prozessende aufgesucht – warum?»

«Um ihm zu sagen, dass er sich jetzt tatsächlich in ernster Gefahr befand und dass es diesmal keinerlei Zweifel gab: Leute, die mit der *Black Rose* verbunden waren, fürchteten, er könnte zu viel erfahren haben – sie hatten Angst, Mrs. St. James könnte ihm das eine oder andere Detail erzählt haben –, und waren der Ansicht, sich nur noch sicher fühlen zu können, wenn Morrison tot war.»

«Mir ist nicht ganz klar, ob ich Sie richtig verstanden habe: Sie hatten Angst, er könnte worüber zu viel erfahren haben?»

«Über die *Black Rose,* die Verschwörung, die beteiligten Leute und die Dinge, die sie taten.» Taylor wandte sich an die Geschworenen. «Als wir Nelson St. James unter Anklage stellen wollten, wurden Wendell Clark und seine Frau getötet, aber wir haben ihn trotzdem angeklagt, weil wir einen anderen Zeugen hatten. Doch dann wurde der genauso ermordet wie Clark. Die Leute schrecken vor nichts zurück, um sich zu schützen.»

Es entstand eine lange Pause, bevor Franklin seine nächste Frage stellte. «Gab es eine bestimmte Person, wegen der er sich Ihrer Ansicht nach besondere Sorgen machen sollte?»

«Ja, die Angeklagte, die Frau, die er verteidigt hatte, Danielle St. James.»

Franklin bewegte keinen Muskel. «Er hatte sie gerade vor einem Leben im Gefängnis gerettet – warum sollte sie seinen Tod wünschen?»

«Weil sie in die *Black Rose*-Verschwörung genauso verwickelt war, wie ihr Mann es gewesen war, und weil sie wusste, dass Morrison nach dem Ende des Prozesses alles unternehmen würde, was in seiner Macht stand, um sie zu finden.»

«Sie war eine Mandantin, und der Prozess war vorbei. Warum sollte Morrison sie finden wollen?»

Ein dünnes Lächeln umspielte Taylors Lippen. «Morrison war in sie verliebt und glaubte, sie sei auch in ihn verliebt. Sie lernten sich an jenem Wochenende auf der Yacht kennen. Ich bin nicht sicher, was dann passierte, aber unmittelbar nach Prozessbeginn fingen sie eine Affäre miteinander an.»

Franklin reckte den Kopf hoch. «Und woher wissen Sie das?»

«Wir ließen sie beschatten. Wir wussten, dass sie die Nacht oft in seiner Wohnung verbrachte. Wir wussten auch, dass sie am Morgen nach dem Prozess San Francisco verließ und nach New York zurückflog. Ich erzählte Morrison das, als ich ihn aufsuchte. Und ich sagte ihm auch, dass sie nicht zurückkehren, sondern sich auf die *Black Rose* begeben werde, sobald sie ein paar wichtige Dinge erledigt hätte. Ich sagte ihm, dass sie ihn benutzt hätte, so wie sie jeden benutzt hatte, und mindestens so gefährlich war wie ihr Mann. Sie kannte die Wirkung, die sie auf Morrison hatte. Sie wusste, dass er in sie verliebt war und versuchen würde, sie zu finden. Und selbst wenn nicht, so hätte er sich gefragt, warum sie abgereist war. Früher oder später hätte er sich an etwas erinnert, was sie gesagt hatte – eine Äußerung, von der sie selbst nichts mehr wusste –, was ihm klar gemacht hätte, dass sie von Anfang an gewusst hatte, wie Nelson St. James sein Geld machte, und dass sie nie etwas dagegen unternommen hatte.»

«Was hat Morrison dazu gesagt, nachdem Sie es ihm erzählt hatten?»

«Er wollte es nicht glauben. Er war in sie verliebt, um nicht zu sagen: besessen von ihr. Ich glaube, er hatte in diesem Prozess Dinge getan, auf die er nicht besonders stolz war. Morrison war ein fabelhafter Anwalt, vielleicht der beste, den ich je erlebt habe. Er hatte den Prozess schon gewonnen oder glaubte es zumindest, doch als er verkündete, er habe nichts mehr vorzutragen und werde die Angeklagte nicht als Zeugin aufrufen, machte sie ihn zum Narren. Sie sagte, sie wolle aussagen, und tat es auch. Sie behauptete, sie habe ihren Mann nicht getötet, er habe Selbstmord begangen. Morrison wollte es nicht zugeben, aber ich glaube nicht, dass sie darüber vorher auch nur ein Wort zu ihm gesagt hatte …»

Kubik erhob Einspruch gegen das, was nichts als Spekulationen des Zeugen seien, und Brunelli gab ihm Recht. Franklin setzte zu einer neuen Frage an, doch Taylor sprach einfach weiter.

«Morrison war in sie verliebt, und was ich ihm sagte, brachte ihn fast um. Haben Sie je gesehen, wie sich ein Mann vor Ihren Augen verändert, wie aus einem selbstbewussten, lebhaften Mann, der sich darauf freut, was er gleich tun wird, ein deprimiertes und niedergeschlagenes Wrack wird, das alle Hoffnung verloren hat und dessen sämtliche Träume zertrümmert sind? Morrison war verliebt. Er hätte alles für sie getan – sein Leben für sie gegeben, wenn es nötig gewesen wäre. Und dann findet er heraus, dass sie nichts weiter will als seinen Tod!»

Taylor machte eine Pause. In seinen Augen zeigte sich ein Anflug von Zweifel. «Vielleicht ist das nicht der Grund, weshalb er sich auf die Suche nach ihr machte. Vielleicht ging es nicht darum, sie aufzuhalten, bevor sie ihn umbringen lassen konnte. Vielleicht glaubte er, es gäbe immer noch eine Chance. Dass man sie zu dem gezwungen habe, was sie tat, und dass sie alles klären könnten, wenn er sie nur treffen und mit ihr sprechen konnte. Mit Gewissheit weiß ich nur eins: dass Morrison sie verfolgte – und jetzt ist er ermordet worden.»

Kubik war aufgesprungen, fuchtelte mit den Armen herum und stapfte auf und ab. «Ich habe das Protokoll dieses Prozesses gelesen, in dem Mrs. St. James von jeder Beteiligung am Tod ihres Mannes entlastet wurde», sagte er wild gestikulierend. «Wer dieses aufmerksam liest, kann nicht ernsthaft behaupten, dass Mrs. St. James' Aussage über den Selbstmord ihres Mannes für ihren Anwalt, Andrew Morrison, eine Überraschung gewesen sei.»

Kubik hielt plötzlich inne. Ein boshaftes Lächeln zeigte sich auf seinem Gesicht. «Morrison hat von Anfang an in diese Richtung argumentiert – oder etwa nicht, Mr. Taylor? Morrison ließ jeden Zeugen, den die Anklage aufrief, zugeben, dass aufgrund der vorliegenden Beweise Selbstmord als Todesursache ebenso wahrscheinlich sei wie Mord. Oder etwa nicht, Mr. Taylor?»

«Doch, ich nehme an, dass es so war. Wie ich schon sagte, Morrison war ein fabelhafter Anwalt, aber das heißt doch nicht, dass er nicht überrascht war, als sie ...»

Kubik hob die Hand, um ihn zum Schweigen zu bringen. «Beantworten Sie einfach nur meine Frage. Hören Sie, Mr. Taylor», sagte er, als er mit schnellen schweren Schritten vor der Geschworenenbank auf und ab zu gehen begann. «Sie haben über die Festnahmen ausgesagt, die in dieser Verschwörung erfolgt sind, der so genannten *Black Rose.*» Kubik blieb vor der Geschworenenbank stehen und blickte jedem der Geschworenen mit einem wissenden Lächeln in die Augen. «Unter den Festgenommenen war auch einer der anderen Zeugen der Anklage, der Kapitän der *Black Rose,* Mustafa Nastasis – korrekt?»

«Ja, das stimmt.»

Kubik behielt die Geschworenen im Blick und vergewisserte sich, dass auch sie ihn nicht aus den Augen ließen. «Er wurde auf der *Black Rose* festgenommen, als die Yacht die amerikanischen Territorialgewässer erreicht hatte. Mit anderen Worten: Er wurde in dem Moment festgenommen, in dem Sie zuständig waren?»

«Das ist korrekt.»

«Agenten der Bundesregierung gingen an Bord der *Black Rose,* nahmen Mr. Nastasis in Gewahrsam und brachten die Yacht in den Hafen, wo sie einer gründlichen Untersuchung unterzogen wurde. Ist das richtig?»

«Ja, so hat es sich zugetragen.»

«Und bei dieser Untersuchung wurden Computer, Akten, alle möglichen Dinge beschlagnahmt und in Gewahrsam genommen, um als Beweis gegen die Beteiligten an dieser kriminellen Verschwörung verwendet zu werden?»

«Richtig», erwiderte Taylor zögernd.

Kubik legte beide Hände auf das Geländer vor der Geschworenenbank.

«Sie haben Mustafa Nastasis festgenommen, erhielten seine Aussage und all diese anderen Beweise. Sie haben sämtliche anderen Verschwörer festgenommen. Dann sagen Sie uns bitte, warum, Mr. Taylor» – er drehte den Kopf zum Zeugenstand –, «warum Sie nicht auch Danielle St. James festnahmen, wenn sie so in diese Sache verwickelt war, wie Sie behaupten?»

Taylor lächelte. «Weil ich derjenige war, der den Anruf machte.»

Kubik warf die Arme in die Luft und wirbelte herum. «Sie haben angerufen? Ja, uns ist schon klar, dass Sie die Entscheidung trafen, wer festgenommen werden sollte und wer nicht. Die Frage – wünschen Sie, dass ich sie wiederhole? –, die Frage lautete, warum Sie Danielle St. James bei dieser Beweislage nicht festnahmen. Und die Antwort lautet: Weil es keine Beweise gab, die Danielle St. James mit dieser Verschwörung in Verbindung brachten, und damit auch kein Indiz dafür, dass sie irgendein Motiv hatte, Andrew Morrisons Tod zu wünschen!»

«Nein, ich meine nicht den Anruf, bei dem es darum ging, wen wir festnehmen würden, sondern den anonymen Anruf, der die Mordermittlung in Gang setzte, die Mordermittlung, die zu diesem Prozess führte!»

Kubik klappte der Unterkiefer herunter. «Der anonyme …? Aber warum sollten Sie …?»

«Ich war da, Mr. Kubik, als die Küstenwache die *Black Rose* aufbrachte. Wir wussten, dass Morrison an Bord gewesen war, als die *Black Rose* Sizilien verließ. Er war aber nicht mehr da. Und dann fanden wir Blutspuren, und da wusste ich, was passiert war. Ich machte den Anruf anonym, weil ich noch niemanden wissen lassen wollte, was wir vorhatten, weshalb wir Nastasis festgenommen hatten und was wir zu erfahren hofften. Morrison ist tot, Mr. Kubik. Ihre Mandantin hat ihn getötet.»

26 Es war die vielleicht eigenartigste und dreisteste Verteidigung gegen eine Anklage wegen Mordes, die man sich vorstellen kann, und sie war umso schockierender, als sie nicht nur narrensicher, sondern perfekt war. Zumindest war dies der unmittelbare Eindruck all derer, die sich an jenem Tag im Gerichtssaal befanden, da Danielle St. James sich zum zweiten Mal entschloss, zu ihrer Verteidigung auszusagen. Ihre Schilderung der Ereignisse schien alle Regeln aufzubrechen, alles auf den Kopf zu stellen, Gut und Böse austauschbar zu machen und jede Moral zu verhöhnen. Es war etwas Geniales in dem, was sie tat.

Franklin hatte seine Befragung von Jack Taylor beendet, des letzten Zeugen der Anklage. Alice Brunelli fragte Winslow Kubik, ob die Verteidigung bereit sei, ihre Argumente vorzutragen. Kubiks Blicke bewegten sich von der Richterin zu den Geschworenen. Voller Selbstvertrauen ließ er sie wissen, dass er jetzt zuständig war, dass er alles im Griff hatte. Brunelli wollte nichts davon wissen.

«Mr. Kubik, wünschen Sie einen Zeugen aufzurufen oder nicht?»

«Doch, Euer Ehren, das wünsche ich. Die Verteidigung ruft die Angeklagte auf, Danielle St. James.»

Es gibt Augenblicke in einem Gerichtssaal, in denen die Aufmerksamkeit des Publikums so intensiv wird, dass das Schweigen sich zu etwas konzentriert, das mit größerer Wucht trifft als Lärm. Alle beugten sich vor und versuchten besser zu sehen, als Danielle von ihrem Stuhl aufstand – dem Stuhl, auf dem sie wochenlang als fast passive Beobachterin gesessen hatte – und die wenigen

Schritte zum Zeugenstand ging. Sie sah die Geschworenen nicht an und blickte auch nicht zu den Zuhörern. Sie ignorierte all die Augen, die sie anstarrten. Sie legte die Hand auf die Bibel und schwor mit ruhiger Stimme, die Wahrheit zu sagen.

Kubik wartete, während Danielle auf dem Zeugenstuhl Platz nahm. Sie zog den Saum ihres Kleides herunter und zupfte an ihren Ärmeln, und erst als sie mit ihren Vorbereitungen fertig war, hob sie den Kopf. Es lag fast etwas Schockierendes darin, wie sie den Blick ihres Anwalts erwiderte. Da gab es keine Gegenseitigkeit, keinen stummen Austausch, nicht den geringsten Ausdruck von Dankbarkeit für all das Mitgefühl, das er ausschließlich für sie beschworen hatte. Das Lächeln auf Kubiks Gesicht erstarb. Seine Miene verdüsterte sich. Vielleicht war es dies – die Notwendigkeit, alle und besonders die Geschworenen glauben zu machen, dass sie nicht die reine Streitlust in den Augen von Danielle St. James gesehen hatten, sondern den festen Willen einer zu Unrecht Angeklagten, ihren Namen reinzuwaschen –, was Kubik dazu brachte, mit der grundlegenden Frage des Prozesses zu beginnen.

«Mrs. St. James, haben Sie Andrew Morrison getötet oder nicht?»

Sie zuckte nicht mit der Wimper und bewegte sich keinen Zentimeter. «Nein, das habe ich nicht», erwiderte sie mit ihrer atemlosen Stimme. Kubik wandte sich gerade an die Geschworenen, als sie hinzufügte: «Ich habe Andrew Morrison nicht getötet. Ich habe meinen Mann umgebracht, Nelson St. James.»

Das wissende Lächeln verschwand von Kubiks Gesicht. Ein langes quälendes Schweigen entstand, als er seiner Mandantin prüfend in die Augen blickte. Es war offenkundig, dass er dies zum ersten Mal hörte. Schlimmer noch: Er begriff nicht, was es bedeutete.

«Ihren Mann umgebracht?», stieß er hervor.

Seine Verlegenheit war ihr gleichgültig. Sie wandte sich an die Geschworenen und erklärte.

«Ich habe in jener Nacht an Deck der *Black Rose* Andrew Morrison nicht erschossen. Ich erschoss meinen Mann, Nelson St. James.» Sie wandte sich an Franklin, der an seinem Platz am Tisch vor ihr saß. «Aber dafür können Sie mich nicht anklagen! Ich habe deswegen schon vor Gericht gestanden und bin freigesprochen worden – schon vergessen?»

Franklin beugte sich zu einem seiner jungen Assistenten, der direkt hinter ihm saß, und flüsterte ihm etwas ins Ohr, woraufhin dieser eilig den Gerichtssaal verließ. Dann lehnte er sich vor, begierig, mehr von dieser bizarren und beispiellosen Verteidigung zu hören.

Kubik dachte fieberhaft nach. Danielle St. James hatte sich soeben auf die Verteidigung der doppelten Strafverfolgung berufen. Er versuchte, sich das zunutze zu machen.

«Doppelte Strafverfolgung – das bedeutet, dass man wegen desselben Delikts nicht zweimal vor Gericht gestellt werden kann. Sie wurden wegen Mordes an Nelson St. James angeklagt und freigesprochen, doch er wurde gar nicht getötet, nicht wahr?», fragte Kubik, der sich allmählich in Feuer redete. «Nelson St. James war nicht tot. Er lebte, befand sich auf der *Black Rose,* und dann geschah etwas, und aus irgendeinem Grund töteten Sie ihn – vielleicht in Notwehr. Folglich war der Schuss, den Mustafa Nastasis hörte – und davor der Streit, die Schreie – das war nicht Andrew Morrison, das war Nelson St. James … Und die Leiche, die Nastasis sah, als er über die Reling aufs Meer blickte, das war nicht Morrison … Ja, natürlich … Und somit sagen Sie heute hier aus, dass …?»

«Ich habe Andrew Morrison nicht getötet. Ich war in ihn verliebt. Ich tötete Nelson, weil er ein böser, herzloser Mann war, der unaussprechliche Dinge tat – und wenn ich ihn nicht getötet hätte, wäre Andrew gestorben!» Sie funkelte Kubik böse an. «Er wollte, dass ich es tue! Er wollte, dass ich Andrew töte! Er gab mir die Waffe, drückte sie mir in die Hand, sagte mir, ich müsse es tun, es sei die einzige Möglichkeit für mich zu beweisen, dass Andrew mir gleichgültig sei, zu beweisen, dass ich nie mit ihm geschlafen und mich nicht in ihn verliebt hätte.»

Kubik war ebenso sehr Zuschauer wie die übrigen Anwesenden. «Morrison war also da, als Sie Ihren Mann erschossen – aber was passierte dann? Was geschah mit Morrison?»

Ihre Augen waren wild vor Verachtung, die aber nicht Morrison galt, sondern ihr selbst. «Andrew liebte mich nicht. Oder vielleicht tat er es doch – ich weiß es nicht. Aber wegen dem, was ich getan hatte – so wie er glaubte, ich hätte ihn benutzt –, hasste er mich. Alle hielten Nelson für eine Art Genie, und vielleicht war er das auch, aber Andrew Morrison beschämte ihn. Andrew wusste, dass Nelson ihn nie am Leben lassen würde, sobald er sich erst einmal an Bord der *Black Rose* befand. Und er wusste auch, dass ich eine Entscheidung treffen musste. Und ihm war klar – schon immer klar gewesen –, welche Wahl ich dann treffen würde. Es war die einzige Möglichkeit! Ich war eine Gefangene auf dieser verdammten Yacht, die von einem scheußlichen Ort zum nächsten fuhr. Ich konnte überall hinreisen, nur nicht nach Hause. Andrew sagte mir, dass ich es schaffen und schließlich meine Freiheit erhalten könnte, weil ich nicht noch einmal wegen der Tötung des Mannes vor Gericht gestellt werden könnte, den ich nach dem Gerichtsurteil nicht ermordet hatte. Also tötete ich ihn, Nelson, und rettete Andrew das Leben.»

Danielle rieb sich die Augen und versuchte zu lächeln, aber ihre Miene drückte nicht mehr aus als Ernüchterung und Bedauern darüber, dass sich die Dinge anders entwickelt hatten als erwartet.

«Und Morrison?», erinnerte Kubik sie mit leiser, besorgter Stimme. «Was ist mit ihm passiert?»

Ein schwaches, verlegenes Lächeln flackerte um ihre Lippen.

«Er wollte, dass ich Nelson töte. Das war der Grund – der einzige Grund –, weshalb er gekommen war. In dem Moment, in dem ich abdrückte, in dem Moment, in dem Andrew Nelson ins Meer fallen sah, sprang er.»

«Sprang? Ins Meer?»

«Wir befanden uns vor der Küste Nordafrikas. Man konnte die Lichter an Land sehen … Ob er es schaffte, ob er da draußen ertrank … Ich weiß es nicht. Aber er bekam, was er wollte, nicht wahr? Er bekam seine Rache. Er machte mich zu der Mörderin, für die er mich immer gehalten hatte.»

Kubik musste sich vergewissern, dass er verstanden hatte. «Der Prozess – als man Sie wegen Mordes an Ihrem Mann anklagte, als Morrison Ihr Verteidiger war –, da standen Sie also in dem Wissen vor Gericht, dass Ihr Mann gar nicht tot war?»

«Es war die einzige Möglichkeit, Nelson die Freiheit zu erhalten und das Gefängnis zu ersparen, die einzige Möglichkeit, alles zu schützen, was wir hatten – jeden denken zu lassen, dass er tot war.»

«Also Morrison dachte …?»

«Er hielt es alles für wahr, alles, was ich ihm erzählt hatte, dass ich nämlich Nelson in einem Augenblick der Wut getötet hätte, wegen der Dinge, die er mir angetan hatte. Er war nur dann der Ansicht, dass ich log, als ich in den Zeugenstand trat und aussagte, ich hätte Nelson nicht umgebracht, er habe Selbstmord begangen. Und als er es herausfand, als er wusste, wie wir ihn benutzt hatten …»

Ihre Stimme verebbte, und ihre Augen füllten sich mit Tränen. Wehmut und Sehnsucht überkamen sie, und sie wünschte, alles zurücknehmen und wieder an dem Tag beginnen zu können, an dem sie und Morrison einander kennen gelernt hatten: als sie mit der *Black Rose* die kalifornische Küste entlangfuhren, an einem sonnendurchfluteten Nachmittag allein auf dem Pazifik.

«Er bekam, was er wollte», sagte sie erneut, diesmal mit einem traurigen, abwesenden Lächeln. «Nelson ist tot, und ich bin, wofür alle mich gehalten haben: eine Frau, die ihren Mann ermordet hat und damit durchgekommen ist.»

Kubik hatte keine weiteren Fragen mehr oder zumindest keine, die er vor aller Ohren hätte stellen können. Kein Anwalt dieser Welt wird gern von seinem Mandanten belogen.

Als Franklin an jenem Nachmittag mit seinem Kreuzverhör begann, war die Stimmung im Publikum erneut umgeschlagen. Die Zuschauer schienen nun weniger interessiert an dem, was Danielle St. James getan, als an der Bedeutung dessen, was sie gesagt hatte. Conrad konnte es in ihren Gesichtern lesen: Was sie vor allem beschäftigte, war die Frage, ob sie wirklich ungestraft mit einem Mord davonkommen konnte, weil sie schon einmal deswegen freigesprochen worden war, ob das Urteil von Geschworenen, zwölf ehrlichen Männern und Frauen, so etwas wie eine Lizenz zum Töten werden konnte. Über doppelte Strafverfolgung waren Romane geschrieben und Filme gedreht worden, erfundene Geschichten. Aber das hier! Eine Frau, die von Anfang Bescheid wusste, dass nie ein Mord passiert war, die genau gewusst hatte, dass ihr Mann noch lebte, eine Frau, die noch nie eine Nacht im Gefängnis verbracht hatte! Man brauchte kein Gesetzbuch, um zu wissen, dass so etwas nicht richtig war.

Franklin war der Einzige, der nicht im mindesten besorgt wirkte. Als wäre er der Verteidiger und nicht der Ankläger, stand er neben der Geschworenenbank, legte eine Hand aufs Geländer und musterte die Zeugin mit einem mitfühlenden Blick.

«Sie geben zu, dass sich Morrison an Bord der *Black Rose* befand, als Sie Palermo verließen und mit der Rundfahrt um Sizilien herum begannen?»

Danielle hatte die Freundlichkeit in seiner Stimme nicht erwartet. Verwirrt sah sie ihn an. «Ja», erwiderte sie vorsichtig.

«Sie geben zu, dass er sich am Abend der Schießerei dort befand, an dem Abend, an dem Sie, wie Sie sagen, Ihren Mann erschossen haben?»

«Ja.»

«Sie geben zu, dass Morrison ins Meer fiel, als Sie die Waffe abfeuerten?»

«Sprang», korrigierte sie ihn. Sie war inzwischen überzeugt, dass er versuchte, sie mit vorgetäuschtem Mitgefühl aus dem Konzept zu bringen. «Sprang», wiederholte sie mit einem dünnen Lächeln.

«Sagen wir, er landete im Meer», entgegnete Franklin nun etwas strenger. «Aber Sie bleiben dabei, nicht ihn, sondern Ihren Mann erschossen zu haben?»

«Das ist richtig. Genau das habe ich getan.»

Franklin drehte das Kinn etwas mehr zur Seite, um sie noch besser sehen zu können. «Und das beschwören Sie unter Eid? Beschwören Sie, dass Sie auf Ihren Ehemann Nelson St. James geschossen und ihn getötet haben?»

«Ja!»

Franklin starrte auf den Fußboden. Nach einer ganzen Weile erst hob er den Kopf, und wieder war in seinen Augen ein Anflug von Mitgefühl zu sehen.

«Was bedeutet, dass Ihr Mann am Leben war, dass er sich all diese Monate auf der *Black Rose* befand …»

Ihr war nicht klar, weshalb er diese einfache Tatsache nicht begreifen konnte. «Ja, das versuche ich Ihnen doch die ganze Zeit zu erzählen! Nelson war am Leben!»

In einer Geste der Hilflosigkeit drehte Franklin die Handflächen nach oben. «Und doch hat der Kapitän der *Black Rose,* Mustafa Nastasis, davon kein Wort gesagt, nie auch nur angedeutet, dass … Tatsächlich – ja, jetzt habe ich es! Bei diesem vorigen Prozess gegen Sie – Sie erinnern sich! – war er auch schon Zeuge. Er sagte, er habe einen Streit mit angehört, einen Schuss, und habe Sie mit einer Waffe in der Hand und überall Blut vorgefunden – wessen Blut war das, Mrs. St. James? Erinnern Sie sich an die Beweise in dem Prozess, diesem Mordprozess gegen Sie – die DNA-Analyse, die jeden Zweifel daran beseitigte, dass das Blut das Ihres Mannes Nelson St. James war, desselben Mannes, von dem Sie uns jetzt sagen, er sei ein zweites Mal gestorben?»

Danielles Oberkörper schnellte nach vorn. «Ja, aber das war alles gelogen! Alles an diesem Prozess war Betrug!»

«Betrug! Wirklich? Sie haben aber unter Eid ausgesagt, Mr. St. James sei tot, und nicht, Sie hätten ihn getötet, sondern er sich selbst. Hier – lassen Sie mich Ihnen noch einmal vorlesen, was Sie gesagt haben.»

Franklin nahm das umfangreiche Prozessprotokoll, das er nach dem Lunch mitgebracht hatte, und begann die Seiten durchzublättern. «Ja, hier haben wir es.» Er blickte hoch und starrte Danielle hart an. «Es ist Ihr Anwalt, Andrew Morrison, der die Fragen stellt:

Frage: ‹Mrs. St. James, haben Sie Ihren Ehemann, Nelson St. James, getötet oder nicht?›

Antwort: ‹Nein, ich habe Nelson nicht getötet. Er hat sich selbst umgebracht. Aber es ist meine Schuld: Er hätte es nicht getan, wenn ich nicht gewesen wäre.›

Frage: ‹Sie sagen hier unter Eid aus, dass Sie Nelson St. James nicht getötet, dass Sie ihn mit dieser Waffe nicht erschossen haben – ist das richtig? Sie sagen aus, Ihr Mann habe Selbstmord begangen?›

Antwort: ‹Ja, aber er hätte es nicht getan, wenn ich nicht gesagt hätte, was ich sagte!›

Frage: ‹Was haben Sie denn gesagt?›

Antwort: ‹Er sagte mir, er werde es tun, und ich entgegnete ihm: ‹Na los, dann tu's doch!› Ich sagte ihm: ‹Na los, bring dich um, mir ist es egal.› Er mag zwar abgedrückt haben, Mr. Morrison, aber ich bin verantwortlich dafür. Wenn Sie mich also fragen, ob ich ihn umgebracht habe, so lautet die ehrliche Antwort wohl ja.›»

Franklin ließ das Prozessprotokoll in der Hand baumeln. «Die ehrliche Antwort!» Mit einem vorwurfsvollen Lächeln schüttelte er den Kopf und blätterte zu einer Stelle mehrere Seiten weiter.

«Hier nun, was Ihrer Aussage nach in der Nacht geschah, in der Nelson St. James starb: ‹Gleichzeitig versuchte ich, ihn davon abzuhalten. Ich lief hinter ihm her, hinauf aufs Deck. Ich schrie ihn an, flehte ihn an, es nicht zu tun, doch es war zu spät! Er setzte sich die Waffe an den Kopf – und dann war da dieses schreckliche Geräusch … und all dieses Blut … Und dann war mir plötzlich alles egal. Nelson war nicht mehr da, und ich wusste, mein Leben war zu Ende.›»

Franklin warf das Protokoll auf den Tisch. «Und jetzt erzählen Sie uns, das sei alles eine Lüge gewesen?»

«Eine Lüge, die ich erzählen musste!»

«Wir sollen Ihnen glauben, dass Nelson St. James nicht tot war und dass Sie es wussten und trotzdem wegen Mordes vor Gericht gestellt wurden? Sie hätten für den Rest Ihres Lebens ins Gefängnis wandern können! Und wir sollen Ihnen glauben, das sei alles Teil einer verwickelten …?»

«Es bestand nie die geringste Gefahr, dass ich eine Gefängnisstrafe bekomme! Andrew Morrison konnte jeden Prozess gewinnen! Was meinen Sie wohl, warum ich ihn ausgesucht habe? Warum glauben Sie wohl …?»

«Ja, Morrison war sehr gut», stimmte ihr Franklin mit einem Kopfnicken zu. «Aber trotzdem …» Er sah sie an, als wäre ihm etwas eingefallen. «Und er war derjenige, der Ihnen sagte, Sie könnten Ihren Mann ungestraft ermorden, weil Sie in einem Prozess freigesprochen worden waren, den Sie jetzt einen Betrug nennen? Dass man Ihnen nichts tun könne, wenn Sie ihn umbrächten?»

«Ich wusste, was doppelte Strafverfolgung bedeutet. Er hat es mir bestätigt.»

«Nein, das hat er nicht! Andrew Morrison war ein brillanter Anwalt, der beste, den ich je erlebt habe. Er kannte sich im Strafrecht bestens aus. Er wusste, was doppelte Strafverfolgung bedeutet – nämlich ganz und gar nicht das, was Sie glauben. Wenn man eines Verbrechens angeklagt wird, Mrs. St. James, so wie Sie wegen der Ermordung Ihres Mannes, gehört zur Anklage immer der Zeitpunkt der Tat. Das ist einer der wesentlichen Bestandteile des Verbrechens. Und das bedeutet, Mrs. St. James, dass von doppelter Strafverfolgung keine Rede sein kann, wenn sich der Zeitpunkt der Tat geändert hat. Morrison wusste das. Jeder halbwegs fähige Anwalt weiß das. Wenn das wahr wäre, was Sie heute hier erzählt haben, Mrs. St. James, würde man Sie der Ermordung von Nelson St. James anklagen, und Ihre Aussage wäre zugleich Ihr Eingeständnis des Verbrechens. Aber das ist ein Mord, um den Sie sich keine Sorgen zu machen brauchen, weil Sie Nelson St. James ja nicht getötet haben – schon vergessen? Er hat Selbstmord begangen. Sie haben Andrew Morrison ermordet, und diese unglaubliche Geschichte, die Sie heute hier erzählt haben, trägt nur dazu bei, es zu beweisen.»

Danielle starrte Franklin sprachlos an. Dann schloss sie die Augen. Ein Beben durchlief ihren Körper; nur mühsam konnte sie ihr Gleichgewicht halten. Dann zuckte ein bitteres Lächeln um ihre Mundwinkel. «Ich habe Ihnen gesagt, dass er mich hasste.»

Franklin ignorierte sie. «Die *Black Rose*-Verschwörung – Sie waren ein Teil davon! Morrison hat es herausgefunden, nicht wahr? Morrison war in Sie verliebt, und er fand heraus, wie Sie ihn benutzt hatten, um ungestraft mit einem Mord davonzukommen. Insoweit bin ich mit Ihnen einig, Mrs. St. James: Ihr Mann hat sich nicht selbst umgebracht – Sie haben es getan! Morrison fand heraus, was es mit der *Black Rose*-Verschwörung auf sich hatte, wie sie funktionierte und wie Sie daran beteiligt waren. Und dieses Wissen vernichtete ihn – wie Sie ihn benutzt hatten und was Sie in Wahrheit sind. Er kündigte bei seiner Kanzlei und gab den Anwaltsberuf auf. Er verließ das Land und suchte nach Ihnen, bis er Sie schließlich fand. Er sagte Ihnen, was er wusste und was er von Ihnen hielt und was er gegen Sie unternehmen würde. Das konnten Sie nicht zulassen, nicht wahr? Folglich brachten Sie ihn um. Sie erschossen ihn und ließen seine Leiche ins Meer fallen. Das Blut, das diesmal gefunden wurde, Mrs. St. James, war nicht das Ihres Mannes – sondern das von Andrew Morrison! Sie haben einen Mord begangen, Mrs. St. James, und diesmal werden Sie dafür bezahlen!»

«Das habe ich nicht!», rief Danielle aus. «Ich schwöre, dass ich das nicht getan habe!»

27

In seinen vielen Jahren als Gerichtsstenograph hatte Philip Conrad schon manch eigenartige Zeugenaussage gehört, aber keine war so seltsam gewesen wie diese. Danielle St. James hatte nicht Morrison ermordet, weil sie stattdessen ihren toten Ehemann ermordet hatte! Sie war wegen eines erfundenen Mordes vor Gericht gestellt worden, hatte in allem gelogen und war freigesprochen worden. Jetzt stand sie erneut wegen Mordes vor Gericht, aber diesmal sagte sie die Wahrheit. Sie hatte Morrison nicht ermordet, sondern ihren Mann, und wegen des Prinzips der doppelten Strafverfolgung konnte niemand etwas dagegen unternehmen.

Das war so empörend, dass es hätte wahr sein können, eine Geschichte, die so unglaubwürdig war, dass niemand sie hätte erfinden können – wäre da nicht die falsche Behauptung von Immunität gewesen. Die selbstgefällige Äußerung, sie habe die Quadratur des Kreises geschafft, indem sie die Strafvorschriften zum Mittel der Verteidigung gegen einen eingestandenen Mord gemacht habe, war ihr Ruin. Und das wusste sie. Als Franklin sie über ihren Irrtum aufklärte, schien etwas in ihr zu sterben. Sie verließ den Zeugenstand, setzte sich an ihren Platz und brach in Tränen aus.

In einem nahezu makellosen Schlussplädoyer ging Robert Franklin die lange Liste von Widersprüchen und Ungereimtheiten durch, von denen die Aussage Danielle St. James' durchsetzt war, und erinnerte die Geschworenen dann daran, dass es einen einzigen Beweis gebe, bei dem sie nicht den Versuch gemacht habe zu lügen.

«Die Angeklagte behauptet, die Person, die sie umgebracht haben soll, nicht getötet zu haben, sondern dass sie vielmehr ihren Mann erschossen habe. Doch das Blut, das am Tatort gefunden wurde, war nicht das Blut ihres Mannes, sondern das von Andrew Morrison. Das war das Einzige, wofür sie keine einleuchtende Erklärung liefern konnte, denn dafür gibt es nur eine Erklärung: Sie hat Andrew Morrison an Bord der *Black Rose* ermordet, und sein Blut beweist es.»

Die Geschworenen brauchten nicht lange. Schon am nächsten Tag kehrten sie zurück. Conrad würde wohl nie mehr vergessen, wie Danielle St. James ihn plötzlich ansah, als der Sprecher der Geschworenen das Urteil zu verlesen begann. Ihre Augen blickten traurig, wehmütig, mit einem Anflug von Resignation, vielleicht sogar mit einem Gefühl dafür, dass sie verdiente, was sie jetzt auf sich zukommen sah.

Danielle St. James wurde der Ermordung von Andrew Morrison für schuldig befunden. Einige Wochen später, am letzten Prozesstag, den Conrad je protokollierte, wurde sie zu einer lebenslänglichen Freiheitsstrafe ohne die Möglichkeit einer vorzeitigen Freilassung auf Bewährung verurteilt.

Die Urteilsverkündung fand an einem Freitag statt, Conrads letztem Arbeitstag. Eine Woche später wurde er gebeten, ins Gerichtsgebäude zu kommen, um ein paar Formulare im Zusammenhang mit seiner Pensionierung zu unterschreiben. Das war der Vorwand für eine kleine Überraschungsparty, mit der man ihn für seine lange Dienstzeit ehren wollte. Die anderen Gerichtsstenographen und einige der Richter hatten zusammengelegt und ihm eine sehr hübsche Armbanduhr gekauft, die ganz nach seinem Geschmack war.

Alice Brunelli überreichte ihm das Geschenk. Sie sagte, wie gern sie mit ihm zusammengearbeitet habe und wie sehr man ihn vermissen werde. Sie bekam sogar feuchte Augen, was noch niemand, der im Gerichtsgebäude arbeitete, je bei ihr gesehen hatte. Gerührt gab Conrad ihr einen Kuss auf die Wange, was lauten Beifall auslöste. Dann fügte er hinzu, nur eines hätte seine lange Laufbahn noch befriedigender und erfreulicher machen können, nämlich wenn alle Richter auch nur halb so gut gewesen wären wie sie.

Und weil die Erinnerung daran noch so frisch war, sagte er dann: «Davon abgesehen bedaure ich, dass der beste Anwalt, den ich je gekannt habe, nicht mehr da ist: Andrew Morrison. Jetzt, wo ich nicht mehr bei Gericht angestellt bin, hätte ich es ihm endlich einmal sagen können.»

Während der nächsten Wochen bereitete sich Conrad auf das vor, was, wie er hoffte, seine zweite Karriere werden sollte. Er war in einer Reihe wichtiger Prozesse der Stenograph gewesen und hatte aus nächster Nähe einige der größten Anwälte des Landes beobachten können. Über die Fälle war zwar seinerzeit von den Zeitungen berichtet worden, doch jetzt waren sie zum größten Teil in Vergessenheit geraten. Conrad wollte sie den Leuten wieder ins Gedächtnis zurückrufen und ihnen die Möglichkeit geben, nachzulesen, wie die besten Strafverteidiger gearbeitet hatten. Niemand würde die alten Prozessprotokolle durchlesen – Morrison war einer der wenigen Anwälte gewesen, die überhaupt die eigenen lasen –, doch er glaubte, wenn er ein rundes Dutzend der interessantesten Fälle auf zwanzig oder dreißig Seiten zusammenstrich, werde er Leser finden, die an den Geschichten mehr als nur ein flüchtiges Interesse finden würden. Seit Conrad ihm zum ersten Mal erzählt hatte, was ihm vorschwebte, hatte Morrison, der nichts lieber tat, als ihn über die großen Anwälte der Vergangenheit reden zu hören, nie aufgehört, ihn dazu zu ermutigen.

Conrad lebte immer noch in dem Fünf-Zimmer-Haus, das er im ersten Jahr seiner kurzen Ehe gekauft hatte. Das Wohnzimmer war voller Bücher, und das zweite Schlafzimmer war sein Arbeitszimmer. Er hatte gerade begonnen, sich durch das Protokoll des ersten Prozesses durchzuarbeiten, das er in den Band aufnehmen wollte, über einen Mord, der sich vor fast vierzig Jahren ereignet hatte, als an der Haustür ein Paket abgegeben wurde. Richterin Brunelli hatte ihm gesagt, da gebe es ein Buch, das er unbedingt lesen solle. Er setzte sich an den Küchentisch und schnitt die Schnur durch, mit der das braune Einwickelpapier zusammengehalten wurde. Doch es war nicht das Buch von Richterin Brunelli, und die Worte auf der Titelei des Lederbandes waren mit Bleistift geschrieben. Es war eine Art Tagebuch, wie Conrad bald herausfand, ein erzählender Bericht über das, was Andrew Morrison erlebt und getan hatte. Dem Datum in der oberen rechten Ecke der ersten Seite zufolge hatte er es an dem Tag begonnen, nachdem der letzte Prozess seines Lebens, die Verteidigung von Danielle St. James, vorüber war.

Conrad fand einen Umschlag mit seinem Namen darauf, dazu eine Anweisung, ihn zu öffnen, wenn er alles durchgelesen habe, was Morrison geschrieben hatte. Er fing an zu lesen und konnte das Buch nicht mehr aus der Hand legen. Es schilderte alles, was passiert war, angefangen mit dem Tag, an dem Morrison Danielle St. James kennen lernte, bis zu der tödlichen Kreuzfahrt in den Gewässern vor Sizilien. Der letzte Eintrag war in der Nacht vor seinem Tod geschrieben worden. Mit jeder Seite, mit jeder neuen Enthüllung ging Conrad auf, wie wenig er wirklich über Morrison gewusst, wie wenig er verstanden hatte. Als er den Brief öffnete, wusste er nicht, was er denken sollte. Es war ein einziger mit Maschine geschriebener Absatz, in dem ihm mitgeteilt wurde, unter seinem Namen sei ein Flugticket nach Palermo auf Sizilien reserviert worden. Abflug sei in zwei Tagen. Der Brief war nicht unterschrieben. Der einzige Hinweis auf seinen Urheber war eine geheimnisvolle Zeile, in der es hieß, die Geschichte, die Morrison begonnen habe, werde zu Ende geführt und es gebe keinerlei Grund zur Besorgnis.

Conrad war seit seiner Rückkehr aus dem Krieg nicht außer Landes gewesen. Der Krieg hatte ihm jeden Gedanken an Abenteuer genommen. Er hatte kein besonderes Verlangen, nach Sizilien oder sonst wo hinzureisen. Aber nach dem, was er gelesen und erfahren hatte, schien es keine Wahl zu geben – er musste herausfinden, was wirklich in jener letzten Nacht auf der *Black Rose* geschehen war, in der letzten Nacht, in der Morrison noch lebte.

Als er in Palermo die Maschine verließ, wartete ein Fahrer auf ihn, der ein weißes Plakat mit dem Namen Conrad darauf hielt. Als Conrad fragte, wer ihn geschickt habe, erwiderte der Mann, er befolge nur Anweisungen und sei dorthin gefahren, wohin er habe fahren sollen.

«Und wohin fahren Sie mich jetzt?», fragte Conrad.

Mit einem breiten Lächeln erklärte der Fahrer: «An einen sehr angenehmen Ort.»

Als sie in die Einfahrt zu einer prächtigen Villa einbogen, fragte der Fahrer: «Und Sie haben nicht gewusst, dass Sie dort wohnen werden? Im Hotel Villa Igiea, dem besten, das wir haben?»

Der Hotelportier gab Conrad den Schlüssel zu seinem Zimmer im dritten Stock. Das Zimmer war genau wie das, von dem er gelesen hatte, mit tiefen Fenstern und grünen Läden und einem Ausblick auf den von Palmen gesäumten Hof zur Marina und zum Meer hin. Das Einzige, was fehlte, war eine weiße Yacht in der Größe der *Black Rose,* aber Conrad hatte dennoch eine Vorstellung davon – jetzt, da er Morrisons Geschichte kannte –, was dieser empfunden haben musste, als er an jenem ersten Tag nach seiner Ankunft im Hotel stundenlang aus dem Fenster gestarrt und sich gefragt hatte, was jetzt wohl passieren würde, nachdem er sie gefunden hatte, die Frau, die ihn erst verraten und dann vernichtet hatte.

Conrad war nach Sizilien geflogen, weil er jemanden treffen sollte, doch er kannte weder seinen Namen, noch wusste er, wie er ihn erreichen sollte. Er war nicht sicher, was von ihm erwartet wurde. Nachdem er ausgepackt hatte, beschloss er, einen Spaziergang zu machen, doch gerade als er das Zimmer verlassen wollte, läutete das Telefon. Es war der Portier: Jemand warte unten in der Bar auf Mr. Conrad.

Er nahm den Fahrstuhl ins Erdgeschoss und fand den Weg zur Bar, doch dort war niemand. «Ich sollte hier jemanden treffen», begann er dem Barmann zu erklären, der gerade ein Glas polierte. Der Barmann nickte zu der Glastür, die nach draußen führte.

Etwa zwölf Tische standen auf der Terrasse, doch in der Hitze des späten Nachmittags saß nur ein einzelner Gast dort. Der Mann saß neben dem steinernen Geländer und starrte aufs Meer hinaus. Als er Conrad kommen hörte, drehte er sich um. Es war die letzte Person, die Conrad hier erwartet hätte.

«Jack Taylor», sagte er und begrüßte Conrad mit Handschlag.

«Mr. Taylor, ich bin …»

«Überrascht? Ja, ich weiß. Warum sollten Sie nicht? Bitte setzen Sie sich. Darf ich Ihnen einen Drink bestellen?»

«Sie haben mir das …?»

«Ja. Morrison wollte, dass Sie es bekommen – nachdem ich es zu Ende gelesen hatte.»

«Aber wie …?»

«Das ist eine lange Geschichte», sagte Taylor, der über Conrads Verwirrung mitfühlend lächelte. Er gab dem Kellner ein Zeichen und bestellte für sie beide etwas zu trinken. «Morrison hat sehr anerkennend von Ihnen gesprochen. Er sagte, Sie seien ehrlich und gründlich und er wisse, dass er Ihnen vertrauen könne.» Taylor machte eine Pause und blickte dem pensionierten Gerichtsstenographen prüfend in die Augen. «Nach allem, was er für mich getan hatte, kam ich zu dem Schluss, dass ich seinem Urteil vertrauen konnte. Deshalb habe ich Ihnen dieses Tagebuch geschickt, diesen seinen Bericht. Und das ist auch der Grund, weshalb ich Ihnen bestimmte weitere Dokumente geben werde, die ich angeblich nicht habe – sie enthalten alles, was wir wissen, alles, was wir über die Verschwörung der *Black Rose* und darüber, wie weit sie reicht, haben herausfinden können.»

Conrad war fassungslos. «Sie meinen, es gibt weitere Festnahmen? Gegen einen früheren Präsidenten haben Sie schon Anklage erhoben. Wer sonst noch …?»

Taylor schüttelte frustriert den Kopf. «Manchmal denke ich, es ist eher die Frage, wer *nicht* darin verwickelt war.» Er legte Conrad die Hand auf den Arm. «Wir haben nur ehemalige hohe Beamte festgenommen. Verstehen Sie, was ich meine? An manche Leute werden wir nie herankommen. Die offizielle Lesart lautet, dass die Ermittlungen beendet sind. Die Wahrheit ist, dass sie gerade erst begonnen haben. *Sie* haben sie gestoppt.» Er ließ Conrads Arm los und griff nach seinem Glas. «Es gibt mehr als nur eine Möglichkeit, die Wahrheit ans Licht zu bringen. Gott sei Dank gab es Morrison.»

Taylor hatte kaum an seinem Glas genippt, als er es schon wieder abstellte. Es gab zu viel, was er sagen wollte, zu viel, was er erklären musste.

«Am Tag nach dem Prozess ging ich zu Morrison. Sie wissen das, Sie haben gelesen, was er darüber geschrieben hat. Er konnte aber nicht über das schreiben, was er nicht wusste. Ich habe ihn nicht nur aufgesucht, um ihn zu warnen – nun ja, das gehörte dazu, das war ich ihm schuldig. Doch der wirkliche Grund, weshalb ich ihm sagte, dass Nelson St. James noch am Leben war, war folgender: Er sollte wissen, dass er benutzt worden war, dass alles, was Danielle ihm erzählt hatte, eine Lüge gewesen war, dass die *Black Rose*-Verschwörung immer noch funktionierte – und zwar seinetwegen. Er sollte sich dafür mitverantwortlich fühlen, dass dem ein Ende gemacht wurde.»

«Sie haben ihn in den Tod geschickt!», protestierte Conrad. Er war schockiert, wie ungeniert Taylor zugab, Morrison für seine Zwecke benutzt zu haben. «Sie wussten, dass St. James noch am Leben war. Sie wussten, dass der Prozess wegen seiner Ermordung von A bis Z Betrug war. Sie wussten, wozu diese Leute fähig waren – Sie wussten, was sie getan hatten! –, und da wollten Sie, dass Morrison ganz allein mit ihnen auf der *Black Rose* hinausfährt?»

Taylor lächelte. «Wenn Morrison nicht nach Sizilien geflogen, wenn das da draußen vor der Küste Nordafrikas nicht passiert wäre, hätte sich Danielle nie sicher genug gefühlt, um in die Vereinigten Staaten zurückzukehren. Wir hätten nie an Bord der *Black Rose* gehen können. Wir hätten nie Nastasis und seine Zeugenaussagen bekommen. Wir hätten nie das Schiff mit sämtlichen Beweisen, die wir an Bord gefunden haben, beschlagnahmen können. Wir hätten nie all die Leute festnehmen können, die wir geschnappt haben. Offen gestanden, soweit ich sehen kann, hat alles perfekt funktioniert!»

«Perfekt? Morrison ist tot, und St. James haben Sie nie geschnappt! Er ist immer noch am Leben, immer noch eine Bedrohung. Und das nennen Sie perfekt?»

Conrad musste plötzlich an etwas denken, was ihm zum ersten Mal einen Tag nach Eintreffen von Morrisons Tagebuch eingefallen war, als er es zum zweiten Mal las. Jeder von ihnen – Morrison, St. James und Danielle – war auf seine Weise von dem Glauben getrieben worden, dass das, was sie nicht hatten, wichtiger war als das, was sie hatten. Es genügte nicht, reich und mächtig, schön oder brillant zu sein. Sie mussten immer noch mehr haben. Das war bei jedem von ihnen der tödliche Makel gewesen.

Conrad reichte es jetzt. «Man hätte Sie zusammen mit Danielle St. James vor Gericht stellen müssen», sagte er und stand auf, um zu gehen. «Sie sind für die Ermordung Morrisons genauso verantwortlich, als hätten Sie ihn selbst erschossen.»

«Setzen Sie sich. Ich bin nicht ganz so böse, wie Sie meinen.» Taylor lächelte erneut, doch diesmal mit einem Ausdruck, der ahnen ließ, dass etwas Ernstes auf dem Spiel stand, etwas, das Conrad dazu bewegen würde, seine Einstellung zu überdenken. «Bleiben Sie wenigstens so lange, bis Sie diese berühmte Yacht einmal gesehen haben, über die im Prozess so oft gesprochen worden ist.»

Verwirrt setzte sich Conrad wieder hin. «Aber sie ist nicht hier. Ich habe schon nach ihr gesucht.»

«Dann sehen Sie noch mal genau hin!» Er zeigte auf einen Punkt hinter der Marina. «Da draußen, sehen Sie?»

Conrad folgte Taylors ausgestrecktem Arm mit den Blicken. «Aber das ist sie nicht – die *Black Rose* ist nicht …»

«*War* nicht schwarz. Der neue Eigner hat sie umlackieren lassen. Hier, sehen Sie selbst.» Er zog ein Fernglas, das so klein war, dass es in eine Handfläche passte, aus seiner Jackentasche.

Es war tatsächlich die *Black Rose.* Der Name stand in goldenen Lettern am Heck einer jetzt schwarz glänzenden Luxusyacht. Langsam ließ Conrad das Fernglas sinken. Nun wusste er gar nicht mehr, was das alles zu bedeuten hatte. «Der neue Eigner …?», fragte er. Eine vage Ahnung überkam ihn, dass diese Worte eine Bedeutung besaßen, die er noch nicht erfasst hatte.

In Taylors Blick lag etwas Geheimnisvolles, die Andeutung eines Rätsels, das nur er aufklären konnte. Er nippte an seinem Getränk und beugte sich vor.

«Sizilien ist ein Land der Gerüchte – voller Gerüchte, Geheimnisse und Lügen. Der neue Eigner der *Black Rose?* Ein Mann, der als zurückgezogen und reich gilt, ein Mann, der einem Gerücht zufolge beim Kartenspiel St. James seinen ganzen Besitz abgenommen hat. Ein anderes Gerücht besagt, dass Danielle St. James sich in ihn verliebt hatte, dass ihr Mann es herausfand und sie ihn bei dem anschließenden Streit erschoss, ohne dass man jemals seine Leiche fand. Manche behaupten sogar steif und fest, sie hätten diesen angeblichen Mord gemeinsam geplant, aber da sie im Gefängnis landete, während er auf der *Black Rose* frei herumfährt, habe er sie nie geliebt, sondern von Anfang bis Ende nur benutzt. Mit Sicherheit ist nur bekannt, dass der neue Eigner die Yacht von Weiß in Schwarz umspritzen ließ – obwohl man nur raten kann, was das zu bedeuten hat – und dass die *Black Rose* sich an keinem Ort sehr lange aufhält. Sie fährt nie weiter westlich als bis zu den Säulen des Herakles, wie die Meerenge von Gibraltar im Altertum hieß, und bleibt immer im Mittelmeer, als hätte ihr Eigner kein anderes Zuhause.» Er streckte ihm das Fernglas entgegen. «Hier, schauen Sie noch mal: Manchmal kann man ihn oben an Deck sehen.»

Conrad blickte durch das Fernglas. Ein Mann Anfang vierzig, dessen nackter Oberkörper von der heißen sizilianischen Sonne tief gebräunt und dessen langes braunes Haar durch den salzigen Wind kräftig geworden war, stand an der Steuerbordreling und sah ihn direkt an. Auf seinem Gesicht zeigte sich ein eigenartiges, rätselhaftes Lächeln. Er nickte zweimal, eine Art endgültige Geste, vielleicht ein letztes Aufwiedersehen, winkte kurz und verschwand einen Augenblick später im Inneren der Yacht.

«Morrison lebt!», rief Conrad aus. Doch schon im nächsten Moment wandte er sich fragend an Taylor: «Aber das bedeutet, dass Danielle St. James die Wahrheit gesagt hat! Sie sitzt wegen eines Mordes im Gefängnis, den sie nicht begangen hat!»

Taylor zuckte die Schultern und schüttelte den Kopf. «Sie sitzt im Gefängnis, weil sie einen Mord begangen hat. Morrison lebt, weil jeder glaubt, sie habe gelogen, als sie zuvor von dem Vorwurf freigesprochen wurde, St. James ermordet zu haben.»

«Sie sitzt im Gefängnis, weil Mustafa Nastasis unter Eid gelogen hat», erinnerte ihn Conrad mit Nachdruck.

«Das war die erste ehrliche Tat seines Lebens! Obwohl ich zugeben muss, dass es für ihn bestimmte Anreize dazu gab: So darf er seine Zeit in einem amerikanischen Gefängnis absitzen, statt zu einem unserer befreundeten Verbündeten im Nahen Osten geschickt zu werden.»

«Aber was ist mit dem Blut? Es war Morrisons Blut. Die DNA …?»

Taylor starrte über die Marina hinaus aufs Meer, wo die *Black Rose* gerade Fahrt aufnahm. «Es hatte seine Gründe, dass ich unbedingt dabei sein wollte, als die *Black Rose* geentert wurde.»

Mehr brauchte er nicht zu sagen, Conrad verstand auch so, was er getan hatte und weshalb.

«Das Wissen darum muss sie in den Wahnsinn treiben», bemerkte er. «Dass Morrison ihr das Gleiche angetan hat, was sie ihm antat. Dass sie gelogen hat, um nicht für einen Mord bestraft zu werden, der sich nie ereignet hat, und dass er sie glauben ließ, sie könne wegen des Prinzips der doppelten Strafverfolgung mit einem wirklichen Mord ungestraft davonkommen, indem sie die Wahrheit sagte.»

Sie saßen noch eine ganze Weile zusammen und sprachen über Morrison und das, was er getan hatte. Die *Black Rose* entfernte sich immer weiter, bis sie nur noch ein winziger Punkt am Horizont war. Einen flüchtigen Moment lang wurde sie noch vom scharlachroten Abendlicht erfasst, dann geriet sie schließlich vollkommen außer Sichtweite. Conrad starrte weiter auf das leere Meer hinaus und fragte sich, was mit Morrison jetzt geschehen würde, wo er in Sicherheit, aber ganz allein war.

«Hat er Ihnen auch erzählt, was in jener Nacht wirklich passiert ist, in der Nacht, in der sie ihren Mann erschoss?»

«Nein», erwiderte Taylor. Er war aufgestanden und blickte in die Ferne hinaus. «Das war das Einzige, worüber er nicht sprechen wollte. Er hat nichts weiter gesagt, als dass er sich selbst nicht mehr hätte trauen können, als er den Ausdruck in ihren Augen sah, als sie abdrückte.»

«Ich verstehe nicht. Warum sollte er ...?»

«In dem Moment hatte er das Ausmaß ihrer Kaltblütigkeit erfasst. Und gleichzeitig gewusst, dass es ihm nichts ausmachte, dass er nicht anders konnte, als Danielle St. James für immer zu lieben.»

Taylor verstummte. Er musste daran denken, was Morrison ihm erzählt hatte.

«Das war der Grund, weshalb er über Bord sprang und nicht mit ihr auf der *Black Rose* blieb: das Wissen, dass er verloren war, wenn er es tat. Als Morrison sprang, hatte er keine Ahnung, ob er es bis zur Küste schaffen konnte. Es war ihm egal, ob er ertrank. Er wusste nur eins: dass er wegmusste, weg von dem, was er gerade über sich erfahren hatte, über das Böse in seiner Seele. Er hasste Danielle und liebte sie zugleich. Er hatte einen brillanten Racheplan ersonnen und wusste doch im letzten Augenblick, als sie die Waffe in der Hand hielt, dass er, ohne eine Sekunde zu zögern, ihren Mann Nelson St. James getötet hätte, wenn sie ihm die Waffe in die Hand gedrückt und ihn gebeten hätte, es zu tun.»

Armer Morrison, dachte Conrad. Der einzige Mann, den er je gekannt hatte, der sich für etwas bestrafen würde, was er *vielleicht* getan hätte.

Sie sagten einander gute Nacht, doch bevor er ging, erinnerte Taylor ihn daran, dass er noch die anderen Dokumente für ihn habe.

«Sie müssen das schreiben, Sie müssen der Welt die wahre Geschichte über die *Black Rose* erzählen, über sie und die Leute, die mit ihr zu tun hatten. Jemand muss die Wahrheit erzählen. Morrison hat Sie für den richtigen Mann gehalten.»

«Aber was ist mit Morrison? Diese Leute, von denen Sie sagen, man käme nicht an sie heran, was soll die davon abhalten, ihn zu verfolgen, wenn er wirklich so viel weiß?»

Taylor legte Conrad den Arm um die Schulter, als sie die Terrasse überquerten. «Jeder hält ihn für tot. Und außerdem – die *Black Rose* finden? Sie ist ein Gerücht, verschwunden, bevor man sie sieht, und wieder da, bevor man weiß, dass sie ausgelaufen ist. Ein Piratenschiff, eine Geschichte, die man nur nachts erzählt. Niemand wird Morrison je finden. Wir können nur auf eins hoffen: dass er eines Tages zu sich selbst findet.»